文春学藝ライブラリー

人間とは何か

福田恆存

浜崎洋介編

文藝春秋

人間とは何か◎目次

Ⅳ　言葉の藝術 241

Ⅴ　人物スケッチ・その他 327

人間とは何か

本書は『福田恆存全集』（文藝春秋刊）『福田恆存評論集』（麗澤大学出版会刊）『人間不在の防衛論議』（新潮社刊）を底本としているが、原則として、原文の旧字体を新字体に改めた。

各稿末尾に初出を示した。

I 文学とは何か

文藝批評の態度

（一）　文藝批評家とは、小説家になる才能もなく、学者になる根気もない男のことである——ぼくはこの定義にあへて反対しようとはおもはない。むしろその逆説的効果によつて文藝批評家たるものの愛用してさしつかへない定義だと信じてゐる。なぜなら、この種の悪口に対しては、また同様な論法をもつて小説家や学者の心胆を寒からしめることもできるからである。小説家とは——かれはジャンルとしての近代小説をあまりにも盲信してゐるがために、自己の生活、思想、感覚、一切をあげて近代小説の方法に屈従せしめ、精神の伸張がこの枠を破ることをひとへにおそれる人間であり、この意味において、もし誠実が自己の生活を危からしめるからといつて虚偽に妥協する男を卑劣漢と呼ぶならば、おなじやうに、小説的完成のためにあらゆる進取と冒険とを避け、自己の精神に対してたとへ無意識裡にせよ懐柔の政治的術策を施すものを、ひとはなんと呼んだらよいのであらうか。学者もまた、自分の体系の擁護のためには、たくみに精神の経済学を援用し、おのが処世をまつたうしなければならぬのである。

(二)　創作月評はもとより、ぼくのこの文章を含めて文藝批評と呼ばれるものの多くは、厳密な意味において断じて文藝批評ではありえない。混乱の原因は、文藝批評といふジャンルのいまだに確立をみないことにある。藝術のみならず、ひとつの文化価値がジャンルとしての自立性を獲得するのは、それがひとりの人間をしてその生活を、その精神や情慾を処世の犠牲のもとに奉仕せしめるにたる魅力をそなへうるだけに成熟したときである。かくして俳諧は芭蕉によつて藝術の領域にジャンルとしての主導的地位をきづきえたのであり、現代その自立性を失ふとともに、医者の副業としてわづかに余命を保つこととなつた。藝術家が句をなすことあるとしても、逆に句をなすものをにはかに藝術家とは断じがたいのである。ひとつひとつの作品を詩と称し藝術と呼びながら、その作者の生活に詩人、藝術家を発見しえぬことは、ジャンルの不幸であらう。あへて藝術とはいはない。それに従事するものの全生活を要求することなくして、あらゆるジャンルはジャンルとしての自立性を保証されないのである。あるジャンルがおのれのために、自分の生活をなげうつものをたとへひとりでも見いだしたとすれば、それは歴史がそのジャンルに時代精神の表現を委任したことを意味する。

(三)　いかなる藝術のジャンルも一代にしてその完成をみることはできない。芭蕉はそのまへに宗鑑・守武・貞徳を必要としたのである。ここに重要なことは、これらのひとびとが既成のジャンルに不満を感ぜざるをえない新時代を自分のうちにもつてゐたといふ事実だが、それよりも注意にあたひすることは、自己の不満にあくまで誠実であり、表現上の一切の妥協を排し、処世をかへりみずに、自己の精神を託するにたる様式を探し求めたことである——が、ぼくはさらにつぎの一事に重大な意味を汲むのである——すなはち、かれら新時代の革新者は、完成しきつた和歌といふ既成のジャンルを卻けながら、このジャンルの一部として従属的位置しかもつてゐず、藝術的にも粗雑な戯言歌をとりあげ、それを出発点としなければならなかつたといふことである。

ひとつのジャンルの本質を語るために、その発生に溯るのはよい。しかし、発生によつて成熟を、過去によつて現在を規制しようとするのは、あきらかに短見といはねばならない。批評家 critic とは、ギリシア語の kritikos > krinein すなはち「判定する」「判断する」からおこり、ゆゑに批評家の天職は……、といふやうな考へかたはその一例である。ぼくたちは二千年前、三千年前の概念の幽霊に脅かされる必要はないし、また、もとよりギリシアや西欧の定義に忠実である義務は毛頭ない。すなほな考察のまへには、つねに現実がもつとも正しい本質を解き明かしてくれる。

(四) ぼくはここに冒頭の定義を改めさせてもらひたい——文藝批評家とは、既成ジャンルとしての近代小説の技法をもつてしては表現しえぬ精神を自己のうちに持続してゐるもののことである。もとより語源の示すごとき作品解説や価値判断に安住するものではない。が、かれらの不幸は、小説を見捨てながら、その従属的存在でしかない批評といふジャンルに頼らねばならなかつたことである。しかもかれらは現在なほ独立したジャンルとしての完全な様式と方法とを発見しえないでゐる。

　さらに不幸を予想すれば、かれらは永久に新しい様式と方法とを発見しえないかもしれないのだ。既成のジャンルの拋棄はかならずしも新しいジャンルの確立へ道を通じてゐるとはかぎらない。焦躁と粗雑と混乱とをふくみつつたんなるこころみに終つてしまふかもしれない。あるいは摸索のうちに、かつては見捨てた小説にふたたび帰つてくるかもしれぬ。が、その技法の修正によつて小説といふジャンルはかなりの変改をうけるにちがひない。

（五）　透谷以来わづかに数人の批評家が、意識するとしないとにかかはらず、かうしてジャンルとしての小説にいくたびか不信の表明をなしてきた。しかも、新しいジャンルのいまだ確立されぬままに小説の王座は微動だもしなかつたのである。生田長江は小説に対する疑惑をかすかに予感してゐた——時代の賜物（たまもの）といはねばならない。しかし、最初にこの疑惑をはつきりと不信にまで意識した文藝批評家を求めるならば、ぼくはその功を小林秀雄に帰するのに躊躇（ちうちよ）しない。かれは近代の西欧文学への味到から、その影響のもとに成長したわが国の明治以後の小説にジャンルとしての不具を感得した最初のひとである。が、かれとはまつたくべつに、わが国の文藝の伝統から小説に不信を言明した批評家に保田與重郎がゐる。ぼくはいまかれらの業績の全面にわたつて評価する必要をみとめない。ただ文藝批評のジャンルとしての自立性を意識的に主張した点に注意をうながしたいのである。

(六) 透谷や長江が近代小説の方法を無意識的に軽侮し、批評家としての自覚をもつてゐたにもかかはらず、かれら自身はもとより、その批評作品がつひに小説の従属的地位を脱しきれなかつたといふ事実を目して、いちづに敗北をいふことは許されない。たしかに敗北かもしれぬが、それは小説に対する敗北ではけつしてない。かれらの焦躁と蕪雑とは――透谷はその時代的教養のゆゑに文章の彫琢をもつて詩的完成に迫ることをえたにしても――たえずなにものかに羞恥を感じ、うしろめたさを覚えてゐたにちがひない。だが、批評家特有のこのうしろめたさは、自己のうちにあつて表現さるべくして表現の方途を見いだしえぬ精神的意図に対するものであり、また、やがて近き将来においてそれに型を与へる新しいジャンルの確立者に対するものであつて、表現の易きにつき既成の様式と方法とを墨守して処世をまつたうせんとする同時代の多くの小説家に対するものではない。

が、長江の時代にあつては、毅然として文壇の低調に対するいつぽう、そこにはまたかれのすなほに頭をさげ、みづから羞ぢなければならぬ作家も作品も存在してゐた。それゆゑ、かれらの批評作品は透谷に比してジャンルとしての自立性を失ひがちであり、かれ自身創作へとかりたてられたのであつたが、それがまた逆に批評の戯曲・小説に対する第二義的位置を印象づけるのである。しかし、ぼくは長江の文学史的意義を、あくまで小説への疑惑を予感したひととして考へたい。

（七）　現代の文藝批評家は、もはや樗牛、抱月、長江のやうに、自己のうちに作家との交流結託の道を失つたかにみえる。それはやうやく文藝批評としてジャンルの確立を期待しうる時機がやつてきたからであらうか。すでに小説が新しい時代と人間とを表現する機能を失つてしまつたことをかれらがはつきり意識したからであらうか。とにかく、文藝批評家は――その名にあたひするものである以上――現代の小説をその素材として、それにたんなる価値判断を与へるのみでは、容易に表現と創造とに道を通ずることはできないのである。もちろん一箇の文壇通として処世をまつたうすることは可能であらう――それも、男子一生の事業とするにたりうるか否かなどといふ反省癖に眼をつぶらせさへすれば、である。かういふわけで、あるひとびとはベリンスキーやモウルトンの文学理論の羽毛で自分の姿を飾らうと企てたりすることになる。

（八）　文藝批評をジャンルとして確立させる唯一の道は――それがあるいは文藝批評としての解体へ導き、はてはべつのジャンルの発見ないしは再発見に終るとしても、――文藝批評家たるものは、現代ではむしろ作家以上に強烈な個性と表現慾とをもつたものでなければならない。明治以来の近代小説に対する疑惑と不信とこそは批評家たるの資格の第一箇条であるが、この疑惑に応へ、この不信をみづから正当化する責任を自分の生活に負ふこと――したがつて、かれは作家以上にその生活に切実な主題をになつてゐなければならない。

ぼくはかつて芥川龍之介について述べたとき、かれが自己の精神的意図を表現する方法をもたなかつたことをいひ、その原因はひとつには古典の巨大な峰に対して、それを継承しなければならぬ義務をみづからに課したことと、またひとつには、当時やうやく劃一化され平板化された知識階級の生活における行為の欠如と――この二つに帰したが、批評家が表現の方法として小説を否定せざるをえないのもおなじこの立場からである。かうして、古典と生活と両者に表現を抑圧された人間は、逆にこの両者を――すなはち、平板な生活のかげにはげしい屈折をなしてゐる精神の主題と古典の意思とを結合せしめる以外にどんな方法があらうか。ぼくはこれを真の意味において文藝批評と呼びたいのである。

ここにあきらかなやうに、批評家は古典もしくは現代作品のたんなる解説者ではない。かれのことばの背後には、ひとつの主題を形成するにたるだけの切実な生活者が、その批評の対象たる作家や作品とつねに対決してゐる。したがつて、かれの批評作品の総和は、たんにかれの思想や論理の展開ではなく、無言のうちに生活の哀歓をふくんでゐなければならない。批評の実感はこの場所に成立する。

(九)　あらゆる作品はそれ自身では存在しえない。享受によつてはじめてその存在を証明される。だが、作品は存在するのみでなく、また成育するものである。作品を育て、作家の意思を継ぐこと。これはもはやたんなる享受ではない。作家と同程度の精神と精力とを必要とする。ここに一本の逞しい樹がある。多くの批評はこの幹の丈を計り、直径を測定し、断面によつて年輪を算へる。枯れた樹木ならば、かうして価値の測量をするのもいいだらう。が、樹は生きてゐる、年数とともに高く太くなる。いや、批評家とは、樹木の生活力を補ひ、自己の生活の苦しみや喜びを肥料として二尺の幹を三尺に、五本の枝を十本にし、また根を探り、それを地中に深く伸長させるもののことであるのみならず、かれは樹木の意図を察し、枝の方向を曲げ、ときには囲ひをほどこし、移植や接木までする。かくしてかれは作品の制作者の意思をそのまま自分のものとして引き継ぎうるだけの精神の高さと、同時に責任とをもつてゐなければならない。

逆に、批評家はかうした操作のうちにかへつて自分を肥やしてゆく――なぜなら、作家の意思を継ぐことに藉口(しゃこう)して、かれはひそかに作家をして自分の意思を継がしめ、型どらしめるのである。自分がある作品を支へると見せて、逆にその作品に自分を支へてもらふのであるが、やがてひとつの岐れ道にやつてくる――この一種のカタルシスにも似た精神運動のあとで、批評家はひとりの作家、ひとつの作品の限度たる枠に堪へられなくなるのだ。かれはどうしても化けきれない自我を感ずる。ここからふたたびひとり旅がはじまる。

（十）　そこで――このひとり旅の道程で――批評家もまた、自己を主張せしめるにたる場を描かなければならなくなる。ひとりのプチ・ブル女の一生のうちに、無惨にふみにじられたおのれの夢を仮託するといつた方法は、なにも西欧のリアリストたちの専用にゆだねておかねばならぬものでもあるまい。といふわけで批評がジャンルとして確立されるために、批評家はまづなによりも名文家たらねばならない。かれのことばの背景に生活の真実をうらづけるものは、けつして論理の正確さではない。論理はたんに証明するにすぎないが、名文は造型する。にもかかはらず、現代では大部分の批評家は片々たる概念を珍重し、文章完成の美徳は小説家専有のものとおもひこんでゐる。小説のばあひには、作家の形象の力に頼つて自我の真実を糊塗しうるが、もつと源泉にはるかに形象を離れて仕事をする批評家は自己の文章以外に頼るものをもたない。すこしでも隙があれば、文章は造型力を失ひ、解体した文章のうちにあたかも水中の油のやうにかれの精神は浮遊し露出してしまふ。精神は文章の造型にまたぬかぎり、その存在の真実性すら疑はれるのである。名文は自己の文体をもち、精神の重量・速度・傾角・方向・跳躍・静止・陰翳等を遺憾なくつたへてゐる。

（「文藝」昭和十九年二月号）

表現の倫理

表現とは内面的＝心理的真実の必然的な結果であり、その適切と妥当とは内部に隠れてゐるものとの過不足なき照応一致を意味する――これが意識的無意識的に十九世紀人を支配してきた行動原理であつた。真実は個人の内部にすでに確固たる実在として存在してをり、表現はただそれを外部的にあらはにするための手段にすぎない。愛憎も喜怒哀楽も、思想も感情も、すべては各個人の本質から発しきたり、それが他にむかつて表現を求めるものと考へられた。このやうな考へかたもじつは、人間の発見であつたルネサンスが神と自然とから人間の自主性を奪取し、さらに数世紀の努力を通じて支配者の手から個人の自律性を奪回しきたつた歴史の成果にほかならない。

自己はなにものにも仕へず、神と自然と他人の支配を拒絶したがゆゑに、その行為の基準と動機とを己れ自身のうちに求めなければならぬと同時に、その責任もことごとくみづからが負はねばならなくなつた。過てる行為、邪(よこしま)な行為について、近代人はこれを運命の所為に帰するわけにはいかず、つまりはすべておのが心の至らぬためと観じなければならないのである。自己は行為的表現の主体であり責任者である。にもかかはらず、世には善き心が悪しき行為をなし、悪しき心が善き行為をなすばあひがあまりにも多く見うけられる。しかしながら、善きにつけ悪しきにつけ、自己の内面的真実といふものが表現に先だつて厳存するものとすれば、善心が悪行をなし悪心が善行をなすのは、内容と表現とのくひちがひといふ意味でいづれにしろ悪しき行為といはねばならない。表現が内容を過不足なく物語りえぬならば、その結果の如何にかかはらず、自己は裏切られたものの苦痛を味はされるのである。なによりも必要なことは自己に忠実であるといふことなのである。

かくして表現そのものに倫理性はもとめられず、自我の実体に倫理的責任があるとすれば、表現は自我の投影以上のなにものでもなくなる。表現は自己を外部に向つて主張せしめるための手段であり、その意味においてあくまで自己に仕へるものである。ひとつの行為的表現が他人にいかなる結果を与へるかは第二義的な問題であり、近代人の関心は、これが自分自身にいかなる影響を与へたかといふことにこだはる――表現が自己を裏切らなかつたか否か、それがもつとも重要な関心事なのである。ここに自我確立がつねに自己主張を意味せざるをえなかつた根柢を見いだすことができよう。個人を完成し、理想人間像に到達するためには、ひとはまづ自己主張をとほしてこれをおこなはねばならなかつた――なぜなら倫理性は行為の善悪にではなく、自己の真偽にかかつてゐるからである。ひとを愛しえぬことよりは、愛してもゐないのに愛してゐるかのごとき表現をすることのはうが、より許しがたい罪悪なのである。

しかし、これはいひすぎではなからうか――ぼくたちはひとを憎み、これをなんらかの言動によつて表現したばあひ、たとへ自己に忠実であつたからといつて呵責を感ぜずにすまぬではないか。もちろんである。が、このときにもぼくたちの苦痛の焦点は、ぼくたちの憎悪がその相手を苦しめるであらうからといふことにはなく、それがぼくたちの捧持する観念の美徳と合致してゐないから、いはば自己がその美徳の所有者たりえず、自己を完全に支配しえぬからといふことにあるのではなからうか。とすれば、このばあひにも表現は自律性と倫理性とを自我から奪回しえたとはいひがたいのである。もし憎悪の相手に与へる苦しみを顧慮するならば、ぼくたちは表現の誠実といふことを抛棄しなければならぬはずである。にもかかはらず、虚偽の表現は許しがたい罪である。クリスト教は敵をしも愛することを教へ、しかもこの厳しい愛他精神の底に、なによりも偽善の罪を鞭打した。誠実をこころがければこころがけるほど、ひとは苦しまねばならない。かうした苦痛とそれに打ち克たうとする修業とのうちに、近代人はクリスト教がその発想として教へた他我の存在を忘却してしまつたのである。個人主義と自己中心主義とはクリスト教を否定せざるをえなくなつた――にもかかはらず、それはあくまでクリスト教精神の継承者であり、それゆゑにこの否定を超えて、なほクリスト教の発想は生き伸びるであらう。

が、それはのちの問題である。いまは、かやうに他我の存在を忘れはてた行為的表現がさらに藝術的表現といかなるかかはりをもつかが問はれねばならない。いふまでもなく、藝術的表現は行為的表現にくらべて、いつそう個人主義的性格を明らかにすることとなつたのである。ここにおいては日常の行為における以上に表現の倫理性は喪（うしな）はれてゐる。十九世紀文学はロマンティシズムとリアリズムとの別を問はず、一切が自己に忠実なることを念願とし、強烈な自我主義を根柢としてゐた。読者のためにではなく、自分のために書くこと——これが近代文学における創作の本道であり、表現の倫理ですらあつた。表現されない思想、感情、心理は不安定であり、その限界も、さらに存在そのものさへも確立されてをらず、作家は自己の真実性の定著と保証とのために表現をこころざさねばならなかつた。もちろん、ロマンティックたちはかかる不安を予期してゐなかつたであらう——が、不羈（ふき）奔放な自己表白とそれにともなふ感情の浪費とは、いつしかかれらに疲労と倦怠とを感ぜしめ、その表現を裏づけてゐるはずの内面的真実が表現そのものに比して空虚なることを思ひ知らされねばならなくなつた。あくまで自己の下僕であり、その支配権を掌握してゐるものと信じてゐた表現法が、いまやその主人公に謀反しはじめたのである。

幻滅はリアリズムを教へた。十九世紀後半のリアリストたちは、はじめからこの幻滅と不安とに出発し、表現に自己保証を期待せねばならなかつたのである。が、このさいにもリアリストたちは表現に対する自我の優位を絶対に抛棄しようとはしなかつた——表現の方法が変つただけで表現の本質とその自我の真実に対する地位とはいつかう変化してゐない。ロマンティックの直接法による自己主張に不安を感じたかれらは、間接に自己否定を通じて自我の確立をめざしたまでである。自己より出でて遠心的に周囲にむかつたものが、今度は求心的に客観描写を通じて自己に迫るのである。やはり表現は自己の真実に仕へるものでしかない。行為的表現とは異り、現実と他我とに対する影響、逆にそれらの自我に対する影響から比較的まぬかれてゐる藝術的表現は、かうして一切の倫理性を喪失してしまつたのである。

藝術の社会的地位、藝術の自律性と純粋性とは、この意味において表現の自我に対する絶対的服従であり、したがつて、表現から効用性と功利性とを追放することにほかならなかつた。が、これははたして藝術の独立であつたらうか——藝術から政治的、社会的、世俗的、生活的な一切の利用を卻けて、藝術はひとりよく独立しえたであらうか。すでに明らかなごとく、藝術はひとつの功利性から解き放たれて、今度はべつの功利性を賦与せられたのにすぎなかつた。藝術はあらゆる主人を拒否したあかつきに、自我といふ最後の、そしてもつともわがままな暴君を主人とせねばならなかつたのである。といふよりは、自我はあらゆる文化価値の独立を大義名分にかかげつつ、そのかげで自分自身の独立と支配権とを用意し、もくろんでゐたのであつた。

真実を自己のうちにのみ求めてやまぬ近代においては、かくして立派な人間になるといふことは、まづ自我の確立をとほして以外には不可能と考へられた。この自我の確立、完成、優越のために藝術が援用される。自己の真実に対してあくまで誠実であらうとする動機論的倫理は、たしかに自我の真実を他我、現実、そしてそれらに対する行為の結果から解き放ちはしたが、いまや自我確立のためには他我や現実、さらにそれらに対する自我のかかはりをさへ利用するところの、いはばこれまでとは別種の功利主義を育成することとなつたのである。ひとは真実と完成とを自我のうちに期待する以上、他我を犠牲にしても自己の優越を計らねばならない――いや、それ以外に人間完成の道はないのである。「背徳者」の主人公はなによりも自己の真実に忠実ならんと欲し、自己修業のかたはらに妻の心身の蝕まれてゆくのを最後まで気づかずにゐた。愕然としてそれに気づいた主人公は、一体自由とはなにかとみづからに反問せずにはゐられなかつた。が、このときにも「背徳者」一篇の藝術的価値は自我の真実と純粋とをめざす主人公の努力の切実さによつて保証されてゐる。ぼくたちはふたたび、かのクリスト教の崇高なディレムマに逢著するのである。

近代日本にとつて、自己に対する誠実といふ動機論的倫理はまことにお気にいりの主題となつた。明治の日本はヨーロッパが二百年、三百年かかつてなしとげた近代の革命を、その十分の一の年月をもつて遂行するやうに強ひられてゐた。後進国として欧米に対立するためには腰を落ちつけて庶民勢力の自然発生的な盛り上りを待つてゐることはできなかつた――他のたれよりも民衆自身がそのやうな責任を回避したのである。ここに薩長のいはゆる反動革命が成立したのであり、それゆゑに当時の封建思想、封建制度は完全に払拭しきれず、その後ながく個人の自由を拘束することとなつた。名義上のデモクラシーは社会的現実にぶつかつてつねに弾きかへされねばならなかつた。個人は自己の意思を社会の動きに組み入れるすべを知らぬままに漂泊をつづけねばならぬのであつた。

ヨーロッパの精神史的な成果として教へられた自我の確立と自由とを心に懐きつつ、近代日本の作家たちは、しかもかれらを拒絶する社会的現実に直面せねばならなかつた。のみならずかれらの範とした十九世紀末葉のヨーロッパ文学のうちには、自我の確立と同時にその独立と放縦とのゆゑに社会から拒絶されたものの敗北意識が潜んでゐた。かくして、かれらは自我の確立をそのまま敗北を前提とするものとして受けとらざるをえなかつたのである。そしてそのためには、当時の日本の社会的現実はまことにつがふのよいものだつたといへる。しかしながら、ヨーロッパの作家を拒絶した社会は近代の市民社会であり、日本の近代作家を拒絶したものは封建制度の残滓にほかならず、萌芽として蠢動（しゅんどう）してゐた市民社会はむしろかれらの参与と手引きとを要求し期待してゐたといへよう。が、かれらは混乱のうちに両者をひつくるめて、自己を拒絶する敵と見なした。

表面の結果ははなはだ酷似したものとなつた。が、同じ額面の裏にはぜんぜん異つた精神的位相が隠されてゐたのである。ヨーロッパの個人主義とその藝術の無償性とはひとつの必然であり、それゆゑにデカダンスののちに——見たまへ、現代のヨーロッパは立ちなほりを準備しつつあるではないか。とにかく、近代日本の作家は錯覚であるにもせよ、社会的現実からの拒絶感のうちに例の動機論へ——しかもほとんどこれから立ちなほることの期待しがたいやうな精神主義的昇華へといちづに突き進んでいつたのである。私小説の袋小路がかれらを待つてゐた。

行為的表現の影響はもとより、藝術的表現の成果すら第二義的問題でしかなかつた。このひとすぢにつながるといふ突きつめた切実さ——そのやうな求道心によつて救はれようと願つたのである。藝術は社会から拒絶された自我を保証するための手段にすぎなかつたが、より重要なことは、それにもかかはらず、かれらがそのやうな自分の態度を藝術至上主義と考へてゐたことである。いかなる作品を書くかといふことよりも、かれらはこの世に藝術といふものが存在するといふ事実に救ひを見いだしてゐた。しかし、社会からの拒絶といふ意味の質的な相違をヨーロッパと近代日本とのあひだに前提してみれば、ぼくたちはこのやうな思ひ上りが滑稽な猿まねでしかなかつたことをみとめざるをえない。ぼくはここで三たびクリスト教のはたしてゐる役割に想ひをいたし、近代日本の前途にほとんど絶望に近いものを感ぜざるをえぬ。ぼくたちはこのまま先輩たちの歩んできた宿命のうちにゐて、これに耐へ、そのかたくなさによつて宿命を乗り超えるべきであらうか、それともこの七十年の努力をすべて虚妄として抹殺し去り、出発点から出なほすべきなのであらうか。

表現はけつしてたんなる自己の主張や伝達のための手段ではない。さらに自己の確立や保証や定著のための手段ですらもない。ぼくたちの日常生活における行為はだいたい三つの段階にわけられる。第一は生命の慾望を満足させる最低限度の行為であり、飲む、食ふ、眠るをはじめとし、立つたり坐つたり歩いたり、そのほか危機を予知するため見たり聞いたりする行為がそれである。第二は自分の要求を正しく相手に伝へ、相手が自分の意思どほりに動くことを期待するための行為であるが、これは対象が自然、ないしは物質であるばあひと、人間、ないしはその集団たる社会であるばあひとによりおのづと意味が異つてくる。この対象が、人間、社会であるとき、ぼくたちは第三の行為の領域にはひつてゐるのである。

行為がたんなる行動ではなく真の倫理的行為たるのは、この第三の行為であり、第一、第二の行為にも倫理的意味を見いだすことがあるとすれば、それはかならず第三の行為を前提としてゐるからにほかならない——すなはちそれらはなんらかの意味において第三の行為の領域に踏みこんでゐるのである。また行為がたんなる衝動や反射運動ではなく、明瞭に意識的な表現となるのは、第三の行為をとほしてである。行為が第一、第二、第三の段階を経て倫理的性格を濃厚にしてゆき、またそれと同時に表現的性格を濃厚にしてゆくものとすれば、少々三段論法じみるが、表現は本来的に倫理的なものであり、たんに一方的な主張や伝達に終るものではないといへよう。

挨拶や儀礼といふ日常的な行為について考へてみよう。たとへば他人に施してもらつた恩恵に対して、ぼくたちはよく「なんとも御礼の申上げやうがない」などといひ、ときにはこのことばのうへにさらに表情や身ぶりを添へて喜びを表現しようと努める。が、じつはさほどでもないといふばあひがままある。純粋な性格はこの後味の悪さを忌み、できうるかぎり表現を控へようとする。で、深い謝意さへ心のうちにもつてゐるならば、それで充分であり、かならずしも表現の必要はないと思ひこむ。ことばや表情はもともと不完全であるがゆゑに、つねに内心の真実を裏切る。表現の嘘を避け、心の真実と純粋とを保たんと欲するならば、ぼくたちは沈黙するにしくはない。考へてみれば、この日常の行為的表現の窮したところに、じつは藝術的表現の登場する余地があつたのである。いひかへれば、行為的表現の嘘において自我と他我とが対立した瞬間、自我への忠実を誓つたものにとつて、もはや虚偽に満ちた行為的表現では堪へられず、いつそう純粋であり自己に忠実でありうるものとして藝術的表現が喚び求められるのである。

しかし、挨拶や儀礼を単純に虚偽として卻けることができるであらうか。このやうな表現はただ自己の真実のためにのみ存在するのであらうか。さうではあるまい――謝意はただたんに自己表現であるばかりではなく、相手の他我がまた要求してゐるものなのである。ひとに恩恵をほどこした以上、かれは物質の譲渡によつて、その物質に依存してゐた心理的均衡に多少の狂ひを感じてをり、この均衡の狂ひを調整するために「なんとも御礼の申上げやうもない」といふ謝辞を受けとる必要があるのである。とすれば、謝意を必要とし、その表現の度合を決定するものは、けつして謝辞を述べるかはの内面的、心理的な真実のみではなく、相手の心理的真実もこれにかかはつてゐるのであり、つまりは、この両者の心理的真実の背景として社会の常識がこれを決定するのである。この常識は両人の交友関係、性格、経済状態、授与される物質の価値等によつてなりたつであらう。物に主観的な使用価値と市場的な交換価値とがあるごとく、行為もまたこの二つの価値によつて左右される。自己の行為的表現の要不要、ないしはその度合をひとへに自己の真実によつて判定しようといふのは、あたかも商品を買ふのに、その自分にとつての必要度にしたがつて代価を支払ひ、あるいは経済能力に照してときには無代で失敬しようとするやうなものである。交換価値は――すくなくとも表現の交換価値は、相手の犠牲と取得者の主観的利益との妥協によつて成立し、この調停には社会的現実が常識として参与する。そしてこの常識は他我の真実にもつかへねばならず、したがつてそれは社会を成立せしめる心理的＝倫理的存在であること、これはすでにあきらかとなつた。が、藝術的表現は行為的表現の危機をそのまま受けて立つたものであり、後者がつねに常識に直面して自己没入から外界にひきだされずにはすまなかつたのに反し、藝術は徹底的に他我と社会とにそむきつづけ、表現の倫理的性格を完全に放擲してかへりみなかつたのである。そのことはすでに述べた――が、ここにふたたび危機が出現する。

藝術が自我に仕へたのは意識すると否とにかかはらず明確な目的があつてのことである。神、自然の虚妄を看破した功績はいふまでもなく実証主義的な科学精神に帰せらるべきであり、これがまた支配者に対して個人の法律的、政治的自由を主張するデモクラシーの精神を支へてゐるのであるが、この近代の歩みきたつた軌跡とパラレルに近代文学は自我の権威を確立せんと努力してきた――このことは、散文が十八世紀中葉から末葉にかけて、政治的輿論を形成し発表する具として用ゐられるやうになつてから、急に文筆家の勢力と地位とが向上しきたつた事実と想ひあはせれば充分に納得できよう。が、自我の権威を主張するのみならず、それを立証するのにはなはだ有力な散文の科学的正確さは、やがてはその権威を否定し、自我の虚妄をすらあばかうとするこころみにも道を通じてゐた。十九世紀のリアリズム文学がここになりたつたのであるが、すでに述べたやうに自我の権威を否定し、その虚妄をあばかうとする意思も、結局は否定しあばきつくしたはてに揺ぎない自我の真実の残留と確立とを信じる個人主義に支へられてをり、それゆゑに、広大な人間心理の未開拓地を漂泊し、そこに自己を喪失する犠牲にもよく耐へつつなほ真実を探し求める姿に、一般の社会人はやはり自分たちの迷ひを——行為的表現に満たしきれぬものを感じてゐる自分たちの不安を代表し、これを解決せんと努めてゐてくれるものの真実を見てとり、その社会離反と放縦とにもかかはらず、藝術家にいちわうの敬意を払つてゐたのである。

が、未開拓地はつひに渉猟しつくされ、荒らされはてた——危機とはこれである。認識の対象としての純粋な自我はつひに見いだされなかつたのである。自我の真実などといふものは存在しない——動物的、本能的なエゴイズムを除いては、倫理的な束縛を免除された藝術的表現が全身的な忠誠を誓つてゐたものの正体とは、たんなるエゴイズムにすぎないのであらうか。行為的表現がたえず裏切られる苦痛を感じ、あれほど大切にしてゐたものが、たんなるエゴイズムにすぎなかつたのであらうか。行為的表現は自分が社会的常識に囚縛されることをいさぎよく諦め、すべてを藝術的表現に期待したのに、その報酬がこのやうなものであるとは——これが現代の知識階級と藝術家との、世に容れられぬ作家と名声を博した作家との対峙にほかならない。

かつては行為的表現と藝術的表現とのあひだに確然たる一線が引かれてゐた。が、今日それはまことにあいまいなものとなつてしまつた。後者もまた前者と同様に、社会と倫理との強要する義務をはたし、みづから妥協を求めてくるべきではなからうか。自我はもはや認識の対象ではなくなつた——なぜならいまさら新しく認識さるべき自我の余剰は存在してゐない。どんな深奥の真実が、どんな複雑な心理が、未開拓のままにぼくたちの意表をつき、ぼくたちに新鮮な驚きを与へてくれようか。発見し認識すべき自我はすでに滅びた——リアリズムが自我の非実在を証明したのである。が、もともと自我は認識の対象でありうるのであらうか、自意識は実在であるのだらうか——この疑ひは藝術的表現と行為的表現との境界をいよいよあいまいにする。

ひとは自我の非実在とエゴイズムとをのぞきみせられた以上、もはやなにを恐れ、なににこだはる必要もないのである。このうへ表現の虚偽や社会の常識を逃れようと焦ることは無意味であらう。表現はどこまでいつてもつひに嘘を超えられぬのみか、その嘘はますます深刻化してゆく。またリアリズムはいかに努力しようとも、現代では世間人の常識を超えることはできぬ。とすれば、嘘と常識とに平然と堪へる表現が求められねばならない。ぼくたちが日常の行為的表現に無神経に堪へ、その背後で自我の真実をいたはつてゐるやうに——またしても自我である——リアリズムに凝りはてた現代文学は、風俗小説やお伽噺へ、なほ徹底的に諦めきつた作家たちはまるで灰皿や卓子のごとき生活必需品の一部としての、完全な娯楽小説へと遁走を企てる。また私小説の伝統を引く現代的逃避は、ぼくたちの日記や手紙や覚書が日常的効用性のうへになりたつものであると同様に、つぎつぎに空襲当夜の恐怖や交通地獄の凄惨や疎開地の生活難を記録せしめてゐる——数十年後これらが一つの社会学的、ないしは防空上の貴重文献にならうことはなんぴとも否定しえまい。

これらはいづれにしろ自己逃避、自己韜晦の文学である。そしてそれが自己何何、自己何何であるかぎり、依然として個人主義的文学であることに変りはない。が、このやうな方向に自我を超えうる未来は期待しえぬのである。たしかに現代のリアリズム小説は危機に遭遇してゐる――が、これは近代人の宿命としてあくまでまともに耐へねばならぬものである。にもかかはらず、ぼくは危機を指摘するのみで、それを克服する道を示しえない。ぼく自身、迷ひのうちにあり、いまはこの迷ひを正面から迷ふこと以外に解決の希望を知らない。

もちろんぼくたちのまへにはソヴェトの社会主義的リアリズムがあり、アメリカ文学のリアリズムがある。そしてこれらは、これら自身に関するかぎり、あきらかに未来をさししめす唯一の存在であることを信じないわけにはいかない。が、この二つの文学は、ぼくがさきに述べたクリスト教精神のディレムマを超えて出てきたものであらうか、それともこのディレムマを避けて安住地を見いだしたものなのであらうか――ぼくはいまこれを軽々に答へる自信をもたぬ。が、いづれにしろぼくたちはクリスト教国に生れたものではなく、近代日本文学の伝統はクリスト教精神のそとに展開されきたつたものである。しかも、その表現方法は西欧のリアリズムであり、その意味において西欧の精神的苦悩の連累をたえず受けねばならなかつた。それが連累であるがゆゑに、これを自分のものとして解決せんとつとめる努力のはてに、ぼくたちは西欧に突き当り、もはやこの土地では解決不可能の問題としてすべてを海の彼岸に預け、こちらは混迷のうちに無為でゐなければならないのである。

文学においても、ぼくはただこの混迷の状態を指摘することしかできぬのである。ぼくたちは現代文学のうちに否定すべきものを多く見ながら、つひに新しき出発点を明示しえずに終らねばならぬのであらうか。ぼくは表現の倫理について語つた——そして新しき文学がなんらかの方法で、自我を捨て社会意識を身につけなければならぬことは明らかである。が、個人の自由と社会への奉仕と——この二つが二者択一ではなく、止揚合一せられるのでなければ、十九世紀のこころみは完全に無意味なものとなるであらう。百年間の先達の努力がブランクとして拒否されねばならぬ歴史があつたとすれば、それはこのうへない不幸である——トーマス・マンは「自由の問題」のうちで自由と平等との対立をともに並び立たせる「共通の生の根拠」としてクリスト教を挙げてゐる。とすれば、このクリスト教精神は今日どんな新しい文学を用意してゐるのか。いや、クリスト教の洗礼を受けてゐないわが国の現代文学のまへにはただ逃れえぬ絶望しか待つてゐないのではあるまいか。

（「文藝」昭和二十一年九・十月合併号）

自己劇化と告白

中村光夫は「告白の問題」といふ論文のなかで私が書いた「告白といふこと」に言及してゐる。それを読んで、私はこの問題についてふたたび考へてみたくなつた。反駁ではない。私たちの考へるところは、おほよそのところで一致してゐながら、どこかでいきちがつてゐるやうにおもはれるので、できればその点をあきらかにしてみたい。あるいは書きすすむうちに、おなじ結論に落ちつくかもしれぬ。

私はまへにかう書いた——

近代日本文学においてほど、告白といふものが安直に通用した世界はどこにもあるまい。そこにおいては、告白は美徳にたいする激しい憧憬からよりは、むしろ悪にたへきれぬ弱い潔癖感から発生した。

それにたいして、中村光夫は島村抱月の言を引き、「蒲団」以後の告白小説が、その出発点において、わが国の知識階級の自我確立と個性解放との線にそつて積極的な役割をはたした意義を認めたうへで、つぎのやうにいつてゐる――

おそらく自然主義の作家たちが責められるべき点は、彼等がここで告白によつて遂行した個性解放の仕事が、解放された個性に何等の歓びをもたらさず、かへつて彼等を不幸に陥れた事態をそのまま放つておいた点です。

そして、さういふかれらの弱点の本質について、中村光夫はさらにつぎのやうに断定をくだしてゐる――

彼等がその文学の唯一の目的とした自我の追求を中途で止めたのは、その性格の潔癖よりむしろ、その美学の内面的矛盾によると僕には思はれます。実証主義は彼等のロマン派作家たる想像力の翼を、彼等自身について書くときさへ萎ませてしまつたので、彼等は自分自身をも、他人に通ずる形でしか把握できなかつたのです。抱月の言葉をかりれば、彼等は他人もさうであらうと猜せられるものしか自分のなかに見出せなかつたと云へます。

ここに私は疑問をいだく。明治文学史に関する知識の不足から、あるいは私は性急に断定したそしりをまぬかれぬかもしれぬ。その点、中村光夫は微細に分析してゐるといへよう。が、それが少々微細にわたりすぎたきらひがないでもない。第一に、自我の追求といふ倫理的行為において、性格の潔癖といふ主体の側の問題と、美学の内面的矛盾といふ方法の問題と、この両者がはたして分離して考へられるものかどうか、そこに私は疑問をもつ。第二に、自然主義作家がおこなつた個性解放の仕事といふ肯定面と、そのあとにかれらを襲つた「現実暴露の悲哀」にたいする無抵抗な態度といふ否定面と、この二つを別個に考へることができるだらうか。

　もつとも、中村光夫は自然主義作家たちが彼等を不幸に陥れた事態をそのまま放つておいたことに関するかぎり責められて然るべきだといつたあとで、つぎのやうに書いてゐる――

> 「現実暴露の悲哀」などといふ言葉が彼等の間で流行した所以です。むろんこれは或る意味では当然の帰結でした。当時の社会で封建道徳の呪縛から解き放たれることは、すなはち時代の真の性格である内面生活の空白に直面することであつたからです。ただ彼等の過程はこの不幸な事態を、なにか自分等が新しい時代の人間である証拠のやうに考へて、漱石のやうにその空白の把へがたい正体を明かにしようとする努力さへ放棄してしまつた点にあります。ここに彼等の実証主義を装つた感傷詩人たる本質が現はれてゐます。

　この部分は前に引用した二つの文章のあひだにはさまるのであるが、ここでは、中村光夫は、自然主義作家のおこなつた自我確立の運動が必然的に自我抛棄にしか道を通じてゐなかつたことを認め、漱石の態度との本質的な相違を指摘してをり、そのことに関するかぎり、自然主義作家と反自然主義作家にたいする私の論断を承認してゐるやうにもおもはれる。その点について、中村光夫自身、紙数不足のため説明がじゆうぶんでないことをことわつてゐる。いづれ、それは、かれが現在構想中の「近代小説史」において詳細に読むことができようが、それはともかく、中村光夫の近代日本文学史観と私のそれとは、いつたいどこですれちがつてゐるのだらうか。

中村光夫の誤解を招いたのは、おそらく「建設にともなふ悪」といふことばだつたにさうゐない。漱石や鷗外はその悪にたへたが、自然主義作家たちの消極的な潔癖感はそれを逃避し、自己をたんなる批判者として特別席においたと、私は書いた。鷗外は「傍観者」ではなく、漱石は「書斎人」ではなく、その汚名はむしろ自然主義作家のはうに帰せらるべきだとも書いた。なるほど、これは誤解を生むいひかたかもしれぬ。そのため、建設にともなふ悪にたへたのは、漱石や鷗外よりも当時の「政治家、軍人、或ひは実業家たち」だといふ中村光夫の駁論も出てきたのであらう。なるほど、私は当時の政治家や軍人や実業家を、今日の大部分の知識人が考へてゐるやうには、当時の文学者や学者や在野の政論家の下風におく気にはなれぬにしても、かといつて、かれらが、漱石や鷗外にくらべて、より激しく建設にともなふ悪にたへてゐたとはどうしても想像できない。なぜならかれらは表現しなかつた。行動はしたが、表現の必要を感じなかつたのである。

おそらく、そこにこの問題の本質がある。「建設にともなふ悪」とは所詮「生きることにともなふ悪」といふことにほかならず、それにたいへるといつたとき、私が意味してゐたものは、ほかならぬ表現の行為であつた。なるほど政治家、軍人、実業家のやうな純粋なる行動人は、かぎられたる行動人としての文学者にくらべれば、より大きな悪を犯したであらう。が、かれらに悪の自覚はなかつた。いや、悪を犯しはしたが、それにたいへるといふ自覚はなかつたはずだ。悪を明確に自覚すること、そしてそれにたいへることにおいても明確な自覚を把持してゐること――このほとんど自動的ともみえる無償の倫理的意思を通じて、ひとははじめて文学的表現に道を通じうる。

純粋なる行動人のもちうることは、せいぜい反省であり、自己批判であり、そしてときには改悛といふ愚にもつかぬ転機であらう。ことわつておくが、宗教的改心は改悛などといふじめじめした馴れあひの遊戯とは無縁である。改心のあとには、死ぬまで悪にたへようとする徹底した自覚者の生活があるばかりだ。が、改悛によつて、ひとは悪の泥沼から足をぬきえたことを喜ぶ。かれらにとつて、告白は一回かぎりのものでしかない。中村光夫が自然主義作家について、「本来一回限り行はれればその使命は終り、くりかへしはそれ自体無意味である筈の『告白』を藝術化し」といつてゐるのはたぶんその間の事情を語つてゐるのであらう。もちろん、ひとびとは一度改悛した悪に、ふたたび手を染めることがあるかもしれぬ。が、そのときはふたたび改悛すればすむことだ。かうして、告白は度かさなるごとに新鮮さと切実さとを失ひ、ますます馴れあひの度を濃くしていく。告白は何度くりかへされようとも、その意味において一回かぎりのものでしかない。

常識は告白が自己表現であるといふ、いはば告白のリアリズムを安易に信じてゐるやうだが、それは自己の現実の表現であると同時に、いや、それ以上に一定の倫理的基準の容認でもある。われわれが自己の行為について告白するとき、われわれは同時に、その行為を悪と見なす規範のまへに膝を屈してゐるのだ。悪にたへるといふことは、世のあらゆる規範にたいして判断保留をすることである。規範といふ規範にむかつて「否」といふことである。純粋なる行動人のなしうることは、安易に悪を犯すことである。そのばあひ、かれらは悪を犯しうる立場、たとへば権勢とか金力とか習慣とかいふものに寄りかかつてゐる。つぎにかれらのなしうることは改悛である。このばあひも、かれらは世間に通じうる道徳の基準に寄りかかつてゐる。かうして、すべては所定の手つづきのもとにおこなはれる。が、悪にたへるものはこれらの手つづき一切を拒否し、信用しない。

かれらは悪を犯すかもしれないし、犯さぬかもしれぬ。どちらでもいいことだ。ただ、かれは自己のうちの可能性にたいして、まづ誠実であり、そしてそれをひそかに育てる。そのために、かれは自己を秘めねばならない。世間が恐しいのではない。可能性を大切にするからだ。作家にとつて重要なことは、いかに自己を表現するかといふことではなく、いかに自己を隠蔽するかといふことであらう。いひかへれば、たえず自己を限定し捕捉しようとして迫つてくる規範の監視の眼から逃れることである。この規範のまへに降服し改悛すれば、われわれは善人になれる。が、逃げてゐるかぎり、われわれは悪人であることにたへてゐなければならない。

なぜ逃げるのか。いや、かれは逃げてゐるのではあるまい。かれはただ雑兵と戈をまじへるのを避けてゐるだけだ。いやしくも自己を律する規範である以上、いかに雑兵であらうとも、出あへばかならずこちらが敗北ときまつてゐる。相手を刺せば自分も命を落すのは、なにも蜂の世界の宿命だけとはかぎらない。

どうして安易に告白などできようか。自己表現などといふのんきな作業に信頼してゐられるだらうか。おのれがおのれを表現しうる――そんな安易な考へに頼つてゐるかぎり、われわれはせせこましい告白のリアリズムから脱け出られぬであらう。われわれが敵としてなにを選んだかによつて、そしてそれといかにたたかふかによつて、はじめて自己は表現せられるのだ。おのれの表現するものはおのれではない。むしろ表現せらるべき自己は、表現しようとする自己の眼をつねにかすめて、姿をくらまし、おのれを新鮮に保つてゐなければならぬ。なぜなら表現しようとする自己は、つねに世間道徳や、宗教や観念によつて限定され、それに膝を屈しようと用意してゐるからだ。その怯懦と虚偽をしりぞけ、同時に自己を悪人として限定してくれるものの欠如にたへるといふ、この隠れた力闘はいかに遂行しうるか。文学的表現による以外に道はないはずである。

隠れたものであればこそ、表現を必要とするのだ。このばあひ、おそらく、表現といふことばは不適当であらう。往々にして表現とは、現実にあるものの再現を意味する。が、表現といふことばの真の意味は、それが、なければ存在しえぬものを存在させるといふことであらう。それは、あるものにとつては、必至の生きかたであつて、生きかたの伝達などではない。自己は生きることを欲するであらうが、表現されることなど求めはしない。「いつも自分自身であるとは、自分自身を日に新にしようとする間断のない倫理的意志の結果であり、告白とは、さういふ内的作業の殆ど動機そのものの表現であつて、自己存在と自己認識との間の巧妙な或は拙劣な取引の写し絵ではないのだ」（小林秀雄）といふのは、さういふ意味にほかなるまい。純粋な行動人に、どうして表現の必要があるか。かれらはこの現実の世界に確乎として存在してゐる。かれらの生きかたはそこに尽されてゐる。そのうへになほかつ自己を語るとすれば、われわれはいつたいなにを期待しうるといふのか。

ルソーの「告白録」について、ひとはその誠実を疑つたりするが、さういふことはおよそ徒事である。おもふに告白といふことばに欺かれたのであらう。誠実に生きるといへば、なにごとかを意味するが、誠実に語るなどといふことはたはごとである。悪人の魂は、悪事と呼ばれる行為とは元来無縁であつて、そのそとに疎外せられて、なまなましく生きてゐるのであらう。かれはそれについて語ることができるか。できはしまい。かれが語りうることは――誠実に語りうることは――たぶん悪事についてであらう。悪事について誠実に語れば語るほど、かれは自己の魂が裏切られるのを感じるにちがひない。かれは心の奥底で叫ぶ、おれの魂は無垢だ、告白のリアリズムなどに惑はされず、無垢なるままに生きよう、と。

といふのは、あるがままの自己に生きるといふことではない。かれはあるがままの自己などといふものを信じない。なぜなら、かれはあるがままの自己を、そのまま自己であるとおもひこむほど単純な軽信家ではないし、のみならず、つねに自己の可能性がはてしなく見えてゐる意識家にとつて、あるがままの自己などといふものが存在するといふことが、そもそも信じられぬのだ。ジッドがいふやうに、自己は在るのではなく、成るのである。いひかへれば、成ることによつて、はじめて存在しうるのだ。あるがままの自己とは、つまりは世間、あるいは世間の承認した規範によつて限定された自己といふことにほかならず、それを信じるといふことは、とりもなほさず、世間を信じるといふことでしかない。自己の可能性に賭けるものにとつて、このやうな軽信が許されるわけがない。

意識家の眼は、自己のうちにつねにあらゆるものに成りうる自己を見てゐるだらう。が、あらゆるものに成りうるといふのは、その可能性のうちのなにかひとつに自己が転化する以前においては、自己はなにものでもないといふのにおなじだ。意識家はその間の消息によく通じてゐるはずである。なにかになるためには動かなければならぬ。自己は動かねばならない。かうして、かれは自己劇化に専心する。ルソーの「告白録」とはさういふものだ。かれはそこで、いはゆるあるがままの自己表現などに浮き身をやつしてはゐない。かれがマダム・ド・ワレンスとの情交について「誠実に」描写しようとするとき、かれが無意識のうちにこころがけたことは、自分に、そして相手に、当時のそれとは異つた役割を与へようとすることだつたにさうゐない。

さらに重要なことは、ルソーがすでにかれの実生活において、あるがままの自己とは異つた役割を、おのれに課してゐたといふことである。おもふに、思想に自己を賭けるといふことは、さういふことである。ルソーはあるがままの自己をそのままに本来の自己とおもひこむ軽信家ではなかつたと同時に、自己劇化も容易に信じることにかけてはひと一倍軽率なる行動の天才であつたから、みづから自己のうへに想定した役割が、あるがままの自己にたへず圧服されさうな危険を、しばしば感じてゐたにちがひない。あるがままの自己に裏切られぬための自己劇化が、さらに自己を裏切るといふ事態にぶつかつて、かれは当然、表現といふ新しい自己劇化の手段に頼るほかはなくなつた。散文的表現の美学はここに出発点をおく。作家にとつて、誠実とは自己にたいする演劇にすぎぬと、ヴァレリーはいつてゐるさうだが、おそらくその間の事情を示してゐるのであらう。

ルソーが「告白録」を書いたとき、このやうな美学は確立されてゐなかつた。かれは自分の方法について、あるいはことばにたいして、なんらの確信もいだいてはゐなかつたはずだ。かれの告白がいかに不誠実にみえようとも、いひかへれば、神の名においてかれがおこなふ懺悔と反省とがいかにそらぞらしくみえようとも――じつは、たぶんさうみえるからこそ――かれはなにものかを信じてゐた。ルソーのとつた手つづきはかうである。第一に、世間道徳、あるいは宗教的戒律に照して、自己の悪事を認めること。第二に、しかもなほ、自己の魂の無垢を主張すること。第三に――そして、より根柢的に――自己の無垢を証明するものは、自己以外のなにものかであつて、自己はそれをなしえぬといふ信仰。この暗黙の信仰のうへに立つてゐる以上、第一、第二の手つづきにさいして、ことばの確実さなどといふことを信じる必要はなかつたはずである。

ルソーの流れを汲んだ近代作家たちにおいても、たとへクリスト教的信仰は去つたにしても、この、生きるといふことにまつはる根源的な信仰は失はれてはゐなかつた。が、手段はみづからを完成する。実証主義の宿命であらう。根源的な信仰が失はれたがゆゑに、ひとびとはことばの確実さを求めはじめたのか、それとも、ことばの確実さを求めたがゆゑに、根源的な信仰が失はれはじめたのか。結果はとにかく、ことば以外のなにものをも信じられぬといふ悲壮な美学的倫理に帰結した。ひとははじめ、ことばを信じきつて、自己表現をめざす。が、そのつど自己が裏切られるのを感じると、今度は、自己とことばとの連続を切断し、自己の保証と索引となくして、ことばのみの連結によつて、ことばそれ自身の世界を完成しようとこころみる。自己劇化の演戯が完璧になることによつて、近代文学はなにを得たか。あるいはなにを失つたか。

自己劇化が完成するといふことは、本来ありえない。それは停止することを知らぬ自動的な行為であらう。「ボヴァリー夫人」はその限界点に立つてゐる。そこでは自己劇化はみごとに完成し、役者の素顔は消滅し、アリバイが完全に成立した。いはば、告白のリアリズムを拒否することによつて、リアリズムといふ近代文学の美学が完成したのである。その結果、この美学に則つて輩出したのが、凡百の世相描写小説と凡百の告白文学であつたといふのも当然であらう。

おもふに、自己劇化の美学の完成によつて、ひとびとは自己劇化といふものの限界を忘れてしまつたにさうゐない。自己劇化は自己より大いなるものの存在を前提として、はじめて成立する。自己は自己を表現しきれぬばかりでなく、自己は自己を劇化しきれない――この意識が、われわれをしてはてしなき自己劇化に駆りやる衝動ともなり、また自己劇化からさらに脱出しようとする衝動ともなる。両者は別個の行為ではない。つねに同時におこなはれ、前者はその極限においてかならず後者に転化し、後者もかならず前者に転化する。といふよりは、この転化の瞬間においてのみ、はじめて自己劇化が成立するのだ。

いつたい、われわれはなんのために告白し、なんのために告白を拒否するのか。すでにいつたやうに、いづれにしてもそれは無償の行為である。生きるといふことは、あくまで自動的であらねばならない。とすれば、もつぱら告白を目的としたり、もつぱらいつはることを目的としたりすることは、すべて無意味であらう。ルソーが告白を旨としながら、瞬間瞬間において自己劇化に転じたやうに、それとは逆に、演戯を徹底させることによつて、ふたたび告白に通じるといふ道があるはずだ。前者の方法によつて近代文学ははじまり、後者の方法によつて、それは自己を越えるであらう。いひかへれば、ことばの完成によつてもはや自己を裏切ることしかなしえない美学的倫理を越え、人間の倫理への方向を辿りうるであらう。

告白のリアリズムによつた凡百の告白文学は読むに値しないと同時に、告白につながらない文学もまた文学の名に値しない。ヴァレリーが演戯といふとき、かれが考へてゐたのは、ことばに縛られた精神を解放するための方法だつたにちがひない。告白文学のいきづまりにおいて、かれが考へてゐたのは、おそらく告白をなしうるときといふことだつたであらう。テスト氏はそのときを待つてゐる。が、ヴァレリーが書きえたものは、そのときを待つてゐる人間の精神だつた。いまは、それだけでも大したことだ。

小林秀雄に「ゴッホの手紙」を書かせた衝動はなにか。まさか絵のうちに摑めないゴッホの姿を手紙のうちに見いだしたからではあるまい。批評とは証拠あつめではないはずだ。絵にもことばにも裏切られてゐるゴッホの無垢な魂の焦燥が小林秀雄の心を動かしたのである。表現といふものにたいする信不信の彼岸にゐたゴッホの魂に、いひかへれば、自己の姿を映す他人の鏡に干渉することを知らない健康な精神にしてはじめて可能な告白に、小林秀雄は心を澄まして聴き入つてゐるのだ。小林秀雄の告白文学否定もまた、告白をなしうるときを待つ心のなすわざであらう。いまは、さうすることによつてしか告白をなしえぬ。「ゴッホの手紙」が小林秀雄の告白となりえたゆゑんである。

のみならず、中村光夫もいつてゐるやうに、小林秀雄の近代文学否定は、ほとんど文学否定にまで達してゐる。批評といふものが、今日はたしうる最高の機能がそこにある。現代の批評は、およそ美学と名のつくものすべてに不信を表明する。かつては批評と人生とのあひだに介在した作品とその美学とが、いまや消滅した。批評は直接人生と相対さなければならない。批評はもはや文学とか文学者とかいふ概念にわづらはされぬばかりか、批評とか批評家とかいふ概念にすらこだはらぬ。作品の美学が疑はれてゐるところで、批評の古典的美学がどうして成立しえようか。

　このことは、しかしながら、現代の文学にのみ、あるいは現代の批評にのみ、関することではなからう。人生においても、藝術においても、われわれがわれわれ自身になる瞬間には、かならず信と不信との、虚と実との接点に身をおかざるをえない。

　わが国の自然主義作家たちにはこの間の消息がわかつてゐなかつた。中村光夫は、かれらが自我確立と個性解放の仕事に貢献したことを認め、しかも確立と解放のあとを襲つてくる自我の空虚感を埋めることに怠惰であつただけだと見なしてゐるが、はたしてさういふことがいへるだらうか。自己主張がその極限において自己否定に到達する接点においておこなはれない自我確立を私は信ずることができないし、またその逆に、自己否定がその極限において自己肯定に到達する接点においていだかれる絶望しか私は信ずることができない。すでにいつたやうに、告白の問題のみならず、それは生の在りかたの本質にかかはつてゐる。われわれは在るのではなく、成るのである。そして成るためには、肯定から否定へ、否定から肯定への、架橋の瞬間がつねに必要なのだ。われわれはその瞬間を劇的と呼んでゐる。

　自然主義作家たちが責められるべき点は、個性解放の仕事のあとの「彼等を不幸に陥れた事態をそのまま放つておいた点」ではなく、すでに個性解放の仕事において、個性などとかれらの称するものを頭から拒否してかかつてくる現実の力に無関心だつたことではないか。そのことは自我拡大の障碍としての社会を認識しえなかつたといふことであらうが、より適切にいへば、かれらの自我拡大の慾望が、その尖端において社会を発見するほど熟してゐなかつたといふべきであらう。まして自我の対立者の極限概念である真や無を探りあてることなど、おもひ主体の位相は決定されてしまうのであって、その点では鷗外は漱石におよばなかった。まへにいったやうに、なにを敵に選ぶかといふことで、主体の位相は決定される。人力のおよばぬ運命、あるいは個人を否定してくる社会機構、それを敵として設定するところに、人間とか個性とかいふ概念が出てくる。自然主義作家たちのおこなった個性解放に、はたして個性のかかはる領域があったらうか。

漱石や鷗外は、なるほど自然主義作家たちにくらべて、当時のいはゆる封建道徳に従順であった。が、かれらは世間態を恐れてゐたのではない。かれらは封建道徳の背後に道徳そのものを見てゐた。生きてゐる人生の真実を見てゐた。自然主義作家たちにはそれがみえなかったのだ。かれらはそこに過去の形骸だけしか見てとらなかった。それをいまだに信じてゐる民衆の生きた顔がみえなかった。それに従ふことが虚飾とみえるほどに、かれらは自我の背後になにか観念的な神を背負ってゐたのである。素手で規範と対決するところに告白文学がなりたつとすれば、かれらのばあひは、その正反対に、外部から借りた規範をもって、当時の現実に相対したといへよう。それは武装解除に似てゐる。なるほど、儒教的な世間道徳の呪縛は当時なほ強かったといふかもしれぬ。たしかに世間道徳対個人のたたかひにおいては、前者が勝ってあらう。が、かれらのたたかったたたかひは世間道徳対個人ではなく、世間道徳対西洋文学でしかなかった。かれらは観念的には後者の勝ちを信じてたたかった。いかに現実において敗北しようとも、錦の御旗は自分たちの手にあると信じてゐたのである。

かれらの弱点は「美学の内面的矛盾である」といふよりは、倫理的主体そのもののうちに、あるいは倫理的主体と美学的方法との結びつきのうちに見いだせるのではないか。その主体と方法との断絶に最初に気づいたのが二葉亭であつた。そしてかれは文学を抛棄した。が、かれの文学否定と花袋の美神崇拝と、そのいづれに、われわれは自我追求の強さを読みとるか。いふまでもなく、二葉亭は自我に強く固執したがゆゑに、文学不信に到達せざるをえなかつたのであり、花袋は安易な美神崇拝のために、自我を見うしなつたのにほかならない。当時の二葉亭にむかつて、その自我を棄てうるほどの神を発見しえなかつた怠慢を責め、自我追求の文学的方法を発明しえなかつたことを非難するのは、むりといふものであらう。が、花袋が安易に西洋の美学を信奉してしまつたことの非をならすのは、かならずしも時代錯誤とはいへまい。

個性解放、あるいは自我確立といふことばに、ともすればともなひがちな安易さに、私はまづ反撥を感じる。多くの論者は近代西欧の精神史が自我解放の喜びにはじまつたと、口をそろへていふが、中世から近世への転換はおそらくそんななまやさしいものではなかつたらう。まづ最初に、自我は全体に反逆し全体から離脱する悪として自覚されたはずだ。自我解放は、ルネサンスの理想といふ錦の御旗に援護されてあるがゆゑの喜びではない。それは悪でありながらなほ――いや、悪であるゆゑになほ――ひとびとにとつて快楽であつたのだ。かれらのために、悪への衝動を許容してくれるなにものもなかつた。かれらはなんらの理想や観念の保証なくして、悪の衝動に身を委せた。悪を犯すためには、悪への衝動のみで、動機はじゆうぶんことたりた。悪への衝動とは、いひかへれば、生の衝動にほかならない。生には生以外になんの理由も不必要といふわけだ。では、なぜその生の衝動を悪と見なさねばならなかつたか。いふまでもなく、かれらは宗教的規範を信じてゐたからだ。かれらは口に神の完全なる徳をたたへながら、しかも、もろもろの肉体的慾望に身を委せ、悪事をおこなふといふ矛盾を平気で演じてのけた。

自己劇化とは、この善と悪との両極のあひだに身を処し、両者の間隙をますます押しひろげるやうに激しく運動しつづけることであり、告白とは、その振幅の増大にたへきれなくなつて、とたんに運動を停止することであらう。が、わが自然主義作家たちは、それとは逆に、理想と現実とのあひだの振幅をひたすら狭める作業に熱中し、自己をそのなかに閉ぢこめることによつて告白を成立させたのである。自己表現とか告白とかいふものは、さういふ場所にむかつて、自己を的確に追ひこむことだとおもつてゐる。その結果、かれらははじめに出あつた自己以外の自己を発見しえなかつた。

いはゆる理想家のとらはれやすい固定観念は、現実が日に日に理想に近づき、その悪はやがて除去せらるべきであると考へることだ。つまりかれらは理想と現実との一致せる状態を理想として、その実現を目ざすはなはだ潔癖な現実家であるといふことになる。いつぽう、いはゆる現実家は、その見えすぎる眼のおかげで、現実化せられない理想にむかつて呪詛のことばを投げつけ、それが現実化されぬ以上、不要なものと見なす。かれもまた、理想の現実への一致といふ状態を理想とするはなはだ潔癖な理想家である。いづれも、理想と現実との対立分離をそのまま認めようとせず、その両者のあひだに振幅をつづける自己を楽しむことを知らない。かれらは自己の運動の場を狭め、自己を抹殺しようとしてゐるのだ。個性とは、理想と現実とのあひだに、善と悪とのあひだに身を処することによつて、はじめて存在しうる。

花袋はいはゆる潔癖な理想家であり、またいはゆる潔癖な現実家でもあつた。「蒲団」の致命的欠陥は、それが悪への衝動によつて支へられてゐないといふことだ。なるほど、そこには当時の封建道徳が悪と見なしたことについての、正直な告白があるかもしれぬ。が、花袋自身のうちに、悪の自覚は見いだせない。かれは封建道徳といふ常識に反逆はしてゐても、個性解放といふ当時の知識階級の常識に媚びてゐる。なによりも、その文体に明らかだ。「蒲団」の文体はなにものかに抵抗してゐる文体ではない。個性を悪と見なすものが存在して、はじめてそれにたいする抵抗が生れる。が、花袋は個性を悪と見なすものの存在を認めない。

悪の自覚なくして、どうして個性がありうるか。花袋のうちに、われわれが見るのは、花袋の個性ではなく、西洋文学によつて与へられた個性といふ概念の亡霊にすぎない。かれはこの概念に邪魔されてゐたがゆゑに、かれ自身の個性に到達できなかつたのであり、またこの概念の薄弱さのために、現実の悪にたへきれなかつたのである。かれはこの個性の概念を楯に世間道徳とたたかひ、それを虚飾としてしりぞけた。その結果、かれがあるがままの自己として「蒲団」のなかに告白しえたのは、この個性の概念といふ楯にほかならなかつた。それは告白にもならない。私が考へるのは、むしろ虚飾や偽善に徹したはうが、世間道徳と対立する個性の苦闘を自分のものになしえたらうといふことだ。その意味で花袋の真の個性は現実の悪に接触することなく、楯の背後に温存されてゐたといへよう。この花袋といふもつとも個性の稀薄な作家に、近代日本文学における個性解放運動の功績を帰する文学史は書きかへられねばならぬであらう。

（「文學界」昭和二十七年十二月号）

II

近代の孤独

漱石の孤独感——「行人」の倫理

その机の後、二枚重ねた座蒲団の上には、何処か獅子を想はせる、背の低い半白の老人が、或は手紙の筆を走らせたり、或は唐本の詩集を飜したりしながら、端然と独り坐つてゐる。……

漱石山房の秋の夜は、かう云ふ蕭条たるものであつた。

私達は、この芥川龍之介の感傷を通して、蕭条たる漱石山房の中に、絶頂を極めた一時代の精神文化の集大成と、同時にその挽歌を奏する孤独の象徴を見る。この「背の低い半白の老人」は、「もし自分が殉死するならば、明治の精神に殉死する積だ」と厳粛な感慨をもらして、その一代の傑作、「こゝろ」の中に自らその生命を絶つた。

しかし、漱石は、「こゝろ」の外に生き永らへて、私達に「道草」「明暗」を与へた。このことの中に、即ち、自ら孤独に死んで行つた「こゝろ」の先生と、二年余の後、大勢の門弟に看とられつつ大往生を遂げた漱石との対照の中に、一つの藝術家の悲劇を見る。

「死ぬか、気が違ふか、夫でなければ宗教に入るか。僕の前途には此三つのものしかない。」

「行人」の兄のこの述懐は、「こゝろ」に於ける「私はこの自分を何うすれば好いのかと思ひ煩つてゐた所なのです。此儘人間の中に取り残されたミイラの様に存在して行かうか、それとも……其時分の私は『それとも』といふ言葉を心のうちで繰り返すたびにぞつとしました。馳足で絶壁の端迄来て、急に底の見えない谷を覗き込んだ人のやうに」といふ先生の言葉と共に切迫した二者択一を私達につきつける。勿論、漱石自身にとつて、宗教に入ることはもとより、先生の様に死を選ぶことも出来なかつた。とすれば、残された道は唯一つ、気が狂ふのを待つより外はない。ここに想ひ到る時、私達は漱石の死を自然の暴戻と憤るべきであらうか、或いは慈悲と悦ぶべきであらうか。

　とは云へ何が故の狂気か。全作品がその秘密を物語る。だがもしここにシェストフ的言辞を弄するならば、漱石は明治四十三年の大患以後私達の前に姿を変へて登場してゐる。一人の作家の絶筆に現はれた観念は、必ずその萌芽を処女作の中に見出しうるといふことは真実であるとしても、「行人」「こゝろ」「道草」の三作品が漱石の生涯の観念を夫々三つの角度から示してゐるといふ事実に留意せねばならぬ。その構成は極度に引き締められ、論理の余裕は失はれる。一言一齣が、一観念、一思想の下に仕へる。而もこの観念は、作者によつて身を以て生きられ、彼から奪ひとつた血肉を以て私達に迫る。思想は、一度、生きた人間の血をすすつた時、永遠に生きるのだ。かくして、「行人」の中に一つの思想が明確にあらはれ、「こゝろ」「道草」を通つて「明暗」に流れ込んでゐる。

「僕は死んだ神より生きた人間の方が好きだ」といふ乱暴な放言は直ちに、Einsamkeit, du meine Heimat Einsamkeit（孤独なるものよ、汝はわが住居なり）の悲痛な叫びに通じてゐる所に「行人」一巻の悲劇が存在する。怖らくは、この兄、一郎の性格を心に描きつつ、漱石は「行人」発表の二日前津田青楓に書き送つた。

藝術家が孤独に安んぜられる程の度胸があつたら定めて愉快だらうと思ひますあなたはさう思ひませんか。

私の小説を読んで下さるのは有難いどうか愛想を尽かさずに読んで下さい。私は孤独に安んじたい。然し一人でも味方のある方がまだ愉快です。人間がまだ夫程純乎たる藝術〔家〕気質になれないからでせう。

最も美しきもの、最も高きものを冀ふ男が同時に最も卑しきもの、最も俗なるものをつひに超え得なかつたのだ。彼は孤独を欲し、孤独を怖れるのだ。俗人を軽蔑して森厳な孤高を憧れ、而も万人の愛撫を慾望する。「こゝろ」の先生は、「人間を愛し得る人、愛せずにはゐられない人」であると同時に、人を愛した以上、その人の愛の中に燃え切らうとする人である。人からも愛されたいといふ激しい慾望を有つた人である。漱石にとつて、人を愛し、理解することと、人から愛され、理解されることとは決して別のことではなかつた。彼は愛されずして愛することは出来なかつた、愛さずして愛されることは苦痛であつた。
私達は「トニオ・クレエゲル」の一状景を想ひ起す。彼はカドリイルの場から抜け出し、廊下へ忍び出ると、両手をうしろに廻して、鎧戸(よろひど)のおりた窓の前にしよんぼりと立つた。外は見えない。客間の愉(たの)しさうなざわめきを聞きながら彼はかう考へる。

何故に、何故に自分はここにゐるのか。なぜ自分の小部屋の窓際に腰かけて、シュトルムの「インメンゼエ」を読みながら、胡桃(くるみ)の老木が大儀さうに音を立てる夕ぐれの庭に時々眼をやつてゐないのか。そここそは自分のゐるべき場所だつたらうに。(中略)ほんとは彼女がここへ来なければならない所だ。自分がゐなくなつたのに気附いて、自分がどんな気持でゐるかを感じて、たとへ只憫(あはれ)みの心からにもせよ、そつと自分の跡について来て、自分の肩に手を掛けて、かう云はなければならない所だ。——私達の所へ入つていらつしやいな。機嫌よくなさいよ。わたしあなたが好きなのよ。——そして彼はうしろのけはひを窺ひながら、不合理な緊張のうちに、彼女が来れば好いのにと待つてゐた。併(しか)し彼女は一向やつて来なかつた。そんなことは地上では起らぬのである。

漱石にはこの様な美しい感傷は無かつた。この国の習俗と、彼の自尊心がそれを禁じた。しかし、彼の作品は、彼の生涯を通じて追ひ求め得られなかつた愛の故に、孤独と寂寞(せきばく)の中におかれたものの歎きを物語つてゐる。

「私は今より一層淋しい未来の私を我慢する代りに、淋しい今の私を我慢したいのです。自由と独立と己れとに充ちた現代に生れた我々は、其犠牲としてみんな此淋しみを味はなくてはならないでせう」といふ先生のきびしい態度に私達は心うたれる。自らはいばらの道を這ひ、幾度びか陥穽に落ちつつも、他人には平らかな並木道を歩ませようとするのだ。先生は己れの苦痛を、愛する妻に秘める。「考へると女は可哀さうなものですね。私の妻などは私より外に丸で頼りにするものがないんだから」といふ先生は、妻の母の病んだ時、力の限り看病するのだ。「是は病人自身の為でもありますし、又愛する妻の為でもありましたが、もつと大きな意味からいふと、ついに人間の為でした。」

人はこの述懐の中に、自我にとらはれた人間の最後の努力としてのヒューマニズムを見出すであらう。「一個の藝術家たるには、人はかくも極度に宗教的であらねばならない」とガルダ湖畔から書き送つた一人の人間を想ひ起したい。


私達は「道草」の中に、時に自我に捉はれて焦立ち、時に自我の卑俗に愛想をつかし、人間の存在と交渉に塵労をみ、時の流れに、過去をわづらひ、老いを厭ひつつ、つひには遣る方なく慈愛の言葉を口にし、凡て地上的なるものを厭離し乍らも、何事も宿命と諦念した漱石が、「世の中に片附くなんてものは殆どありやしない。一遍起つた事は何時迄も続くのさ」と呟いてゐるのを見る。「こゝろ」の清々しさは再び失はれて了つたかに見える。

再び「行人」に戻らねばならぬ。

漱石は、一個の藝術家として、何よりも、愛の純粋を祈求した。この願ひの激しさは、二つの魂の融合を妨げる凡ゆる虚偽に対する憎悪となつてあらはれた。世間的な虚偽に対する鋭敏な認識、観察が、漱石の初期の作品を形造つてゐる。彼は自ら「特殊人(オリヂナル)」としての高い教養を以て、民衆を、趣味に、智識に、倫理に於て、啓蒙せんとした。

彼は、常にその作品の中に弁解してゐる様に、自らの経験からかけ離れた思索的遊戯に耽ける様なことはなかつた。漱石は已れの周囲に起る些末な日常的事実を、殆ど頑迷な程に固執した。彼の認識は、鋭い理智に支持されても、決して不健全な自意識のから廻りを演ずることはなかつた。彼の魂は地上を離れることを忌み怖れたのであらう。

漱石は愛を抽象的観念として憧憬したのではない、個々の日常的事実の中にその表現を捉へようとした。少年時代特異な環境に生長した彼にとつて、対人関係に於ける自己の位置を知ることは容易なことではなかつたとともに、この不確定な地位にあつて已れの態度を決めて行かねばならぬところに、彼は常に他人の心を計らねばならなかつたのであらう。神経の細い幼い者にとつてこの努力は確かに重荷であつた。大人の計り知れない心の動きに常に苦しまねばならなかつたのだ。彼は必然、認識し、観察する者としての宿命を負はされて了つた。この神経は、愛の正純を願ふ気高い血液と如何にして調和さるべきであらうか。

「行人」に於て、漱石はもはや啓蒙的な余裕を失つて了つた。愛を説き、世俗の虚偽を攻撃するゆとりを失くしたのだ。より切実に、より純粋に、彼は認識人としての愛の可能を問題にし始めてゐる。彼からはもう、「特殊人(オリヂナル)」といふ豪語をきくことは出来なくなつた。

兄の一郎は妻の一挙一動の中に愛の確証を得ようとしてゐる。どんなに些細な行為も、彼女の心の内部を語る重要な表現的媒介として、一郎の目を逃れることは出来ない。だがこの日常生活に於ける行為といふものは、その行為の連関しあふ個人と個人との関係が複雑を極めるに従つて、心の表現としての把束(はそく)には困難が伴つて来る。私達は必しも一郎の、妻の行為に対する、解釈を信用することは出来ない。一つの日常的行為は幾多にも解釈し得よう。一定の個人の行為が示す意味は、その個人の性格と環境と、その行為の示された時の状況によつて限定されて居り、この行為の理解とは、それに、同じく限定された了解者の性格、環境、状況を掛け合せることであるといふ事実に思ひ到れば、一つの愛の純粋といふ規範から、妻の行為を解明せんとする一郎の苦悩を理解しえよう。

一郎は、狂女の三沢に対する態度を真の愛情から出たものと解釈せずにはゐられなかつた。その女からは、「世間並の責任」は消えて了つてゐるからだといふ。狂女の愛をそのまま夢様に信じようとした三沢は、一郎から見れば一個の幸福者であつた。「噫々(あゝ)女も気狂にして見なくつちや、本体は到底解らないのかな」といふ溜息が一郎の口をついて洩れる。

ここで、私達は、漱石が女性を理解しえなかつたといふ半ば嘲笑をこめた批判を思ひ出さねばならない。それと同時に、小賢しい、器用な女性描写と対照して、漱石の誠実な女性観察に接する時、彼の厳粛な人間観察の態度に心打たれるのだ。女性を理解しえないといふ漱石に対する評言は、そのまま評者の頭上に返つて来る。

一郎の昏迷は、直ちに女性を乗り越えて、他我一般の不可知といふ根本命題にぶつかる。「御前他の心が解るかい。」一郎のこの質問は二郎にではなく、私達に直接なされてゐるのだ。この時、お前は他の心が解つてゐない、と答へるものは、愚者か、然らずんば、漱石の軽蔑する「おつちよこちよい」であらう。

二郎は答へる。

「兄さんは余まり考へ過ぎるんぢやありませんか、学問をした結果。もう少し馬鹿になつたら好いでせう」

「向ふでわざと考へさせるやうに仕向けて来るんだ。己の考へ慣れた頭を逆に利用して。何うしても馬鹿にさせて呉れないんだ」

私達も、二郎と共に、ここに至つては慰めの言葉に窮する。嫂がそんなことをするわけがない、と云つて見ても始まらないのだ。ここには唯、宿命と苦悩がある許りである。他我一般の代表者としての嫂の姿は、私達の眼に、或いは純粋な自由な女として映じ、或いは図々しいまでのしつかり者と映じ、或いは気高い程の忍耐の権化とも映ずる。作者は、一郎の焦躁を弟に、母に、そして読者にまで強ひるのだ。現実は刻明に描写される、それによつて、私達は、現実とは理解しえぬ魔性のものだといふことを知る、この漱石の卓抜せる手腕は驚嘆に価しよう。

私達は、日常的事実としての現実の中に、愛情の証左を汲みとらうといふ一郎の焦躁が、時に滑稽な行動を敢へて冒さしめるのを見るであらう。「二郎、何うか己を信じられる様にして呉れ」といふ兄の悶えを二郎は冷然と見下してゐる。

兄の言葉は立派な教育を受けた人の言葉であつた。然し彼の態度は殆んど十八九の子供に近かつた。自分はかゝる兄を自分の前に見るのが悲しかつた。其時の彼はほとんど砂の中で狂ふ泥鰌の様であつた。

だが、兄はつひに己れの弟をして、己れの妻を試みさせようと迫る。この取り乱した兄の態度に、弟は、厳粛な苦悩をみずに、却つてその稚気を組み易しと考へる。兄の弱点を掌中に握つたかのつもりでゐるのだ。俗人は、渾身の努力を以て彼等に近附かうとする藝術家の自己の混乱の虚に乗じて、貴様は俗人だ、と叫ぶ。ここに、最も深刻な藝術家の悲愁がある。そして俗人の救ひがたい軽薄があるのだ。当然、俗人は報復される、二郎にも嫂がわからなくなる。しかし最も激しく報復されたものは兄自身であつた。彼は如何なる特異人にも許されてはゐないことを敢へて為したからだ。弟の軽薄をもはや信ずることは出来ぬ。そして妻の心もますます不可解になつて了つたのだ。

漱石にとつて、最も親しい存在としての妻を理解することは、正に愛の実在の証左を賭けることを意味してゐた。そして、他我の不可知とは、畢竟、自我と他我との絶縁を自覚した言葉であり、ひいては、藝術家のもとには真実の愛は生涯訪れないといふ諦念でもあつた。俊鋭なる認識と清純なる心情の持主としての藝術家は、その高邁な精神の故に、已れの周囲に群る凡俗とは絶対に相異り、永久に相容れない自分を見出したのである。と同時に、世俗を敵として戦ひ、或いは軽蔑して山に隠れることも出来ず、絶えず已れを取り巻く煩鎖な日常的事実にとらはれてゐる自分を眺めた時、漱石は愕然として、已れの周囲の凡俗の上に、より厭ふべき已れの中なる凡俗を見出したのである。

「二郎、ある技巧は、人生を幸福にする為に、何うしても必要と見えるね。」この深い悲しみに満ちた言葉の中に、漱石は、已れの周囲の俗人と、已れの中なる俗人とに苦しげな妥協を申し出でようとしてゐる。私達は、「純乎たる藝術家気質」になり切れぬことを歎く彼の言葉を想ひ起さう。

孤独（Einsamkeit, du meine Heimat Einsamkeit）が漱石に残された唯一の道である。最も温い愛を冀つた彼の前に、世俗は幻滅を提出した。俗人的他我から愛を期待することを諦めた漱石は、又同時に俗人的自我に束縛されて、自らの愛をも憚らねばならなかつた。愛されない孤独、そして愛を秘める孤独――この二重の孤独感は、既に「彼岸過迄」の須永に観念として胚胎（はいたい）し、「行人」の一郎と「こゝろ」の先生の中に肉化されたのである。私達は「行人」と「こゝろ」を、この意味に於て、相異つた観念として考へることは許されない。「行人」は「こゝろ」によつて理解され、「こゝろ」は「行人」によつて理解される。

今、私達の眼には、蕭条とした伽藍の様な十畳の間に、只孤独の中に於てのみ愛の可能を諦視した半白の老人のわびしい姿がうつつてゐる。そしてそのじつとみつめた視線を辿（たど）るとき、その果に、私達は「行人」の終末にあらはれた一つの主題（テーマ）を見出すであらう。

> 実際僕の心は宿なしの乞食見たやうに朝から晩迄うろ〳〵してゐる。二六時中不安に追ひ懸（か）けられてゐる。情ない程落付けない。仕舞には世の中で自分程修養の出来てゐない気の毒な人間はあるまいと思ふ。さういふ時に、電車の中やなにかで、不図（ふと）眼を上げて向ふ側を見ると、如何にも苦のなささうな顔に出つ食はす事がある。自分の眼が、ひとたび其邪念の萌（きざ）さないぽかんとした顔に注ぐ瞬間に、僕はしみ〴〵嬉しいといふ刺戟を総身（そうしん）に受ける。僕の心は旱魃（かんばつ）に枯れかゝつた稲の穂が膏雨（かうう）を得たやうに蘇る。同時に其顔――何も考へてゐない、全く落付き払つた其顔が、大変気高く見える。眼が下つてゐても、鼻が低くつても、雑作は何うあらうとも、非常に気高く見える。僕は殆ど宗教心に近い敬虔の念をもつて、其顔の前に跪（ひざまず）いて感謝の意を表したくなる。

かくして、藝術家の悲劇を身に負ひつつ、我を捨てて、「絶対に物から所有される事」を願ふ漱石のあくまで東洋的な生き方に、「藝術の中に紛れ込んだ俗人、良き子供部屋への郷愁を懐いてゐるボヘミアン、頼しい良心を持つた藝術家」トオマス・マンの中にあらはれた西欧精神を対照させてみたい。「単純な誠実な、安易で尋常な、非天才的な紳士的なものに対するあの溺れ心地の偏愛」で胸一杯だといふトニオ・クレエゲルは書いてゐる。

僕は二つの世界の間に介在して、そのいづれにも安住してゐません。だからその結果として多少生活が厄介です。あなた方藝術家達は僕を俗人と称へるし、一方俗人達は僕を逮捕しさうになる……どつちの方が僕をより烈しく傷けるか、僕は知らない。俗人は愚昧だ。併し僕を粘液質で憧憬のない人間と名付けるあなた方美の崇拝者達は、かういふことを顧慮してはどうですか。——世の中には凡庸性の法悦に対する憧憬を、他のいかなる憧憬よりも更に甘く更に味はひ甲斐があるやうに感ずるほど、それほど深刻な、それほど本源的で運命的な藝術生活があるといふことを。

私達は、この西方の精神と、かの東方の精神との間に、距離を越えて、一つの共通な血のつながりをみる。而して、自己の中に俗人を包含しつつも、その深刻な苦痛の中にも永劫に汚されえぬ藝術家の血の矜持に打たれる。と共に、かうした俗人に対する愛情に溢れたこの精神の彼方にヒューマニズムを期待することは誤りであらうか。

（三六・一一・二九）

〔引用〕「トニオ・クレエゲル」は岩波文庫の實吉捷郎氏訳。ガルダ湖畔からの「ロレンスの手紙」は紀伊國屋書店刊の織田正信氏訳。

（昭和十一年十一月二十九日執筆、未発表）

嘉村礒多

一

嘉村礒多が逝つてもう十年になる。いまでは表だつて彼の名を口にするものもない。かつては彼にもさかんな花束が捧げられた。が、彼に対する讃辞と追悼とのかげには、田舎者に対する都会人の侮蔑が、後輩に対する大家の寛大が、いはば優越せるもののあらゆる安心と見くびりとが隠されてゐた。この十年間の浮薄な文壇のうごきは、国民文学、歴史小説、戦争文学などといふ空しい儀式の催しに逐はれつつ、その間、それでもときをりうしろめたさうに私小説の周辺にいぢきたない郷愁を寄せたりしてきたが、つひに嘉村礒多の存在はふたたび当時の盛名を回復することができなかつた。ひとびとはその醇乎(じゅんこ)たる作品と彼の藝術的精進とを認めたにしても、その文学史的位置の必然的な確さを正しく計量しえなかつたかにみえる。当時、私小説はやうやく文壇の主流から置き去られようとしてゐた。左翼文学と新感覚派との対立が表面の話題となり、嘉村礒多の文学はいはばその片隅に押しやられ、たとへ彼の死の前後に賑かな祭典が挙げられたとしても、その推薦にはなにか文壇政治的な不純なものすら感じられたのであつた。この点、主流のそとにあつたといふより、むしろ当時は自然主義や、白樺派などのやうな意味の主流は解体してしまつたあとであり、それゆゑに各人各派が思想、友情、のみならず文字どほり政治的徒党につながつて、みづからが主流を形成せんとする態勢にあつた。もちろんそれは作家個人の意識的なこころみではなく、彼等が依拠してゐた社会的現実の均衡が失はれ、したがつてその社会の基調でもあり成果でもあつた近代自我の限界が彼等の眼前に突きつけられたのであつてみれば、このひとつの目標に向ふひとびとの姿勢が前向きの整つた形を呈し、期せずして同質の運動を採るのに反して、その限界に突き当り、ひるがへつてそこから脱出せんとするひとびとのあがきが、もはや共通の目標なくしてうしろむきの姿勢のままに、一定の集団的な方向をもちえなかつたのも当然であらう。彼等は出発点だけを共にしえた。ゆゑに文学史のパスペクティヴに参与するためには、白樺派以後の作家はすくなくともこの自我の限界といふ共通の地盤から出発することが必要であつた。

嘉村礒多もまたまさしくここから出発したといふこと——その事実を当時の文壇人がはたしてどこまで深く理解してゐたであらうか。左翼の作家の世界観的視野、乃至はその公式的概念、都会派の気のきいた理智と情感との遊戯、豊かな生活意識と形容詞の扮飾——かうした意識的な反逆と逃避との武器をもつてゐなかつただけに、嘉村礒多は文壇の片隅に己れの無教養と田臭とを恥ぢながら、新潮社の応接室を訪れる著名な文人たちのまへにおづおづと茶を運ぶことに甘んじなければならなかつた。にもかかはらず、当時の文壇はもとより彼自身さへ気づかぬところで、嘉村礒多の文学はきちんと文学史の図取りにその確な位置を占めてゐたのであつた。彼のそれほど多くもない作品は、それらが私小説文学におけるいくつかのすぐれた収穫の一をなすといふやうななまはんかな評価によつて理解されるものではない。僕は嘉村礒多の作品にはじめて私小説といふものの真象をのぞき見た感を禁じえなかつたが、その意味において彼は私小説を完成し、同時にその完成によつて己が生涯とともにこれを葬るといふ、近代日本の文学史上彼のみにふりあてられた役割をはたしていつたといへよう。

藤村は「春」の末尾に「あゝ、自分のやうなものでも、どうかして生きたい」といふ吐息に似た言葉を書きしるしてゐるが、この屈折の激しい述懐を、僕はその屈折のゆゑにすなほに受けとりがたいのである。藤村の謙譲といぢらしさとは、自己を否定してくる抵抗を予期するのが、あらかじめそれに備へ、その抵抗の厳然たる存在にもかかはらずなほ自己を生かさんがための賢明なるポーズである。自己の内にも外にも、じつは積極的な闘争や葛藤は見いだされぬ。それが一見あるごとくに思はせるほど、彼は自我に鞭うつて見せてゐる――が、その真底ではなにものも犯しえぬ、しかも彼自身すらいかんとも手のほどこしえぬ自我の肉体が本能のごとく傲岸に控へてをり、したがつて藤村の自己否定や謙譲といふがごときものは、いはばその傲岸不遜な自我の存在をわれにもひとにも確認せしめるための手のこんだ操作にほかならぬ。

といふのは、私小説の出発点がこのやうな意思の拋棄と本能の肯定とのうへにあつたといふことである。

自己に出づるもの以外なにものにも頼らず、なにものをも信じまいとする私小説の伝統は、かくして志賀直哉のうちに、また葛西善蔵のうちに、より率直な形をとつて現れてゐる。僕はこの二人の私小説作家の生涯と作品との明暗を決定したものとして、なんら本質的な相違を見出しえない。嫡子と私生児との偶然的な生活条件の差異を除去してみるならば、二人とも自然主義といふ同父系の子である。が、事実は反対に葛西善蔵が自然主義の嫡流と見られ、志賀直哉は白樺派的ヒューマニズムの血を享けた庶子と見られてゐる。ここに貧しい近代日本の精神史的宿命を窺ひ見る思ひを禁じえぬのは僕だけであらうか。二人の作品のかげには二つの異つた生活がある。志賀直哉はあらゆる生活苦から免れ、その家庭の、また彼自身の教養は封建的因襲にとらはれることがすくなく、のみならず、生れながらの環境たる東京をその成長と生活との環境たらしめることができた。自我の成育と完成とのためには、いかにこの生活をやぶらず、環境に依存することの必要であるかを、彼が意識してゐなかつたはずはない。志賀直哉の作品が他我に対してははなはだ峻烈であり、その人間性を無視してまで強く自己を主張するものであつたにしても、そこには他我の抵抗を意識してのうへでの闘争的、乃至は弁明的な自己主張は全然見いだされないのであるが、つまりはそれといふのも、彼が実生活において他我の襲撃を受けずにすむやうな環境を緩衝地帯としてもつてをり、そこに確乎不動の藝術家概念を樹立しえたからにほかなるまい。

葛西善蔵は封建的因襲の牢固として抜きえない東北の農村に人となり、しかもこれから逃げるやうにして東京に出てきた彼は、他の多くの地方出身の作家と同様に、この東京において彼を守つてくれる生活的、心理的な地盤も環境もなく、苛酷な社会的現実に直面してこれと闘はねばならぬといふまことに形而下的な必要に迫られてゐた。蹉跌なくして生活は不可能であり、のみならずこの蹉跌が遠く故郷の因襲的な亡霊の追求を喚び起し、ひるがへつてこの亡霊と闘はうとする彼にとつて、生活のうへにますます蹉跌を重ねてゆくよりほかに道がなかつた。にもかかはらず、葛西善蔵の文学にはどこか明るい天窓が開いてをり、ときをりそこからすがすがしい風がかよつてくる。なぜであらうか――いふまでもない、それは藤村、直哉におけると同様に、たとへときに自嘲の言葉を洩さうとも、葛西善蔵においても、その真底には彼の「藝術家」が微動だもせず疑はれずに端坐してゐるからにほかならない。

彼はつねに自己を語つてゐるかのごとく見せて、じつはけつして自己を語りはしなかつた。彼は自我をして思ふがままに行動せしめ、生活せしめた――その作品は彼の自我の放浪の独白であり記録である。そこに彼の明るさと同時に一種のずるさもあつた。葛西善蔵は彼の生活の破綻を窺ふ常識の眼に出あふと、とぼけた笑ひに自他を紛し、ときには彼の「藝術家」のかげに隠れ、ときには先手をうつて自嘲を吐き出す。彼はつねに彼のうちにある人並以上の常識家を捩ぎ伏せ、さうすることによつて生活の破綻を積極的に彼の藝術の糧としたのである。僕は私小説の「私」に欺かれ、それを作者そのひとと一致せしめて考へる習慣を、他のたれのばあひよりもこの葛西善蔵において慎みたいとおもふ。彼の作品のかげには藝術家よりは常識人が

——好人物の農夫が歪んだ笑ひを浮べてゐはしないだらうか。その作品の雰囲気は苛烈といふ通説とは逆に、和かな、傷つきやすい、稚純の心がひとなつこい温みをかよはせてゐる。あれほどひとをもわれをも傷つけ亡してやまなかつた生活にもかかはらず、またその生活の記録であつたにもかかはらず、彼の作品においては自我も他我も無疵のまま健康な四肢をいとほしんでゐる。

場面が嘉村儀多に移るとあたりは急に暗くなる。僕は嘉村がみづから師と仰いだ葛西善蔵と彼自身との相違を物語るものとして二枚の写真に注目せずにはゐられない。時と場所とを別にしてなんの作為も対照の意識もなく撮られたこの二人の作家の肖像は、ふしぎになにからなにまできはだつた対立を示してゐる。火鉢の前に灰にささつた火箸をぐいと握つて、大あぐらをかいた葛西のどてら姿と、まるで部屋の隅に追ひつめられた猫のやうに落ちつきのない不安定な位置のまま、両手を膝にきちんとかしこまつてゐる羽織なしの嘉村——酔狸洲の太いロイド眼鏡のうしろには、酒に濁つてはゐるが、のんきでとぼけた瞳が笑つてはゐるが、黒儀の貧相な細縁の眼鏡をとほしては、吊り上つたモノメニアックな眼が怪しい光を放つてゐる。そして葛西善蔵の酔ひにまかせて口述する文章を、あの四角四面な、一字一劃をもゆるがせにしない文字で書きとつていつた嘉村儀多を想ふとき、僕はこの二人の出会ひに運命の作為を感ぜずにはゐられない。

嘉村儀多もまた山陽の農村に生れ、因襲と伝統との亡霊にとりかこまれて育つた。葛西善蔵は「自分は日本的な古伝統主義者であり、家族主義者であり、その亡霊が自分を脅してゐたのだ。その亡霊の呵責の前には、自分は実に無抵抗的な弱者である」(「弱者」)と書いてゐるが、彼は自分の敗北を認めながらもあくまで亡霊と抗争した。が、嘉村礒多はこの亡霊のまへに文字どほり無抵抗であり、一寸の身うごきもならぬのを感じた。葛西善蔵が彼のうちの藝術家のまへに自己の常識人を捩ぢ伏せようとしたのとは逆に、嘉村礒多はその作品のうちに、常識と他我の亡霊をして彼の自我を抑圧せんと試みてゐる。このやうな自我抑圧の努力は、その裏に課せられた他我への奉仕と愛情と、自卑と謙譲とへの努力にもかかはらず、かへつて抑圧された自我を己れに謀反せしめ、他我への憎悪を育ましめる結果となつた。嘉村礒多の生活は憎みなくして愛しえぬ彼の性格の宿命的な愛憎の履歴であつた。このことはもちろん彼の先達である葛西善蔵についてもいへようが、嘉村礒多にあつては、よりいつそう救ひのない厳しさをもつて現れた。嘉村礒多に到つて、自我は完膚なきまでに解体をうけ、私小説はまさに底を割つたのである。

二

かつて僕は嘉村礒多の作品を通読したのち、その慘澹たる美しさにうたれるとともに、到るところに見られる自卑自虐の姿に異様な感を覚えた。彼の不規則な教育とそれにともなふ一種の事大主義とが責めの一半を負はねばならぬのでもあらうが、その生来の自己劣等感、既成道徳への無智な服従、蒙昧な地方習俗への執拗な拘泥は、けだし尋常一様のものではない。彼はみづから自己のうへに厳しい規矩を設け、自己を罪することにひそかな快楽をすら見いだしてゐたかにみえる。にもかかはらず僕は彼の作品や生活に宗教的な、乃至は知的な、高い道徳律や倫理感を発見することはできなかつた。たしかに嘉村はたえずクリスト教や仏教の教理を口にしてゐたし、つひに自己のものとはなしえなかつたにしてもそれに対する帰依を願つてゐた。が、彼における宗教はつねに否定的に自己を罪するために援用されながら、決してその罪業から彼を済ふためのものとはならなかつた。彼の慾望はじつはもつと形而下の日常的な対象にあり、それを手に入れそこなつたこと、しかも生れつきそれを自己のものとなしうる資格を禁じられてゐるといふ、この一度きりの生においてとりかへしのつかぬ切ない悲願として現れる。

色黒の醜い容貌をもつた彼は幼いころ「黒儀」といふ渾名に苦しんだ。人一倍、現世の幸福を慾求する彼の本能は、それだけにおそらく普通の子供の予想しえぬほどに、容貌の醜さを幸福との決定的な絶縁と感じたのである。嘉村礒多は幼くしてみづからを幸福から運命的に閉め出されたものとして眺めざるをえなかつた。そこに僕たちは恥ぢても恥ぢたりぬ彼の病的な羞恥感を理解しうるであらう。

足掛け六年の後、雪子の甥香川を眼の前に置いて、やはり思はれるものは、若し雪子と結婚してゐたら、田舎の村で純樸な一農夫として真面目に平和な生涯をおくるであらうこと、寵栄を好まないであらうこと、彼女と日の出と共に畠に出、日の入りには、鍬や土瓶を持つて並んで家に帰るであらうこと。一生の間始終笑ひ声が絶えないやうな生活の夢想が、憧憬が油をそそいだやうに私の心中に一時にぱつと燃え立つた。と同時に私は自分の表情にへばりつく羞恥の感情に苛まれて香川を見てはゐられなかつた。（「途上」）

これが嘉村礒多の現世的な幸福の見取り図であり、その憧憬と羞恥との真態であつた。その羞恥感情はけつして人間的な、知的な高爽さをもつものではなく、終生ロマンティシストであつた師の葛西善蔵とは異り、あくまで日常的なリアリストたる嘉村の「憧憬の哲学」（書簡）は、あくまで現実的、地上的であり、その祈求する現世の幸福はなんのことはない、あまりにも通俗的な稚い悦楽にほかならなかつた。が、それだけに精神的な代替も自己欺瞞もきかぬ元素的な単純さがある。あたかも頑是ない幼児が手の届かぬ玩具を求めて泣き叫ぶ姿にも似た彼の単純な憧憬は、自分にすぎた女として彼の器量のぞみと虚栄心とを満足させた相手が処女ではないことを知つたとき、もはやとりかへしのつかぬ永遠に拒絶されたものであるがゆゑに彼の幸福のすべてが賭けられてゐたはずのものとして、ひたすら処女の肉体に向けられるのである。なんの論理もない、理由もない、そこよりさきに彼は反省もめぐらさぬ——まさにその点から彼の存在がはじまるのだ。なほつぎの一節に僕たちは嘉村礒多の狂的な羞恥感をのぞき見て、その誇張に不快の眉をひそめつつも、やはりどうにも救ひやうのない宿命的な真実感にうたれずにはゐられないのであるが、それといふのも彼の羞恥が肉体的な慾望に深く根ざしてゐるからにさうゐあるまい。

私は雑誌の主幹R先生の情にすがり、社に居残つて生活費まで貰ひ、処方による薬を服んで衰へた健康の養生に意を注いだ。そして暇にまかせて自叙伝を綴つた。描いて雪子への片思ひのところに及び、あの秋の祭に雪子の家に請待を受けて、瀬戸の火鉢のふちをかかへて立つと手から辷り落ち灰や燠が畳いつぱいにちらばつた時の面目なさが新に思ひ出されては、あるに堪へなく、この五体が筒の中で搗き砕かれて消えたかつた。「あツ、あツ」と、私は奇妙な叫び声を発して下腹を抑へた。両手の十本の指を宙に拡げて机の前で暴れ騒いだ。

「何を気狂ひの真似をなさるんです。えイ、そんな気狂ひの真似する人わたし大嫌ひ」片脇で針仕事をしてゐる女は憂鬱に眉をひそめてつけつけ詰つた。

「そんな真似をしてゐると、屹度今に本物になりますよ」他の時かうも言つた。

私は四十になり五十になつても、よし気が狂つても、頭の中に生きて刻まれてある恋人の家族の前で火鉢をこはした不体裁な失態、本能の底から湧出る慚愧を葬ることが出来ない。その都度、跳ね上り、わが体を擲き、気狂ひの真似をして恥づかしさの発情を誤魔化さうと焦らずにはゐられないのである。この一小事のみで既に私を終生、かりに一つ二つの幸福が胸に入つた瞬間でも、立所にそれを毀損するに十分であつた。

（「途上」）

たしかにこの羞恥感は人の子の自尊の念と虚栄との本質に喰ひ入つてをり、あまりに日常茶飯の俗事であり「小事」であるがゆゑに、かへつて羞恥の本能をそのままに露骨に出してゐる。

すでにあきらかなことは、嘉村礒多の自己劣等感とそこから生れる羞恥感とは、高度の倫理を基準とするものではなく、まして近代的な人間と自我との概念から生れたものではけつしてなく、たんに日常的、現世的なものからの遮断と拒絶とに出会ひ、これに対する優位の批判も自己主張もなしに、盲目的に閉め出されたものの不幸をば臍（ほぞ）を噛むおもひで悔むのである。彼は本能的に自己の幸福に与る権利を感じて、それを要求する。いはば彼は裏がへしにされたエピキュリアンであり、それゆゑにこそ、彼は日々の快楽を看過しえず、みづからにそれを固く禁じた。結婚の蹉跌、それから生じた罪業といふものを楯に、嘉村礒多は幸福を人一倍欲しつつ、しかも逆にそれを卻ける。

三

かうして嘉村礒多は自己の生活において、あらゆる意味のゆたかさとゆとりとを忌み卻けた。

元来、私は旅行や散策は嫌ひのはうで、処々方々を歩きまはるといふやうな心の余裕を憎みたく、大抵の場合一室に閉ぢ籠ることが永年の習癖になつてゐる。（「滑川畔にて」）

彼は「毫しでも淫逸な快楽と名附くものは皆否定して遣りたい衝動」（「生別離」）を、自分の愛する女に、ひいては己れ自身のうへに抑へることができなかつた。これはたしかに歪められたストイシズムであり、不純な精神主義にほかならなかつた。書簡のうちでも彼はたえず罪悪を口にし、己れを業ふかきものとして罰し、ひとをして面をそむけしめるほどにもみづからの罪を強調しつつ、その罪の宣告のうしろ姿を隠さうとこころみた。嘉村礒多は妻ある身にして女と逃げ、日陰の暗い生活を送ることを、僕たち尋常なものの考へる以上に厳しい罪として、自己を責めさいなむのであつた。「業苦」「崖の下」「生別離」を通じて断ゆることなく流れる苦しげな文章のリズムは、棄ててきた妻子のうへを、父やその他の家族のうへを執念くたゆたひ、寄せては返し、返しては寄せる一文一文のたたなはりが鞭となつて作者のうへに打ちかかる音の連続そのものにほかならない。嘉村はみづから欲して、狂信者のやうに眼を据ゑ、この鞭打を面に浴びてゐる。かうした被虐的な快楽に沈湎しつつ、彼の文章は一行一行罪の色に染められて行く。

当然の結果として、自己劣等感＝羞恥＝自我抑圧＝謙譲といふ彼の心理的循環のうちには、いささかも他我の入りこむ余地は見いだしえない。他我は生きた現実ではなく、彼のばあひにも自我の対等物としての「亡霊」にすぎなかつた。が、嘉村礒多はこの亡霊をしてすすんで自己を否定せしめ、扼殺せしめんとこころみてゐる。それはあたかも親や妻子を借りて、これでもかこれでもかといふふうに自己を糾明し、なんとかして己れを罪の深みに陥れんと願ふ奇妙な風景である。ここに彼の罪悪意識は他我に対する懺悔でもなければ、完全な意味における自己否定でもなく、この否定を借りて自己を証明し、確立するための逆説にすぎなかつた。「生別離」の一節を読んでみるがいい。

かくのごとくひたむきに自己を責めさいなむことによつて、嘉村礒多は自己のゆるぎなき拠りどころを探し求めてゐるのではなからうか。自己の罪悪意識のうちに、他には尋ねて求められぬ自己本来の面目とその確立とをみつめてゐるのではなからうか。過去は罪悪と観じ、現在のうちにその過去の亡霊が「暗黒の塊りとなつて」起ち現れてきて彼を脅し、未来さへもその亡霊のかげに暗く蔽はれてゐるとすれば、救ひはいつたいどこに求められようか——ただひとつの道がある、その亡霊をたえず自己の身辺に引き寄せておき、その姿から眼を離さず、さらにすすんで亡霊の餌食として身を捧げることをおいて他にあるまい。罪業を不断に自覚し、罪業とともに日を迎へ日を送りつつ、やがて嘉村礒多はこの亡霊に阿諛し追従する。いや、彼は己れの罪業を誇大視し、呪はれた宿命を歌ふのである。彼にとつて罪悪はかへつて棄てがたい生活の糧であり、魂の救済であり、彼の藝術の足場となつた。

この点において嘉村礒多は自然主義や私小説における彼の先達たちよりも一歩前進してゐる——しかもこの一歩は容易に踏みだせぬ質的転換を意味してゐた。私小説は嘉村礒多に到つて、自我の尊厳と、さらに藝術家の矜恃をすら放擲することになつたのである。想へば、彼は信ずべき自我の真実と権威とをもたずして、それゆゑの羞恥であり、それゆゑにこそ己が罪業を頼つたのであつた。自我の真実性を信じえぬものにとつて、宿命の名こそは、それがよし輝かしきものであれ呪はしきものであれ、自己の履歴を証明し支へてくれる唯一の実在であらう。

ここまで語つてきて、僕はまたもやあの羞恥の感情に復りゆかねばならぬ——おそらくはここにこそ嘉村礒多の全作品を解明する鍵が、あの激しい罪悪感の基調をなす底流が存在するのであらう。が、この彼の激情的な羞恥感は、それが激情的であればあるほど、自己の醜悪を羞恥するこころの愚劣を、さらに羞恥するのであつた。いはば二重の羞恥である——嘉村礒多の羞恥感は自己の羞恥心の摘発をもつとも恥ぢ慮れた。彼があれほどの妄執と羞恥とを懐きつつ憧憬してやまない現世の幸福そのものの価値が軽侮され、とるにたらぬ日常的な幸福を逐ひつつ一喜一憂してゐる自我の稚愚と俗臭とが嘲笑されること——彼の羞恥感にとつてこれほど怖しい攻撃はなかつた。ここにおいて嘉村礒多の羞恥感はその極点に達した。そして彼の藝術は滑稽なほど自卑と謙譲とをきはめた——嘉村礒多は羞恥の極点において、逆襲的にみづからもつとも羞恥すべき自我の虚栄を暴露し、描写せんと企てた。なんぴとが世にこれ以上完璧な蹂躙を自我のうへに企てえたらうか。

嘉村礒多以前の私小説にあつては、作者がいかに烈しい自嘲を用意しようとも、彼等の自我はつねに最後の一線を死守して動かなかつた。この秘密を保つて彼等の自我ははじめて肯定され、その藝術は保証されてゐたのであつた。しかるに嘉村礒多は無謀にもこの秘密を明し、楽屋を衆目にさらしたのである。彼は作品のなかにおいて、自我をさらしものにし、嘲笑を浴びせる——いや、それは嘲笑ではない、さらしものにされた自我の解剖図のそとにそれを超えた自意識の優位をほのめかすやうなずるさもゆとりも用意されてはゐない。彼はまつたく弁解なくして、自我を解体し、藝術家の楽屋をあばくのである。作家にとつてこれほどの冒険はない——自己の醜い慾情を告白し、非倫と罪悪とを懺悔することはまだしも容易だ、が、すべてを観照すべき自我の稚さ、自意識の甘さを、そのままに退く場所も余さず解剖することは、作家にとつてまさに死にひとしい苦業であらう。自我の安住点はどこにもない。嘉村礒多は人間としての自己の愚劣と醜悪とを克明に描いたばかりでなく、つひに自我の尊厳を傷つけるやうなことがらまで暴露し、しかもその背後に藝術家の矜恃すら残さうとしなかつた。厖大な日記のうちに藝術家のみじめな楽屋話を書き綴ることを目的としてゐたルナールでさへ、その行間にそれを超えて伸び上る自意識の優越を黙認してゐたではなかつたか。嘉村礒多の書簡につぎのごとき一句がある——「科学が大切であると思ひました。科学は真の宗教、真の藝術であると思ひました。」そしてこの科学は彼の自我の矜りを分析し、否定してしまつたのである。ここにおいて嘉村礒多はその師と仰いだ葛西善蔵を一歩抜く苛烈さをもつにいたつた——彼はみごとに私小説の歴史に終止符をうつたのである。

その「神前結婚」を読んだものはたれでも、自分の出世作（「途上」）が中央公論に掲載されたといふ報告を故郷で受けとつた主人公が、「日本一になつた！」と叫んで人事不省に陥つてしまふ場面の描写をおそらく忘れることはできまい。かつてどんな作家がその世間的成功を、そしてそれにともなふ世俗的な喜悦と興奮とを、あれほど虚栄も気取りもなく、羞恥の衒気もなしに書きえたであらうか。また僕たちは、妻の愛撫を生れた子に奪はれたのを嫉妬し、抑へがたい情慾に苦しめられて、狂人の真似をしたり、歯齦をさいて喀血をよそほつたりして妻の肉体を得ようとする一節を、「牡丹雪」のうちに見いだす。滑稽といはうか醜悪といはうか、僕たちは彼の作品のその他いたるところに、このやうな人間愚、人間醜の露出狂にも似た描写に出あふ。一種の妄執である。じつに嘉村礒多は自我の愚劣醜悪の描写において他のなんぴとも追随し能はぬ筆をもつてゐた。さきに挙げた「神前結婚」において人事不省から覚めるくだりを読むがいい――「忘我から覚めて、私は顔を擡げると、私の突つ伏した板の間は、啜り泣きの涙や洟水や唾液でヌラヌラしてゐた。」自意識過剰の苦悶をことごとに口にしてゐた作家の一群に、はたして嘉村礒多ほど真剣に自意識をその極北にまで逐ひこみ、それに詰め腹を切らせたものがあつたであらうか――すくなくとも嘉村礒多の文学は陰に驕（おご）れる成算なくして自尊心を斬つた最初の、そしておそらくは最後のものであつた。

四

僕はここに嘉村礒多における藝術と生活との相関について語らねばならない。羞恥の極点を冒して自卑自虐をおこなひ、自己のうへにひとへに罪業の宿命を強ひた妄執の藝術こそは、信ずべき自我の真実と権威とをもたぬ凡胎にとつて最後の拠りどころであつた。この意味で嘉村礒多は近代日本文学史上はじめて、十九世紀末ヨーロッパ文学の到達した地点に身を置きえた作家であり、したがつて小規模ながらリアリズム文学の正統に参じえたといふ稀有の役割を担はされることとなつた。あきらかに彼は藤村＝善蔵と日本自然主義文学＝私小説の伝統を継いだものであり、この点に関するかぎりヨーロッパの自然主義文学とはその出発点と系譜とを異にしてゐる。にもかかはらず終点は、これをおなじくしえた――といふことは、近代日本文学史は異質の地盤と系譜とを背景にしての成果たるヨーロッパの自然主義を、その出発点において手本として授けられ、血みどろの苦闘ののちやうやく造りあげたミニアチュアを嘉村礒多の文学に見いだしたといふ意味にほかならない。意外なことに僕たちは、ヨーロッパ文学の伝統についてほとんどまとまつた知識といふものをもたず、その精神的基盤をなすヒューマニズムすら自己のものとなしうべき教養にも環境にも恵まれてゐなかつた田舎者のうちに、フローベールとの親近を発見するのである。もちろんそれはあくまでミニアチュアにすぎない——辿りついた地点のみをおなじくし、その他は、出発点も背景も異にしてゐる——が、近代日本の努力の総計はこのミニアチュア作製以外のなんであつたか。

僕たちはさきに無教養な田舎者である嘉村礒多の口から「科学が大切であると思ひました」といふ唐突なことばを聴いた。ここにも意識するとしないとにかかはらずヨーロッパ自然主義文学の押韻を見るおもひを禁じえぬのであるが、嘉村礒多の自己解剖は、よしその武器に科学を援用したにしても、それは発想において科学精神の要請したものであつたらうか。くどいがその発想は深く彼の肉体にまで根を置いた自己劣等感、罪悪感であり、これをいかんともなしがたい宿命として前提したものであつた。その意味において嘉村礒多の文学は藤村、その他の私小説作家の創作態度とおなじやうに、つひに意思的な表情をおびえなかつたのである。社会的現実、他我の現実、そして最後に自我の現実と徐々に後退しつつも、これらに対して自主性を確保せんとする意思が、たえずその対象にかかはらんとくはだて、またじじつこれにかかはりつつ、いちわうその対象の拒絶の相において意思の敗北を描くのがリアリズム文学の面目であるなら、嘉村礒多は所詮私小説文学の伝統に拠つて、はじめから自己を拒絶されたるものとして出発してゐるとしかいへまい。にもかかはらず、このやうなひとりぎめの約束がよく彼をしてその前人を超えしめたのは、たとへその発想に妄執があらうとも、彼が最後まで自己との妥協を排除したからにほかならない。

ここにおいて、嘉村礒多は彼の欽仰したフローベールの行き著いた地点と厳密におなじ境地において、藝術以外に頼るものを見いだしえなかつた男だといへよう。さらに彼にあつては、藝術への思慕は、実生活において主張しえない自我を藝術に託して正当化することを期するといふがごときなまやさしさにとどまらなかつた。嘉村礒多は己れの藝術の存立をすら意に介せず、ただ藝術といふものがこの世界に存在するといふことそのことに限りない安息と救済とを感じるやうになる。

終日誰も来ません。ただただこの上は藝術より救ひはないと考へ机に向つて見ました。（書簡）

私は健康とは言へない。これも臥床のまま書いてゐます。けれども気に掛けて下さるな。藝術が（それは自分らしく貧しくとも）救つてくれるから、お互に書くと書かぬと、その思慕に由つて生きませう。（書簡）

私の今の希望は身体を回復させたいことですが、しかし、身体とか運命とか、そんな物質

的なものに捕はれず藝術の思慕で一切が救はれたいことであります。（書簡）

ここにあきらかなごとく、「書くと書かぬと、その思慕に由つて生きませう」といふのは、もはや藝術といふものを自己のものとして自己主張の手段と見なしてゐるのではなく、藝術においてすら自己を生かしえぬのみか、さらに完全に自己を解体してしまはずにはゐられなかつた心が、かへつてそれゆゑに自己の外なる、自己より大なるもの、自己より信頼できるものとして仰ぎ見たときのことばにほかなるまい。「科学が大切であると思ひました」といふことばが、ただちに「科学は真の宗教、真の藝術であると思ひました」といふ註釈を必要としたゆゑんである。日常的な幸福を求める彼の「憧憬の哲学」は俄然ここに高い頂きを見いだしたといへようが、おもへば藝術の存在それ自体にひそかな慰藉を見る心のうちはいかに昏く悲しいものであらうか。

しかしながら、嘉村礒多の藝術至上主義——精神主義——は、ひるがへつてふたたび彼の生活を傷つけずにはゐなかつたのである。といふよりは、藝術を自己のものとなしえなかつた恨みが、それにもかかはらず藝術以外に縋るものなしと観じたあげく、自己のそとのものとしてでもそれを信ぜざるをえなかつたわけである。当然このやうな心理は循環してとどまるところを知らない——すなはち、嘉村礒多の自虐の習癖と罪悪感の誇張とは、ことごとく彼の藝術への思慕が生みなしたものであり、表現への義務が作者に演ぜしめた痴態にほかならず、この結果としての生活の汚辱に気づいた彼はそれから救はれようとしてますます藝術への思慕の情を燃やしつづけた。かくして嘉村礒多は藝術の至上を信じつつ、つひにそれすら自己を裏切るものとして恨んだ。藝術とは彼にとつて永遠に閉ぢられた自我を奪還し、愚行に満ちた生活を超えるための救ひであり、やがてはふたたび自我から閉め出され、いつそう愚かしき生活に彼を逐ひやる呪はしき存在であつた。彼は藝術の世界に済度を夢みながら、始終欺かれては呪詛をはぐくんだ。してみれば、藝術は嘉村礒多についてなんら報いるところがなかつたのであらうか。

一切の禍も、悩みも迷妄も、詩の愛で忘れてしまひたい。強い猛き詩で、何時も塗りつぶしたい、善をも悪をも誤魔化し得るとしたら、どんなに助かるだらう——単純にさう言つてみるよりほか仕様がない。全体として美に対する信仰以外、私は何ものをも持ち合せたくないのであるから。服膺を強ひられる種々の思想も、結局そらごと、たはごと、真実のものは一つとてない中に、たゞ、藝術の真——これだけは、自分ひとりのために信じて生きて行かうとは思ふけれども、力が弱くて、知らず識らず崩れて行くのである。藝術の拘泥——狭い観念の分野を離れて自由の翼で飛びたい。尋常の生活と名付くるものゝ中で、秩序正しく公明に、快活に、甘美な平凡のうちに愛したい。藝術に執心することが、特に高い生活でも、何んでもないではないか。むしろ、だんだん汚れて穢なくなつてゆくのが省みられる。無智と矛盾の裡に、一生附き纏ふであらう藝術の呪ひを恐ろしく思はずには居られない。

（「蛍火」）

このやうな矛盾した心境は嘉村礒多における藝術と生活との交流の実状を明らかにするものであるが、彼の罪悪意識と自虐とはさらにたけだけしく生活のうへに伸びあがつて、彼の藝術をも否定してやまないのである。僕はさきにもつとも羞恥すべきものをあへて暴露する心理を述べたが、ひとたびこの羞恥の限界が突き破られたあとにも、なほこの逆襲を重ねてゆくとすれば、それが逆説であるだけに瞬間の真実性は失はれ、ここに藝術は彼の生活を放縦と虚構との泥沼に突き落してしまふ。芥川龍之介は賢明に彼の羞恥の限界を守つた――そこにはまたそれだけの苦しみがあり、彼は意識してその苦痛に耐へた。が、嘉村礒多は愚かにもとどまるところを知らなかつた。自虐と禁慾とを通じて、藝術と生活とは相互に相手の真実を否定しあひ、昇華しつつ、その間、彼の自我は右に左にこづきまはされ、ますます安定を失ひ狂躁に逐ひやられて行く。かくして生活は藝術の真実を防衛するための虚構（アルチフィス）となつた。まさに芥川龍之介のばあひと反対である――なぜなら彼にあつては、生活の真実を衛り、自我の限界を守るため、藝術にアルチフィスを許し、それに耐へたのであつたから。

五

嘉村礒多はフローベールの姪の書いた追憶録を読んで、このクロワッセの聖者が姪と最後の散歩をしたとき、貧しい家の夕食の団欒をかいまみ、「あの人達がほんたうなのだよ」と歎息をもらしてゐるのに暗澹たる同情を寄せてゐる。彼はそのあとにつづけてかう書いた。

一切がもはや遅いのである。若い間の感情の高潮、逆上性、気の張りも、一ケ所バネがおツぱづれたら、それで万事が終りである。ああした藝術至上主義といふものが人生の上で変則であるのだから、生活と藝術とが結びつけばつく程、祟りは覿面である。道徳律に叛けば、それだけの報いは、遅かれ早かれ受けなければならない。（「蛍火」）

嘉村礒多は罪悪感と自虐とに意識的な沈湎をこととし、自己の宿命感に一種の生きがひを覚えつつ、狂態に狂態を重ねてゆくうち、その惑溺の底をついて瞬間しらじらしい虚無をのぞき見る想ひがしたにさうゐない。そのとき彼の「若い間の感情の高潮、逆上性、気の張りも」にはかに崩れ去る。たしかに「一ケ所バネがおツぱづれた」さういふ瞬間の出現に、嘉村礒多の晩年は明け暮れしてゐたやうにもおもはれる。彼は書簡にかう書いてゐた――「一面に於て、センチメンタルなのは私の病気です。」このことばは完全に自我の真実を喪失したものの愁訴でなくてなんであらうか。なぜなら嘉村礒多にとつてセンチメンタリズムは彼の宿命を支へ成立せしめる前提的な主題であり、したがつて彼の自我の真実も、藝術の真もこれによつて保証されてゐたからである。僕はまへに彼の謙譲について語つた――しかしそれとても、つまりはセンチメンタリズムと事大主義とのかぶつた仮面にほかなるまい。藤村の謙譲は他我をその観衆とした、が、嘉村礒多の謙譲は自我のための見せものであつた。作品はあくまで謙譲を意思し、生活はかへつて自我の狂奔に終始した。しかもこの謙譲とそのかげに勝ち誇る自我とをすべて虚構（アルチフィス）と観照したとき、嘉村礒多にとつてすでに自我は解体しつくされてなにものも残されてはゐない。感傷をも空として蹴つた彼はいまや自己の拠るべき宿命を見失つた――といふのは彼を支へてゐた藝術の足場が崩れ去つたといふ意味にほかならず、それをしもなほ承知のうへで、藝術以外に頼るべきものを想はなかつた彼の眼に、自己を超え、しかも自己をその大きな流れの一すぢとして含む人間の宿命が明瞭な姿を映してゐたのであつた。

「業苦」「崖の下」以来、あまりに自己を浪費し、自己の感情に酔ひすぎた彼は「途上」にいたつて、はじめて己れの真の宿命に直面したかにみえる。罪悪感のうちに一途に宿命を仮想し、無意識に芝居をうつてゐた彼の作品は、あたかも浄瑠璃の口調そのままの誇張に満ちてゐたが、このやうな狂態のはてには疲労が材料の涸渇とともにやつてきた。「七年目に」「秋立つまで」に僕たちは彼の困憊（こんぱい）を見る――「丸橋とのこと」においては蔽ひがたい材料の貧困を露呈してゐる。もはや嘉村礒多はこれまでの「迷妄」を棄ててかからねばならなくなつた。罪業と宿命をみづから設定することに大きな誤りがあつた。自我を解体し、そのあとになにものも残さなかつた彼の藝術ではあつたが、ひるがへつて彼の生活のうちには、藝術の拒絶した自我の驕り昂ぶる狂態が残つた。そしてこの病的な興奮のはてに、彼はふと虚無のかげをのぞき見たのであつた。「滑川畔にて」のうちのつぎの一節は、狂乱に近い自虐と自己浪費とのただなかに、この虚無の襲ひ来たるのを身近に感じたものの索然たる放心を物語つて遺憾がない。

けれど八月も殆ど終りで、東京の熱鬧こそまだ喘ぐやうな暑さでも、ここまで来ると、山は深く、海は近く、冷気がひた〳〵と肌に触れて、何くれと秋の間近いことが感じられた。現に、私共の前を歩いてゐる白衣に菅笠を冠つた旅の巡礼の二人連れの老人も、語り合つてゐた。

「もう秋だね。」

「さうだとも、秋だよ。」

不図、何かに驚くもののやうに私は立ち留つて、四囲の翠巒にぽツと紅葉が燃え出してはゐないかしらと、見廻したりした。（「滑川畔にて」）

これはまさに象徴の域にまで達した名文ともいふべきものであらう。かくして嘉村礒多はいまこそ自己の半生を回顧し反省して、自我の置きどころを見いださねばならなくなつた。「ほんとは朝夕に常に心を至して何物かを断絶しようと念々執持の気持で己を剋してゐるのであつた。」（「秋立つまで」）といふ彼はその「執持の気持」こそまづ第一に超克せねばならぬものであることにも気づかずにはゐられなかつたにさうゐない。つひに彼は「七月二十二日の夜」のうちに、「人の身の上わが身の上、根本のことは、大した悲劇でも喜劇でもないとまで今は容易に言ひ得るのであるが、地上の娑婆にあるあひだは、根無草のやうに違順した愛憎の花が咲く」といふ歎息を漏してゐる。

人間の体臭に泥み噎ぶやうにして生きてきた嘉村礒多の半生ではあつたが、その彼が安息所として切々の情を慰撫せんと求めたものが自然であり、自然に埋没した凡ての生活であつたことは、僕たちのよく納得しうるところであらう。「途上」一篇はこの意味において彼の作品中重要な頂点をなしてゐる。「秋立つまで」あたりから身の衰へとともに虚脱を感じはじめてゐた嘉村礒多は、ここにおいて己れの過去を静かに観照して、芝居気を離れ、狂乱から遠ざかり、かすかにかすかに「松の歌ひ声」を聴きとめたのである。

私はハンカチーフで鼻腔を蔽ひながら松風の喧囂に心を囚へられてゐると、偶然、あの、十四歳の少年の自分が中学入学のをり父につれられてY町に出て行く途上で聞いた松の歌が此処でも亦耳底に呼び起された。と、交互に襲ひ来る希望と絶望との前にへたばるやうな気持であつた。痛恨と苦しい空漠とがある。（「途上」）

かう語つて彼は冒頭の「梢の高い歌ひ声」を受け、つぎの一文をもつて「途上」を終へてゐる。

行く手の木立の間から幾箇もの列車の箱が轟々と通り過ぎ、もくもくと煙のかたまりが梢の上にたなびいてをるのを私は間近に見てゐて、そこの停車場を目差す自身の足の運びにも気づかず、芋畠のまはりの環のやうな同じ畦道ばかり幾回もくるくると歩き廻つてゐるのであつた。一種蕭条たる松の歌ひ声を聞き乍ら。（「途上」）

僕はこの「松の歌ひ声」を聴いてゐる嘉村礒多の孤独な姿に、自己の宿命を見るものではなく自己の宿命に居るものの寂しさと確さとを感じた。「途上」のつぎに書かれた作品「来迎の姿」には執念のあとの虚無が、狂乱のあとの寂莫たる心境が如実に描かれてゐる。そこに見いだした自我の姿とは、罪を犯す誇らかな主体ではなくしてじつは罪に翻弄される取るにたらぬ凡胎であつた。罪はつひに自己を離れたそとのものであり、自己はただの無にすぎぬ、それは善でもありえ悪でもありうるはかなき存在であると悟つたとき、嘉村礒多の文学からそれまでつきまとつてゐたある種の甘さがとれた。「年齢は単に愛慾を増したに過ぎない、年齢は知識となつてゐない」——文字どほり元の木阿弥、己れはやはり愚かしい己れである。嘉村礒多は人間愛憎の錯雑した世界に唯一人の孤独な自我を見た——自分一身のことから離れて、あらゆる現象の底に孤介にして愚性の万人の姿を見たのである。「父の家」においては、つひに相手には通じえない己れのみの気質が解き明しうることばを呟きあふひとびとのむれが、しかもさうしたことばによつてかりそめの愛憎に限りない縺れを醸しだしてゆく人の世の断面図が、なんと象徴的に描きだされてゐることであらうか。一方、罪悪の意識もつまりは驕り昂る「自我の催し」と感じた彼は「移転」のうちにおいて珍しくおほらかに落ちついた心を見せてゐる。

裸の庭を屋根の如く蔽うてゐる藤棚の藤よ、大きくなれ、そして年々の春には立派なる花房のしだれを見せよ、蝶を呼べ蜂をよべ、行人の足をたたずませよ。僕等もきつと来ん春は垣根の側まで汝の美しい嬌態を見に来るぞ！

（「移転」）

が、これを読むものは「来ん春」に樹下に杖を引く作者の平和な姿を期待しえようか。僕はこの悲しみの沁みとほつたやうに明るい美しさのかげに、なにか不吉なものの姿の忍び寄るのを感じた。嘉村礒多は「父の家」のあとに、「冬の午後」一作を置いてこの世を去つた。僕はその最後の一頁をここに引用したくおもふ。

まだユキには話さないが、私の心の内では、早くからだが快くなつて来年の四月からこそ子供を呼び寄せ父としての撫育の責任を全うしやうと思ひつづけてゐた。自然子供とユキとの間に起る多少の拙い日のことも覚悟し、凡てを突破して、親子揃つた家庭生活を成り立たせよう念でいつぱいだつた。さう思ふと十年近くつづけて来たユキと二人きりの享楽生活も残り少いことが思はれ、愛惜の情が氷のごとく骨に沁みとほるのであつた。私は夜着の襟から顔をのぞけ、鈍いにごつた眼を挙げて憐むやうにユキの横顔を偸み視た。（「冬の午後」）

二人きりの享楽生活への愛惜の情をしみじみと味はひつつ、平凡な家庭生活への思慕を語る病める作者の心情を想へば、安心に似たものを覚えると同時に、僕たちの心を暗くする死の予感を禁じえまい。死期の近づくや「人間墳墓の地を忘れてはならない！」といふ師善蔵のことばを悔ゆるやうに口にしてゐた嘉村礒多の痴愚と狂態とに満ちた生涯を想ふにつけ、いま僕は彼がたえず悔恨の涙にかきくれながら平凡安穏な掘立小屋の生活を夢に描いた故里の榿野川のほとりを想ふばかりである。

（「文学」昭和十三年一月号、「作家精神」昭和十四年三月号。のち改稿して「批評」第五十九号（昭和二十一年十二月刊）、第六十号（昭和二十二年四月刊））

芥川龍之介Ⅰ（抄録）

一　文学史的位置について

写実は——その対象に現実社会を選ばうとも、あるいは自己の生活や心理に取材しようとも——客観的な素材の確さをもつて、その限界のそとにもれた精神の不安を支へようとするものであつた。逆にいへば、自我の不確実性に対する懐疑が、現実と他我とを客観し、その限界にまで行きつかうとする努力によつて、いちわうの慰撫と落ちつきとを与へられうるかぎりにおいて、リアリズムといふ技法が成立しうるのである。僕たちはこれによつて現実の醜悪と通俗との限界をきはめ、その涯(はて)に自己を位置づけることを知つた。また僕たちは自己の愚劣と利己心とを自覚し、これを完膚なきまでに剔抉(てきけつ)することによつて、それから免れ、自己の安定をはかるすべを覚えた。が、写実の限界はここに尽きる。それは他のあらゆる文学上の流派や技術と同様どこまでも人間精神の発展と必然的な聯関を有するものであり、したがつてリアリズム小説も近代自我の成長とその運命を共にしなければならない。

近代日本文学の宿命はさらに複雑であつた。藝術家たることはみづから社会人たる資格を抛棄し断念することであつた。しかしそれはフローベールの孤絶とはまつたく異つてゐた。現実はもはやどうしやうもないもの、解決の方途なきものとして捉へられてゐた。なぜなら西欧の社会的疾病は個人の孤立と敵対とをすら耐へ忍び、その毒素の猖獗のはてに自然消滅するのを待つだけの根強い治癒力を包蔵してゐたからである。近代ヨーロッパの自然主義作家は瞬時といへども現実の凝視を怠らなかつた。自己の否定を強ひてくる現実の悪を監視し、それに甘んじて自己を否定せしめることによつて自己の確立をはかつたが、この逆手はわが国の自然主義作家のつひに理解するところではなかつた。当時、最高の技法として西欧に学んだはずの写実が容易に心境小説、私小説へと推移していつたのも、彼等が自己の精神の必然としてリアリズムを把握してゐなかつたからにほかならない。自己を生かさうとする執拗な努力が、その根かぎりのはてに見いだした現実の障壁ではない。現実はつひに自己を容れる余地なきものとして、はじめから与へられた観念であつてみれば、そのやうな自己否定が一種の安易さをたたへてゐたのも当然であり、その不自然な抑圧が自己の肯定と主張とに転じて行つた過程も諒解されるのである。しかもなほ彼等は積極的に現実にかかはらうとはしなかつた。むしろ自己を容れようとしない、解決不可能な現実であればこそ、抑圧されたものの真実を主張しうるといふ、はなはだひねくれた事情があつたのである。「自分のやうなものでも、どうかして生きたい」といふ藤村の、いはばいぢらしい自己主張もこの意味において正当に理解しえよう。

しかしとにかくわが国の自然主義作家たちは現実の抵抗を感じうる境遇にあつたのに反し、その後の白樺派の人たちにおいては、現実ははるかに後退し、彼等の多くは自己の主張が容易に通りうる環境に人となつた。のみならず、当時、日本の政治的、社会的発展が、それまでの自然主義作家たちの生活を色どつてゐた封建的残滓（ざんし）をさらに洗ひたて、日本の個人主義を歪曲（わいきよく）されたままに完成せしめる段階に達してゐた。それにともなひ、白樺派の手によつて近代人といふ概念が、同時に近代的意味における作家概念が、日本は日本なりの形において確立されえたのである。白樺派の作家達は強引に現実の切り捨てをおこなつた。そのさい、彼等の基準となり、彼等をして現実を裁かしめたものは、新しい近代の人間観であり、藝術家の個性にほかならなかつた。しかし、この揺ぎない自信に満ちた個人の背後には、はたしてヨーロッパの巨人が後楯（うしろだて）となつてゐなかつたであらうか。彼等の信奉した人間観、文化主義、ディレタンテイズム――これらことごとくはなんらかの支柱なくして可能であつたらうか。たしかに彼等は当時の現実に対し一種の防波堤を築き、それあるがゆゑに、そのなかに純粋に自我を完成せしめえたのであつた。そしてその完成が彼等をして社会とそこに蠢（うごめ）く他我との卑小、俗悪を否定せしめたのである。二葉亭からさらに藤村、花袋の自然主義を通じ直哉、実篤の白樺派にかけて、その作品の年代的順位を通じ僕たちがなによりもさきに心をとどめるのは、個々の作家なり作品なりが一定の地盤の上に完成し閉ぢられたものとして存在するといふより、その地盤を彼等が力をあはせて総がかりで築きあげてゐるかのごとき感を与へるといふ事実である。いひかへれば、それまで日本にはなかつた藝術家、乃至は作家といふ概念をば、彼等が西欧に学んだままにこの土地に移し植ゑ、その風土にかなつた生理において成長せしめんがために、懸命な努力を払つてゐる姿である。が、それは目標に向ふ試みであるよりは、むしろ出発点を確立しようとする摸索であつた。

しかしながら、この努力が誠実と情熱とを賭けたものであつたにもかかはらず、いや、むしろその誠実と情熱とのゆゑに、結果としての錯誤は大きかつたのである。彼等は近代ヨーロッパの藝術家概念を当時の日本の社会的現実のうちに持ちこみ、そこに当然生ぜざるをえなかつた藝術家と社会人との、藝術と社会との、この両者の対立と乖離(かいり)とに処して、あくまで舶載の藝術家概念を基準に社会を裁かうとしたのである。彼等にあつては、藝術と社会との対立は、そのまま理想と現実との対立として受け取られた。ここにあきらかにその信奉する藝術家概念としての理想は、いかに悪と矛盾とに満ちてゐようとも明治日本の社会的現実との交渉を通じてこれを解決せんとする意慾から自然発生的に生じたものではなかつた。もちろん、あらゆる理想は他から与へられたものである――が、それが現実とのあひだにもつ間隙の幅が問題なのだ。この間隙が一定の限度を越すとき、人は現実に対する意慾を失ふ。与へられた観念に対する情熱と誠実とが大であればあるほど、彼はその忠実さのゆゑに現実を切り捨てねばならない。ここに至つて、僕たちの先輩達は独特の倫理を編みだしたのである。

それは一種の動機論であらうか――現実にかかはり、これを解決しうるか否かによつて彼等の努力の真実性が決定されるのではなく、現実においていかに敗れようとも、むしろその敗北の姿が傷ましければ傷ましいほど、かへつて彼等の情熱は詩神の眷顧を忝うすることとなつた。現実に対して無力であること、現実がつひにどうしやうもない障碍であること――このことは作家の求道心の真実を試すのにかへつて都合のよい試金石とさへなつた。彼等の関心は現実そのものではない――藝術に対立するものとして教へられた手の施しやうのない現実といふ固定観念は、彼等を導いて、それが動しえないものである以上、自分たちの真実を賭けるのは、ただこの障壁として現実に対する心の傾きそのものを措いて他にないとまで信ぜしめるに至つた。

まづなによりも藝術家になること、藝術家らしい生活を営むこと、現実社会に対して藝術家でなければもちえぬ判断力を養ふこと――いはば出発点としての地盤を築くことが作家の目的であつた。彼等は詩神に猜疑の眼を向けられさへしなければなにも恐れるものはなかつた。結果は、もはや取返しのつかぬ現実喪失として現れた。この意味において、志賀直哉は日本における最初のもつとも近代的な作家であり、一途に現実喪失へと下降して行つた近代日本文学史において、強引にその下降を喰ひとめた積極性はどこに見いだされるかといへば――はなはだ逆説めくが――現実喪失をあへて恐れなかつたばかりでなく、かへつて現実を大胆に追放したところに、強度の現実性を確保しえたことにある。敵の踵をかむやうにして追跡をかさね、しかもつひに捕へえぬ不安と小心とを小うるさく思ひ、追ふことをやめて立ちどまり、そこにじつくり腰を落ちつけてみたものの眼に、いまや見えるだけのものが見えはじめたのである。彼は見るために自分の体を動かさうとはしない。動かずにゐて視界にはひつてくるもの――それを現実と見た。志賀直哉のリアリズムとはさういふものであつた。すなはち、彼は慾をすてて、万能性のかはりに確実性を獲得したのである。遁走する現実を抛棄したがゆゑに、ここに傾きの倫理は垂直の安定を得たのであつた。

芥川龍之介の藝術はあきらかにこのあとにつづくものであり、しかも終生、直哉に羨望を禁じえなかつた彼は、つひに直哉の態度を自己のものとはなしえなかつた。彼は自然主義作家と白樺派とが築きあげた地盤のうへに立ちながら、同時にこれに疑ひの眼を放つた。それは一種の藝当である——不安を不安のままに、傾きを傾きのままに定著せしめること、この意図のもとに芥川龍之介の作品は生れた。彼は近代の作家概念にいちわうは信従しながら、しかも自己にはそれを禁じようとした。当然、あらはな自己主張は彼の好むところではない。なぜなら自然主義作家や白樺派の人たちによつてほとんど神格化されてゐた近代的人間像としての藝術家の自我に、芥川龍之介はそのやうな素朴な尊信を懐くことができなかつたからである。他我を受け容れる柔軟な神経の持主であつた彼は、自己のうちの社会人の常識をして、藝術家の孤立と倨傲(きよがう)とを疑はしめた——彼はなにより虎の威を借ることを恐れ慎んだのである。世間人に対して謙虚ならんとする彼は、のみならず藝術家の純粋性をもつて、自己のうちの俗物を否定せしめんとした——彼は彼に先立つたなんぴとよりも詩神に忠実だつたのである。かくして彼の現実喪失はますます深刻化することとなつた——なぜなら彼はすすんで自己の実生活を社会人の常識をもつて平板化せんとしたがために、己れ自身の現実をすら喪失することとなつたのだ。

ここにあきらかに一歩後退がおこなはれた。傾きはいつそう激しいものとなつた。

彼の真実を疑ふものは、いまや詩神のみではない、現実が、社会がこれを猜疑するのである。

現実はかならずしもどうしやうもない、解決不可能の存在ではなくなつた。それは芥川龍之介にとつて二つの意味をもちはじめたのである――すなはち、現実は開かれたものとして社会人たる彼に妥協の義務を要請し、一方、藝術家たる彼にはますます固く門戸を鎖すのである。それに照応して藝術もまた、彼を容れるものとして、同時に彼を卻けるものとして現れる。彼はもはや、自然主義作家のやうに現実に対する傾きそのものに安んじて自己の真実を賭けることもできなければ、といつて白樺派の作家のやうに明快に現実の切り捨てをおこなふこともできない。彼はいまや社会的現実ではなく自我そのものの現実に対する傾きに真実を賭けるのである。なんらかの別な方法が必要であつた。ここに芥川龍之介の比喩の文学が成り立つ。

二　比喩について

比喩とはなんであらうか。それはあきらかに象徴と写実との中間に位する。芭蕉の句や象徴派の詩の最高のものは、素材に頼りつつも、これを否定して事物の本質へと人を誘ふ。写実はあくまで素材の限界を守り、この境界線を人の越えることを拒絶してゐる。が、比喩はそのいづれにも徹底しえない。「車軸を流すやうな雨」といつたばあひ、僕たちは車軸と激しい雨と二つの観念を聯合しなければ、その話手の意図を諒解しえぬのである。象徴と異り、それは形状のかなたにまで及ぶことはできない。僕たちはこの比喩的表現において、「車軸」にかそれとも「雨」にか、そのいづれに強声が置かれてゐるのかを断定しえぬのである。話手が雨を語らうとしてゐることはあきらかである――が、僕たちが「雨」の観念に到達するためには、「車軸」の存在が邪魔だてをする。写実とはまさに反対である。そこには結果として、また原因として、一種の現実喪失がある。僕たちの想像は「車軸」を離れて滑かに「雨」のうちに移行し沈潜しえぬのである。比喩の生命はこの観念聯合のおもしろさにある。いはば二つの観念の結びつけに興味があるのであり、したがつて両者を同格に成立せしめるものであるが、しかもここに見のがしえぬことは「車軸」といふ既成の権威に頼つてゐるといふ事実である。

そこで人は比喩を語ることによつてある種の奸計をもくろむ。なぜなら比喩は比喩なるがゆゑに、あくまで己れを表白するものではない。同時にまた、比喩は比喩なるがゆゑに、語られた素材そのものを表現するだけにとどまるものではない。比喩によつて自己を表現せんとするものは、そのあいまいな境界線の上に立つてゐて、相手の出方一つで右にも左にも随意に自己を移し置くことができる。同感者に出会へば襟をくつろげ、安心して自己を語りだす。抵抗を意識すれば表情を硬くして自己を韜晦する。いはば自己主張と自己韜晦との相反した心理の織りなす微妙な表現形式――それを僕は比喩と名づける。まことに卑怯な方法である。が、この中間的性格に比喩の宿命的なアイロニーがある。

しかし、人はなぜ比喩を語らねばならぬのであらうか。イソップや黙示録作者の比喩はいふまでもなく当時の支配階級の強権に対するカムフラージュであつた。俗物を戯画化する諷刺家のひそかな喜びはこれを無視できぬ。それにしても醜悪な容貌をもつた佝僂の奴隷にとつて――肉体的にも社会的にも自己を葬るべく運命づけられた男にとつて最後に残された自己主張の手段は、動物といふ既成の無害な存在を借りきたつて比喩を語ること以外になかつたのではあるまいか。また、異教徒たる征服者にそれと気づかれずに報復の夢を語るために無力な狂信者は不可解な隠語を用ゐたのではなかつたか。とすれば、僕たちはこの二つの例から比喩を語らねばならぬ事情を理解しうるのである。それはたしかに奸計であるにはちがひない――が、もし精神がなんらかの理由によりその表現を阻まれてゐるとき、しかもなほ己れを主張したいと欲するならば、比喩を語るといふことのほかに人はなにをなしうるであらうか。強権は表現を封じる。しかし、世にはより本質的な表現不能が――ほとんど創造の源泉を涸すがごとき障碍との出遭ひがある。外部的な偶然的な事情ではなく、時代の宿命が、そしてまた性格の必然が人をして比喩を語らしめる。芥川龍之介のばあひがそれである。彼は表現の権利と資格とに対する懐疑にたえず自己を脅かされてゐた。

　僕たちが静かに自分の生活を顧るとき、つぎのやうな虚脱のひとときを経験することがないであらうか。一日を我の鬩ぎあひのうちにすごし、ひとびとの軽蔑や嫉妬や排斥のために自己の慾望や情感を根こそぎ否定されて戻つて来た僕たち自身の姿を、薄暗い書斎のなかに見いだすことはなかつたであらうか。そんなとき僕たちは胸に恨みを秘めて、実生活において否定された自我をなんらかの方法で生かさんことを想ふ。社会悪や他我のエゴイズムといふどうしやうもない現実に拒否された自我は苦しまぎれに藝術に救ひを求める。僕たちはこの最後の拠点によつて反撃をこころみようとする。僕たちの精神は実生活にか藝術にか、そのいづれにか表現の道を見いだされなければ、つひに正当化される機会を失つてしまふのだ。が、精神は自己主張に優越者の責務を課する。ところで実生活においてみじめにふみにじられた自我の、いつたいどこに優越者のおもかげを見いだしうるであらうか。薄暗い憂鬱と不満とは、所詮おなじ抑圧されたエゴイズムの表情ではあるまいか——と覚つた瞬間、僕たちはあへて自分自身を徹底的に否定しようとする。己れのエゴイズムを扼殺し、かかる醜い本能のうちに棲む精神の卑小陋劣をも嫌忌し厭離したい想ひに駆られる。なぜなら僕たちの背後には歴史を形づくる巨大な精神の峰々が聳え、人間の達しうるかぎりの最後の限度を示してゐるではないか。その脚下に僕たち下賤の俗根がぶざまな蠢きを見せてゐるのだ。しかも巨峰は己れを憧憬する俗物一切を否定し蹂躙（じゅうりん）し去る。歴史と血統とが——藝術さへもが僕たちの生存を嘲笑し、僕たちの小生意気な自己主張を許さうとしないのだ。いまや過去のこころみもすべて徒労に終つたのではなからうか。一切は拒絶され、精神の一つの在り方は闇から闇へ葬られてしまふのではなからうか。このとき自分の精神も肉体も、意識も日々の生活も、まるで他人のそれのやうにどこか遠くの涯に退いていくのを感じる。

この場所に創造ははたして可能であらうか、僕たちは沙漠のなかにゐるのか、それとも泉のほとりに立つてゐるのか。芥川龍之介の表現はここから始つてゐる。自己の実生活がつぎつぎに彼の精神を裏切つて行くのを感じたとき、彼が頼らうとしたのは藝術であつた。だが、その藝術的表現をさへ彼の精神は不可能にしたのである。なぜなら、精神は表現されるためにかならず肉体を必要とする。が、いかなる精神も表現をもちえぬであらう。怜悧な妥協なくしては、実生活において妥協を知つてゐた芥川龍之介は、表現の素材として役だちうるやうなあらゆる肉体的表情をみづから抹殺してしまつてゐた。それは彼がなによりも自己との妥協を恐れたからにほかならない。いや、彼の実生活における妥協こそは、自己との妥協を避け、たえず自我の純粋にゐようとするための賢い手段でしかなかつた。このやうに妥協を忌み嫌つて不断に昇華をこころみんとする精神――いひかへれば、自己の安住する実体的な素材を見いだしえぬ精神といふものは、自己主張としての素朴な藝術的表現に不満を感じてやまないものなのである。これは彼みづからが「永遠に超えんとするもの」と定義した聖霊でなくしてなんであらうか。

ここに僕は彼にまねて一つの系図を考へてみる。――フリードリヒ・ニーチェ＝トーマス・マン＝アンドレ・ジッド――いや、やめよう、もしこれに芥川龍之介の名を加へれば、人はおそらく僕の稚気に苦笑を禁じえまい。当然である、僕は日頃から日本の作家を語る文章のうちに西欧の作家の名を記することに寒々としたみじめさを感じてゐる。なるほど芥川はよくゲーテ、ストリンドベリ、トルストイ、ボードレールなどの名を口にしてゐた。しかし彼がこのみじめさを、このアイロニーを理解してゐなかつたはずはない。理解してゐたればこそ自己主張を封ぜられ素朴な表現の道を失つたのではなかつたか。が、さういふ彼もときにふてぶてしく反逆する――「僕を咎むるにゲエテを気取るものとすること勿れ。僕はゲエテのみならず、多数の前人を気取るものなり。」この言葉はそれ自身アイロニーの響きを伝へてゐるではないか。

僕はすでにイソップについて語つた。ギリシア彫刻の美に取り巻かれながら、奴隷の境涯にあつて肉体的不具を宿命づけられた彼は、いかにすれば精神主義者にならずにすんだであらうか。寓話を語ることに彼の自我の矜恃をかよはせたことは必然ではなかつたか。彼の生活を否定したものに対する痛烈な批判を比喩に託すること以外にどんな方法が残されてゐたか。一切の生活が拒絶され、数十篇の寓話が残つた。この比喩のかげに隠れて作者の精神は実に倨傲である。「あらゆる批判の藝術は謙譲の精神と両立しない。就中僕の文章は自負と虚栄心との吸ひ上げポンプである」と芥川は書いてゐる。しかし「西方の人」を読んで、芥川龍之介のうちにみづから神やクリストに擬したい気取りを看取するものがあるとするならば、すくなくとも僕はさういふ批評に共鳴することができない。芥川自身なによりもさうした批評眼に警戒してゐた。この警戒に僕はとくに注目したい。なぜならそこに比喩的方法が成立するからである。

クリストは比喩を話した後、「どうしてお前たちはわからないか?」と言つた。

(「続西方の人」十五　クリストの歎声)

芥川龍之介がかほど巧みに比喩を語つた例を僕はほかに見いだしえなかつた。彼に気取りと虚栄とをしか看取しえぬ人々はクリストに狂気をしか見なかつたパリサイの徒である。狐や鳥を比喩としたイソップは彼から見ればまだしも幸福だつたかもしれぬ。狐や鳥について語つてゐるかぎり、人は気取りを疑はれずにすむ。が、クリストに自己を託するに至つては、その稚気を軽蔑されるのみか、常識人の激怒を買つても致し方ないのである。常識は彼の所業をいちいち滑稽な鵜の真似と見なすにさうゐない。芥川龍之介はかかる公式主義に備へてまた一つの比喩を語つてゐる。

クリストの一生を背景にしたクリスト教を理解することはこの為に一々彼の所業を「予言者X・Y・Zの言葉に応はせん為なり」と云ふ詭弁を用ひなければならなかつた。のみならず畢にかう云ふ詭弁の古い貨幣になつた後はあらゆる哲学や自然科学の力を借りなければならなかつた。

（「続西方の人」十二　最大の矛盾）

たしかに気取りとはこの詭弁の心理学的、乃至は精神分析学的解釈でなくしてなんであらう。もちろん、僕はつぎの一節を読んだのちになほかつ虚栄と気取りとをいふものがあるとすれば、それもまた一つのアイロニーとして同情するに吝かでないつもりだ。芥川は遺稿の一つにかう書いてゐる。

彼（丈艸）には彼の家族は勿論、彼の命をも賭した風狂である。（中略）けれども僕の信ずる所によれば、そこに僕等を動かすものは畢に芭蕉に及ばなかつた、芭蕉に近い或詩人の慟哭である。

（「続芭蕉雑記」三　芭蕉の衣鉢）

イソップの比喩とした動物たちは作者を否定しはしなかつた。しかし芥川龍之介はただに民衆の嫌疑のみならず、たえず彼自身を否定するクリストの声を恐れなければならなかつた。血統それ自身が彼を拒絶しようとしてゐる。しかも彼はみづからもその資格を疑つてゐる血統にあへて参与しようとする。芥川龍之介が比喩を用ゐる必要をもつとも強く感じたのはこのときであつた。彼は表現の終るところに、ひるがへつて表現を意思した——比喩を語る以外にもはやいかなる方法も残されてゐない。

僕たちの精神は外部からの拒絶に遭つたとき、いつかその憂鬱のうちに親近を探し求めに行く。この親近において僕たちはすべてを許し、また己れのすべてを許してもらはうとする。すべてを許し許され、自己確立の保証を得んとするのだ。が、拒絶は内部からやつてくる。精神はただに親近を求めてそのなかに保証を得ようとするのみではない——内部からの拒絶はこの親近感のうちに、それが強ければ強いほどかへつて同時に疎外を感ぜしめる。「畢に芭蕉に及ばなかつた、芭蕉に近い或詩人の慟哭」といふ言葉はここに成立する。芥川龍之介の実生活は彼の精神的意図を拒絶する。あへて一つの風波も立たしめまいとした教養人の平板な生活の裏に、人は無慙（むざん）にふみにじられた激しい精神のうねりを見ないのであらうか。彼は常識のかげに自己の精神的宿命を捩（ね）ぢ伏せてしまつた。また彼は過去の歴史のうちに聳えてゐる巨大な精神を仰望しつつ、たえず自分自身のうちに香具師（やし）のうしろめたさを感じてゐた。この上からと下からとの二つの拒絶が彼を襲つたとき、彼は逆に刃向つて芭蕉を大山師と呼び、みづから「ゲエテを気取る」「自負と虚栄心」を人前に発（あば）き投げつけるのである。親近に疎外を感じる心——これこそ自己主張と自己韜晦とに綾なされた比喩のものをいふ場所にほかならない。比喩はひとすぢの親近にではなく、かへつて疎外に成り立つものではなかつたか。いや、閉め出されたものとして疎外を感じたればこそ、親近に比喩を語るのである。

それにしても、比喩を語るものはつひに現実喪失のいらだたしさから脱却することはできない。たとへそれがみづからあへて志した道であつたとはいへ――そしてその結果として比喩を必要としたものではあつたにしても、その歎きに変りはない。芥川龍之介は実生活において自己の精神的真実を託しうるやうな肉体的表現をことごとく抹殺してかかつた以上、既成の権威に借りざるをえなかつたのであるが、このさい彼の身分証明として実生活に行動の肉づけを欲したのは、誰よりも芥川龍之介自身にほかならなかつた。が、社会人としての彼はあくまで日常生活の平板化、常識化を意図した。彼以前の作家たちが徐々に社会的現実を喪失して行つたうへに、ついで自分自身の現実をすら喪(うしな)つてしまつたとすれば、彼としてこの一層激しくかしいだ現実への傾きに自己の真実を賭けるほかはなかつたのであるが、ここに至つてはもはや真実の力の及ぶ限度をはるかに越えてしまつたものといへる。それゆゑにこそ比喩の藝術が、といへば果しのない循環論法に終る。

彼は……「譬喩」と呼ばれてゐる短篇小説の作者だつたと共に「新約全書」と呼ばれてゐる小説的伝記の主人公だつたのである。……クリストも彼の一生を彼の作品の索引につけずにはゐられない一人だつた。
（「続西方の人」十三　クリストの言葉）

ここに僕たちはつひに伝記の主人公たりえなかつた芥川龍之介の無念と孤独とを理解しなければなるまい。彼は自己の真実と高貴とを承認せしめるにたる証拠物件とてはなに一つもつてゐなかつた。気取り屋が身分証明書なしに闊歩しうるためには、その作品にとつて百年の歳月が必要であらう――時が比喩を語るものと比喩に用ゐられたものとのあひだに橋をかける。が、それまでは彼は無念と孤独とに耐へねばならない。僕はここにデンマークの王子を想ひ起す。彼は死の直前親友ホレイショーにむかつて三たびも「事のここに及びつる始終の仔細」を世に語り告げるやう頼んでゐるではないか。世人の誤解を恐れるハムレットの心情は理解するに難くない。僕は芥川龍之介の遺稿数篇のなかにハムレットの無念を読みとるおもひがする。いや、彼の無念はそこにとどまらなかつた。芥川龍之介自身さへ自己の真実を信じきれなかつた。それは索引として附するにたる現実を喪失せるものの悲劇であつた。彼は自己の無念にすらかならずしも安住しえない。これはたんなる自意識ではない。はなはだ近代的なストイシズムであるといへよう。「西方の人」「続西方の人」においてひそかに自己の伝記の製作を企てながら、それすら比喩的方法を用ゐずにはゐられなかつた彼である。たしかに自意識ではない――かほどまでに自己の真実にゐようとする心は、高貴なるものへの憧憬のうちにも自己の限界を衛らうとする純情にほかならない。が、この純情のつつましさは自己の情感を――いや、なによりも純情の存在を気づかれることを恐れる。けだし、直接法で語ることを嫌ふ羞恥心こそ、比喩の基調をなすものであるかもしれない。とすれば、索引の喪失は比喩の文学の完成にますます効果あらしめるものといへよう。

三　風景について

芥川龍之介を想ふたびに僕の記憶に浮びあがる一つの風景がある。

ある百科事典の抜書——

青木ケ原、富士山麓山梨県側にある大森林地帯。一名樹海ともいふ。西湖、精進湖、本栖湖畔から上方大室山の附近におよび、全地域六十二平方粁。貞観六年、富士噴火の際、流出せる熔岩帯の上に生じた森林。針葉樹、闊葉樹混淆の密林にして、上樹下木生ひ繁り人跡未踏の神秘境である。樹木のかく密生せるは、土地が一面に熔岩で、多孔質のため、よく水分を保留し、かつ容易に崩壊流失せぬゆゑ、植物の著生繁茂に好都合なのである。密林内は磁石まつたく用をなさず、自然枯れの樹木倒れて蛇のごとく横たはり、起伏せる熔岩には苔蒸して、在来神秘視せらる。もと帝室御料地なりしが、明治四十四年山梨県に御下賜。禁猟地。

樹種＝(針葉樹) あかまつ・とが・もみ等。

(闊葉樹) はうちはかへで・いたやかへで・うりはだかへで・ぶな・いぬぶな・りやうぶ・まゆみ・にしきぎ・やまざくら・ぬるで・やまうるし等。

(下草) しだ、その他の陰地植物。

この樹海のなかを吉田から精進を抜けて一筋の県道がとほつてゐる。僕は幾年かの夏、バスに揺られながら、毎年くりかへされる車掌の判でおしたやうな説明をききながら、この海抜千米にちかい高原を往復した。都会に生れ都会に育ち、自然に対してはなはだ冷淡であつた僕も、この樹海の風景のうちには僕自身の情感をこめることを覚えた。

　この密林に繁茂する樹々は豊沃な土地をもたなかつた。どの幹もあの黒々とした逞しさを恵まれず、枝は養分の欠乏に苛だち、暗い情熱に全身をくねらせて、みづから作つた蔭のうちから日光のわづかな恩恵をつかみとらうとしてゐるかにみえる。根は硬い岩の抵抗にあつて絶望的な裸身を露出してゐる。僕は幹の下部と佶屈した根との表皮に白つぽい苔様の斑点を見いだしたとき、事実、自分の腰から足の裏にかけて異様なむずかゆさを感じさへした。しかも、頂きにちかい薄緑色の繊細な葉は高爽な大気を吸つて、燦々とふりかかる日中の陽光に戯れ、微風に清らかな囁(ささや)きをつたへてゐた。あたりには陰鬱な焦躁と清潔な矜恃とが漂うてゐる。樹海は欠乏のうちに生命の豊富を意思し自己の暗い素姓を羞恥しながら、しかも倨傲な憧憬を語つてゐる。人が秘密を探りにその密林に分け入るならば、二度と引き返すことはできぬといはれてきた。僕は樹海に透明な秘密を教へられ、静謐(せいひつ)な焦躁を知つた。

　これは芥川龍之介の精神的風景でなくしてなんであらうか。彼はかの原始林とおなじやうに、他人の跋渉を峻拒する。のみならず、みづから自己の肉体と情熱とを羞ぢ、その秘密を闇に葬らうとこころみる。己れの体臭を抹消しようと努めた彼の藝術は、樹海の樹々のやうに汚れた体臭を去つて、その上空はあくまで澄みきつてゐた。そのかはり彼の自己抑圧を裏切るやうに、激しい屈折をもつた文章が残つた。僕は気負つた彼の文体に理智の輝きのみを見てすごすことはできない。あの奥には磁石の用をなさぬ暗鬱な情念の秘密地帯がある。芥川龍之介がアナトール・フランスの高邁な知性のかげに眠つてゐるパン神の野性をのぞきみたとき、あの悔恨の述懐が、己れ自身のうちに手の下しやうのない動物の存在を眺めてゐなかつたはずはない。ただ清潔な矜りがそれを蔽つてゐるだけにすぎない。

彼は「或阿呆の一生」を書き上げた後、偶然或古道具屋の店に剝製の白鳥のあるのを見つけた。それは頸を挙げて立つてゐたものの、黄ばんだ羽根さへ虫に食はれてゐた。彼は彼の一生を思ひ、涙や冷笑のこみ上げるのを感じた。（「或阿呆の一生」四十九　剝製の白鳥）

彼は唯薄暗い中にその日暮らしの生活をしてゐた。言はば刃のこぼれてしまつた、細い剣を杖にしながら。（「或阿呆の一生」五十一　敗北）

樹海に、澄明と暗黒とを、意思と貧困とを、そして憧憬と虚勢とを知つたものにとつて、これらの文章はけだし一つの暗合である。が、過去におけるあらゆる直接法的表現に自己を託しえなかつた芥川龍之介が、比喩的方法によつて目ざしたものこそ、じつにかかる精神的風景画の完成にほかならなかつた。いや、樹海はおそらく彼にとつてたんなる暗合ではなかつたにさうゐない。僕は「或精神的風景画」と副題された「大導寺信輔の半生」の最初の一齣（ひとこま）を想ひ出す。

本所の町々はたとひ自然には乏しかつたにもせよ、花をつけた屋根の草や水たまりに映つた春の雲に何かいぢらしい美しさを示した。彼はそれ等の美しさの為にいつか自然を愛し出した。(中略)荒あらしい木曾の自然は常に彼を不安にした。又優しい瀬戸内の自然も常に彼を退屈にした。彼はそれ等の自然よりも遥かに見すぼらしい自然を愛した。殊に人工の文明の中にかすかに息づいてゐる自然を愛した。

(「大導寺信輔の半生」一　本所)

芥川龍之介はあきらかに彼自身の精神的風景を意識してゐた——その貧困をきはめたうしろめたさと醜い情念とともにその哀切のこもつた美しさをも。ここにあらゆる羞恥にもかかはらず、彼の表現への希望と意思とが起ち上る。

僕はふたたび芥川龍之介の歩んだ道にそつて、表現といふものの本質を考へてみなければならない。表現とは自己の限界を踏み越し、より大きなもの、より高いものに自己を合一せしめんとする慾望であり、このかぎりにおいて芥川龍之介の「永遠に超えんとするもの」である。表現は横に拡り、自我を他我に順応せしめ、あるいは他我を自我に同化せしめることの可能を予想してゐる。表現の心理的根柢には、人智の、人間精神の、一致を夢みる文明の意思がひそんでゐる。それはさらに人間が自然を、いや人間が人間を理解し征服しうるといふ思想の前提のうへに成り立つ。自我の秘密を他人に伝へ、他我の心をのぞきみることができる、と——さう十九世紀のリアリズムは僕たちに信じさせてきた。最高の表現方法として考へられてきたリアリズムは、このやうな楽天的信仰のもとにその勝利を誇り、しかも、ほかならぬその楽天思想のゆゑに敗北を喫せねばならなかつた。

自己の限界を超えんとする意思がさきに表現を可能ならしめたのであつたにもかかはらず、それがまた「永遠に超えんとするもの」の当然の宿命として、不断の昇華のうちに、たえず表現に裏切りを感じるのである。人は人間が人間を理解することのむづかしさを、個人と個人とのあひだにはいかなる架橋も不可能なることを、身に沁みて味はさればずにはゐられない。この意味において、羞恥とは自己を超えねばならぬ義務を負はされつつも、やはり自我の限界を、さらに人間の限界を知り衛らうとする心にほかならない。それは文明に対する理智の楽天的信仰とは逆に、自己のうちの動物的なるもの、野蛮なものの存在に気づいた心が、ひたすら自己を閉ぢようとするのである。羞恥は表現とは道を通じてゐない——羞恥はあくまで表現を嫌ひ、他人の窺知を拒絶する。それは自己の孤独に閉ぢこもり、狭く深く沈潜しようとこころがける。かの楽天的な理想主義とは逆に虚無と厭世とに通じてゐる。芥川龍之介が「永遠に守らんとするもの」と規定したものこそ、この羞恥感情でなくしてなんであらう。が、さらに「永遠に守らんとするもの」の羞恥は、自己の真実にゐる確さから、おのづと表現さるべき実体をはぐくむのである。ここにふたたび「永遠に超えんとするもの」が羞恥を押しのけて現れる。このやうな二律背反と、しかもその両者をつなぐ同一性とが、前章で僕がアイロニーと呼んだものの底流をなしてゐたのであつた。

芥川龍之介の比喩によつて描いた風景画が貧困をきはめたのは自然である——彼は自我の真実の貧困に表現の苦渋を感じてゐたのだ。青年時代の自分を顧て彼はかう書いてゐる。

のみならず信輔の「えらいもの」は「藝術的」をも第二の条件としてゐた。彼はその為にあらゆる情緒をインクと紙とに表現しようとした。しかしそれも困難だつた。あらゆる情緒は穀物のやうに彼自身の中に積まれてゐた。少くとも積まれてゐた筈だつた。が、ペンを執つて見ると、紙の上へ髣髴出来るものは感歎詞の外に何もなかつた。しかしそれはまだ好かつた。彼は今度はありのまま見聞を書いて見ようとした。が、この試みも失敗だつた。彼には一匹の犬の姿も、或は二人の学生の電車の中に話してゐる容子も満足には文章にならなかつた。彼は二度目の失敗に失望——と言ふよりも驚嘆した。実際かう言ふ表現的陰萎は彼自身にも意外な発見だつた。信輔はなほ念の為に友だちをふり返つた。すると彼等は——彼等の二三は殆ど表現に苦しまなかつた。彼等のペンは紙の上へ続々と文章を綴つてゐた。彼は彼等を嫉妬するよりも寧ろ彼自身に憤りを感じた。若しこの表現上の才能も全然彼に欠けてゐたとすれば、畢竟彼の大望の全部は夢に了るより外はなかつた。それは当時の信輔には悲劇以上の悲劇だつた。

（「未定稿・大導寺信輔の半生」空虚）

僕たちはこの文章のうちに、芥川龍之介が自分の「表現的陰萎」の苦痛を自覚してゐた事実を、そしてほかならぬその点から意識的に自己の藝術を意思しはじめた事実を見のがしてはならない。自己の限界を知り守らうとする羞恥心を前にして、自然主義的、乃至は心理主義的藝術方法は単なる「感歎詞」のほかにはつひに餌食とすべき素材的内容をどこにも見いだせなかつたのである。「感歎詞」は内容ではない――内容を捕捉し、内容に頼りながら、しかも内容を棄卻する形式である。芥川龍之介の描いた風景画においては、内容ははるかに後退し、色彩と線とが彼の心理的陰鬱を物語る。もちろん漱石に傾倒し、その系譜を自任してゐた彼であつてみれば、心理主義的表現法を避けたのは、人間心理に対する洞察力の不足してゐたためではない。まさにその逆である。漱石がその心理主義のはてに見いださざるをえなかつた精神の不安定と自我の虚妄とが、すぐれた心理家であつた芥川龍之介をして、心理主義の無力を感ぜしめ、その直接法的論理に安易と虚偽とを見ぬかしめたのである。この虚偽に対して彼のうちなる詩人の純情が羞恥を覚えるので、さらに純情は純情それ自身を羞恥する。形式が形式を羞恥し型取らうとする。

芥川龍之介を理智主義者とする迷妄がある。このやうな通説は彼の作品の一つ一つに気のきいた主題を読みとることを教へてきた。彼等は歴史に近代人の心理をかよはせた解釈学派として彼を遇する。幼稚な読者は芥川龍之介の作品の解りよさを愛し、成長期の魂は逆説的な自意識と近代的な人間観、倫理感とに自己の投影を見て楽しんだ。また自然主義の亜流は彼の現実解釈を浅薄な常識として非難し、その乳臭と白き手とを軽蔑することしかしらなかつた。よき意味にせよ、あしき意味にせよ、芥川龍之介は一個のスタイリストとしての位置しか与へられてゐない。彼を愛するものと軽んずるものとの別を問はず、その作品に主題の美化をしか見ない読書法に僕はなによりも反撥を感じる。人々は、整つた形式のもとに、理智とはおよそ反対の暗い情念が隠されてゐることに気づかず、さらにこの情慾を羞恥する純情が輝いてゐることにも盲目であつた。芥川龍之介評価の過失はことごとくこの蒙昧から出てゐるからだ。主題はいかに新奇であり独創的であつたにしても、所詮は落ちをもつた常識にすぎぬ。理智はつひに常識を超えない。あらゆる箴言(しんげん)を見るがいい——箴言を無用の饒舌から救ふものがあるとすれば、それは行間にひめられた生活の体臭を措いて他になにがあらう。

芥川龍之介はその作品の内容に自己の体臭を抹殺しながら——いやそれゆゑにその文章に体臭を残してゐる。この意味で彼をスタイリストだといふならば、僕はあへて反対しない。なぜなら、古今東西のあらゆる文章藝術はその真実をスタイルに賭けてゐるものであり、なほ適切に近代日本文学の作家たちは、その現実喪失と自我喪失との危機を文章完成によつて切り抜けんとしたスタイリストであつたからだ。また逆に、日本の言語と文章との伝統から、さらに明治の初期においてヨーロッパ思想の移入が文章改革のなみなみならぬ労苦を作家たちに強ひたことの必然から、彼等はことごとくスタイリストたらざるをえず、それがますます彼等の現実喪失を深からしめたともいへるのである。そして現実と自我との喪失がその極に達したとき、ひとびとははじめてこれに気づいたかのやうに、芥川龍之介にスタイリストと理智主義者とを発見したのであつた。

が、彼の文学は毛頭理智主義などといふべき筋合ひのものでもなければ、俗説の考へてゐるやうなスタイリストなどは彼にとつてつひに無縁の存在であつた。芥川龍之介は主題によつて人生や歴史を裁断してなどゐはしない。僕はこのことをはつきり断つておきたいのだ。彼の藝術にあつては主題は一つの枠にすぎない。この額縁のなかに彼の美しい風景画が端正にをさめられてゐる。この額縁こそは、現実の酷薄さと彼自身の自己批判とから、傷つきやすい純情を衛る防禦線でもあつた。裸のままの純情は現実のうちにあつてははなはだ脆い。そこで羞恥が額縁を要求する。たしかに芥川龍之介は西欧風な理智の額縁を好んで用ゐた。が、彼の描いた作品は日本の伝統に深く根ざした淡彩の風景画である。

「いや、何もあつたと申す程の仔細はない。が、予は昨夜もあの菰だれの中で、独りうとうとと眠つて居ると、柳の五つ衣を着た姫君の姿が、夢に予の枕もとへ歩みよられた。唯、現と異つたは、日頃つややかな黒髪が、朦朧と煙つた中に、黄金の釵子が怪しげな光を放つて居つただけぢや。予は絶えて久しい対面の嬉しさに、『ようこそ見えられた』と声をかけたが、姫君は悲しげな眼を伏せて、予の前に坐られた儘、答へさせらるる気色はない。と思へば紅の袴の裾に、何やら蠢いてゐるものの姿が見えた。それが袴の裾ばかりか、よう見るに従つて、肩にも居れば、胸にも居る。中には黒髪の中にゐて、えせ笑ふらしいものもあつた。（中略）何が居つたと申す事は、予自身にもしかとはわからぬ。予は唯、水子程の怪しげなものが、幾つとなく群つて、姫君の身のまはりに蠢いてゐるのを眺めただけぢや。が、それを見ると共に、夢の中ながら予は悲しうなつて、声を惜まず泣き叫んだ。姫君も予の泣くのを見て、頻に涙を流される。それが久しい間続いたと思ふたが、やがて、どこやらで鶏が啼いて、予の夢はそれぎり覚めてしまふた。」

（「邪宗門」）

このまま見のがせば見のがしうる文章である。しかし芥川龍之介以前に誰がこのやうな含羞の美しい文章を書きえたらうか。まつたく自己を韜晦しきつてゐながら、比喩のうちにかくもみごとに主観を託す方法をはじめて用ゐたのが芥川龍之介ではなかつたか。「邪宗門」は未完のままに終つた。が、この一節には芥川龍之介の精神的風景がじつにみごとな結晶を示してゐる。清潔と透明とのかげには、暗い情念と醜悪な現実とが存在する。この明るさは憐憫（れんびん）の涙を通して眺められた明るさである。それは、人間の悪を充分に意識しつつ、それを羞恥し憐む純情が、それゆゑに意思する美にほかならない。未完の「邪宗門」は常識的な解題を拒否してゐるが、そのためにかへつて読むものをして芥川龍之介の精神的風景に足をとどめしめるのである。

しかしながら、このやうな色彩の美は年とともに彼の風景画から脱落していつた。もちろん彼は最後まで商品としてほそみの額縁に自己の風景を飾ることを忘れなかつたが、それが次第に線ばかりの素描となつていつたのである。色彩を棄てた線描は、やうやく芥川龍之介独自の文体を洗ひたて、それとともに彼の精神的風景画は単一の表情をとりはじめた。それはあるいはマンネリズムかもしれぬ。が、自然は新奇をもつて僕たちを楽しませるのではない――毎年くりかへして訪れる季節季節の表情が僕たちに親近感を与へ、この反覆によつて季節に対する僕たちの感覚は錬磨される。いつしかひとびとは自然の風景に各自の心理の綾目を読みとることを学んだ。僕たちは己れの愛惜する風景の訪れを毎年こころまちにしてゐる。かうして芥川龍之介の作品を読むときの快感を、僕たちはその内容にではなく、どの頁にもくりかへし現れる文章のリズムに感じてゐるのである。（略）

八　無抵抗主義について

かつて岡本一平は僕に芥川龍之介と岡本かの子との交友を語つてかういつたことがある――「女史にして見れば、芥川のなにか隠さうとする態度に、じつとしてゐられないものを感じたんだね。内部に脆い、いまにも崩れさうなものを含みながら、表面は硬い鎧を著てきちんとしてゐるいぢらしさに、女史の性格として惹かれるものがあつたんだ。なにもかも溶かしこんで抱擁しつくさなければ気のすまないたちなんだよ。女史のはうでは鎧を喰ひ破つて中味を摑み出したかつたわけだし、芥川のはうではますます警戒して弱味を見せまいとするしでね……。」

その「鎧を喰ひ破つて」といつたときの話手のジェスチュアをいまでも僕は眼前に髣髴する――同時に、さういふ岡本かの子に対した芥川龍之介の含羞の表情をも。が、彼はたんに相手に対して自己の弱味を羞恥し警戒してゐたのではなかつたはずだ。それは彼自身の「溶かしこみ抱擁しつくし」えなかつた暗鬱地帯の存在を示すものにほかならない。それは他人の跋渉を拒絶し、磁石を無用にしたばかりではない。たれよりも彼自身がこれに面をそむけ、みづから磁石を抛棄してゐた。告白を肯じなかつた芥川龍之介は楽屋の神聖を重んじた。

ストリントベリイの生涯の悲劇は「観覧随意」だつた悲劇である。が、トルストイの生涯の悲劇は不幸にも「観覧随意」ではなかつた。従つて後者は前者よりも一層悲劇的に終つたのである。

（「侏儒の言葉」二つの悲劇）

僕の芥川龍之介論はここに冒頭へもどらねばならぬ――ほかでもない、彼が自己の楽屋を隠したのは自我の真実を保証するためであつた。自分の物語る美しい比喩に精神的真実を確保するためには、なにをおいても彼は自己の醜悪と罪業とにたえず首をたれてゐなければならなかつた。しかも、このさいもつとも必要なことはひとしれずにといふことである。なぜならあらゆる感情の純粋はその表現禁止によつて保持せられる。芥川龍之介は容易にその「秘密」を話柄とすることによつて、罪の意識と後悔とが白日のうちに雲散霧消することを恐れた。正しきもの、善きもの、美しきものの表現に自己の精神的真実を賭けた彼は、かうしてそのかげでは暗鬱の情感を一途に秘めぬいたのである。が、表現禁止によつてその純粋性を保持しようとする心は、けつして「秘密」それ自身のためではなく、逆に裏返して、表現を与へた精神の真実性のためにほかならなかつた。

芥川龍之介はまづ自己の実生活からあらゆる「感歎詞」を――ちよつとでも気を許したなら自己を包みかねない「感歎詞」的雰囲気をむきになつて抹殺してかかつた。もちろん、その根柢にあつたものはむしろ本能的な不安であり嫌悪感である。彼は自分に放縦、恣意、気まぐれを禁じた。己れの傷にそしらぬ顔をして常識の面をかぶつた。家庭には東京の下町の生活に見られるものなれた節度とささやかな平和とを保ち、そこにはひつてくるものはなんぴとといへどもこれを破ることができぬのみか、彼自身もこの節度と平和とを破ることをみづから許さなかつた。そこにあつては彼は善き子であり、善き夫であり、善き父であり、そして善き親戚、善き隣人であつた。のみならず、彼の作品もまたあまりに常識的な善意と正義感とに、その俗臭をいはれてきた。が、芥川龍之介は自己主張と自己表白とによつて人間完成を意図する文学概念にまつかうから反対した。岩野泡鳴に一個の楽天家をしか見なかつた彼は、自然主義の過失を——生活と藝術との混同をはつきりと見てとつてゐた。当時、告白の深刻を要求するジャーナリズムに向つて、彼はほとんど絶望的な拒否の言葉を投げつけながら、ますます自己の傷を隠蔽し、生活の側においても、藝術の側においても、その両者の峻別を計つた。が、その精神的真実の激しい陰翳を沈黙によつて確保せんとした彼の心事は想像にあまりある。それは自己の勝利すら告げられぬ苦しい無言の行のごときものであつた。かくして彼の生活と藝術とが善意と常識のうちに貧困をきはめればきはめるほど、精神はいよいよ激越なうねりを重ねてゆき、その平板さに謀反し、これを打ち破らうと欲する。かうした芥川龍之介にとつて、ジャーナリズムの告白要求などはなにほどのことでもなかつた——無言の行を破りたかつたのは、たれよりも彼自身であつた。

彼はいつ死んでも悔いないやうに烈しい生活をするつもりだつた。が、不相変養父母や伯母に遠慮勝ちな生活をつづけてゐた。それは彼の生活に明暗の両面を造り出した。彼は或洋服屋の店に道化人形の立つてゐるのを見、どの位彼も道化人形に近いかと云ふことを考へたりした。が、意識の外の彼自身は、——言はば第二の彼自身はとうにかう云ふ心もちを或短篇の中に盛りこんでゐた。

（「或阿呆の一生」三十五　道化人形）

芥川龍之介の死後、その友人の多くは彼の友情のこまやかさについて語つてゐる。「芥川はモラリストを憎みつゝも、彼自身あまりにモラリストであり過ぎた。……その思想的生涯を一貫して彼の抱いたところの『道徳に対する懐疑心』は、彼の感情と感覚とにかたく根ざすものであつた。しかも道徳的本能は彼において人一倍強かつた。」（恒藤恭）「昨年の秋頃から、彼に会つた有らゆる人々の意見が一致してゐるのは、彼が誰に対しても深切で、謙遜で、優しかつたといふ事である。」（広津和郎）また室生犀星や宇野浩二に対する友情はもとより菊池寛、久米正雄に接した彼のものやはらかさは誰でも知つてゐる。僕は「鯨のお詣り」によつて、芥川龍之介がいかに善良な常識人の生活を意思してゐたか、その心根の悲しさに胸をうたれた。彼ほど生活者の労苦を——そしてそのうちにひそむ人間の姿のみじめさを若くして知つてゐたものも少い。が、そのうへにいたはりの情を寄せてゐた彼自身のうしろ姿の悲しさを、芥川龍之介は意識してゐたらうか——意識してゐたにさうゐない、と同時に、いかに彼がさういふ感傷主義の陥穽（かんせい）を避けようと苦しんでゐたかは、その文章を周到に味はうと用意してゐるものの見のがすところではあるまい。

己が宿命的な悲劇をすら蹴つて顧ぬもののみが真の藝術家たりうるといふ厳しい掟をかたく信じてゐた芥川龍之介にとつては、また「右の手のなすことを左の手に知らすな」といふ新約の言葉のたんに施済の倫理にとどまらぬことが、身をもつて実感されてゐたにさうゐないのである。このイエスの教へたストイシズムは芥川龍之介の時代と環境とのうちにひとつの必然性を見いだしたのであるが、僕はなによりもそこに彼の純情と羞恥との穢れなく輝くのを見たいのである。

さらにそこには純情以上のものがある。彼は自分の生れながらの性格的弱点を自覚した瞬間に、まことに彼らしく意識的な反撃をこころみだした。僕は前章に宿命を意思し、これを完成せんと欲する態度について述べた。ここに無抵抗主義者とは、完全な自己拋棄を表明しながら、心の底に意地のわるい微笑を隠しもつものを意味する言葉となつた。彼は現実の暴力に対していかに自己の脆いものであるかをよく知つてゐるがゆゑに——のみならず、神のまへに人間の不完全と自己の醜悪とを深く意識するがゆゑに、まづ一切の我意を放擲してかかる。現実をあるがままに受けいれ、また他人の心理の委曲をすばやく読みとり、その設計にもとづいて自己を組みたてる。彼はいやがうへにも自己の生活を常識化し平板化しようと努め、他我の意思のもとにみじめにも己れを屈従せしめ、自己の暗鬱な慾望を粉砕し窒息せしめんとこころみる。しかし、彼が他人のための時間と自分の時間とを截然と区別してゐるのは、とりもなほさず自分を頑強に衛るためであつて、この境界線を限つて一歩も他人を入れまいと心に決してゐるがゆゑに、彼のはうからこの線を超えていで鄭重に挨拶を交すまでのことである。たしかに彼のものやはらかさには片意地なものがある。

が、その意地のわるい微笑には、それと見た瞬間にやさしいいたはりのかげがさす。他人の心理に諦従する習慣は芥川龍之介を鋭い心理家に仕立てあげた——その心理家が他人を見る眼にいつも己れの陋劣さを投影せしめ、他人を斬る刃で自己を斬つてゐる——と同時に、相手の薄汚いうしろ姿に現世の労苦を背負つた人間の悲しさが、そしてその底にかすかに偲ばれる無垢の赤子の弱さが、忽然として彼の眼に映じてくる。そのあとでは切ない憐みの感情が相手の全身を浸して人の好い笑顔がそこにある——自分の肉体が深く傷ついてゐるのも知らぬげな愚かしい笑顔が。やがて彼はその明るい表情のかげで無念の愁訴に血を流してゐる自分に気づくのだが、このときにもその感傷に冷淡を装はうとする芥川龍之介であつた。

クリストはクリスト自身の外には我々人間を理解してゐる。彼の教へた言葉によれば、感傷主義的詠嘆は最もクリストの嫌つたものだつた。（「続西方の人」十九　兵卒たち）

自分を十字架につけた兵卒たちが脚下に衣を分ちあふのを「是認した」クリストは、たしかに「我々人間を理解して」ゐたにちがひない。「肩幅の広い模範的兵卒たち」の眼にはクリストが「彼の衣の外に持つてゐたものは見えなかつたのである。」——クリストの傷の深さと無念の意思とを理解することはたうてい幸福なる彼等のよくなしうるところではなかつた。が、逆に人間の我慾を心理家としてよく理解し、それをやさしく是認しうるものには、自分に向つて放射される相手の慾望の強要に遭つて、静かな無抵抗主義者たる以外にどんな道が残されてゐたらうか。

ここにおのづと脳裡に浮んでくる一節がある——芥川龍之介はすでに二十歳のころつぎのごとく書いてゐる。

私は年長の人と語る毎にその人のなつかしい世なれた風に少なからず酔はされる。文藝の上ばかりでなく温き心を以てすべてを見るのはやがて人格の上の試錬であらう。世なれた人の態度は正しく是だ。私は世なれた人のやさしさを慕ふ。（「日光小品」温き心）

この稚拙な文章に僕は芥川龍之介の純情と同時に、後年つねに藝術家に対して苦労人の概念を対立せしめてゐた彼の厳しい処世法の萌芽を見る。ひとはこの一節のどこに、世のつねの気負つた二十歳の文学青年の姿を想像しえようか。凡才はその二十代を藝術家として出発し、三十代、四十代に俗人に脱落する——芥川龍之介は弱冠にして塵網に固執し、後年に及んでその藝術家を完成した。なほ彼はつぎのごとき言をなしてゐる。

が、詩人芭蕉は又一面には「世渡り」にも長じてゐた。芭蕉の塁を摩した諸俳人、——凡兆、丈艸、惟然等はいづれもこの点では芭蕉に若かない。芭蕉は彼等のやうに天才的だつたと共に彼等よりも一層苦労人だつた。（「続芭蕉雑記」一　人）

しかし彼はそのあとですぐかう続けてゐる。

芭蕉の住した無常観は芭蕉崇拝者の信ずるやうに弱々しい感傷主義を含んだものではない。寧ろやぶれかぶれの勇に富んだ不退転の一本道である。芭蕉の度たび、俳諧さへ「一生の道の草」と呼んだのは必しも偶然ではなかつたであらう。兎に角彼は後代には勿論、当代にも滅多に理解されなかつた、（崇拝を受けたことはないとは言はない。）恐しい糞やけになつた詩人である。（同上）

芥川龍之介の青年期に「世なれた人」としてなつかしんだ「苦労人」の概念が、このやうに絶望的な意思にまで成長することをいつたいたれが想像しえたであらうか、彼自身もそれを予感すらしてゐなかつたにさうゐない。「西方の人」——ことに「続西方の人」は一貫して、この無抵抗主義者が死にさいしてからうじて世に示しえた絶望的な抵抗を物語るかにみえる。

クリストは又無抵抗主義者だつた。それは彼の同志さへ信用しなかつた為である。近代では丁度トルストイの他人の真実を疑つたやうに。——しかしクリストの無抵抗主義は何か更に柔かである。静かに眠つてゐる雪のやうに冷かではあつても柔かである。……

（「続西方の人」四　無抵抗主義者）

だが、さらにいへば、芥川龍之介の無抵抗主義者だつたのは、彼自身の精神の真実を容易に信じようとしなかつたためである。彼は自己の真実を他人のそれと比較してゐるのではない。それならば黒白は明らかである。じじつ彼は容易に決著のつく単純な論争においては非常にポレミックな態度を示した。しかしそれほどに闘争的であつた彼が、自己の生活において、さらには表現においてまつたく無抵抗であつたのは、彼の闘ひの場がけつしてそのやうに単純なところになかつたことを明すものであらう。僕は他我の慾望の放射をぢかに己れの肌に実感する彼の柔軟な心理家であることをいつたが、芥川龍之介の無抵抗主義を真に理解するためには、なほ彼自身の内部に闘はれてゐた争ひに注目を求めなければならぬ。

バラバは唯彼の敵に叛逆してゐる。が、クリストは彼自身に、――彼自身の中のマリアに叛逆してゐる。それはバラバの叛逆よりも更に根本的な叛逆だつた。

（「西方の人」三十一　クリストよりもバラバを）

兵卒たちの揶揄嘲笑に対して「方伯（つかさ）のいと奇（あや）しとするまで一言も答へせざりき」と伝へられてゐるクリストに、芥川龍之介はおそらく共感以上のものを覚えてゐたにちがひない。その彼はまた、ユダに向つて「お前のしたいことをはたすが善い」といふ言葉を投げつけたクリストの心のうちにユダに対する「軽蔑と憐憫」を見てとつた。なぜなら彼自身の註するごとく、クリストは「彼自身の中にも或はユダを感じてゐたかも知れない」からである。クリストが自分のうちに高く伸び上らうとする聖霊の意思を感じ、自己の真実を外部に向つて表現しようとするとき、現世に対する激しい言動のゆゑにつひに彼を信頼できず、そのかげに香具師を見つけて彼を売らうとしたユダの心を、ほかならぬクリスト自身が己れのうちに感じてゐたとすれば、「方伯のいと奇しとするまで」沈黙を守つたのもまことに当然であるといはねばならない。かくしてニーチェがあへて叛逆したマリアを——「永遠に守らんとするもの」を、クリストとともに芥川龍之介もまた己が生活の態度として採つたのである。

我々はあらゆる女人の中に多少のマリアを感じるであらう。同時に又あらゆる男子の中にも——。いや、我々は炉に燃える火や畠の野菜や素焼きの瓶や巌畳に出来た腰かけの中にも多少のマリアを感じるであらう。マリアは「永遠に女性なるもの」ではない。唯「永遠に守らんとするもの」である。クリストの母、マリアの一生もやはり「涙の谷」の中に通つてゐた。が、マリアは忍耐を重ねてこの一生を歩いて行つた。世間智と愚と美徳とは彼女の一生の中に一つに住んでゐた。ニイチェの叛逆はクリストに対するよりもマリアに対する叛逆だつた。

（「西方の人」二　マリア）

この一節は——炉の火、野菜、素焼の瓶、巌畳な腰掛のうちにつつましい素朴な沈黙を感じた心は——ただに感覚の習錬された詩人のそれとのみはいへぬ。僕はそこに、現世の塵労のどん底に鎖を引きずつて生きながらなほも人間の完成と拡大とを夢みてやまぬ自我の忍苦と、そこからのみ生れる悲しい人間の智慧とを眺めざるをえない。が、さらに、かほど決定的な抗議を芥川龍之介は死後はじめて衆人のまへに突きつけたといふこと、しかもなほ隠喩にみちた形式をもつてしたといふことはなにを意味するものであつたか。僕は「続芭蕉雑記」「西方の人」「続西方の人」の三つを柔かな心臓をもつた無抵抗主義者の遺書と見てゐるが、そのゆゑにまた彼のいかに深く「守つた」かに心をうたれるのである。

とはいへ、僕たちが芥川龍之介のうちにこのうへもなくいぢらしい謙譲を見た、そのおなじ無抵抗主義の極北に、いかんともしがたいほどの自我の倨傲が立ち現れ、ふたたび僕たちをうそざむい自己嫌悪に突き落す。たしかに無抵抗主義とはあらゆる圧迫と猜疑とに対し、固く沈黙を守つて抗弁しない精神のことである。が、その底にいささかの自恃が残留し、これが彼をして無抵抗主義の寂莫を耐へしめ可能ならしめてゐたとしたなら、ひとはそれを許すべからざる不純と見ないであらうか。あくまで精神的優越を計らうとする自意識の底意を見はしないであらうか。

僕はさきに自己主張と自己表白とによつて人間完成を意図する文学概念に芥川龍之介がまつかうから反対したことをいつた。しかし、ここに彼の無抵抗主義もまたおなじ文学概念の逆説的な継承ではないのか。とすれば、両者の相違は自我把握の強固さと自我喪失の脆弱さと、健康と頽廃と、上昇と下降とのそれであり、近代日本文学における芥川龍之介の位置を、自我確立の敗北に向ふ線に沿つてその窮極に据ゑることは、けだし当然であらう。僕はあへてこれに反対はしない。そのとほりである――が、こと文学に関するかぎり問題はこのさきにある。なぜならば、歴史と時代との敗北のうちにありながらも、作家はなんとしてでも個人の勝利をかちえなければならぬからである。もし敗北のうちにも自己の勝利を打ち樹てえぬとすれば――いかに彼が時代にめざめ、改革と進歩とに情熱を寄せ誠実を守らうとも――僕たちは彼の失敗をその時代の条件に帰して許さうとする動機論に与してはならない。いはば芥川龍之介はかくのごとき動機論的弁明をみづからに禁じたのであり、それゆゑの無抵抗主義であつた。

したがつて僕は芥川龍之介の無抵抗主義の基調に救ふべからざる自我を覗き見て、その不純に自我喪失の証拠を求めるよりは、むしろ彼がそこからいかにして立ち上つたかを明らかにすることに責務を感じてゐる。彼の自我喪失と敗北とはひとり彼のみのものではない。それは近代日本の自我喪失であり、さらにはそれを通じて近代精神の宿命的な敗北であつた――とすればこのことに関するかぎり彼自身の与り知るところではない。藝術家として彼のなすべきこと、そのほかになしえなかつたこと、そしてじじつなしとげたことは、その近代精神の敗北と闘ふことであり、断じてこれを反映することではなかつた。反映することではなく格闘することが文学であるとすれば、この闘ひを記述し再演出することこそ僕たちのしごとでなければならぬ。

芥川龍之介は身をもつて近代精神の下降と限界とに闘ひを挑んでゐる――といふのは全力をあげて争つたといふ意味ではない。それは対象をそとにもつ闘争ではなく、彼自身が下降するものとして彼自身と闘つたのである。それゆゑに、己が無抵抗主義のうちに精神的優越を計らうとする不純を見てゐたのは、たれよりも芥川龍之介自身であり、ひるがへつてまたその不純のまへに無抵抗主義を固執せざるをえなかつた。相も変らぬ循環論法である——が、おもへばこのやうなところに心理分析をこころみることそれ自体が循環論法の不手際に導くのではないか——人間完成を自己主張と自己表白とによつてしかおこなひえぬ心理主義に近代の限界を見てゐた芥川龍之介であり、しかもこれを拒否する闘ひをすらその限界のそとにはなしえぬ苦しさを心魂に徹して知悉してゐた芥川龍之介であつてみれば、循環論法の不手際は彼の内部闘争の救ひがたい運命だつたといへよう。

マリアは唯この現世を忍耐して歩いて行つた女人である。（カトリツク教はクリストに達する為にマリアを通じるのを常としてゐる。それは必しも偶然ではない。直ちにクリストに達しようとするのは人生ではいつも危険である。）（中略）弟子たちの足さへ洗つてやつたクリストは勿論マリアの足もとにひれ伏したかつたことであらう。しかし彼の弟子たちはこの時も彼を理解しなかつた。

「お前たちはもう綺麗になつた。」

それは彼の謙遜の中に死後に勝ち誇る彼の希望（或は彼の虚栄心）の一つに溶け合つた言葉である。クリストは事実上逆説的にも正にこの瞬間には彼等に劣つてゐると同時に彼等に百倍するほどまさつてゐた。

（「続西方の人」十一　或時のクリスト）

ここに芥川龍之介が死の直前、出でてはいかに「深切で、謙遜で、優しかつた」かを憶ひ出すがよい——そして同時にそのころ家にあつてひとりしたためてゐた三つの遺稿の厳しさを。それでは芥川龍之介に救ひはなかつたのか。救ひがあつたとすればどこにあつたのか。彼が同時代にあつてひとりひそかに闘つた逆説的な闘争は彼をどこにおいて勝利に導いたのか。いかにして彼は近代精神の袋小路を切りぬけることができたのであらうか。どうやら、僕はやうやくにしてこの文章の最後の段階に到達したらしい。

九　詩的正義について

すでに述べたやうに、芥川龍之介の自我喪失はけつして彼自身の負ふべき責任ではない。しかも、この近代における自我の喪失が条件や制度の悪に基づくといふだけのことではなく、そこにはさらに自我そのものの限界と宿命とが見いだされよう。のみならず、この限界と宿命とに逢著する過程はたんに没落と下降とによつてのみ説明せらるべきものではないのだ。なぜなら、ヨーロッパにおいても日本においても、この崩壊期に身を置いた真の藝術家のこころみは、一見さうみえたがごとく喪失しかかつた自我にふたたび昔日の偉容を回復せんとすることではなく、すでに自我の限界に見切りをつけた彼等としてそのそとに人間完成の美を探らんとすることにほかならなかつた。自我そのもののうちに自律性と個性とを、あまつさへ人間の美を求める愚を彼等は身にしみて知つてゐた——自我は平板であり、なんらの独自性なく、しかも醜悪きはまりない。その底に探りあてられるものは人間性ではなく、獣性であり、エゴイズムでしかなかつた。彼等の先達の仮説は一片のはかない夢想に終つた――彼等は自我のそとに人間を信ぜしめるにたる新しい仮説を、新しい彼等の神を発見しなければならなくなつた。そこに彼等すべてに共通した発想があり、しかもそこから出発した道はめいめい異つたものであつた。ただその共通した地盤に目を奪はれたひとたちにとつて、自我の喪失は一時代の終結として映り、仮説としての積極性が気づかれなかつたまでである。

もちろん、発想すべき出発点の共通が、この時期の作家たちをして、当然自我喪失の悲しみに纏綿せしめた。自我のそとに神を見いださうとするいとなみは、そのまま自我に固執せざるをえなかつた。心理主義を呪ふ心がその煩しさを引きずるやうに心理の屈折を舌なめずりして辿りさまよつた。自己主張、乃至は自己弁護がかへつて自分自身を人間完成から遠ざけるものと知りながら、そこをとほしてむなしい努力を続けるよりほかに方法を知らなかつた。僕たちが制度の悪を見ぬかねばならぬのは、まさにこの点においてである。彼等のあらゆる善美への努力にもかかはらず、すべてがむなしく終らねばならぬといふこと――そこに僕たちは現在の政治制度と経済制度との悪を見るのであつて、断じて自我喪失そのものにそれを見てはならぬ。

十九世紀ヨーロッパのリアリズムとは、さういふ彼等のむなしい努力の個人的解決法にほかならなかつた。僕はさきに芥川龍之介の厭世思想を述べるさいに、このことをいつた。彼においても、あらゆる時代の苦悩が個人的、本質的な解決の方向に流されてゐた。とすれば、芥川龍之介の方法とヨーロッパのリアリズムとのあひだの断層はどこにあつたのか。ヨーロッパに韻をあはせた日本的ミニアチュアとはなにを意味するものであつたか。僕はここに芥川龍之介の「詩的正義」を解明する鍵を見いだすと同時に、この「詩的正義」によつて彼の無抵抗主義の奥義に達することができると信じてゐる。

クリストが「永遠に超えんとするもの」としての聖霊を自分のうちに感じ、この聖霊の名のもとに母マリアにむかつて彼の精神主義を主張したとき、彼女が息子の拒絶をいかなる苦痛のもとに受けとつたか――その「いぢらしさ」に芥川龍之介は無限の同情を寄せてゐた。

美しいマリアはクリストの聖霊の子供であることを承知してゐた。この時のマリアの心もちはいぢらしいと共に哀れである。マリアはクリストの言葉の為にヨセフに恥ぢなければならなかつたであらう。それから彼女自身の過去も考へなければならなかつたであらう。

（「続西方の人」八　或時のマリア）

この一節に芥川龍之介は自分の母に対するおもひやりを含めつつ自己の履歴を対決せしめてゐたことはもちろん、さらに当時の民衆の無智のうへに――知識階級の精神主義が彼等の頭上にふりかざした鞭に罪なきとまどひを感じてゐたその無智のうへに――深いあはれみを催してゐたのにさうゐない。そこに現世の労苦に生活者としての人間の悲しさ、はかなさを知つてゐた苦労人芥川龍之介の姿があつた。このおもひやりが彼をしてその先達と手を切らしたのにほかならない。

我々は唯茫々とした人生の中に佇んでゐる。我々に平和を与へるものは眠りの外にある訣はない。あらゆる自然主義者は外科医のやうに残酷にこの事実を解剖してゐる。しかし聖霊の子供たちはいつもかう云ふ人生の上に何か美しいものを残して行つた。何か「永遠に超えようとするもの」を。

（「西方の人」三十五　復活）

彼は「残酷にこの事実を解剖」するリアリズムを己が方法となしえなかつたのである。もちろん彼の尊敬するヨーロッパの作家たちはあへてこの無情の手術をおこなつてゐた。が、ヨーロッパ近代社会の民衆は彼等自身の手でブルジョワ革命をなしとげ、近代社会を造りあげた市民であつたのに反し、明治の日本の民衆は依然として封建の遺制のうちに眠り、その眠りのむしろ醒めざらんことを祈つてゐるひとびとであつた。彼等は野心家の反動革命に追従すべくあまりに純真であり、自由にめざむべくあまりに無智であつた。封建の世と明治とを隔てる断層のはなはだ急であつたことの当然の結果である。いづれにしろ、この善人の群である明治の民衆をヨーロッパ・ブルジョワ社会の俗物として否定することは公式主義の愚にほかならない。じじつその時代のうちに生き、彼等のとまどひや無智を、そしてささいな悪徳を身近に感じてゐた芥川龍之介にとつて、彼の身につけた近代自我の教義のますます深く体内に食ひこむにしたがひ、ひるがへつて人間の無智にもその純粋さとそれゆゑの脆さ、いぢらしさとが感じられずにはゐなかつたのである。いはばその憐憫の情が彼の精神主義から激しさを奪ひ、生活態度と表現方法とのいづれにおいても自我主義の狭隘さから彼を救つてゐた。

ここに彼のいふ「詩的正義」とは、自我を主張し弁護するところのたんなる「正義」ではなく、はじめに神なくして原罪を信じてゐた彼が逆に原罪から出発して神を求めえた、その自己救済の護符にほかならなかつた。しかも、この自己救済は――大仰ないひかたをおそれなければ――すべての愚民を救ひうるものでさへあつた。いや、民衆の無智の哀れさに固執したがゆゑの自己救済であり、このばあひ自己はあくまで救はれ許されてゐるのであつて、これを救ひ許すものは断じて自己ではない。芥川龍之介の詩的正義は彼の先達たちの努力とは異つて、徹底的に他力本願の神であつた。その神のもとに彼はクリストにならつてあくまで自力の逆説的な闘ひを闘つたのである。

クリストはこの神の為に――詩的正義の為に戦ひつづけた。あらゆる彼の逆説はそこに源を発してゐる。（「西方の人」二十　エホバ）

が、逆説は所詮、ひとつの虚構にほかならない。芥川龍之介の愛読者たちはその前期の作品の比喩のもつダイダクティシズムに慣らされてゐるであらうし、またこの純な教訓癖にすくなからぬ愛著を感じてきてゐるはずである――それにしても彼等は無条件に信じてゐるのであらうか、芥川龍之介が己れのダイダクティシズムを信奉してゐたと。また、その反対に彼の虚構の美しさにいかがはしい現実逃避しか見なかつたひとびとは、そのダイダクティシズムを寓話の夢としか読みとれなかつたのであらうか。それに対して芥川龍之介はみごとにみづから詿してゐる。

クリスト教はクリスト自身も実行することの出来なかつた、逆説の多い詩的宗教である。

（「西方の人」十八　クリスト教）

詩的正義とは、彼自身の信じられぬ神を信じようとするアルチフィスの所産にほかならない。とすれば、その信仰の真偽を彼の無意識の底をくぐつて確めるやうな手続きは、およそ意味をなさぬことであらう。おそらくあらゆる信仰がそのぎりぎりのところでいつもさうであつたやうに、彼の虚構はいかなる真実よりも紅の血を流してゐた。このことを彼はかう書いてゐる。

クリストの一生の最大の矛盾は彼の我々人間を理解してゐたにも関らず、彼自身を理解出来なかつたことである。

（「続西方の人」十二　最大の矛盾）

また彼は別のところで「藝術的気質」がときとして「人間の悪」を見る眼を曇らすことをいつてゐるが、このことは、当時の自然主義的人生観のみならず、白樺派の人道主義的人間観をもつてすら、正しくは理解されなかつたにさうゐない。「藝術的気質」をたれよりも多分にもつて生れた芥川龍之介の眼に、「人間の悪」が全然映じてゐなかつたのではない。ほかでもない、彼がそれに眼をそむけてゐたまでである――見るのが恐しかつたからではなく、より美しいものに眼を奪はれてゐたからにほかならぬ。が、彼の柔軟な無抵抗主義は彼の無意識の底にあらゆる「人間の悪」を畳みこんでゐた。にもかかはらず彼がその詩的正義を奉じ、そのために闘つたのは、人間の限界を、自己の限界を知らなかつたからではない——知つてゐたればこその詩的正義であつたはずである。

しかしクリストは彼自身も「善き者」でないことを知りながら、詩的正義の為に戦ひつづけた。

（「続西方の人」九　クリストの確信）

たしかにそれが芥川龍之介の「確信」の正体でもあつた。ここでは確信と不信とが裏はらになつてゐる。それゆゑ敗北と承知のうへで闘ってゐたといひながら、「彼自身を理解出来なかつた」悲劇をいはねばならなかつた。ここに彼の文学は、自己に誠実なることを念願とする従来の文学概念とはつきり袂を分つ。芥川龍之介は血統を惆悵し、自己の真実を否定する血統にたえず焦躁と不安とを感じてゐた。が、いまや彼は血統そのものの真実さに限りない安心のよすがを求めようとする。自己に誠実であること、それはもはやなにほどのことでもない——より以上に大切なことは自己の信仰する血統に忠実なことである。彼は自己の真実を楯に他我と争ふことのおよそ空しい虚栄であることを見ぬいてゐた。彼は自己の精神と肉体とを、血統＝詩的正義と「人間の悪」との葛藤の場とこころえてゐたのである。芥川龍之介の闘つた闘ひが同時代のそれと異つてゐたゆゑんである——ここでは勝利とはなにごとか、また敗北とはなんであるか。したがつて彼のアルチフィスはヨーロッパのダンディスムのごとき自己崇拝をもたなかつた。芥川龍之介においては、自己の拋棄し否定した自己の悪を血統が拾ひあげる。彼はただに「人間の悪」を許すのみではない、ここではもつと寛大な処置がとられる――彼は詩的正義のもとに自分自身の悪すら許してゐる。ひとは理解しうるであらうか、他人に対して寛大でありながら自己に対して厳しいストイシズムの自我主義を。芥川龍之介の無抵抗主義は、しかしながら、このやうな自己優越意識を超えた――あるいはその基調に、自己の悪をすら寛大に許す稀な美徳をもつてゐたのである。

彼自身のことばによれば、それはたしかに「愛よりも憐憫」であつた。そこに自意識は完全に姿を消してゐる――蓮の葉うらの露のやうに彼の純情がすがすがしくきらめいてゐるではないか。それはまた「無花果のやうに甘みを持つて」ゐたが、この憐憫のかげにはそれゆゑに彼の贖（あがな）はねばならなかつた孤独の悲劇がひそんでゐた。

クリストは女人を愛したものの、女人と交はることを顧みなかつた。それはモハメットの四人の女人たちと交ることを許したのと同じことである。彼等はいづれも一時代を、――或は社会を越えられなかつた。しかしそこには何ものよりも自由を愛する彼の心も動いてゐたことは確かである。後代の超人は犬たちの中に仮面をかぶることを必要とした。しかしクリストは仮面をかぶることも不自由のうちに数へてゐた。所謂「炉辺の幸福」の譃は勿論彼には明らかだつたであらう。（中略）クリストは未だに大笑ひをしたまま、踊り子や花束や楽器に満ちたカナの饗宴を見おろしてゐる。しかし勿論その代りにそこには彼の贖はなければならぬ多少の寂しさはあつたことであらう。

（「西方の人」二十四　カナの饗宴）

かうして謙遜と倨傲とのひとつに交り合つた芥川龍之介の無抵抗主義は、詩的正義によつて、それを支へる純情によつて救はれる。たしかに彼はおほらかな微笑をもつて民衆の無智を——そして人の世の悲しさ空しさを眺めてゐる。が、おそらく芥川龍之介の口辺にはクリストの「大笑ひ」は浮ばなかつたにさうゐない。そこには完全に無理がある——なにか恐しいほどの無理がある。エゴイズムを超えようとするあらゆる努力にともなふ傷ましい無理が。その彼のアルチフィスが彼を死にまで逐ひやつた。

僕は芥川龍之介の自殺を考へるとき、ゲーテの長寿と対照して、やはりいかにも天命を全うした感の深まるのを禁じえない。すでに彼は藝術家であつた——が、彼がそれ以上のものであつたことを、その生涯を素材に一個の作品を造りつつあつたことを、みごとに証したのが彼の自殺ではなかつたか。彼は死をもつてしなければ証明しえぬ自己の真実を感じてゐた。これを裏返していへば、たえず虚無を感じてやまなかつた自己のアルチフィスを、一瞬にして厳粛な真実と化しうる、いはば生涯のアルチフィス仕上げの最後の一筆が彼の死にほかならなかつた。彼の死ほどよく仕組まれた死は他にも稀であらう。が、ひとは死をもつてした作者のまへに、別な自然の道を仮定することができようか。僕はアルチフィスの極致であつた彼の死を天命と呼ばざるをえないのである。宿命とか必然とかいふものは元来さういふものでしかない。

僕にはいま芥川龍之介の心理がその隅々まで窺へるやうな気がしてゐる。彼の奉じた詩的正義が彼自身の実行しえぬ――のみならず、ときに彼自身すら信じられぬ「宗教」であつたにしても、ひとたびそれを掲げた以上、彼としてこれに責任をとらねばならなかつた。彼ははじめに嘘を語つた――あとはこれを真実として押しとほすために彼自身の生涯を虚構として完全なものとしなければならなかつた。藝術上の表現も、なほはじめに語られた嘘を追つて、つひにこれに追ひつかなかつた。あらゆる努力も、その嘘と彼自身の現実とのあひだの間隙を埋めることができない。彼の無抵抗主義すら、倨傲の嫌疑を否定しえなかつた。とすれば芥川龍之介の詩的正義は一片の虚偽でしかないのであらうか。が、彼は自己の純情を信じてゐた――人の世のいとなみをいぢらしく哀切と見た己れの心情に嘘いつはりがあらうとはおもへぬ。この純情を証し仮託する道はないものなのか。あまりに純粋なもの、本質的なものは、藝術すらこれを定著しえぬのであらうか。それとも民衆の無智と絶縁した精神主義者のさだめを彼ほど身にしみて感じてゐたものはなかつたためか。たしかに彼は彼等の俗悪さに寛大な微笑をもつて臨まうとしたし、また彼の無抵抗主義は彼をしてつねにその俗悪さのなかに身を置かしめ、たえずそれを楽しんでゐた――が、彼の掲げた詩的正義のかげが彼のもつとも身近に寄り添ふのもこのときであり、また同時にそれから及びもつかぬほど遠く離れてゐるのを感じるのもこのときであつた。彼は徐々になにものかにみいられてくるのをじつと耐へてゐた。まだである――まだそのときではない。が、いつかは肉体を破壊するといふ暴挙によつてしかその真実を証する道のないほど思ひつめなければならぬ瞬間のくるのを、彼は手綱をひきしめるやうにして待つてゐた。

彼は十字架にかかる為に、――ジヤアナリズム至上主義を推し立てる為にあらゆるものを犠牲にした。

（「続西方の人」二十二　貧しい人たちに）

しかしクリストはイエルサレムへ驢馬を駆つてはひる前に彼の十字架を背負つてゐた。それは彼にはどうすることも出来ない運命に近いものだつたであらう。

（「西方の人」二十七　イエルサレムへ）

さらに彼はかうも書いてゐた――

クリストを十字架に駆りやつた者はクリスト自身の宗教だつたらう。斯ういふのは単に新しい宗教を説いた為に、十字架に懸つたといふ意味ではない。新しい宗教を説いてゐるうちに、十字架に懸らねばならぬ気持ちになつて仕舞つたのだと云ふのである。（「文藝雑談」）

芥川龍之介のすべてのこころみが失敗であつたにしても――いや、それを失敗と見ざるをえなかつた彼であつたが――その自殺だけは真実の光を放つてゐる、と余人はいざ知らず、彼は自分自身に納得させたかつたにさうゐない。が、さういふ底意の自分のうちに認められるかぎり、彼はあくまで自殺への誘惑を卻けてゐた。彼は待つてゐた、じつと待つてゐた――自己の肉体の疲労困憊して、なんらの成心なく、ただ詩的正義のためにのみ自殺できるときを。彼が自分のためにもつとも恐れてゐたのは、クリストのやうに己れの自殺を「精神錯乱」と罵るシヨウをもちかねぬことであつた。ここに芥川龍之介の運命完成の意図はより深刻化していつたのである。

彼はゴルゴタの十字架がクリストのうへに影を落しはじめたとき、その脣にのぼつた祈りについて書いてゐるが、そのことばにしたがへば、クリストはここまで彼を引きずつてきた「彼自身の中の聖霊とも戦はうとした。」いまクリストは十字架をまへにして、ゲッセマネの橄欖山に祈つてゐる――「わが父よ、若し出来るものならば、この杯をわたしからお離し下さい。けれども仕かたはないと仰有るならば、どうか御心のままになすつて下さい。」この一節はたんなる新約の口語訳ではない、あきらかに芥川龍之介そのひとの必死な表情が看取される。

自殺をまへにしてこの「ゴルゴタ」を書いた彼の心を想像してみるがよい。いふまでもなく、彼は死を怖れてゐるのではない。彼にとつて生よりも死を恐怖する理由はありえなかつたはずである。死をまへに彼がもつとも憂へたことは、十字架にかかることがはたして己が運命の必然であるか否かであつた。いひかへれば、自殺は彼の詩的正義に殉ずる最後の、そしていまは残された唯一の道であるか否かに惑ひながら、芥川龍之介は一年あまりの歳月を「わが神、わが神、どうして汝はわたしを捨てるのか？」と呟きつつすごしたのである。

ふたたび運命とはなんであらうか。それを完成する心とはいつたいなにを意味するものであらうか。僕はまへに芥川龍之介が情慾を己が自由意思のいかんともなしがたい宿命と観、これを羞ぢ、これに闘ひを挑んだことをいつた。が、このときの彼の羞恥の裏をかへせば、そこに僕たちはなにか彼とともに安心するものを見てゐたはずである。彼の精神が真に不自由と束縛とを感じてゐたのは、はたして宿命と歎じた情慾であつたか、それともそれを超えて伸びあがらうとする自由意思そのものであつたか。自己の真実を信じえぬものにとつて、もつとも身につけたいものはほかならぬ宿命感ではなかつたらうか。分岐点に立つていかやうにもありうる自己を眺めたとき、一を採り他の道を捨てる必然性に自己の真実にゐる安心を得たいのではなからうか。芥川龍之介は自由意思を、「永遠に超えんとするもの」としての聖霊をむしろ恐れ避けるやうにして、自己の生の「秘密」に宿命を汲みとらうとしてゐた——と僕は考へるのである。いはば彼は偶然に手に入れた木片を生涯の守札として身につけようとした。後悔とは真実にゐる安心であり、復讐とは暗合による宿命の自己表示にほかならない。

が、つぎの瞬間、この宿命の完成を裏切るものとしての自由意思を——己が反逆の心に性格的な、それゆゑに宿命的なものを見てとつた。彼の不幸のほんたうの姿がここにある。彼が詩的正義といふ幻影を造りあげねばならなくなつたのも、もともとこの反逆の心を——「永遠に超えんとするもの」を正当化し、それに真実の証を与へる必要からであつた。が、反逆は反逆を生む——ゴルゴタのクリストも「彼自身の中の聖霊」にむかつてさらに反逆を感じはじめてゐた。芥川龍之介が真に後悔と復讐とを思ひ知らされたのはこのときであつた。彼は自己の醜悪と限界とを知つてゐたにもかかはらず——むしろそれゆゑにあへて詩的正義を唱へたと僕はいつたが、そればかりではない、さういふ身のほど知らずの所行があきらかに彼にむかつて復讐しはじめたことを痛切に後悔しながら、この後悔と復讐とを固執し完成することによつて、己が高唱する詩的正義への反逆心をつなぎとめようとしてゐた。が、この逆説は同時代人に理解されるはずがなかつた。今日といへども正しく受けとられてゐるとはいひがたい。

ここに「歯車」を想起するがよい。この作品によつて芥川龍之介の企てた奸計は、終始一貫、復讐の暗合によつて運命を完成しようとこころみてゐるのにほかならない。つぎつぎに現れる奇妙な暗合は、彼に対する運命の支配を物語つてゐる。が、その必然に対する彼のまつたく無抵抗な態度こそは、寝業の勝利を期する逆襲的な決意をうちにひそめてゐた。これこそは断じて動かぬ自己の運命であり、これを組み伏せてなほ生き延びようとするものをもはや自分のうちには感じえぬと覚つた瞬間、芥川龍之介はこれを最後の真実として、弱点をも含めた自己の性格に対する異常な自負と愛惜とを寄せたのである。はじめにあらゆる弱点を――それを意識する心を、みもふたもなく感傷として蹴つた彼の意中は、いはば彼自身のなんとしても克服しえぬ弱点を求めてゐたのであり、いまやこの存在を実感しえた以上、運命完成への彼の義務感がなによりもこの自己の抗しえぬ弱さをこそ充足せしめようと意思した。それは弱さを補強することではなく、弱さを弱さとして完成した存在に運命づけることにほかならない。してみれば「歯車」の暗合と偶然とに瞞(だま)されたのは作者そのひとではなく、愚かな読者のみである――さういふひとたちはつぎのごとき一節を読んで「困憊しきつた」芥川龍之介のデカダンスに感傷的な同情か、さもなければ嫌悪にみちた健康な反撥をしか示さなかつたのである。

或精神病院の門を出た後、僕は又自動車に乗り、前のホテルへ帰ることにした。が、このホテルの玄関へおりると、レエン・コオトを着た男が一人何か給仕と喧嘩をしてゐた。給仕と？――いや、それは給仕ではない、緑いろの服を着た自動車掛りだつた。僕はこのホテルへはひることに何か不吉な心もちを感じ、さつさともとの道を引き返して行つた。

僕の銀座通りへ出た時には彼是日の暮も近づいてゐた。僕は両側に並んだ店や目まぐるしい人通りに一層憂鬱にならずにはゐられなかつた。殊に往来の人々の罪などと云ふものを知らないやうに軽快に歩いてゐるのは不快だつた。僕は薄明るい外光に電燈の光のまじつた中をどこまでも北へ歩いて行つた。そのうちに僕の目を捉へたのは雑誌などを積み上げた本屋だつた。僕はこの本屋の店へはひり、ぼんやりと何段かの書棚を見上げた。それから「希臘神話」と云ふ一冊の本へ目を通すことにした。黄いろい表紙をした「希臘神話」は子供の為に書かれたものらしかつた。けれども偶然僕の読んだ一行は忽ち僕を打ちのめした。

「一番偉いツォイスの神でも復讐の神にはかなひません。……」

僕はこの本屋の店を後ろに人ごみの中を歩いて行つた。いつか曲り出した僕の背中に絶えず僕をつけ狙つてゐる復讐の神を感じながら。……

（「歯車」二　復讐）

だが、僕たちとしては、彼がホテルの前に降り立つたとき、ほんたうにレエン・コオトの男に出あつたかどうか、また書店で希臘神話の本を手にしたかどうか、それから――これらの巧みな暗合に芥川龍之介自身が実際に滅入るやうな「憂鬱」を感じてゐたかどうか、いちわうは一切を疑つてみる手もあるのである。当時の読者が「歯車」に、もし私小説的な告白を読んだとするなら「奉教人の死」の附記に「れげんだ・おうれあ」なる書物の実在を信じて鎌倉に芥川龍之介を訪ねた好事家と、その文学的教養においていかほどの逕庭があるといへようか。「歯車」はあくまで一片の創作にすぎない。たとへ幾多の暗合がことごとく事実であつたとしても、芥川龍之介はそのために身うごきのならない運命の支配に打ちひしがれてしまふほど愚かな迷信家ではなかつたはずである。僕は奸計といつたが、自己の周囲の到るところに暗合を見いださうとする彼の態度には、たしかに途方もない打算がひそんでゐたやうである――彼は逆襲的に運命を完成し、それによつて運命的な伝説を自己に賦与しようといふのであつた。

芥川龍之介の自殺の原因を穿鑿して、当時なにかと取沙汰された。僕はそのひとつひとつにいくぶんかの真実を見てゐる。が、それらは好意的な観察であると否定的な観察であるとを問はず、ひとしく彼の生涯を賭けたアルチフィスを見落してゐるといはねばならない。自殺は、彼のあらゆるアルチフィスを真実なものとなし完璧なものと化するために必要だつた運命完成のこころみの最後の上塗りでしかなかつた。それといふのも――彼は己れのあらゆる苦痛にもかかはらず、現世の涙の底に人間の美しさを信じてゐたからにほかならない。いや、信じようとしてゐた。この信頼なくして何人がその生涯を虚構に捧げられるものか。自己を悪しきもの、醜きものとして、敗北において完成しようとする心は、善なるもの、無垢なるものの存在に対する絶対的な信頼によつて支へられてゐる。ここに自己の長所によつて——あるいは弱点を反省し否定する身ぶりをともなふにしても、自己のあるがままの現実によつて——自己完成をめざす文学とのあひだには、截然たる一線が引かれねばならない。余人が自己のうちに善の完成をねがふところに、芥川龍之介は自己を貶しめ、その虚構によつて自己のそとにその存在を保証せんとしてゐる。

にもかかはらず、世人は彼の自殺に猜疑の眼を向けかねないのだ。芥川龍之介のアルチフィスが完璧であればあるほど、人はそれを虚構とは認めなかつた。彼の運命完成のこころみが目的的であればあるほど、その意思は疑はれるのであつた。善意に対する常識的な信頼の甘さとそれゆゑの脆い敗北、自己喪失とその結果としての虚飾詭弁、そして錯乱——いや、芥川龍之介はかくのごとき嫌疑すら自己のものとしてその責を負つた。かうした嫌疑と反逆とにわれとわが身をあへて曝してゐた彼は、たしかに一種の錯乱のうちにあつて、無花果の実をつけてゐないことにさへ呪詛(じゆそ)を浴せかけたり、カイゼルのものはカイゼルに返せと罵つたりしたクリストの心を自分のうちに感じてゐたにさうゐない。彼によれば、そのやうなクリストはイエルサレムへはひつたのち、彼の最後の戦ひをたたかつてゐた。そして「あらゆるものを慈んだ彼も」このときにはその詩的正義にもかかはらず、「彼に復讐し出した人生」に対して、そしてまた「モオゼの昔以来、少しも変らない人間愚」に対して、破壊的な厭世主義者にならずにはゐられなかつた。

が、この最後の真実の賭けられてゐる死に直面して、なほも彼の精神は反逆する。世人の猜疑が深ければ深いほど、彼はその無抵抗主義に徹しようとする。クリストの反逆に対して沈黙するよりほかなかつたマリアであつてみれば、その沈黙こそ片意地な彼女の精一杯の反逆にほかならなかつた。芥川龍之介はそのアルチフィスをいよいよ完璧ならしめるために、死においてあくまでマリアに随はうとした。もし彼が最後まで自己の真実と野望とを秘めようと欲するならば、むしろ自然死によつて運命完成をねがふべきではないか。僕は思惟の遊戯を楽しんでゐるのではない。そのことを芥川龍之介自身いくたびか死のまへに考へてゐたのである——彼はたとへ自殺しても病死を装つて死ぬかもしれないといふことをある遺書に書いてゐる。ここに僕は彼の無抵抗主義の深淵をのぞき見たおもひに暗然とするよりほかに知らなかつた。しかし彼の死はそのとほり自殺と報ぜられた——僕はそこに徹底をきはめた無抵抗主義者の最後の自己主張と意思表示とを見て、それをせめてもの慰めとした。

が、僕はいまふたたびおもひなほしてゐる。依然としておなじことではないか、事態は少しも変つてゐはしないではないか——世人は決して猜疑を解きはしない。のみならず、ひとがそれを信ずるにしろ疑ふにしろ、彼自身それを信じてゐはしない。いや、最後の褥（しとね）に横たはつた芥川龍之介の心は、もはや自己の真実を信ずるとか信じないとか、さういふふうなことを考へてはゐなかつた。自己主張も自己否定もなかつた。告白も秘密もなかつた。末期の眼にはそのやうなことはすべてつまらぬこととしか映つてゐなかつたであらう。神や運命と闘ふものは——いや、すでに自己の真偽が消滅してゐる以上、そこに闘ひはない——ひたすら神や運命の自己顕示を見ようと欲するものは、芥川龍之介自身が述べてゐるやうに、賭博者すら完全な無抵抗主義者にならざるをえない。骰子のまへに己が素姓や情感を示し、自己の真実を主張する愚を彼等はあまりにもよく知つてゐる。僕のいひたいことはかうだ、アルチフィスの極致ともいふべき彼の自殺は、その他のいかなる自然死よりも芥川龍之介にとつてもつとも必然であり、もつとも運命的なものだつた。彼の最後の意思を掬つて運命がそれ自身を完成する。

人間を理解してゐながら自己の限界を理解できなかつたクリストについて語つたとき、すでに芥川龍之介はそのことをよく見ぬいてゐた。さういふ彼は「ロマン主義を理解出来ないクリスト」だつたバプテズマのヨハネにむかつて、冷厳にも「わたしの現にしてゐることをヨハネに話して聞かせるが善い」といひきつたクリストのことを書いてゐる。自己の外に自己より大いなるものを信じられないヨハネにとつて、自己の真実と力と経歴とに比してクリストの偉大さがまた理解できぬものでしかなかつた。が、この二人を対照させて書いてゐた芥川龍之介は、そのときヨハネでもクリストでもなかつた。ただ、彼はその死によつてのみ、後人の彼をクリストの列につけるのを待たねばならない――といつて、そのやうな虚栄心のいささかもなかつたことを、彼自身の信じられぬ無意識のうちに証されることによつて。そこに僕は彼の穢れなき純情を見いだしたのにほかならない。自信ではなく、信仰がその「見苦しい死」にもかかはらず、自己反省と他人の評価とを絶して、死後に口なき彼の――主義とはいはぬ――完全な無抵抗がそこにあつた。

天に近い山の上にクリストの彼に先立つた「大いなる死者たち」と話をしたのは実に彼の

日記にだけそつと残したいと思ふことだつた。（「西方の人」二十五　天に近い山の上の問答）

（「作家精神」昭和十六年六月号、「新文学」昭和十七年二月号、五月号。のち以上を改稿して「近代文学」昭和二十一年六月号、九月号、十月号、十一・十二月合併号に発表）

III 孤独を開くもの

チェーホフ

一

ある謙遜な男のために祝典が催された。いい機会とばかりてんでに自己誇示やお世辞で夢中になつた。食事も終らうといふ時になつて気がついた——主人公を招くのを忘れてゐた。

（チェーホフ「手帖」）

さういふ愚かなまねだけはしたくない。チェーホフのやうな藝術家について語るとき、批評家としてのぼくのちつぽけな個性などに、こだはりたくないのだ。一個の解説者として充分な役割をはたしうれば、それでもうなにもいふことはない。シェストフもメレジコーフスキーもそのことを忘れてゐる。ソヴィエトの批評家たちも、そのチェーホフ論に肝腎な主人公を呼ぶのを忘れてしまつた。いまでもなく、かれらの主人公があまりに「謙遜な男」であつたからだ。チェーホフはおなじ「手帖」のうちに書いてゐる——「善人は犬のまへに出ても、恥しさを感じることがある。」で、ぼくたちがチェーホフの裸のすがたを見たいとおもふならば、この謙遜な善人をそのままにとらへなければならぬのである。が、そこにもまたべつの陥穽があ
る。シェストフは「枝から枝へとびまはる心なき鳥」といふ常識的なチェーホフ観にたいして、かれの「虚無よりの創造」をもつてむくいた。もつともな話である。が、そのシェストフもチェーホフのうちに虚無を発見しはしたが、そこから創造がいかにして、なにをよすがとしておこなはれたかについては、一言も発してはゐない。

シェストフは大きな過失を犯してしまつた。もし批評といふものが真の意味で創造的でありうるとするならば——対象をかならずしも正確にとらへてゐなくともよい——すくなくともその対象たる作品が歩みよつた地点から出発し、その重荷をかかへてそこから一歩でもさきに荷をおろさなければならないはずだ。にもかかはらず、シェストフはチェーホフの歩んできた道を逆に歩んで、チェーホフの骨をりを徒労に帰せしめるといふ、いはば要らざるおせつかいをやつてのけたのである。批評家が解説者に劣り、むしろあまんじて解説者たらんと願ふのは、こんなときである。ぼくはシェストフによつて後方に運びさられたチェーホフの作品を、ふたたびチェーホフ自身が置いた地点にまで持ちきたらすことによつて、この文章を書きはじめなければならない。いひかへれば、凝りかたまつたシェストフをもみほぐす作業をやらなければならぬのである。

シェストフ一流のいひかたがある——「やがてチェーホフの服を仕たてた裁縫師の名を教へてくれる伝記作者は現れるだらうが、しかし、かれの小説『草原』から戯曲『イヴァーノフ』にいたる時期にチェーホフに起つたことを正確に知ることは、われわれにはたうていできないであらう。」こんな調子でシェイクスピアもニーチェもドストエフスキーも、それぞれかれら特有の精神的転機といふやつをあてがはれる。が、転機とはなにか。転機などといふものがありえようか。ひとは真に変りうるであらうか。変りうるとすれば、それはいつたいどんなことを意味するのか。あらゆる精神的転機とは——ぼくにはこのやうにしか考へられない——それは新しい事態の生起ではなく、自分の精神の内部のいくつかの可能性とおもはれたものが、外部的な、あるいは内部的な、限定を受けて死ぬことにほかならない。はじめから存在しないものが新しく発生するのではない、いままで存在してゐるとばかりおもつてゐたものがさうではなかつたといふことに気づくだけの話だ。ひとが自己の生を逆に生きるとはこの意味においてである。もちろんすべてのひとがそのやうに生きはしない。が、天才における生活の論理はつねにかうした帰家本能によつてささへられてゐるのだ。

そんなわけで、ある天才の転機を発見しようとするならば、かれの服をつくつた裁縫師の名まへや気質を知つたとてなんの役にもたちはしないが、それだからといつて、そのほかにいかなる方法がありうるものでもない。転機を説明するとなれば、裁縫師だけが唯一のたよりなのである。それがばかばかしいとおもふならば、もう転機などにこだはらぬがよい。

シェストフのチェーホフに見いだした精神的転機も、同断であつて、もしも「草原」から

「イヴァーノフ」への時期に、裁縫師などによつては説明しえぬ、眼には見えない転機を見ようともくろんだ以上――どうせ、そこまで労を惜しまぬのならば、さらに「退屈な話」や「伯父ヴァーニャ」と、それを書きあげるまへの、あるいは書きあげてしまつたあとの作者とのあひだにあるはずの不連続の、眼にはとまらぬ転機におもひいたらねばならぬわけではなかつたか。このばあひ、チェーホフの書簡や日記や断片や、また多くの友人の回想などが手がかりとなる。が、問題はあくまでチェーホフの作品であつて、書簡が作品を説明づけるのではなく、作品そのものが書簡の説明を受けいれるだけのことにすぎない。ぼくにとつては作品だけでじゆうぶんである。書簡や断片はただ説明のために必要なのだ。

シェストフの眼にチェーホフは「絶望の詩人」としてうつり、「二十五年の長きにわたつて、ただもろもろの人間の希望を殺すことに没頭してゐた」男としかみえなかつた。「退屈な話」のニコライ・ステパーノヴィチと「伯父ヴァーニャ」のヴァーニャ伯父と、この二人のことばがシェストフにその証拠を提供する。なるほどシェストフの蒐集した物的証拠はほとんど完璧にちかい。のみならず、ぼくたちがその他の作品に――「かもめ」にも「三人姉妹」にも「桜の園」にも、もしくは幾多の短篇小説や、書簡や、さらに手帖・断片のたぐひにも――シェストフに劣らぬ動かしがたい証拠を見いだして、チェーホフを「絶望の詩人」として告訴することくらゐ容易なことはあるまい。こころみにかれの「手帖」をひもどいてみたまへ――

ひよつとしたらこの宇宙は、なにかの怪物の歯にひつかけられてゐるのかもしれぬ。

おゝ汝、わが雄々しき頭よ、いつまでここにくつついてゐるつもりか。
海とわたし。そのほかにはたれもゐない――そんな気がする。
雪が降つた。が、血にそまつて積らなかつた。
日は輝く。だがわたしの胸は暗い。
星たちはもうとつくに消えてしまつた。だが、俗衆には相変らず光つてみえる。

これだけでも「もろもろの人間の希望を殺すこと」に専念してゐた男を摘発するのにことはかくまい。が、いまさらだれがこの種の虚無思想にうろたへるといふのか。六十年まへのロシアにおいても――いや、一八八〇年代の帝政ロシアのインテリゲンツィアにとつてこそ、虚無思想はむしろ手なれた玩具のごときものであつた。ぼくたちはいまはつきりこころえておかねばならぬのだが、三千年のあひだ虚無思想が世人にとつて新しかつたことは一度もない。虚無思想そのものは、思想と名づけるにあたひしないほど単純な一事実の発見にすぎないのだ。問題はそれに衣をかぶせる表現のうちにある。チェーホフが「手帖」のうちに書きとめておいた程度の虚無思想には、だれもうろたへぬのみか、ぼくたち自身すでにその虚無を発見してゐる。が、ただ怪物の歯にひつかかつてゐる宇宙や、もう存在しなくなつたのにその最初の光がやうやく地球に達したばかりの星などにおもひつかなかつたといふだけのことにすぎまい。いや、気のきいた文学青年のノートには、この程度の表現はたまたま見いだせるといふほどのものであらう。しかし、さらにこれらのことばをせりふにもつ人物を創造することは――それだけはだれにもできるといふわけにはいかないのだ。

　で、作品に虚無思想を盛ることは低級な常識家にもなほ可能であらうが、虚無思想家そのひとを描くといふことは至難のわざであるといふ平凡な事実に、ひとはいまさら気づくといふわけだ。「ぢき雨はあがるだらう。そして自然界の森羅万象は新鮮になつて、やすらかに息をつくだらう。ただわたしひとりだけは、雷雨も新鮮にすることはできないのだ。」――これはヴァーニャ伯父のせりふである。深刻がりやをよろこばすにはじゆうぶんであらう。では、このヴァーニャ伯父は舞台のうらで笑はないであらうか。へうきんな顔つきで姪を笑はせないであらうか。いや、人妻エレーナを、ただ、その若さと美貌とのためにのみ、おひまはさなかつたであらうか。絶望的な虚無思想をいだきながらも、ひとはやはり三度の飯を食ふのである。それゆゑにかれの虚無思想がいかがはしいといふのではない。ただ精神は病んでも肉体が健康であるといふ事実、肉体の一部が病んでも他の部分が健全であるといふ事実――このことを見のがして、ひとりの生きた人物も創造することはできないといふことを、ぼくたちは承認せねばなるまい。

　たしかに平凡きはまる常識である。が、チェーホフを理解するためには、なによりこの常識が必要なのだ。なぜなら、ほかならぬチェーホフ自身がこの平凡な常識のまへに身うごきできずにたたずんでゐたからである。チェーホフの恐れたのは虚無ではない――虚無の観念をすらのみこんでしまふこの平凡な常識なのである。しかもかれはこの常識的な事実の厳然たる存在を、かれ自身の内部に発見してゐた。誠実な臨床医であつたチェーホフは、肺患とは肺の病気であつて、そのかたはらに胃が健全に活動してゐるといふ事実を見のがしてはゐなかつた。ひとは死にたえるまで死んではゐないのである。虚無思想にとつて恐しいのは虚無でも死でもなく、生そのものであるはずだ。ほんたうに虚無に直面したものが、なんで虚無思想の宣伝などにうきみをやつさうか。

あらゆる理想主義的メタフィジックが、生きるための詐術的な仮説にすぎぬとすれば虚無思想もまたその御多分にもれまい。シェストフは、人生を意義づけ説明づけるところのメタフィジックことごとくを嫌ふといふわけではない。ただ理想主義的なそれを排斥して、そのかはり否定的なそれを代置したといふだけのことだ。かれもまたメタフィジックを愛好し、それなしては生きられぬ種類の人間にすぎぬ。理想主義的なメタフィジックを破壊しさへすれば、そこにメタフィジックを超えた虚無を発見できると考へたところに、シェストフの過誤がある。チェーホフをその乗り超えた地点にまでひきずりもどしたといはなければなるまい。チェーホフは虚無主義的なメタフィジックにこそ、他のいかなるメタフィジックにたいしてよりも、果敢な闘争をこころみてゐるのではなかつたか。この点については、ソヴィエトの批評家エジョーフもまちがつてゐる。かれもシェストフと同様に、ただ反対の目的をもつて、チェーホフを後方に、あるいは低位にひきずりおろしてしまつた。

エジョーフの解説をまつまでもなく、チェーホフは徹底的な唯物論者であつた。が、エジョーフにしてみれば、それにもかかはらず、チェーホフが素朴実在論的な、もしくは機械論的な唯物論にとどまつてゐて、弁証法的唯物論も唯物史観も知らなかつたことがなにより不満なのである。で、チェーホフは混乱のうちに人生の目標も歴史の必然性も見失ひ、革命も信ぜず、進歩といふこともたんなる夢想以上に考へてゐなかつたといふ。なるほど、チェーホフはマルクスを読んでゐなかつたかもしれぬ。「資本論」をよく理解してゐなかつたかもしれない。が、チェーホフはマルクスより新しいのだ。もちろんチェーホフのためにマルクスは古くなりはしない。が、チェーホフがマルクスに対決してゐたといふこと、それゆゑに、かれの最後に到達しえた地点は、いかに狭小であつてもマルクス主義者の批判にもちこたへるものをもつてゐたといふこと——それだけは疑ひえぬのである。

チェーホフは今日でも新しい。ぼくはチェーホフを改めて読みなほしてみて、かれが劇作家としてイプセンやメーテルリンクやストリンドベルヒを超える新しさをもつてゐるばかりではなく、トルストイやドストエフスキーよりも、さらにバルザック、フローベール、モーパッサンよりもいつそう新しい人間であることを発見して一驚した。このばあひでも、トルストイやドストエフスキーの偉大と深刻とが、チェーホフ出現のためにかげを薄めたといふつもりはない。ただ、チェーホフはそれらの偉大な人格に対決してゐるがために、そのあらゆる亜流の軽蔑にたへうると同時にかれをかれらの亜流にくみいれようとしたシェストフ流のこころみをも拒絶してゐるのである。が、エジョーフも、シェストフもそれぞれ自分たちのメタフィジックにわざはひされて、チェーホフの内部に生れようとしてゐた新しい人間をみごとに逸してしまつた。二人はほとんど同時に、反対がはから、しかもおなじ部分に焦点をあはせてゐながら、かれら自身が新しくならうとせぬために、いづれにもチェーホフの新しさがみえなかつたのだ。

ひとつのエピソードがある。画家がチェーホフの肖像を描くことになつた。ところが、チェーホフはかれのために描かれる人間のポーズをとることをことわつた。チェーホフは部屋のなかを動きまはり、かたはらに自分の肖像を描かうとする人間のゐることを完全に無視した。画家は静止し坐つてくれるやうに懇願したが、チェーホフは拒絶した。おそらくかれの心中にはひとつの皮肉なせりふが去来し、それが口をついて出るのをやつとのおもひでおさへてゐたのにちがひない――「きみたち画家にとつてはあらゆる対象が静物だ。が、小説家のためにはだれもポーズしてくれやしない。」ここでチェーホフはぼくたちにかれ自身を描きとる方法を教へてゐるとだけ早合点してはならない。問題は、チェーホフ自身が、そのことを頭において――さらにいへば、かれの作品の素材になつたいかなる人間も、そしてその生活も、けつして藝術家チェーホフのために存在してゐるのではないといふ事実を明確に認めたうへで、それらの作品をぼくたちに提供してくれたといふことのうちにある。

ここからエジョーフはチェーホフの客観主義、科学的態度、リアリズム、イムプレッショニズムを導きだしてくる。おそらくそれにまちがひはあるまい。比較するとなれば、シェストフよりはこのソヴィエトの批評家のはうが、はるかに正しくチェーホフを理解してをり、その真態に迫つてゐるといへる。イムプレッショニスト・チェーホフを規定するための材料を探すとなれば、ぼくたちはシェストフのもくろみを完全に追放しうるだけのじゆうぶんな論拠を与へられるのである。

「燈火」についていはれたことはたしかに当つてゐます。厭世主義に関する会話もキソーチャの話も、けつして厭世思想を解決してはゐないといはれるのですね。が、おもふに神だの、厭世思想だの、さういつた問題を解決するのは、小説家の任ではありますまい。かれのしごとは、いかなる人間が、いかなる状態のもとに、神、もしくは厭世思想について、いかに語り、いかに考へたかといふことを描写するにとどまらねばなりません。藝術家はその人物の、あるいはかれらの会話の裁判官であつてはならない。ひたすらその公平無私の証人であればよいのです。たまたまわたしは二人のロシア人が厭世思想について、漫然と、なんの解決も与へぬ話にふけつてゐるのを耳にした。で、わたしはそれを耳にしたとほりに報告しなければならぬといふまでのことで、その評価は陪審官たる読者がやつてくれるでせう。わたしの役割はただ才能ある作家たること、つまり重要でないことばを識別し、人物のうへに照明をなげかけ、かれらのことばで語りうることにあるのです。シチェグロフ・レオンチェフは、わたしがあの小説を「この世のことはなんにもわからないのだ」といふせりふで閉ぢたといつて非難する。かれからすれば、すぐれた心理家たる藝術家はそれがわからなくてはならぬといふわけです。それこそ心理家といふものだといふのです。が、わたしはかれの考へに反対だ。かつてソクラテスがみとめ、またヴォルテールもみとめたやうに、いまや作家、ことに藝術家は、この世のことはなにもわからないとみとめてもいいときではないでせうか。俗衆はなんでも知り、なんでもわかつてゐるとおもひこんでゐる。ばかな者ほど視野が広い気なのです。俗衆から信頼されてゐる藝術家が、自分の眼にうつるものでなにひとつわかるものはないといひきる勇気をもつたとすれば、それこそ思想にとつての一大収穫、一大進歩というべきでありませう。

（一八八八年五月三十日　スヴォーリンあて）

シェストフが楯にとつた「退屈な話」にしても、当時はすでにスヴォーリンからその主人公の思想にたいする非難がおくられた。が、チェーホフはいひかへしてゐる――「コーヒーをだされたときには、そのなかにビールを要求してはなりません。わたしが教授の思想をおめにかけたら、すなほにわたしを信じていただいて、そこにチェーホフの思想を求めたりなどなさらないでください。」シェストフが考へたやうに、チェーホフはここでおのれの破壊的な悪意をカムフラージュしてゐるのであらうか。さう考へるのはむしろ単純といふべきであらう。たしかにチェーホフは徹底したイムプレッショニストであつた。ただ、エジョーフはイムプレッショニストのいかなるものであるかを理解しなかつただけである。かれはイムプレッショニストの技法を理解したが、その倫理にまでは眼がとどかなかつたのだ。が、技法があつて倫理が生れたのではない。倫理があつて技法が与へられたのである。いや、はじめに気質があつて、それを肯定するために特定の技術が要求せられたまでのことである。

チェーホフが「この世のことはなにもわからない」といふとき、それは歴史を合理化する唯物史観といふ新しい武器の存在を知らなかつたからではなく、知つてゐてもそれを用ゐたくなかつたからにほかならない。なぜ用ゐたくなかつたのか。インテリゲンツィアとしての自己の社会的地位がおびやかされるからか。さうではない。かれは唯物史観に藉(か)りなくとも、みづから自己を裁き、サガレンの難旅に自己をおひやつてゐる。それはたんに末期的な資本主義社会における再生産機構を認識しえなかつたための「いたづらなる精力濫費」などではなかつた。たしかにエジョーフのいふとほり、能動的なチェーホフの性格が、閉塞的な時代の現実に出口をもとめて、無意味な妄動にかれをかりたてたのにちがひない。が、これを無意味と呼ばねばならぬとしても、断じて無智とはいひがたい。かれが唯物史観といふ武器を採りあげようとしなかつたのは、ほかでもない、それが武器であるといふ、ただその一事のためではなかつたか。チェーホフはひとを裁きたくなかつたのだ。ひとを罰したり、傷つけたりすることがいやだつたのだ。なぜか——「なにもわからない」から。かれの客観主義が自然科学者の立場のそれであつて、社会科学者のそれではなかつたからだ、とエジョーフはいふ。が、たとへチェーホフにマルクス主義を教へたところで、かれはやはり「この世のことはなんにもわからない」といふであらう。問題はチェーホフの性格にある。かれにはぜつたいに他人を裁けないのだ——それがいかなる基準によらうとも——クリスト教の道徳すら、かれにはこれを他人のうへにかざすべく、やはり苛酷にすぎるものと映じた。

メンシコフは「あらゆるロマンティックなもの、メタフィジカルなもの、センティメンタルなものの敵」をチェーホフのうちに見てゐた。それゆゑに、かれを唯物論者だとエジョーフはいふ。が、ロマンティックなもの、メタフィジカルなもの、センティメンタルなものを、なぜチェーホフは憎んだか。理由はかんたんだ。これら三つのものに共通する根本的な性格——それは他人の存在を忘れることであり、他人の注意を自分にひきつけることであり、他人の生活を自己の基準によつて秩序づけることである。チェーホフはそのことにほとんど生理的な嫌悪感をいだいてゐた。かれはトルストイに「道徳的な力」を見てゐたが、チェーホフのうちにも一種の生活的なエネルギーのごときものがあつて、この生命力のために、かれはロマンティックなもの、メタフィジカルなもの、センティメンタルなものを嫌つたのであり、またそれらを不要としたのである。かれにしてみれば、それらは生命力の稀薄を意味するものでしかなく、しかもその事実を糊塗することによつて、自己の生存を理由づけ、相手の素朴な生理を否定しようとするものにほかならない。

イムプレッショニズムとはカメラのやうに対象を受動的に感取することではないのだ。印象派の画家たちは外光を発見し、そのもとに自然を認識したなどといつてはいけない。かれらは外光を浴びることに感覚的なよろこびを見出し、自然をじゆうぶんにたのしむすべを知つたのである。「ソロモンは智慧をねがふにおよんで、大きな過誤を犯した」とチェーホフは「手帖」に書いてゐた。ぼくはこれをシェストフ流にチェーホフの自嘲とは見ない。むしろ、チェーホフは十九世紀の認識過剰を非難してゐるのだ――みづから手傷を負へるものとしてより以上に、肉体を健康に保たうとする医者としてのかれが。「退屈な話」においても、老教授ステパーノヴィチは、カーチャとミハイル・フョードロヴィチとの会話がなにより部屋の空気を溷濁することに嫌悪感をいだく――「いいかげんにしなさい。どういふつもりできみたちは、二ひきのがまみたいに坐りこんで、自分たちの息で空気を腐らしてるんです。もうたくさんだ。」チェーホフは外光派なのである――清潔な、オゾーンを多分にふくんだ外気の愛好者なのだ。

「伯父ヴァーニャ」のなかのアーストロフのやうに森林を愛し、大自然との直接の交流を愛してゐた。対象を正確にとらへることではなく、対象を完全に味はふことがチェーホフの目的なのである。たしかにかれはすぐれた心理家であつた。が、相手の面皮をはぐていの心理家ではない。かれはひとの心のうごきを微細にとらへようとして、たえず凄みをきかせ、卑しげに、油断なくかまへてなどゐはしなかつた。チェーホフはとりとめのない談話をたのしみ、成心も目的もない、ただその場かぎりの精神の交流に身をひたしてゐることが、なによりも好きだつた。かれが機智や諧謔を愛したのは、それがいかなる行為の要求も、いかなる現実の責任ももたず、なんぴとをも傷つけることなく、なんぴとをも裁くことがないからである。諧謔はまつたくの無償の、子を生むことのない、精神の交合である――交合のための交合である。ひとびとはむだ話においてしか完全にたがひを愛しえぬといふことを、チェーホフは本能的に感知してゐた。ひとびとはそこにおいてのみ、完全に自我を抛棄しうるであらう。しかし、この無防備の、構へをまつたく放擲した快楽のうちに身をゆだねてゐるとき、相手がほんのすこしでもこの生理的快感に不協和な心のうごきを見せたならば、チェーホフの触覚があやまたずそれを感知する。このとき、ひとはチェーホフをサイコロジストと呼び、イムプレッショニストと称するのだ。が、かれは見ようとして見たのではなく、たんに生の快楽を邪魔されたのにいらだち、その防禦本能が敵の所在をかぎつけたといふだけのことにすぎない。

　チェーホフはながいこと敵を発見しえなかつた。チェーホンテ時代のかれは「枝から枝へとびまはる心なき鳥」であつた。ところで、かれは「草原」から「イヴァーノフ」の時期に、自己のエピキュリアニズムを乱すなにものかを周囲の空気のうちに感づいたのである。かれは虚無思想家になどなつたのではない。抵抗にあつて、はじめて、かれ自身の慾望がどこにあるかを知つたのだ。ひとは敵の所在を知ることによつて、自己を発見する。いや、チェーホフは自己の内部に、本来的にかれ自身に属するものと、さうではないものとを発見した。さらにスラヴの魂とヨーロッパからの借物とを識別した。そして生れながらかれ自身に属さぬもの、西欧に帰すべきもの、それをひつくるめておのれの敵と見なしたのである。

しかもかれの敵を告発する方法こそ、もつともチェーホフ的であつた。といふのは、告発などしなかつたといふことにほかならぬ。かれは最後までイムプレッショニストたる面目を固守した。かれはまづみづから傷つく――その傷によつてぼくたちはかれの敵が用ゐた武器を探知しなければならぬ。チェーホフはたとへ傷ついても、敵を打つことを極度に嫌つた。なぜであらうか。ぼくたちはかれの頑迷をいはねばならぬのであらうか。たしかにチェーホフの採つた方法はおそろしく迂遠(うゑん)なものであつた。かれは生をたのしむことに貪婪(どんらん)なあまり、たとへ一日といへども、その時間をさいて闘争に費すことをおそれた。のみならず、傷の療治のため与へられた生の時間を空費することさへ惜しんだ。かれはさういふ自分の愚をはつきり見てとつてはゐたのだが、それがどうにもならなかつたのだ。スタニスラーフスキーは書いてゐる――「病めるチェーホフのゐるところには、なによりもさきに諧謔があり、笑ひがあり、悪戯さへあつた。……いかなるところにいかなるふうに現れようとも、かれほど人生そのものを愛し、彼ほど文化を渇望したものがあつたらうか。」チェーホフは前途にまつたく光明を失ひながら、なほかつ他人のために微笑してゐた。それはほんたうであらう。が、より真実なことは、自分が傷つき、それがもう回復のみこみがないと知れば知るほど、ほかならぬ自分の生のために微笑したかつたのだ。傷のために泣くことによつて、生を陰鬱にかげらせたくなかつたのである。そこにはもはや倫理はない――ただチェーホフの性格の力を見るばかりである。

二

わたしは作品の行間に傾向を求め、わたしを自由主義者か保守主義者かのいづれかに決めてしまはうとしてゐるひとびとを恐れます。わたしは自由主義者でも、保守主義者でも、漸進主義者でも、僧侶でも、また無関心主義者でもありはしない。わたしは自由な藝術家たることを念じ、それ以上を求めるものではありません。ただ神がわたしにそのひとりたる力を与へてくれなかつたのを残念におもふのみ。わたしはあらゆる形式における虚偽と暴圧とを憎みます。(中略)パリサイ主義、愚劣、専制主義、これらはなにも商家や監獄にのみおこなはれてゐるものとはかぎりません。わたしはそれを科学にも、文学にも、若き世代にも、ひとしく看取せざるをえない……ですから憲兵も、屠殺者も、そして科学者も、文学者も、あるいはまた若き世代も、わたしは特別待遇する気になれないのです。制服やレッテルは偏見にすぎません。わたしのもつとも神聖視するものは――人間の身体、健康、叡智、才能、霊感、愛情、および絶対の自由、いかなる形式にもせよ、一切の暴力と虚言とからまぬかれた自由、これであります。これこそ、もしわたしが大藝術家であつたならば、すすんで従はんとする綱領にほかなりません。（一八八九年十月　プレスチェーエフあて）

はたしてかういふ作家たちは（ブールジェとトルストイ）、ひとびとをしてよりよいものを探求せしめ、また醜悪なものが真に醜悪であるゆゑんを反省認識せしめるでせうか。はたしてかれらは「更新」せしめるでせうか。いな、かれらはフランスを退歩せしめ、ロシアでは悪魔の手助けをして、インテリゲンツィアといふ名で呼ばれてゐるかたつむりだの、わらぢむしだのを繁殖せしめるのです。（一八八九年十二月二十七日　スヴォーリンあて）

この世の偉人たちの哲学なんか悪魔にさらはれてしまふがいい。偉大な賢人といふものは、どれもこれも将軍のやうに専制的で無作法で粗野です。自分だけはなにをしても罰せられることはないといふ確信があるからです。（一八九一年九月八日　スヴォーリンあて）

これでチェーホフが敵としてゐたものの正体が明らかになつた――自己完成、良心、クリスト教道徳、そしてその背後にひそむ選民意識と自我意識。ロレンスがヨーロッパの伝統たるクリスト教精神のうちに認めた矛盾もまたそれであつた。なんぢの敵を愛せよ、なんぢ自身の徳を完成するために――ひとたびこの矛盾に気づくや、チェーホフの心は執拗にその矛盾を固執した。

パーヴェル・アンドレーヴィチは領内の百姓たちの飢ゑを無関心に見すごせない。かれが「知りもせず、理解もせず、一度だつておもつてみたこともなく、愛してもゐない」飢民の存在が、かれの心のうちに奇妙な不安と焦燥とをひきおこすのである。断じて愛ではない。では良心か――とすれば、愛のない良心とはいつたいなにものであるか。かれはやうやくその不安の正体に気づいた――「烈しい不安のつのるたびに、その一切の秘密は飢民のうちにはなく、自分がかくあるべき人間でないといふ意識にあるのだと、窃かにおもひあたつたこともいくたびかしれなかつた。」とはいへ、ぼくの重視するのはチェーホフの論理ではない。もし論理だけだとすれば、この論法が卑俗に、棒きれのやうに、ふりまはされたときのことを考へてみるがよい。そのやうな近代人の論理癖こそ、チェーホフのなによりもおそれたものであつた。ぼくの信ずるのは、自己完成の道徳にたいするチェーホフの嫌悪感の真実性である。その意味で「妻」のもつ完璧と質量感とはトルストイの「クロイツェル・ソナタ」に匹敵する――もちろんそれと対立しつつ。

あなたはりつぱな教養も教育もおありで、とても潔白で、一本気で、ちやんとした主義をおもちですけれども、それがみんな、あなたのいらつしやるところ、どこへでもところきらはず、一種むつとする空気や圧迫感を、なにかしらとてもひとを気まづくさせるやうな、見さげるやうなものをもつていく結果になるのですわ。

客観主義者チェーホフにもかかはらず、このせりふのうちにはたしかにかれの肉声がひびいてゐる。かれは「手帖」のうちにも書いてゐた――「その男はおのが卑劣の高みから世界を見おろした。」けつきよくさうなるのだ。中世の宗教裁判は現代でも白昼堂々、しかも比較にならぬほど頻繁に、いたるところ、あらゆるひとびとによつておこなはれてゐる。神や僧侶のかはりに、いまでは各人が日々めいめいに、その友人や親や妻や恋人や同朋を裁くのである。徳のあるものほど、その高みからひとを裁く。で、裁かれずして裁くことこそ、かれらの変ることのなき祈願であつて、そのためのみ世人を見おろしうる高さが必要になる。が、徳を身につけることはかたく、したがつて徳などといふものはどうでもよく、しかも高さだけは維持したいとなれば、そこには「卑劣の高み」以外になにがあるといふのか。

暴圧と誹謗と闘争と――この混濁した有毒ガスのために、世界は息ぐるしくなり、人類はその生命をおびやかされてゐる。誇張ではない――もし、これをたんなる誇張と見るものがあるならば、かれの心身は外気の新鮮を知らぬからであり、苦痛をさへ感覚しえぬまでに病んでゐるからにほかならぬ。チェーホフの、論理ではなく、あくまでその生理がこの閉ぢこめられた世界の息ぐるしさに反撥し、嫌悪をもよほすのである。

カーチャは、わたしの妻や娘があれを憎んでゐるのとおなじ程度に、強くかれらを軽蔑してゐる。いつたい今日の世のなかで、ひとがたがひに侮蔑しあふ権利などといふことについて云々するのが許されていいものか。

（「退屈な話」）

チェーホフは、他人を誹謗し軽蔑することばによつて空気を濁らしてゐる「二ひきのがま」のうちに、一八八〇年代帝政ロシアにおけるインテリゲンツィアの生態をはつきり見てとつてゐたのである。のみならず、かれはその背後に西欧の近代精神の害毒を看過しえなかつた。かれは自然科学者として、実証主義精神の可能性に信頼してゐたと同時に、また生きた人間を対象としなければならぬ臨床医として、実証科学の限界をもはげしくおもひしらされてゐたのにさうゐない。かんたんにいつてしまへば、かれにはわかることとわからぬことのけぢめが、はつきりわかつてゐたのだ。現実を認識し合理化することによつて理解しようとする近代人の論理癖が、もしこのけぢめを無視することになれば、いつたいいかなる事態が惹起されるか。考へるまでもなく明白なことだが、そこには論理にかはつて自我意識が登場する――しかも表面あくまで論理のマスクをかけて。さらに、人間が人間を理解するばあひ、ぼくたちは感情移入といふ方法にたよるほかないのだが、そもそも感情移入などといふものはていのいい自我意識の専制にすぎぬではないか――が、このばあひも共感とか愛とかのマスクが使用されてゐる。

ぼくたちは隣人の苦痛をはたして信じてゐるだらうか。だれかがけがをする。かれは苦痛を訴へ、泣き叫ぶ。が、この号泣が同情をひくためには、おのづと限度があるのだ。自分だつたらあれほど見ぐるしくは叫ばない――と、だれかがおもふ。すると、その男はもう隣人を裁いてゐるのだ。ひとは泣くばあひにすら、相手の自我意識の許容範囲内で身を処さねばならない。感情移入がおこなはれるためには、《表現移入》が前提となつてゐるのだ。が、もつともわるいことは、相手を裁く自我意識の存在ではなくて、それが相手のかはにもまた自我意識を生ぜしめるといふ事実だ。パーヴェル・アンドレーヴィチは陽気な単純な医者にむかつて、「いつものくせで」自分のものさしをあてがつてみる。が、その瞬間、それまではつきりわかつてゐた、あけつぱなしの単純きはまる相手の男が、急に一点に凝固しはじめ混濁してきて、「異常に複雑な、こんぐらがつた、不可解な性格」に変つてしまつたのである。かくしてチェーホフはその鋒先(ほこさき)を論理主義に転ずる。かれは近代の心理学を軽蔑し否定してゐた――「だれにもわからぬことをわかつたやうな顔をしてゐるのがサイコロジストの役割ではありません。」(一八八六年六月九日　シチェクロフあて)

チェーホフには、心理主義の底にひそむ、暗い我意の破壊力が呪はしかつた。かれのいひたかつた、たつたひとつのこと――他人の真実を信ぜよ。

……あなたがたは無考へに人間を滅ぼしておいでになるのです。いまにあなたがたのおかげで、この地上には、貞操も、純潔も、犠牲的精神も、みんななくなつてしまひますわ。(「伯父ヴァーニャ」)

あんなふうにひとを見るものぢやなくてよ――あなたにも似あはない。でないと、生きることもなにもできなくなつてしまふわよ。どんなひとでも信じなくちやいけないわ。(同上)

もちろん、かうしたエレーナのことばにたいしても、ヴァーニャ伯父は「哲学はまつぴらだ」と答へる。シェストフはそこをとらへた。どちらのことばにチェーホフは心を寄せてゐたか――エレーナにか、ヴァーニャにか。チェーホフはその点をはつきり答へてゐる。ヴァーニャ伯父はチェーホフそのひとでもないし、またシェストフの考へたやうな「地下室の住人」でもない。当時ロシアのいたるところに見ることのできたインテリゲンツィアのひとりにすぎず、たとへエレーナによつてかれの全存在は否定されないとしても、チェーホフ自身はりつぱにかれを超えてゐたのである。

彼等インテリゲンツィアは、その男女を問はず、学生時代には正直で善良な連中であり、わたくしたちの希望なのです。ロシアの未来なのであります。ところが、学生生活を終へ、独立の生活にはひり、一人まへの人間に成長するやいなや、このわたしたちの希望、ロシアの未来は煙となつて消え、濾過器のうへに残るものといへば、別荘もちの医者、栄養不良の役人、あるいはどろぼう技師のやからにすぎません。考へてもごらんなさい――カトコフ（傲岸なジャーナリスト）、ポベドノースツェフ（反動政治家）、ヴィシネグラツキー（増税をおこなつた大蔵大臣）など、ことごとく大学の乳を吸つて育つた児ではありませんか。かれはわが国の教授だつた。断じて無学な成りあがりものではなく、教授であり、明星であつたのです。わたしは、偽善でヒステリーで無教育で、怠惰な、わが国のインテリゲンツィアを信用しません。いくら苦しんで哀訴したところで信用してはやらない。なぜなら、かれらの

圧制者は、ほかならぬかれらの内部から出るのだから。（一八九九年二月二日　オルロフあて）

してみれば、チェーホフにとつて、インテリゲンツィアとは、世俗に対立し、世間から閉め出しをくつてゐる生活無能力者であるにとどまらず、世俗的な権力者、支配者であるといふことになる。たしかにこの両者はべつの種族に属するものではない——なぜなら、いづれも自己の正しさを確信してをり、それを正当づける論理を駆使し、それによつて他人を裁くことを知つてゐるからだ。ただ前者は失意にあるがゆゑに、後者よりはいつそう自己の正しさの論拠を必要とするといふだけの相違にすぎない。結果はおしやべりになるといふわけだ——といふよりは、口舌以外に勝つすべがないといふことになる。哲学が必要なのだ。とすれば、かれがある種の哲学を抱懐するがゆゑに、他人の哲学が信ぜられないのではなく、他人の哲学の傘下に組みいれられるのがいやであるばかりに、なんとかして自分の哲学を設定しなければならなくなつたといへる。このばあひにも怠惰なインテリゲンツィアはみづからの手で自分の哲学をつくりあげようとはしない。あちこちから断片を掻きあつめてくるだけのことだ。ことば、ことば、ことば——それがチェーホフの戯曲である。

三

チェーホフのいひたかつた、たつたひとつのこと、他人の真実を信ぜよ——それができぬために、ことば、ことば、ことば。チェーホフの戯曲のなかでは、語り手をも聴き手をもなんらの行動にも導かぬばかりか、相互の心に浸透することのない、無数のことばがひしめきあつてゐて、やがて幕切に近づくにしたがひ、ふとした拍子でそのうちのひとつがぽんとはじきだされ、それがつぎの幕への橋わたしをするといふしかけになつてゐる。「三人姉妹」の第一幕の幕切を見るがよい——そこではナターシャが広間から客間にはじきだされ、それを追ひかけてアンドレイもはじきだされる。で、観客のまへに二人の恋が確認され、そのために第一幕はやつと第二幕への期待をつなぎえたわけである。第二幕ではすでに二人は結婚してゐるが、その幕切ではイリーナをめぐるトゥゼンバフとソリョーヌイとの三角関係が明瞭にされ、さらにナターシャの不義が暗示されることによつて、劇はまだ終了しないのだといふことが、わづかに観客に告げ知らされる。第三幕の幕切では、イリーナがトゥゼンバフと結婚する意思を姉にもらすことによつて、さらにトゥゼンバフやソリョーヌイの旅団がこの町を引揚げるといふ噂によつて、第四幕へとバトンがわたされる。

「かもめ」においても「伯父ヴァーニャ」においても、また「桜の園」においても、おなじやうな構造が見られる。一本の傘をめぐつてあらゆるせりふがとりかはされ、それによつてプロットが必然的に展開をおこなふといふドラマツルギーの常道は完全に棄却され、シェストフがたくみにいつたやうに「裸形にされた純粋の偶然」があるのみで、一幕中数十のせりふのうち、劇の展開に必要なものはわづかに二三にすぎぬといふありさまである。それが現実であり、ぼくたちの日常生活がさうなのだといへば、チェーホフのリアリズムを称揚することにならう。

が、これらの日常茶飯事の「モザイク」が、なにゆゑトルストイに「大きな慰藉」を与へえたのであらうか。神を信ぜず、革命も進歩も信ぜず、インテリゲンツィアの自己完成の道徳を破棄した唯物論者チェーホフ、ほとんど詰将棋のやうに理づめで、意識的に設計されてをりながら、一行の教理をも説かず、「真に人を導いてゆく内面的な手引の糸」を欠いてゐるかれの作品、それがぼくたちの所有するほとんど最高の精神であるトルストイの心に、温い慰めを与へることがどうしてできたのであらうか。

が、トルストイはうそをいつたわけではない。とすれば、チェーホフの作品のすべてに盛りこまれてゐる、あの甘美な感傷はなみなみならぬものであるといはねばならない。すくなくとも、あの猜疑心（さいぎしん）の強いトルストイを欺きおほせたのである。たしかに、もつともふしぎな、もつともむづかしい結合が、チェーホフによつておこなはれたのだ――冷厳な客観主義と甘美な感傷主義との結合が。リアリズムとセンティメンタリズム――いひかへれば、科学と藝術。ミハイローフスキーはチェーホフに「自殺と信仰とに同様の注意をむけられる」ほどの「客観性」を見てゐるが、もはやぼくたちはこれを「客観性」などといふなまなことばで呼ぶことはできない。もちろん、ことがらは単純なことにすぎまい。チェーホフが科学の可能性を信じきつてゐたればこそ、その作品の藝術性は高まりえたのである。かれはあらゆる精神上の、あるいは感情のうへでの虚偽を、その冷酷なる実証主義によつて処断し、かたはしから打破してかかつた。それゆゑ、あとに残留したものは真珠のごとく醇乎（じゅんこ）たる、いささかの虚偽をも含まぬ一滴の涙であつた。センティメンタリズムとは、いふまでもなく感情の虚偽である――が、最後の一滴にも欺瞞を許さぬとすれば、ひとはいかにして生きていかれようか。たしかに、チェーホフにはわかつてゐた、その最後の一滴の虚偽が。

かれには「家で」といふ小品がある。この作品の主人公は自分の子供に喫煙の悪習を発見し、これを矯正しようとするのだが、なんといひきかせても子供は納得しようとしない。最後におとぎ話の形式にして喫煙の害を説き、やうやく子供の口から自発的な誓言をえる。が、かれは反省する――このやうな藝術的形式によつてひとを納得させるのは、どうやら正当ではない、欺瞞であり、手品であるにすぎぬ、そんなことでわれわれは慰められはしない、と。

薬は甘く、真実は美しくなければならない……かうした放埓な気持に、人間はアダム以来みづから甘えてきてゐる……さりながら……おそらく、すべてかうしたことは自然であり、さうあらねばならないのかもしれない……自然のうちにはつがふのいい欺瞞だとかイリュージョンだとかがどのくらゐあることか……。

このときチェーホフが考へてゐたのは科学と藝術との一致にほかならぬ。かれは書簡や作品のいたるところでそれを口にしてゐた。両者が対立し抗争すると考へるのは「人間どもの迷妄」であつて、両者それ自身のあひだにはなんの「争ふべき理由」もなく、むしろ「同一の仇敵――悪魔」にむかつてたたかひを挑んでゐるのだといふ。（一八八九年五月十五日　スヴォーリンあて）にもかかはらず、かれは科学と藝術との一致を遠い未来のユートピアのうちに置かざるをえなかつた——すくなくとも、それまでは人間相互のあひだに、のみならず自己の内部において、無益な葛藤がおこなはれなければならぬ。ただ現代にいたつて、はじめて科学と藝術とがその他のいかなる夾雑物をもまじへずに相対することができたのである。それまでは宗教や形而上学や哲学が両者の純粋な結合のしかたを妨害してきた。

さう信じてゐたチェーホフをして、そのユートピアとの懸隔にあへて耐へしめる力は、どこに求められたのであらうか。それがまたチェーホフの感傷を高いものに維持しえた秘密にほかならない。ぼくがチェーホフの人間性の新しさをいつたのは、まさにそこなのである。「自殺と信仰とに同意の注意をむけられる」かれの秘密の一切は、その性格にかかつてゐるのだ。性格といつてしまへば、すべてはおしまひである。なんぴとも性格をまなぶことはできない。いや、さうともいひきれぬ——今日にいたるまで、トルストイやドストエフスキーの性格をまなばうとする青年たちは依然としてあとをたたぬではないか。天才とは、まなびえぬはずの性格をまなばうとせしめる魅力の持主である。魅力だけではない、かれらは一種の強制力をもつてゐる。その暴圧を忌み嫌つたチェーホフは、みづからも強制力を行使しなかつた。かれの作品には魅力だけがあり、ひとびとはその背後にまなびとるべき人間像を見のがしがちなのである。

チェーホフの作品、ことにその四つの戯曲を読みなほしてみたまへ。そこには人生そのものの重量感が手ごたへとして残るにもかかはらず、あたりの空気のあくまで澄みきつてゐることに気づくであらう。雪のあとの晴れた野づらを歩いてゐるときに経験する、緊張したキーンとひびきわたる金属音が、舞台から観客の心にしみとほつてくる。完全な静寂が鋭い音の導入を錯覚させるとすれば、あの極度の明るさは悲しみに通じてゐる。チェーホフの戯曲の澄明さは一種の清潔感だ――近代的な設備をほどこされた、明るい静かな病室の、衛生的なまでに清潔な感触。一度も冒されたことのない肺臓のやうに、それはみごとに透きとほつてゐて、一粒の斑点も見いだされない。それだ、それがチェーホフのすがたなのだ。トリゴーリンやヴァーニャ伯父のうちに作者を探す必要はない。客観主義にとまどふことはいらぬ。チェーホフははつきりいつてゐるではないか――人物をあるがままに突きはなすことができず、その性格を説明し、行動を動機づけずにゐられないのは、「真実を自分の良心の犠牲にしてしまふ」ことであつて「確信なき疑ひ深い作家のつね」なのだ、と。（一八八八年十一月十五日　スヴォーリンあて）とすれば、チェーホフにおいて問題になるのは、この確信の正体である。かれは自己の確信を語らない。ただ確信してゐるだけだ。確信されてゐるなにかをではなく、確信してゐるチェーホフをつきとめなくてはならない。

チェーホフはその点、自分の姿を隠しはしなかつた。かれほどあからさまに自己をさらけしてゐたものはないであらう。ただ、それがあまりに透明であつたため、ひと眼にそれと気づかれなかつたまでである。近代人がおのれの個性となし、その自己内容と見なしてゐるところのものは、なにものかにとらはれた不純な汚濁のごときものにすぎない。だれもかれも溷濁し凝固することによつて自己を発見し形成する。で、たまたま澄明な精神に出あふと、その自己内容を空疎、薄弱と断定するのだ。汚濁と汚濁とがぶつかりあひ、その衝撃と抵抗とによつて、はじめて相手の存在を認知し評価する。もし抵抗を感じなければ、かれはそれを空家とみなして、土足でふみにじることをあへて憚らぬのである。なんといふことか――そこにこそ無垢な人間のすがたがある。チェーホフはこの人間性の純粋を保持しえた少数の善人のひとりであり、また自己の内部にあつて他の不純物の下に埋もれてゐるスラヴ人の素朴な心を発掘しようと意識的に努力した藝術家のひとりである。ゴーゴリが、トルストイが、より以上にドストエフスキーが、このスラヴ魂発掘にその生涯をゆだねた。ロシア文学史が西欧の影響をかうむつたあとで、やうやくこれと対決せんと意思したのは当然であるが、チェーホフはさらに、トルストイやドストエフスキーとすら対決せざるをえなかつたのである。かれはあきらかにトルストイを意識しながら、つぎのやうなことばを綴つてゐる――

貴族作家が自然から労せずして獲たものを、平民作家は青春を代償にしてあがなふのです。こんな小説を書いてみたらいい――いままで小さな店の手代なり、唱歌隊の歌手なり、中学生なり、大学生なりでゐて、官尊民卑の風習をたたきこまれ、坊主の手はなめるものだと教へこまれ、他人の説には平身低頭せよといひきかされ、パンの一片一片をありがたがり、散々に笞をくらひ、オーヴァシューズもなしで家庭教師をして歩き、つかみあひをし、動物を虐待し、金持の親類のおよばれが大好きで、自分の無価値を意識すればこそ神のまへやひとまへで要りもせぬ君子づらをとりつくろひ――まあさういつたふうな農奴の倅であるひとりの青年が、自分の体内から一滴一滴と奴隷根性を搾りすてていつて、ある朝ふと眼がさめたら自分の血管にはもう奴隷の血はなく、脈うつて流れてゐるのはほんたうの人間の血だと感じる、こんな小説を書くがいいのです。

（一八八九年一月七日　スヴォーリンあて）

だれがこれほど血のにじんだ文章をその手紙に書きつけえたらうか。チェーホフの書簡中にも、これほどはげしくおのれを語つたことばは見あたらない。かれはさういふ小説はつひに書かなかつた――が、その作品は、あきらかにその書かるべき小説の主人公にしか書けぬ作品であることにまちがひはない。ぼくはチェーホフの少年時代を回想する。そして「わたしは自分の少年時代に少年時代をもたなかつた。いつも父から、商売をおぼえろ、といはれたものだ」といふチェーホフ自身のことばに想到する。また遊びたいさかりを、コンスタンチン帝教会附属ギリシア正教区学校の厳格な教育にたへ、その当時の暗い印象が後年にいたつてもつひに払拭しきれず、おもひだすのもいやなほどの傷痕を残したと語つてゐたチェーホフであつた。さらに貧とたたかひ、苦学しつつ、しかもそのうちにあつて誇りを維持しようとつとめ、弟にむかつても「貧乏は恥辱ではない」といひおくつたかれ、つねに明るく自由で寛大であり、貧にいぢけることなく、芝居見物や乗馬や射撃をたのしんでゐたかれでもあつた。またチェーホフは友人や家族から愛され、いたるところで人気ものになつたが、父の生活無能と兄の早逝のため、やうやく二十歳になつたばかりで、精神的にも物質的にも家長の役割をはたしてゆかねばならなかつた。若きチェーホンテは小説を書くのも一家の生計費のためであり、まるで「パイを食べるやうに平気で」だれがゐようが、いたるところで、公園のベンチだらうが汽車のなかだらうがおかまひなしに書きまくつた。

かういふ生活で、藝術的、あるいは処世上の良心などといふもののお相手がどうしてつとまるであらうか――「この世の偉人たちの哲学なんか悪魔にさらはれてしまふがいい。」かれらは財産、身分、知識、伝統、才能などの天与のハンディキャップを無視して、その人格の高潔や教養の深さに自信をもち、平民の子たちを見おろしてゐる。が、チェーホフは歯ぎしりして自分の血液のなかから「奴隷根性を搾りすてて」いつた。シェストフが転機と見なした時期はこの意味においてなら重視しなければならぬ。チェーホフはやうやくトルストイの支配下から脱した――トルストイはかれを「空家」にしたまま去つた。もはやかれは自己完成の鞭をおそれてうろうろ逃げまはる必要はない。「空家」に引越してきたのは「地下室の住人」ではなく、教養ある自由人の観念である。他人に号令を下し、歴史の進行をつかさどる主役や天才ではなく、「社会では端役を演じてゐる」個々の少数の人間が、めいめいの努力によつて獲得する、一種の「無執著」の精神――チェーホフはこのことばをたびたび、しかも善悪両様の意味において用ゐてゐた。チェーホフの脳裡にあつた、そしてみづからそれを獲得しえたところの、かれの人間像の内容を知るために、ぼくたちはさらに「無執著」の性格といふものについて考へてみなければならぬ。

四

「かもめ」「伯父ヴァーニャ」「三人姉妹」「桜の園」を読んで、だれしも気づく構成上の共通要素――はでな都会の生活様式を身につけた数人の男女が、あたかも海辺の別荘地帯に一シーズンをすごすやうに、沈滞した地方の田園生活のなかにはひつてくることによつて幕は切られ、やがて定住者の日常生活の秩序や感情の平衡をすつかり乱してしまつたあげく、ふたたび第四幕の幕切にそこを去つてゆくといふプロットが、これらのどの作品においてもくりかへし展開されるのである。また「桜の園」の観客は第二幕の書割をおぼえてゐるであらうか。そのト書にかうある。「遠くに電柱の列、なほ遠く遠く、地平線のうへに、大都会のおもかげがぼうとかすんでみえる。」リアリズムは完全な典型と様式とを獲得することによつて、一種の象徴的な雰囲気をかもしだすものだが、チェーホフのばあひにもそのことがいへる。そこにはモスクワ、さらにパリへの郷愁、そしてヨーロッパ文明への憧憬が暗示されてゐる。西欧の近代文明はロシアのインテリゲンツィアのうちに一夏をすごす別荘地帯を発見したのだ。チェーホフは意識的にそれをこころみたのではないかもしれぬ――もちろん、はつきり意識してやつたのかもしれない。が、とにかくその結果は、ぼくたちによつて看過しえぬいくつかの問題を投げかけてゐる。

まづチェーホフは、一八八〇年代のロシアのインテリゲンツィアの憂鬱を、おそらくかれらのきげんをそこねたにさうゐないほど、ひどくあつけなく常識的に、いつてみれば唯物的に、解剖してのけてゐるのだ。この意味において、シェストフがチェーホフを解説してゐるといふよりは、チェーホフのはうでシェストフを当時の環境のなかに位置づけ解説してゐるといはねばなるまい――なぜなら、シェストフがけんめいにチェーホフの暗さを観念的な高さにまで引きあげてやらうとこころみてゐるのにもかかはらず、チェーホフ自身はそれを平然として引きずりおろしてしまふからだ。その意味において、メレジコーフスキーがドストエフスキーとトルストイとを「深遠な国民の自然性とロシアにおける最高の文化的意識との表現者」であるとし、いつぽうチェーホフをゴーリキーとともに「ロシア中産階級の中軸、すなはちインテリゲンツィア中軸の表現者」と規定してゐるのは、けだし当をえてゐるものといはねばなるまい――もつとも、多少ともアイロニカルな意味において。といふのは、トルストイやドストエフスキーは、八〇年代のインテリゲンツィアの眼に、その代表者として映じてゐたのであるが、チェーホフはそのやうにかれを甘やかしてはくれなかつたからである。トルストイすらチェーホフをいくぶんけむつたいおもひで眺めてゐた――チチェーリンと自邸で談論風発するトルストイのかたはらで、その娘たちとたあいのない遊びに笑ひ興じてゐたチェーホフである。

ぼくは、まへにチェーホフがトルストイやドストエフスキーと対決してゐるといつたが、そのことは、いひかへれば、西欧とのかれらの対決のしかたそのものに対決したといふことにほかならない。で、チェーホフはみづから西欧に対決すると同時に、そのことにおいてまたスラヴの民族性とも対決してゐたといふことになるのだ。かれはスラヴの魂にとらはれることがなかつた。チェーホフの新しさはそこにあつた。が、かれの弱点もまたそこにある。トルストイは、チェーホフにおける内面のたたかひがいかなるものであるかを諒解してゐなかつた。が、チェーホフの眼には、トルストイといふ巨大な建造物の内部構造が手にとるやうにわかつてゐた。ところで、精神の領域においては、敵の所在を明確に知つてゐるといふことが、それを知らぬはうよりかならずしも有利であるとはいへないのだ。往々にしてむしろ不利である。
チェーホフは戯曲「イヴァーノフ」を書きあげた翌年、一八八八年の末にスヴォーリンにあてて興味ある長文の手紙を寄せてゐる。そこでかれはその作品をみづから解説してゐるのであるが、「イヴァーノフ」をしてロシア文学の伝統的主人公たる《よけいもの》の典型の決定版を書かうと意図してゐただけに、その手紙の解説はそのままみごとなロシア民族性観、ないしは当時のインテリゲンツィア論となつてゐる。イヴァーノフは――シェストフもこのせりふを引用してゐる――「思想の権化」ともいふべき理想主義者の医者リヴォーフにむかつてこんなことをいふ――

ねえきみ、けつしてユダヤ女や変態や青鞜派女史と結婚しちやいけませんよ。まあなんでもいいから、あまりけばけばしい色彩のない、よけいな鳴りものいりでない、平々凡々たる灰色の女を選びなさい。そして全体になるべく型にはまつた、月並な生活をするんですな。背景が灰色で単調であればあるだけ、けつきよくそのはうがいい。ドクトル、けつしてひとりぽつちで数千人の敵と戦つたり、風車に吶喊(とつかん)したり、壁に額をぶちつけるやうなまねをしてはいけませんよ。それから、合理的農村経営だの、特種学校だの、熱烈な議論だの、さういつたものにぜつたいに近よらぬことです。

ところで、チェーホフによれば、イヴァーノフもじつはかつてさういふ理想主義者のひとりだつた。が、この美しい理想主義はなにもロシア人の性格に特有なものではないにしても、それに身を入れる情熱のはげしさ――うらがはからいへば、そのばかばかしさにいたつては、まさにロシア的性格の看過しえぬ特徴だといふのである。チェーホフはこれを「ロシア人の興奮性」といふことばで、いはば唯物的、生理的に、そつけなくかたづけてゐる。やがて「三十歳か三十五歳くらゐになると」顕著な疲労感と退屈感とがかれをおそふ。かれらはけつこう仏頂面をして、あのイヴァーノフのせりふを、若い世人の面上に浴びせかける。チェーホフはいふ――「肉体的な疲労と倦怠とを感じつつ、かれは自分がどうしたのか、なにが起つたのかを了解しない。」そこで「偏狭な、良心のとぼしい男はたいていその罪を環境になげかけるか、あるいは自分をハムレット、よけいものと決めこんで満足してしまふ」のであるが、いつぽうどちらかといふと誠実な、良心的な男、もしくは原因を外界に発見できなかつた男は、「ただ漠然とした罪の感情」すなはちはなはだ特徴的な「ロシア的感情」のうちに閉ぢこもつてしまふ。

疲労感、退屈感、罪悪感に加へて、さらに孤独感がかれをとらへる。イヴァーノフの隣人は酒飲みかカルタ好き、さもなければ例の理想家型の人物で、だれもかれの内心の変化には眼もくれない。で、かれは「長い冬、長い夜、空虚な庭、空虚な部屋、不平家の伯爵、病人の妻」にとりかこまれて孤独をかこつことになる。さらに第五の敵があらはれる。イヴァーノフは、その憂悶にもかかはらず、まづ食つていかねばならない。数人の人間を養つていかねばならない。負債は山ほどある。しかもかれは興奮する能力を失つてしまつたわけではない。突発的な強烈な興奮作用が——しかし、それもながくはつづかず、そのあとにはかへつてまへよりも深い疲労感と無感動がやつてくる。チェーホフの戯曲はこの解説によつてはつきりしてくる。問題はさらにさきにある。

チェーホフが「無執著」といふことばを、ときに肯定的に、ときに否定的に用ゐてゐるといふことを、ぼくはまへにいつておいた。このイヴァーノフの性格の解説において、チェーホフはあきらかにそれを否定的な意味に用ゐてゐる——退屈と怠惰とに結びつけて。そこで、さまざまな誤解がおこる。「手帖」のなかで、チェーホフは自分の座右銘として「なにも要らない」と書いてゐるが、これもシェストフ流に虚無思想とも解釈できるし、またストア的な、ないしはエピキュロス的な不動心の静寂境とも解される。さらに自然に復帰することを説いたルソーの徒とも見なしうるであらう。またかれはインテリゲンツィアの怠惰を責め、いたるところにそれを鞭うつてゐたばかりでなく、自己の懶怠（らんたい）にもきびしい批判を与へ、それにたいする倫理的＝生理的嫌悪感からサガレン行を敢行した。と同時に、文明と幸福とは閑暇や怠惰なくして存在しえないといふことを再三その書簡のうちに述べてゐる——いふまでもなく、文明と幸福との肯定を前提として。

ぼくはいま倫理的＝生理的嫌悪感といふことばを使つたが、すべてはそれにつきてゐるやうだ。ロシア人の、すくなくともチェーホフの罪悪感情は健康な生の意欲によつて裏うちされてゐた。やはり「手帖」のなかに、かれは書いてゐる——「死人に恥辱はない。だが、ひどい悪臭を放つ」あるいはまた、「うそつきはきたならしい。」トルストイの感化から離脱したチェーホフにとつて、自己完成をめざす倫理の世界は、人力をもつていかんともなしがたい問題を、たとへば生死とか霊肉とかいつた問題を、ことごとく個人の肩のうへに背負ひこんでしまひ、したがつてその解決ではなく、ただ苦悩にたへることにのみすべてを賭けようとするがゆゑに、おぞましくもおもへたのだ――とエジョーフはいふ。それはたしかにさうだが、さればといつてこれを社会改革といふ組織的、計画的なベルトのうへに流しこんで万事は終るといふやうな説得のしかたがチェーホフにたいして効果的であるともいへない。なぜなら、かれはもつとさきのことを考へて、そしてうんざりしてゐたからだ。

「伯父ヴァーニャ」のなかで老いて気むづかしくなつたセレブリャコーフは「わしはこのとしになつてまで、エゴイズムにたいする多少の権利をもつことも許されないのか」といふ――のみならず、これはチェーホフの戯曲のあらゆる登場人物がその内心にひそめてゐるかげの声である。が、エゴイズムとはなにか。それははたして倫理の問題であらうか。チェーホフはおそらくかういふであらう――それは悪ではない、が、やはり醜い、と。で、少々奇妙な原理が成立する――悪ではないから他人のエゴイズムはこれを許し、醜きがゆゑにおのれのエゴイズムは、これを控へるといふことだ。おもひやりといたはり、そしていつぽうに無執著と「なにも要らない。」これは危険だ。なぜなら、周囲の現実はときにかれらの忍耐を超えることがあり、またかれの肉体が「なにも要らない」では我慢しえなくなるからだ。一度はのりこえたはずの倫理の世界が、ふたたびかれをそのうちに強制収容しようと呼びかけてくる。たしかに孤独人の、個人主義の、限界ではあらう。

が、おもふに、これもやはり人間存在の根柢に巣くふ、打ち勝ちがたい矛盾ではなからうか。チェーホフによつて無執著の態度が肯定的と否定的とに用ゐられたのもそのためにほかならない。うまい料理を食ひ、美しき衣裳をまとひ、住みごこちよき家をもちたいといふ慾望、もしこれを倫理的に否定するとなれば、あらゆる人間の行為は――文明や進歩の観念も、科学の理想も、幸福への意思も――すべて無意味なものになる。のみならず、自己完成の目的そのものも価値を失ひ、その慾望もまた否定されなければならない。が、もしもろもろの観念にとらはれることをやめてすべての地上的な慾望を虚心に肯定するとなれば、慾望そのものの生理的必然として、その充足感と奴隷的不自由感とのため、ぼくたちは疲労と倦怠とを感じるやうになる。といふのは、無執著の境地はそれ自身のうちにひとつの危険をはらんでゐて、きびしい自己把握の緊張がほんのちよつとでも緩んだが最後、どうしやうもない怠惰に転落してしまひ、ふたたび禁慾の倫理に郷愁をおぼえるといふしまつなのだ。

「妻」のなかで、チェーホフは「れつきとした心もち」といふことばを用ゐてゐる――心の張りといふことであらう。例のパーヴェル・アンドレーヴィチが友人からきめつけられるのだ――「なあきみ。きみは見たところはなるほどれつきとした人間だ。（中略）きみのいふことは高尚だ、きみは秀才だ、官等だつておよびもつかないさ。だがねえ、きみ。きみの心もちがれつきとしてゐないんだ。……心もちに力がないんだ。」なほ、この主人公はその友の家で素人指物師ブトィガのつくつた戸棚や箪笥（たんす）を見せられて、つぎのやうな感慨をもらす――

わたしはおもつた、ブトィガとわたしとのあひだにはなんといふおそろしい差異があることだらうと。ブトィガはなによりも永持ちと堅実とをこころがけてものを作り、それを第一義とし、人間の永生に一種特別な意味を附し、死といふことは考へず、おそらく死の可能などはろくに信じてもゐなかつたらう。ところがわたしは自分で鉄橋や石の橋を架けたときにも、それが何千年と存続するであらうにもかかはらず、「これは永遠のものぢやない。……こんなものはなんの役にもたたない」といふ考へを離れられなかつた。

「れつきとした心もち」が欠けてゐるといふのはそのことなのだ。「死、滅亡、有限性の観念」にとらはれ、それゆゑにこの技師のつくつた作品の線は「みすぼらしく、局限され、臆病で、みじめ」になつてしまふのだ。人間とその生活とにたいする真の無垢の愛情――それのみが論理との世界を放下して生きる無執著の態度を保証しうるのである。チェーホフの作品があれほど軽快で透明でありながら、しかも雄勁な線を、甘美でありながら、しかも厳正な線をもつてゐた秘密はそこになければならぬ。チェーホフの眼には、トルストイの天才よりもブトィガの才能のはうが――それがいひすぎならば、トルストイの道徳よりはその技能のはうが――はるかに貴重におもへたのである。才能は勇気であり、善であり、自由であり、生命そのものである。だれでもが才能をもつてをり、またそれを生かさなければならぬし、生かしうる世界でもなければならぬ。

生活に苦しめられ、伝統を背景にもたぬ平民作家チェーホフにとつて、人間存在とその自我意識とがいかにはかなきものにみえたか——そのことを想像するのは容易であらう。近代日本のインテリゲンツィアたるぼくたちにとつて、これはむしろ身につまされる問題ですらある。ぼくはこの文章をシェストフにたいするひねくれた抗議からはじめた。が、ここまで書いてくれば、そろそろかれと妥協してもいいとおもつてゐる。シェストフがまちがつてゐるのではなく、かれを受けいれた日本のインテリゲンツィアがその受容のしかたにまちがひを犯したといふべきであらう。ロレンスはシェストフの断想に序文を書いてゐるが、そのなかでかういふことをいつてゐる——ヨーロッパ的文化はロシア人にとつて根柢のないもので、その毒素はかれらの体内で病気のごとき作用をもち、したがつてその炎症と刺戟とがかれらの文学、トルストイやドストエフスキーとなつてあらはれ、その苦悶と興奮とはほとんど化学的なもので、有機的なものとは見なしがたく、ロシア人の悲劇は一個の魂の悲劇といふより、むしろ外科的なそれだ、と。さらにロレンスはつづける。その意味において、ロシア文学はこれまで真にロシア固有のものを表現してきてゐない。が、いまやロシアは旧ヨーロッパの病菌をすつかり吸ひつくし、それを克服しえたかのごとくみえる、近い将来に真のロシアは生れ、ヨーロッパに反抗し、強く立ちあがるであらう。で、シェストフはその第一着手をこころみたわけであるが、そのしぐさはややこつけいだ——にもかかはらず、あくまで理想主義的で、そこから新しい理想が生れてくるけはひさへする、といふ。たしかにロレンスのいふとほりだ。ぼくたちはロシアとおなじ後進国民であり、ヨーロッパと異質的な土壌のうへに育ちながら——いや、それゆゐにこそ——ロレンスのやうにはシェストフの正体を見ぬけなかつたのである。

ロシア人の苦悶と興奮とが外科的だといつたロレンスは、しかしチェーホフをどう見てゐたのか。チェーホフこそそのことをはつきり自覚してゐたのではなかつたのか。「発作」の主人公の罪悪感の苦悩を臭素加里とモルヒネで鎮静させてしまつたチェーホフではなかつたか。そしてそのことのうちに、チェーホフの悲劇がべつの次元にむかつて開かれてゐたことがうかがはれはしないか。メンシコフはいつてゐる――「チェーホフを眺めながら、わたしはよくこんなことを考へたものだつた、やがてロシア人が完全にヨーロッパ人になりおほせる暁には、きつとかうした人間ができあがるにちがひない、と。やさしいスラヴの魂を失ふことなしに、それに美しい磨きをかけるのだ。」が、このメンシコフのことばをぼくたちはそのまま鵜のみにすることはできない。といふのは、ヨーロッパ人になりおほせるといふかれのことばのうち、やはり当時のインテリゲンツィアのノスタルジーを感じるからだ。にもかかはらず、かれがチェーホフのうちになにを見てゐたかはわかるし、その眼にまちがひはなかつた。メンシコフは無垢な人間の魂を眺めてゐたのである。かれのいふヨーロッパ人とは純粋な世界人といふことにほかならない。さらにいへば、チェーホフはヨーロッパの知性を身につけ、それに毒されることなく、かへつてそれを利用することにより、スラヴ人を超えて人間の心の純粋状態に到達することができたのである。

　チェーホフはときに「普通人」といふことばを用ゐてゐた。それはインテリゲンツィアの特権意識に対置されたものであつたと同時に、天下の選民意識にも対置されてゐる。のみならず、農民、市民、労働者など、あらゆる階級の体臭をも除去してしまつた、純粋な人間の観念である。しかし、考へてみればドストエフスキーやトルストイの天才が到達しようとした状態もまたこの人間の純粋性といふものではなかつたか。が、その作品の背後に感ぜられるかれらの体臭はいつたいなんであらうか。それをチェーホフの透明とくらべてみるがいい。チェーホフの悲しみがわかりはしないだらうか。

いふまでもなく、トルストイとドストエフスキーとの偉大はその原罪意識にささへられてゐる。チェーホフにはそれがない——かれは生れながらにして無我の善人であり、生れながらにして教養人であり、生れながらにして野性を欠いてゐた。といふことは、歴史と伝統とをもたなかつたといふことであり、階級のそとにあつたといふことにほかならぬ——なぜなら歴史と階級とは悪と罪との堆積であつて、その凝固点であり収縮点であるからだ。チェーホフは完成から、終点から出発してしまつたので、模索し、かなぐりすてておしのけなければならぬ堆積物がごく少量しかなかつたし、またそれを除去する近代的方法を習得してゐたのである。かれのしごとは奴隷の血を搾りすてることだけであつた。それをやつてしまへば——原罪などはばからしいことだ、とかれは考へてゐた。チェーホフはまちがつてゐたのだらうか。やはりかれは二流作家にすぎぬのであらうか。

が、ほかでもない、チェーホフはさういふ思考法に——いはば西欧の近代精神に一矢をむくいてゐるのである。原罪の悪を仮説としなければ偉大と栄誉とを獲得しえないヒューマニズムとはなにものであるか。稚児のごとき無我の純粋な人間が天才や偉人や賢者よりも尊ばれぬ世界、あまつさへ嘲笑と軽侮とにあまんじなければならぬ世界、——それが存続するかぎり、藝術も科学もよくなりはしない。さういふ世界が存続するかぎり純粋な魂は孤独のうちにじつと「たへしのぶ」ことよりほかに道はないのだ。アーストロフが語つてゐるやうに、ひとびとのあひだには「自然にたいしても、人間にたいしても、直接な、清純な、素朴な関係といふものは、もうちつともない」のだ。チェーホフが自己の怠惰を嫌悪し、しごとを、しごとをと叫ぶとき、ぼくはそこにかれの絶望感をさへ感じる——なんとかしてむりにも他人と結びつかうとするのだが、「三人姉妹」のイリーナのやうにかならず裏切られることは、もうかれにもわかつてゐるのだ。「桜の園」はまへの作品に比して、いはゆる明るくなどなつてはゐない。純粋な人間がその美徳であるべきはずの「無執著」に安住できず、不安のあまり「しごと」へ駆りたてられないやうな世界は、もうまちがひなく歪んでゐるのだ。

もはやチェーホフは「無執著」の態度に徹することにより、自由と完成と純粋とのなかで孤独な教養人の微笑をうかべながら、ただじつと「たへしのぶ」ことよりほかにすべを知らなかつた。個人だけに、少数の純粋な魂だけに信頼してゐたかれは、さういふひとたちがたがひに顔をあはせることもなく、どこかに同志のゐるといふ確信だけを頼りに孤独そのものにおいて団結するといふことのみ夢みてゐたのである——二十年、三十年のさきに、あるいは二百年、三百年のさきに、やがてすべての人間が自我から解放されて新しくなることを信じながら。チェーホフはよくそのことを口にもし、筆にもしてゐた。かれの夢想は甘いのであらうか。どこかに大きな計算ちがひがあるのであらうか。それともかれの作品がさうであつたやうに、あまりに合理的に、あまりに実証的に計量しつくされてゐるので、そのためにひとの眼には、ひどく感傷的にうつるだけのことなのであらうか。

（「批評」第六十二号　昭和二十三年十一月刊）

エリオットⅠ（抄録）

ロンドンにおけるチェイムバレイン家の応接間でカクテル・パーティがもよほされてゐる。たまたまその日の朝、妻ラヴィーニアは、五年にわたる夫婦生活の虚偽にたへきれなくなつて、無断で家をとびだしてしまつた。夫エドワードはあわてて客を断わつたのだが、連絡がうまくいかなかつたため、定刻には数人の客がやつて来て、とにかくパーティははじまつてしまふ。世故にたけた老婦人ジューリア、ものわかりのいい中年の苦労人アレグザンダ、そしてチェイムバレイン氏のひそかな愛人である若い娘シーリア、いつぽうチェイムバレイン夫人が夫の眼をぬすんで愛情を語りあつた青年ピーター、さらに以上四人はもちろん主人のエドワードも面識のない「見知らぬ客」（これはのちに精神病医ヘンリー・ハーコート・ライリー卿であることがわかる）、つまり五人の客が集つてゐる。これだけのことが最初に設定されたシチュエイションである。

まつたく藝のない話だ。このやうないつの時代にもどこの国にも見いだされる小事件は、いかなる激しい戦争や革命のさなかにも永久にくりかへされていくであらうし、その主人公たちは時代の苦悶や社会の不安をよそに、そこにだけ自分たちの現実があるとおもひこんで動かない。それはいはば、過去においてあらゆる小説家や劇作家がとりあげてきた素材の最大公約数ともいふべきものだ。今日でもなほ通俗小説はこの公約数にもとづいて、いくつかの公式をからみあはせ、多くの読者を倦きさせることなくたぶらかしつづけてゐる。「カクテル・パーティ」の作者がその冒頭に設定したシチュエイションは、このやうに人生の片隅で演じられるプチ・ブルジョワジーの茶の間劇のそれとなんの変りもない。が、エリオットはさういふ平凡な開幕によつて、通俗作家の方式とはまつたく逆の方向に、われわれをたぶらかさうとしてゐるのである。

われわれはこの半年か一年のあひだに、およそ茶の間劇とは正反対な飜訳小説を大量に提供されてきた——つまり、それらの小説は戦争と革命と原子爆弾と機械文明とのまへに、すなはちその恐怖と不安とに満ちたさまざまな前兆のまへには、いかなる茶の間劇もその存在を許されないことを物語つてゐるのである。いや、平凡な茶の間劇が許されぬ時代の激しさにたいして、その作者たちはいらだたしい反抗をこころみてゐるのだ。むしろかれらの心底には——すくなくともそのあるものには——苛酷な現実にたいする素朴な民衆の恐怖につけいり、それに媚びる通俗性がなかつたとはいへまい。それゆゑ、作品のなかで作者が示してゐる現実への抵抗は、たんなる神経的ないらだちにすぎず、確信に満ちた精神の姿はどこにも見られないのである。多くのベスト・セラーズは読者を平静と確信とに導くことなく、狂気とたたかふには狂気をもつてすべしといふ結論を読者のうへに強ひただけだつた。かうして、現実の病的不安とたたかふはずの文学が、むしろその不安の一兆候として、不安なる現実と同一序列のなかに埋没してしまひ、一つの作品がふえるたびに、現実はその不安の振幅を増大するといふわけだ。

「カクテル・パーティ」は一見茶の間劇の仮面をかぶりながら、じつはさういふ二十世紀の神経的な不安のいつさいを計量したうへで、それに堪へる精神の存在証明をもくろんだ作品なのである。エリオットは現代の不安を見おとしてはゐない。が、それがすべて神経的な、いひかへれば生理的・肉体的な不安にすぎぬことを知つてゐる。なぜなら、不安なる精神などといふものはない。なるほど、われわれはよく精神的不安といふことばを口にする。が、不安とはあくまで神経のものであり肉体のものである。精神とは不安に対処して自己を確立し、その存在を証明するものなのだ。そして現代人の病患は、現実にたいする神経的な不安のうちに身をゆだね、神経の無力さを精神の無力さと同一視してしまつたことにある。したがつて、ひとびとはあらゆる問題に肉体的・物質的な解決をしか求めず、精神は完全にボイコットされてゐる。

エリオットは「カクテル・パーティ」において、そのことをはつきり自覚してゐた。といふのは、いまさら精神の存在を主張し証明することがいかにやぼであるか、さういふこころみがいかに多くのひとびとの反感と冷笑とを買ふであらうかといふことを、じゆうぶんに承知してゐたのである。エリオットにはなにげない茶の間劇が、そして喜劇の形式がどうしても必要だつたゆゑんである。

第二幕でエドワードとラヴィーニアとは「他人を愛しえぬ男」と「他人から愛されぬ女」と

して位置づけられる。そして両人ともそのことを苦にし悩んでゐる。つまり、この夫婦はあらゆる人間的結合の方式のうちで、もつとも結びつきがたい二つの単位なのだ。が、人間存在といふものを洗ひたててみれば、われわれはことごとくエドワードとラヴィーニアなのである。もし精神といふものが――もはや、ここではそれを神と呼んでもさしつかへないとおもふが――われわれ人間関係のそとかうへかに信じられてゐないとすれば、掛け値のないわれわれの姿はすべてエドワードとラヴィーニアなのだ。救ひはないのであらうか。「見知らぬ客」ライリーは、神経衰弱だと訴へるエドワードにひとつの処方を教へる。たとへかれらのうちに神はゐなくとも、たとへかれら自身は神を信じられなくとも、エドワードもラヴィーニアも、愛しえぬこと、愛されぬことを、たがひに自覚してをり、それを苦にしてゐるとすれば、それこそ神がゐる唯一の証拠であり、そこに救ひの道があるのだ。

ライリーは二人にむかつて、「愛しえぬ男」であり、「愛されぬ女」であるといふ諦めのうへにたつて、いひかへれば、神から見はなされた偽物であることを自覚したうへで、後半生を偽物は偽物としての演戯をして生きぬけと教へるのである。ほかならぬ神の存在証明のために――なぜなら、偽物が偽物の位置に自己をおくことによつて、そのそとに偽物ならぬ本物が存在することを証明しうるであらうから。偽物にとつて、それだけが本物に通じる唯一の道である、とライリーは暗示する。神を信ぜず神から見はなされた人間もまた、神のために役だつといふわけだ。

つぎにシーリアといふ若い娘はチェイムバレイン夫婦と対照して位置づけられてゐる。シーリアはエドワードを愛し、エドワードもシーリアを愛してゐるとおもつたが、けつきよくは自分が他人を愛しえぬ人間であることがわかり、身をひかうとする。が、シーリアは夢を棄てない。夢を棄てぬ自分がまちがつてゐるのか、夢を棄てたチェイムバレイン夫妻や、あるいはその自覚さへない世間がまちがつてゐるのか、さういふ疑問に追ひやられる。ライリーから、ひとにはひとそれぞれの道がある、あなたはどちらを選んでもいい、いづれにせよあなたの自由だといはれて、敢然として前者の道を、すなはち、いくら苦しいことがあらうとも、どこからか自分の脳裡に注ぎこまれた夢のあとを追つても生きることを選ぶ。なぜなら、夢を棄てきれぬこの女にとつて、平凡な生活を送ることは裏切りであり罪であると感ぜられるからだ。

ライリーはシーリアを殖民地の悪疫と叛乱のなかに追ひやる。シーリアはあるクリスト教団所属の看護婦として蛮地に赴くのである。チェイムバレイン夫妻が神を信ぜぬ偽物であるのにたいして、シーリアは神のさししめす道を歩む本物の宿命をたどるのだ。さらにピーターはライリーの処法を必要とせぬ――いひかへれば、神や精神の問題が出てくる余地のない――普通人として位置づけられてゐる。チェイムバレイン夫妻は未婚のシーリアのやうに自由でありえぬと同時に、また夫婦といふ密室のなかで一対一の人間関係を迫られてきたがゆゑにかれらの乗りあげてしまつた暗礁は、風来坊のピーターの与り知らぬ切実な危機でもあつた。

やがて劇は奇妙な破局に近づく。ともかく、ライリーの処法にしたがつて各人各様の生活がはじまり、二年の歳月がすぎる。第三幕はふたたびチェイムバレイン家のカクテル・パーティである。シーリアを除いて、第一幕のときとおなじ人物が集つてゐる。たまたまアレグザンダの口から、恐しいニュースがもたらされる。シーリアは異教徒の叛乱軍にとりかこまれながら、悪疫に苦しむ瀕死の土人を看護し、最後まで逃げなかつたため十字架にかけられ殺されてしまつたといふのである。エドワードとラヴィーニアとはその話を聴き、愕然として色を失ふ。二人ともシーリアをかういふ破局に追ひこんだことに、責任と苦痛とを感じるのだ――自分たちは「炉辺の幸福」を守るために純粋なひとりの娘に恐しい犠牲を強ひたのではなかつたか、けつきよくライリーの処法はどこかでまちがつてゐたのではなかつたか。ラヴィーニアはライリーの顔を見る。が、ライリーはまるでなにごともなかつたかのやうに、冷然と聴きながしてゐたが、やがてラヴィーニアに迫られて、いとも気らくに答へる、シーリアの死は犬死ではない、そして自分たちになんの責任もありはしない、と。

ぼくはいままでこの作品の筋書にそつて、モラルを語つてきた。が、「カクテル・パーティ」においてもつとも重要なことはその構成の秘密である。そこにこの作品の美がかけられてゐるのだが、同時にそれがエリオットのモラルと切実に結びついてゐるのだ。現代において作品の倫理と美とが過不足なく融合しうるといふことは、まことに稀有な現象であるといはねばならない。ぼくが最近のベスト・セラーズに疑ひの眼をむけるのは、それらに美がみとめられないからにほかならぬ。そして美とはつねに倫理的なるものである以上、厳密な意味において、それらの作品は倫理的でもありえない。ひとびとはそこに盛られた種々の倫理的・社会的・政治的な問題を論議するのに忙しいらしいが、やがてすべては忘れられるであらう。知識階級の井戸端会議は裏長屋の女房連のそれより、すこしく視野は広からうが、井戸端会議である点ではなんの変りもありはしない。が、「カクテル・パーティ」は一昨年の秋、アメリカで劃期的なロング・ランに成功し、多数の観客を動員しえたばかりでなく、さらにそれは、現代文学の最高の作品であり、現代ヨーロッパ精神はこの作品のうちにはじめて決定的な様式美を見いだしたものといつてもさしつかへあるまい。

筋書だけを追へば単純な理想主義ともみえようし、カトリシズムの説教ともとられよう。が、じじつはそんなものではないのだ。ぼくが最初にいつたやうに、これは精神の存在証明のごときものであるが、その方法はじつに手がこんでゐる。つまり、それは存在証明ではあつても、あくまで不在証明を方法としてゐるといふことなのである。愛と精神と神とのみごとなアリバイをつくるために、エリオットには一分の隙もない巧緻な構成が必要だつた。のみならず、伏線を張りめぐらしたむだのないせりふが縦横に駆使されてゐる。観客はその巧緻な構成に劇的サスペンスを楽しむことができるし、また伏線の多いせりふに駄洒落に近いあてこすりを笑ふこともできよう。が、問題はもつと本質的なところにあるやうだ。ぼくはいま、精神のみごとなアリバイといつたが、もちろんそれはたんなるドラマツルギーの問題ではない——作者は、愛とか精神とか神とかといふものは、アリバイによつて以外に語る道があるだらうかといつてゐるやうだ。

ライリーは第一幕において「見知らぬ客」として登場する。が、この精神病医が、どうして、だれの紹介で、パーティに姿を現したのか、そしてまたどういふ手つづきで妻ラヴィーニアを連れもどしてきたのか、観客は最後まではつきりわからない。ラヴィーニアのはうがさきにライリーを知つてゐたとも考へられる。またラヴィーニアがライリーのところへ単独で出かけて相談したにしても、その後の人間関係の劇的発展はラヴィーニアからたちまち先手を奪つてしまふ――すなはち、あたかも狂言まはしのやうな役割を演じるライリーにたいして、ラヴィーニアはいつまでもその自主性を保持しえないのだ。自分でもはつきりいつてゐるやうに、自分でもどうしやうもない機械に手をふれ、それを動かしてしまつた感じなのである。

では、この作品における全能者はライリーであらうか。なるほど、この人物はいちわう狂言まはしの役割をはたしてゐる。が、最後にはシーリアの死にたいして責任を負はないとはつきり断言する。のみならず、ラヴィーニアがライリーの平静を難じたとき、ライリーの答へにたいして、ジューリアがはたから口をだし意味深長なせりふをはく、ラヴィーニアはあんたをさらしものにしようとしたのかもしれない、と。いひかへれば、ライリーがすべてを宰領してをり、ラヴィーニアはその実験に供せられてゐるやうだが、最後の瞬間には、ラヴィーニアもまた冷静にライリーを眺めてゐるのであり、かならずしもライリーから眺められてゐるだけが能ではないのである。

では、ジューリアやアレグザンダがすべての真相を知つてゐるのか。なるほど、ある場所では、かれらが人物を動かし、それを見まもつてゐるやうでもある。エリオットのことばを借りれば、「後見人」として、能の「ワキ」のやうに、「シテ」のライリーに問ひをかけ、裁きをうながしてゐるやうでもある。が、それも第三幕の幕切ちかくになつてかんたんにくつがへされてしまふ——「後見人」のひとりであるアレグザンダは一同に乾杯を提言するのだが、その杯は「後見人」のために、しかもジューリアでもアレグザンダでもない、ラヴィーニアのをばのために捧げられるのである。いふまでもなく、ラヴィーニアのをばといふのは、第一幕で妻の不在をごまかすためにエドワードが口から出まかせに設けた架空の人物である。ここに「カクテル・パーティ」のアリバイはみごとに完成したわけだ。*

この劇の作因は観客の眼に完全にかくされてゐる。観客はチェイムバレイン夫妻の立場に位置づけられ、自分を動かしてゐる作因を知ることができない。それらしきものにぶつかると、さらにそれを外部から動かしてゐるなにものかの存在に気づく。登場人物が相互にさういふ関係を保持しあふことによつて、作品それ自体はみづから閉ぢられたものとして完成する。さらにいへば、作品のそとに完全に作因を閉めだしてしまつたために、逆に作因がアリバイによつて確乎たる存在証明を得るといふわけだ。

それはあたかもルーレット戯のやうなものではなからうか。最初にだれかがルーレットの盤をはげしく廻転させたことはたしかである。エドワードもラヴィーニアも、ピーターもシーリアも、それから「後見人」のジューリアもアレグザンダも、狂言まはしのライリーも、ことごとく、このはげしく廻転するルーレットのなかに投げこまれた玉にすぎない。かれらは自己の重量と投げいれられたときの角度とルーレットの廻転速度とによつて、それぞれ自分の穴にをさまるだけであり、ころがつてゐるある瞬間にはある人物がルーレット廻転の作因と見なされるのだが、最後にはいづれもさうでないことが明らかにされる。ルーレットを廻したものはそのそとにゐる。そして玉が落ちつくべき場所に落ちつくのを静かに見まもつてゐる眼がある。それがこの劇の作因であり、作者エリオットの精神である。かういふ精神の純粋状態はたしかにアリバイによつてしかとらへられない。なまのままとらへようとすれば、それはたちまちルーレット盤上に飜弄される玉になつてしまふのだ。エリオットが「カクテル・パーティ」においてこころみた複雑なドラマツルギーの本質はそこにある。この作品には現実性が稀薄だなどと、つまらぬたはごとをいつてみてもはじまらぬ。じじつはむしろ逆なのだ。エリオットは現実の過剰のために稀薄にさせられた精神に、あへて現実性を与へようとしたのにほかならない。たんにエリオットだけではない。「ペスト」の作者が直面した現代の危機もそれとおなじである。今日、ヨーロッパ精神の自由はそこまで追ひこまれてゐるのだといへよう。もちろん、かうした問題が劇場におけるすべての観客に理解されるとはおもはない。が、われわれはルーレットがさまざまな起伏をはらみながら廻転してゆく速度の快感を楽しむことはできるのであり、理窟をぬきにしてそこに精神の運動の力学的な美を感受しうるのであらう。

のみならず、そこにはゆるぎない静的な造型美がある。精神は機能化の過程においても、あくまで実体を抛棄しないのだ。それは最後まで不動のまま頑固に現実の抵抗にたへてゐる。あたかもイギリス製の家具のやうに堅牢で重量感がある。このかなり高級で抽象的な作品のうちにも、読者は、どんな乱暴な取扱ひにも形を崩さぬがつちりした渋い美を感受しうるにさうゐない。

が、「カクテル・パーティ」の藝術的価値のみならずその精神的真実も、おそらくこの作品のスタイルといふことにかかつてゐるのである。ぼくはさきに、神のアリバイによるその存在証明といふことをいつた。が、そのかぎりにおいては、フローベールのリアリズムもそれであつたといへよう。リアリストたちは、自己の作品のそとに神を追放した。神を信じる心を――あるいは神はゐるかゐないかといふ真剣な問ひを――作品のそとに閉めだしてしまつた。かれらは読者にたいしてのみならず、自分自身にたいしても、そつぽを向いてゐる。そして神のゐない世界を、神を信ぜず、また信じようとも考へない俗人たちをひたすら描いたのである。むしろアリバイは十九世紀リアリストにおいてもつとも完成した形をとつたといひえよう。

その結果はどうなつたか。ひとびとがそつぽを向いてゐるうちに――といふのは、そつぽを向きながらも、そこにあると信じてゐたにもかかはらず――ふと向きなほつて、自分の心を見つめたとき、かれらは愕然としたのではなかつたか。いつのまにか神も愛も精神もそこにはなく、まつたくの空室が残されてゐただけではなかつたか。もはやアリバイの必要はない。じじつそこにはなんにもないのだ。そして現代人は自分たちの心がたんなる空室にすぎないことを叫号し、証明することしか方法を知らないのである。かつては、その部屋に燈火をともした選民たちは、そこがもはや暗黒であることを語ることによつてしか、自己の選民たる資格をもちえなくなつてしまつたのである。

そこに現代の醜い自我意識が生れた。かつて、自我は神にささへられ、その燈火を反映し、神について語り、神とともにあることに生きがひを感じてゐた。が、現代の自我は、神との絶縁によつてしか、自己を証明しえないのである。かつては自我を主張することが神の存在証明たりえたが、今日では自我が自我の存在を証明するだけになつてしまつた、そして自我意識は生れ、真の自我は死にたえた。孤立した自我はつねに死滅するからだ。同時に、真の選民はほろび、そのかはりに選民意識だけが残留したのである。

共産主義も実存主義も、意識するとしないとにかかはらず、すべてそれからの脱出にあがいてゐる。が、たんにそれはあがきにすぎない。共産主義の名のもとに、神の背景を失つた自我をそのまま糾合したところで、どうしようといふのか。自我はただ謀反するだけである。そして集団的自我を形成し、事態はますます悪化するだけにすぎない。いつぽう、実存主義者たちは自我をひとへに純粋化しようとこころみてゐる。が、その終点には自己錯乱しかありえぬであらう。かれらはやがて、自我といふものが純粋化にたへうるほど強靭なものではないことをおもひしらされるにさうゐない。

エリオットの選んだ道は、ふたたび神とつながることがある。が、現代において神をふりかざすことはいかに困難であるか——そのことは宗教をもたぬわれわれ日本人がもつともよく知つてゐることであらう。われわれにとつて、それはなにより照れくさいことである。のみならず、うつかり手ばなしで神を語るならば、そこから神は消えうせ、かへつて頑強な自我意識だけが残るであらう。多くの似而非（えせ）選民たちは、神の存在を証明するためにではなく、自我の存在証明のために神を語るであらう。自我意識は選民意識をともなふことによつて、さらに激しくなるだけのことだ。

エリオットのばあひにも、「寺院の殺人」においてもその危険が感ぜられる。同時に、それとは本質的に異る可能性も暗示されてゐる。その可能性の実現は「カクテル・パーティ」においても成功したといへよう。「寺院の殺人」において殉教者のうちに自己のおもひを託したエリオットは、「カクテル・パーティ」においては俗人の側から神に歩み寄らうとする。殉教者シーリアと俗人チェイムバレイン夫妻を結びつける存在としてライリー卿を発見したのである。神は直接には語れぬ。エリオットが「カクテル・パーティ」においてなしえたことは、神を語ることではなく、神を空室に招じいれることであつた。もはやエリオットは殉教者を気どらない。ただ巫女(みこ)であることに甘んじようとしてゐるのである。選民とは巫女であるとかれは信じてゐるらしい。おそらく、そこに宗教と藝術とが化合しうる秘密の原理があるのではなからうか。

「行動とは受苦であり、受苦もまた行動である」(「寺院の殺人」)といふきまじめな精神主義は、「カクテル・パーティ」にいたつて、やうやくべつの次元における行動の意義を発見することができた。エリオットのおそらくいひたかつたことは、現代における倫理は演戯であるといふことであつたらう。行動は演戯としてべつの次元の誠実を発見したのである。エリオットは素朴な誠実が、いかに自他を傷つけるかといふことを「カクテル・パーティ」のうちに語つてゐる。巫女は行動しないが、つねに演戯する。そして演戯にのみ、自己の誠実をかけるのである。

エリオットにとつては、誠実とはまことに易々たることであつた。死ねばいいのである。かれは死をおそれない。かれが恐れたのは死をもおそれぬ自己の心の昂ぶりであつた。エリオットは自己の理想が民衆に容れられぬことなどおそれはしない。かれがおそれたのは、理想にたいする人間の限界であつた。エリオットのうちのリアリストは人間の悪を、その信頼しがたい心を、はつきり見てとつた。それを神の名によつて否定するのはやさしい。自分が使徒になるのはわけのないことだ。が、さういふ人間の限界を神と結びつける手はないものか——エリオットはその問題にすべてを賭けたのである。そしてかれは発見した——偽善もまた善に通じるといふ事実を。現代において理想家であるといふことは、理想家を演じることだ。それがエリオットの倫理である。

かれはたしかに民衆の側に身を置いてゐる。が、かれの新しい理想主義は、選民として、それをあくまで追求したもののみの知る到達点であらう。エリオットは民衆を救はうとしたのではない。選民として限界にぶつかつて、自己を救はうとしたのにすぎない。たしかにエリオットは選民であり、極端な理想主義者である。が、その意識が強烈であればあるほど、かれの眼は現実に向つて注がれ、その抵抗を強く感じた。そして理想主義によつて現実はすこしも変容しえぬことを知つたと同時に、現実主義もまた理想を嘲笑し、理想なくして生きられぬことを骨のずいまで読みとつたのである。

エリオットは民衆のために民衆を救はうなどといふ甘いヒューマニストではなかつた。それゆゑ、結果としては、かれの到達点はそのまま民衆の出発点となりうるのである。エリオットはもはや神の代理人をもつて任じてはゐない。さういふものにもはや現代の民衆はついていかぬのである。が、巫女は民衆とともに神を呼びいだす。なぜなら、民衆は神を信じて疑はぬ神の代理人の顔にはしらじらしいものを感じながら、その心の底では神を求めてゐるからである。巫女のなしうることは、かれらのうちの神を求める心を満足させることでしかあるまい。やがて、空室に神は登場するであらう。性急になつてはいけない。神の代理人によつてむりやりに登場させられた神は、特殊な限られた神であつて、空室をじゆうぶんに満しはしまい。エリオット自身、さういふ小さな神を信じるにはあまりに理想主義者なのである。

巫女である以上、その真実性は演戯にかけられてゐる。エリオットが伝統的なスタイリストであることは当然であらう。作品の真実性はその思想内容によつて証明されるのではなく、あくまで演戯の完璧性によつて決定されるのである。エリオットにとつて、救ひは——あらゆるイギリスの詩人と同様——その作品の形式美にあるといつてさしつかへない。「カクテル・パーティ」の藝術的価値はもとより、その精神的真実もまた、作品の造型的な構成の美にかかつてゐるのである。われわれにとつては照れくさいはずの理想主義を、エリオットがあの「寺院の殺人」において高唱したにしても、つまりはそれがブランク・ヴァースによつて書かれてゐるがゆゑに、そこにはまだしも救ひがあるのだ。堅固なスタイルの錘(おも)りがあるからこそ、かれの理想主義もけつして宙に浮かない。同様に、「カクテル・パーティ」の思想もスタイルのゆゑに抽象化の弱点をまぬかれ、平凡なシチュエイションもリアリズムの卑俗さからまぬかれてゐるのである。エリオットにとつては、イギリスの詩の伝統がなければ、神もまた存在せぬであらう。

私が「カクテル・パーティ」を訳して小山書店から出版したのは昭和二十六年の春である。そのときは初版にならつたが、創元文庫に収録するにあたつて、第五版と照し合せて改訳をこころみたところ、かなり初版とちがつてゐるところを発見した。ことに第三幕においてはなはだしい。エリオットは上演中に変へていつたのであらうが、一九五一年の第四版で台本を修正してゐる。右の文中＊印のところは、初版にしたがつたものである。一言おことわりしておく。

（昭和二十七年十一月）

（小山書店版、T・S・エリオット『カクテル・パーティ』解説　昭和二十六年二月刊、のち、増補して創元文庫版『カクテル・パーティ』に解説として収録、昭和二十七年十二月刊）

小林秀雄の「本居宣長」

一

　何年ぶりだらう、かういふ本を読んだのは、いや、生れて初めてかも知れない、その一言一句が滞りなく心の隅々に沁み渡り、日頃、とかく硬直しがちな筋を揉みほぐしてくれるやうな快さに私は陶然とした。

　雑誌に連載中は何かと雑事に紛れ、跳び跳びにしか読まず、偶に続けて読んだにしても、一箇月置くと頭の働きが前に繋らず、つひに中途で挫折してしまひ、小林氏に会つても「本居宣長」の話が出来ない事にいつも負ひ目を感じてゐた、氏もそれを察してか、いつの間にか宣長の話をしなくなり、私の仕事や私の話題に附合つてくれるやうになつた。さうして連載が終り、一冊の本に纏められたのが三年前の十月である。その直ぐ後、氏を訪ねた時、私は別れしなに、

「今度は、あの本を読み終るまではお目に懸りませんよ」と、半ば自分を縛る為にさう言つたのであるが、それには同時に過去の怠慢を詫びる気持を含めた積りであつた。

しかも、私は三年間、その時、自分に課した約束を果さなかつた、そして、三年前の約束通り、私は小林氏に会はず今日まで来たのである。幾ら忙しくても、一日に二時間や三時間、読書の時間は取れる、週に一日、十日に一日二日、その暇が取れぬといふ事はない、が、私にはこの本をさういふ風にして読む気は初めから無かつた、十日か二週間、他の仕事をすべて抛擲し、自分の部屋に閉ぢ籠つて、この本の世界に没入したかつた、対象が特に難物だと思つたからではない、連載中、私の心と響き合ふ片言隻句に何度か出遭ひ、それらの言葉が私にさういふ読み方を求めたからである。

漸く今年（昭和五十五年）、夏過ぎて、私はその機を摑んだ、予定が多少狂ひ、二三度中断したが、正味二週間で読了した。前日、或は前々日に読んだところを、もう一度読み直し、新しい部分に踏入る為の、謂はば足ならしをした、攀ぢ難い峻険だからではない、筆者の足取りを確認したかつたからであり、昨日読んだ文章と思考のリズムにもう一度乗り、そのまま未読の部分に乗入れる事によつて、筆者の心の働きや息遣ひを、そのリズムの快さを、一層深く味はひたかつたからである。出来る事なら、毎日最初から読返したいところだが、そんな事は不可能である、唯一の方法は、折を見て何度でも読む事である。著者は最後にかう書いてゐる。

もう、終りにしたい。結論に達したからではない。私は、宣長論を、彼の遺言書から始めたが、このやうに書いて来ると、又、其処へ戻る他ないといふ思ひが頻りだからだ。こゝまで読んで貰へた読者には、もう一ぺん、此の、彼の最後の自問自答が、(機会があれば、全文が)、読んで欲しい、その用意はした、とさへ、言ひたいやうに思はれる。

自分の書いたものについて、これほど切実な愬へを、しかも、これほど素直に表した筆者に私は未だ出遭つた事が無い、その孤独は、恰も遺言のやうに、「ここまで読んで」来た読者の胸を打つであらう。私は自分の怠慢を心から悔い、小林氏に詫びたいと思つてゐる。

遺言のやうなと言つたが、それにも拘らず、私は全文を実に楽しく読んだ。筆が滑るといふ言葉があるが、私は読み滑る事を絶えず警戒した。良薬は口に苦い筈だ、全文がかうも抵抗無く流れるやうに胸に落ち入るといふのは、何処かに読み誤りがあるのではないか、我が田に水を引く類ひの過ちを犯してゐはしないか、さう自戒しながらも、一方では、この本をこれだけ読み熟せるのは私だけではないかといふ、これは自惚れとは全く異る、一種の喜びに絶えず浸つてゐた。自惚れは他者との比較を前提とする、が、私の頭の中には他人は存在しない、私の前にゐるのは著者だけである、もしこの気持が自惚れであるとすれば、それは著者に掻き口説かれてゐるといふ喜びであり、私はその口説きに独り聴き惚れてゐたのである。が、聴いてゐるといふ事は、その間、不断に問ひ答へ、喋つてゐる事であるから、こちらもまた著者を掻き口説いてゐたのであり、そのやうにして言葉と言葉とが響き合ふ、その楽しさを私は充分に味識した。

小林氏は宣長について書く事によつて、読者に良薬をくれてやらうなどと考へてはゐない、旨い滋養を与へようとしただけだ。氏の書く物は大抵さうだと言へば、それまでだが、今度ほどそれに成功した事は無かつたのではないか。なぜであらうか。

「他人を出しにして己れを語る。」氏は若年の頃、自らの批評の方法をさう種明しした事がある、が、これは甚だ誤解され易い言葉である、なぜなら、この言葉は、さうとでも言ふしかなかつた氏の心の内面から離れて、一般論として独り歩き出来る性質のものではなかつたからである。が、今、その誤解され易さを承知の上で、便宜上、敢へて利用して言ふとすれば、「本居宣長」では、小林氏の側に宣長を「出し」にしようといふ気持は、全くと言つていいほど、無い。小林氏は宣長から、ひたすら養分を得ようとして、我意を捨てようと悪戦苦闘してゐる。この場合、悪戦苦闘といふ言葉は適切ではない、なぜなら、行文、聊かも苦渋の跡を留めず、語り口は飽くまで穏かである。

宣長の文章がさうであり、彼も我意を捨て、己れを空しうして古典に附合つた、また、人にもさうせよと言ふ、が、その宣長にはその為の悪戦苦闘は無かつたのか。さうとも言ひ切れまい。我意を捨てる為の、と言へば言ひ過ぎにならうが、少くとも古典にそれを要求され、古典と附合ふ事によつて、その結果、我意を去る事が出来たのではないか。小林氏の場合も、宣長との出遭ひにおいて同じ事を経験したのではなかつたか。

不思議に思ふのは、私が如何に小林氏の宣長観に何の抵抗も無く蹤いて行つたとはいへ、この本の行間には悉く現代に対する批判と徹底的な否定が籠められてをり、それは当然私自身にも向けられてゐる事に気附きながら、そして、もし他の誰かがそれと似たやうな事を言つたら、恐らくこだはつたであらうと思ふやうな事まで、実に素直に合点し納得して読み進んだといふ事である。小林氏も宣長を読みながら、同様の感懐を持つたのではなからうか。が、宣長を読む場合と、宣長について書く場合とでは話が違ふ。氏は宣長に問ひ匡(ただ)したい事が幾らもあつた筈であり、真淵や秋成に対する宣長の沈黙や突放しを、かりそめの一読者として読み流す訳にも行くまい、寧(むし)ろそこにこそ宣長の心の深淵を感じ取り、固く鎖(とざ)された扉を叩かずにはゐられなかつたであらう、真淵や秋成の苛立(いらだ)ちは、小林氏にとつて必ずしも他人事として片附けられなかつたのではなからうか。

宣長に、我意、漢意(からごころ)、さかしらを捨てよと言はれても、うつかりその真意を筋道立てて説き明かさうとすれば、その手続が却つて漢意、さかしらになりかねぬ危険を、氏は百も承知してゐたであらう。それでは、宣長が沈黙し、突放したところは、やはりそのままにしておくべきか、さうではない、今は宣長の時代ではないのである、過去を切捨て、洋意(からごころ)に囚れた今日の日本人に対しては、宣長の沈黙したところで、或は彼が語る必要を感じなかつたところで、なほ宣長に語らせねばならない、宣長を今日に甦(よみがへ)らせなければならない、この執念とも信従とも言ふべき小林氏の姿勢に、宣長との対話に、私は悪戦苦闘といふ拙(つたな)い言葉を使つてしまつたのである。

といつて、小林氏は沈黙してゐる相手の口を無理に開かせようとはしてゐない、沈黙に耳を傾け、沈黙によつてしか語れぬ真実を読み取らうとしてゐるのである。或はかう言つてもいい、今の世に生きる氏のうちにもまた洋意（からごころ）はある筈であり、宣長の沈黙は看過し得なかつたに相違無い、が、篤胤（あつたね）流にその沈黙を逆手に使つて自説に都合よく曲解する事は勿論、後世の宣長研究者のやうに宣長の思想に混乱と矛盾を指摘し、学問そのものの整合と自律の為に宣長を利用するやうな事は、氏の思ひも及ばぬ事であつた。それこそ、さかしらといふものだと、それが宣長の言ひたかつた事ではないか。

が、小林氏は宣長にさう言はれたから、それをしなかつたのではない、今日の学問が混乱、矛盾と見た処に氏は宣長の思想の深さを読み取つたのである。宣長が何を言はうとしてゐるかといふ事ばかりに囚れてゐて、如何に言つてゐるかを無視してゐる人々には、宣長の真知が混乱や矛盾としか見えないのだ、それも既に宣長が言つてゐるではないか、意（こころ）や事（何を）より言（ことば）（如何に）の方が大事だと。小林氏は宣長の言葉にひたすら聴き入り、その声に耳を澄ませ、そして宣長を信じた、沈黙が無際限に語り始め、混乱が混乱ではなくなり、矛盾が矛盾ではなくなるまで。もしそれが混乱や矛盾であるならば、それはそのままそつとしておかなければ、古典（過去）と自分（現在）との附合ひが崩れ去り、宣長も自分も存在し得なくなる、さういつた混乱や矛盾なのである。

歴史とは、言換れば、人間の生き方とはさういふものなのだが、そんな簡単な事が今日では一番解りにくいものになつてしまつた、この逆説的な現実の中で宣長が受入れられるのは容易な事ではない、小林氏は十数年、その孤独に堪へ、宣長と問答し続けた、といふ事は、宣長の言葉に聴き入りながら自問自答し続けたといふ事を意味する。氏にとつて書く事は聴く事であり、聴く為には書かねばならなかつたのである。

二

人は事も無げに、歴史を学び、過去を知ると言ふ、が、これはをかしい。それを知る自己とは何か、歴史や過去は、自己の外に、自己と相対して存在するものとでも考へてゐるのか。さうではあるまい、吾々は歴史や過去によつて生み落されたのであり、その一部として、その尖端に存在するのである。それなら、せめて、歴史に学び、過去に倣ふと言つた方がよからう。さう言へば、人はこれを保守主義といふ出来合ひの用語で片附けたがるに相違ない、が、それは主義や観念の問題ではなく、事実の問題であり、自覚に関る問題なのだ。自己は歴史の一部であり、歴史無くして自己は存在し得ない、といふ事は、また自己無くしては、或は明確な自己認識無くしては、歴史も過去も顕現し、存在し得ないといふ事である。小林氏はその事を繰返し述べてゐる。

学問は歴史に極まり候事ニ候——徂徠。（百一頁）

古書は、飽くまでも現在の生き方の手本だつたのであり、現在の自己の問題を不問に附する事が出来る認識や観察の対象では、決してなかつた。（百十一頁）

（歴史意識なるものは）今日では、世界史といふやうな著想まで載せて、言はば空間的に非常に拡大したが、過去が現在に甦るといふ時間の不思議に関し、どれほど深化したかは、甚だ疑はしい。（百七頁）

国史を遡つて行けば、それは神歌神語に極まるのだし、もし現在のうちに過去が生きてゐるのを感得出来ずに、歴史を云々するのは意味を成さない事なら、契沖の得た「まこと」は、今日も猶「まこと」である筈だ。（四百九十一頁）

（宣長は）「神世七代（カミヨナナヨ）」の神々の出現が、古人には、「同時」の出来事に見えてゐた、それに間違ひはないとする。（中略）彼等の「時」は、「天地ノ初発ノ」といふ、具体的で、而も絶対的な内容を持つものであり、「時」の縦様の次序は消え、「時」は停止する、とはつきり言ふのである。（五百七十頁）

かういふ小林氏の時間論の背景にベルグソンやアインシュタインがゐると見るのは、或は穿（うが）ち過ぎかも知れぬが、過去と現在との同時存在といふ事を、私は私なりに実感として確（かた）く信じてゐたので、つい先廻りしてしまつたのだ。話を本筋に戻すと、徂徠の「学問は歴史に極まり候」といふ考へがそのまま宣長に受け継がれ、「学問とは物知りに至る道ではない、己れを知る道であるとは、恐らく宣長のやうな天才には、殆ど本能的に摑まれてゐたのである。」(百十七頁)といふ小林氏の言葉を引出したかつたまでの事である。

「己れを知る」為には、先づ大義に目を眩ませ、自己欺瞞に陥る事を避けねばならない。小林氏はこの本の極く初めの方で、宣長が学者としての自覚を持ち、「源氏物語」の講義を始めた、その前年、既に京都で学んだ医術を以て家業としてゐた頃の話を、宣長、晩年の作「家のむかし物語」から引用し、宣長の著実な生き方に注目してゐる。そこには「医のわざをもて、産とすることは、いとつたなく、こゝろぎたなくして、ますらをのほい(本意)にもあらねども、おのれいさぎよからんとて、親先祖のあとを、心ともてそこなはんは、いよ〳〵道の意にあらず、……」(二十六頁)とある。詰り、学問を目的としてゐながら、それでは食へないから、生活の方便として医業に頼るといふのは男らしくない、或は人の道に背くと思ひながらも、だからと言つて、自己満足の潔さを以て独りいい子にならうとし、清貧、孤高を学問の真の在り方と見るのは間違ひだ、それこそ卻つて道に背くといふのである。少々荒つぽいが、さう解してもよからう、藤樹、脱藩の心底に小林氏が「学問するとは即ち母を養ふ事だといふ、人に伝へ難い発明」(八十頁)を読み取つてゐるからである。

ここに「親先祖のあと」とあるのは字義通りに解する必要はあるまい、妻子、或は自分自身の処世をも含んでゐるのではないか。小林氏はかう註してゐる、「やつて来る現実の事態は、決してこれを拒まないといふのが、私の心掛けだ、(中略)さういふ心掛けで暮してゐるうちに、だんだんに、極めて自然に、学問をする事を、男子の本懐に育て上げて来た。」(二十八頁）そこに宣長の「充実した自己感とも言ふべきもの」を氏は感じ取つてゐるが、氏の言ふ「充実した自己感」とは、自信といふ言葉では尽しがたい、それよりはもつと本質的な、自分が生の根源に繫つてゐるといふ本能的とも言ふべき自信であるやうに思はれる。とすれば、小林氏の言葉は次のやうに逆にしても、先づ差支へは無からう、初めから学者としての自信があつたればこそ、宣長は実生活を男子の本懐とする心掛けを持ち得たのだ、と。

小林氏がここで言ひたかつた事は、宣長といふ現実家にとつて、学問の道と生活の道とは別個のものではなく、学者としての自信と生活者としての自信もまた分ち難いものだつたといふ事である。言ふまでもなく、これは小林氏が批評家として登場した五十年前の姿勢にそのまま通じる。

氏はなほ宣長の生立ちを語り続け、宣長が学問（物まなび）に志した経緯を自ら回顧してゐる箇処を、「玉かつま」巻二から引用し、それについての氏自身の所感を語つてゐる。氏は文中殊に「はか〴〵しく師につきて、わざと学問すとにもあらず、何と心ざすこともなく、そのすぢと定めたるかたもなくて、たゞ、からのやまとの、くさ〴〵のふみを、あるにまかせ、うるにまかせて、ふるきちかきをもいはず、何くれとよみけるほどに」（三十六頁）といふ言葉に留意し、宣長の学問、思想の系譜を彼の外に求め、何処に誰の影響があるといふやうな詮索は余り意味が無い、それよりは、ここにあるやうに「わざと学問すとにもあらず……あるにまかせ、うるにまかせ」云々といふ言葉をそのまま信じた方がいいと言ふのである。

自分といふものをしつかり摑んでゐれば、詰り自分の足取りを乱さず歩いてゐれば、すべてはあなた任せ、出遭ふ物は悉く自分の物になる。宣長にとつて読書とはすべて生活経験であつた、小林氏はさう言ひたいのではないか、氏はかう述べてゐる。

彼の文は、「おのが物まなびの有しやう」と題されてゐて、彼は、「有しやう」といふ過去の事実を語るのだが、過去の事実は、言はばその内部から照明を受ける。誰にとつても、思ひ出とは、さういふものであらう。過去を理解する為に、過去を自己から締め出す道を、決して取らぬものだ。自問自答の形でしか、過去は甦りはしないだらう。（三十七頁）

既に充分であらうが、以上は宣長の歴史観、古典観の根の在りやうを示すものであり、それが氏の宣長論全巻を通じて後にどう枝葉を繁らせて行くか、言換れば、「本居宣長」といふ確かな建造物を造り上げる為に、著者が如何に慎重、適切に杭打ちをしてゐるか、その点に読者の注意を促しておきたい。

今、宣長の歴史観、古典観と言つたが、歴史も古典もすべて言葉を通じてしか触れられない、とすれば、大事なのは宣長の言語観であり、そこまで踏込んで宣長の核心に迫つた小林氏自身の言語観である。読者は、いづれ言霊論において、その氏の基調音が力強く鳴り渡るのを聴くであらう。が、注意深く読めば、かすかながら、それは既に鳴つてゐる。

例へば、岩に刻まれた意味不明の碑文でも現れたら、誰も「見るともなく、読ともなく、うつら〳〵と」（徂徠の言）詠めるといふ態度を取らざるを得まい。見えてゐるのは岩の凹凸ではなく、確かに精神の印しだが、印しは判じ難いから、たゞその姿を詠めるのである。その姿は向うから私達に問ひかけ、私達は、これに答へる必要だけを痛感してゐる。（中略）もし、言葉が、生活に至便な道具たるその日常実用の衣を脱して裸になれば、すべての言葉は、私達を取巻くそのやうな存在として現前するだらう。こちらの思惑でどうにでもなる私達の私物ではないどころか、私達がこれに出会ひ、これと交渉を結ばねばならぬ独力で生きてゐる一大組織と映ずるであらう。（百五頁）

三

私は前節の冒頭に、吾々は歴史や過去によつて生み落され、その尖端に存在するのであるから、歴史を学び、過去を知ると言ふよりは、寧ろ歴史に学び、過去に倣ふと言つた方がいいと書いた。言葉についても同じ事が言へる。「独力で生きてゐる一大組織」としての言葉は、私達がこの世に生れて来る以前から存在し、神代、古代から絶え間なしに働き続けて来た時空に亙る一個の巨大な生き物なのである。それなら、言葉を学ぶと言ふよりは、言葉に学ぶと言つた方がいい。言葉によつて人を教へ諭すのではない、言葉そのものが人を教化するのである。事実、私達はさうしてゐるではないか。言葉は、それを使ふのは自分だからといつて、自分の思ひのままにどうにでも使へるやうな私物ではなく、逆に言葉の方が私達に向つて、その生理に随つて使へと命じて来る、言換れば、言葉に使はれるやうに心を用ゐよと命じて来る。小林氏もかう言つてゐる。

上代の人々は、言葉には、人を動かす不思議な霊が宿つてゐる事を信じてゐたが、今日になつても、言葉の力を、どんな物的な力からも導き出す事が出来ずにゐる以上、これを過去の迷信として笑ひ去る事は出来ない。「言霊」といふ古語は、生活の中に織り込まれた言葉だつたが、「言霊信仰」といふ現代語は、机上のものだ。古代の人々が、言葉に固有な働きをそのまゝ認めて、これを言霊と呼んだのは、尋常な生活の智慧だつたので、特に信仰と呼ぶやうなものではなかつた。言つてみれば、それは、物を動かすのに道具が有効であるのを知つてゐたやうに、人の心を動かすのには、驚くほどの効果を現す言葉といふ道具の力を知つてゐたといふ事であつた。彼等は、生活人として、使用する道具のそれぞれの性質には精通してゐたに相違なく、道具を上手に使ふとは、又道具に上手に使はれる事だ、とよく承知してゐたであらう。（四百二十一頁）

私達が、既成の言語秩序に組み込まれてゐるといふ事は、自然環境の中にあるやうに、言語環境に取り巻かれてゐるといふ事ではあるまい。（中略）（言葉は）環境と呼ぶには、あまり私達に近すぎるもの、私達の心に直結してゐる、私達の身体のやうなもの、とも言へるだらう。確かにこちらの所有でありながら、こちらが所有されてゐる、といふ気味合のものでもある。どうとでもなるやうでゐて、どうにもならぬものがある。それと言ふのも、私達の共同生活に備はつた、言語といふ共通の財は、言語の形に収つた私達めいめいの心といふ私財の、たゞの寄せ集めといふやうな簡明なものではないからだ。（四百二十八頁）

私の古典に対する知識は全く御座なりのもので、「言霊」とか「言霊信仰」とか、それに類する言葉を見聞きする度に、何とも附合ひかねる違和感を覚えてゐたものだが、言霊とは、信仰ではなく、生活の智慧だつたと、それを日常平俗の、身近かな「低き所」に置いてくれれば、すべて合点が行く。話が前後するが、以下、なるべく小林氏の言葉に蹤いて行かう。氏の言霊論は既に第二十三章、第二十四章に出てゐる。

宣長は、生活の表現としての言語を言ふより、むしろ、言語活動と呼ばれる生活を、端的に指すのである。談話を交してゐる当人達にとつては、解り切つた事だが、語のうちに含まれて変らぬ、その意味などといふものはありはしないので、語り手の語りやう、聞き手の聞きやうで、語の意味は変化して止まないであらう。（中略）互に「語」といふ「わざ」を行ふ私達の談話が生きてゐるのは、語の「いひざま、いきほひ」による、と宣長は言ふ。その全く個人的な語感を、互に交換し合ひ、即座に飜訳し合ふといふ離れ業を、われ知らず楽しんでゐるのが、私達の尋常な談話であらう。さういふ事になつてゐると言ふのも、国語といふ巨きな原文の、巨きな意味構造が、私達の心を養つて来たからであらう。養はれて、私達は、暗黙のうちに、相互の合意や信頼に達してゐるからであらう。宣長は、其処に、「言霊」の働きと呼んでいゝものを、直かに感じ取つてゐた。　（二百七十三頁）

私達は辞書に出て来る定義に則して言葉を使つてゐるのではない、私達が言葉を使つてゐるうちに、或は言葉が私達を動かしてゐるうちに、一応その意味が定義らしき形を採つたのである。進んで、宣長は「詞(ことば)の玉緒(たまのを)」を著し、「てにをは」について論じてゐる。（二百七十八頁以下）彼によれば、国語における「てにをは」は詞(ことば)ではない、「詞といふ玉を貫く緒」であり、「文といふ衣を縫ふ縫ひ手」と考へられる、なぜなら、単語の集積は文を成さず、文が文である為には、宣長の言ふ通り「その本末を、かなへあはするさだまり」（二百七十九頁）が要るからであり、それが「てにをは」の役割だといふ事になる。「てにをは」は事物や観念を現すものではなく、「とすれば、これを語とは呼びにくい。それでも語には違ひないのなら、それは、語の『用ひ方』『いひざま』『いきほひ』などと呼んでいゝもの、どうしても外物化出来ぬ私達の心の働きを、直かに現してゐるものだ」と小林氏は説き、次のやうに語り継いでゐる。

　言葉といふ道具を使ふのは、確かに私達自身ではあるが、私達に与へられた道具には、私達にはどうにもならぬ、私達の力量を超えた道具の「さだまり」といふものがあるだらう。言葉といふ道具は、あんまり身近かにあるから、これを「おのがはらの内の物」とし、自在に使ひこなしてゐる時には、私達は、道具と合体して、その「さだまり」を意識しないが、実は、この「さだまり」に捕へられ、その内にゐるからこそ、私達は、言葉に関し自在なのである。そこに、宣長は、彼の言ふ「言霊」の働きを見てゐた。（二百七十九頁）

「言霊のさだまり」とは、小林氏の言ふ通り、単に文法の域に留るものではない、言葉自身に備つた、言葉の生命力であり、音声のうねりであり、それを整へる働きである。氏は「石上私淑言」の一部を引用し（二百六十四頁）、吾々の日常言語より、発生的には、歌の方が先であり、その歌よりも、「声の調子や抑揚の整ふ事が先きだ」といふのが、宣長の考へてゐた事だつたと語つてゐる。言はれて見れば、至極、当り前の事だと誰しも思ふであらうが、この宣長の「てにをは」論は、真淵の「冠辞考」（二百十四頁以下）と共に、私自身、日頃、おぼろげに考へてゐた事だけに、小林氏に助けられて、とくと納得出来た。

「おもふこと、ひたぶるなるときは、言たらず、言したらねば、思ふ事を末にいひ、仇し語を本に冠らせ」す、――調べを命とする歌の世界では、さういふ事が極く自然に起る。適切な表現が見つからず、而も表現を求めて止まぬ「ひたぶるなる思ひ」が、何よりも先づ、その不安から脱れようとするのは当り前の事だ。自身の調べを整へるのが先決であり、思ふ事を言ふのは末である。この必要に応ずる言葉が見附かるなら、「仇し語」であつても差支へあるまい。（二百十九頁）

私達は何かの目的で言葉を使ふのではない、目的が何も無くとも、言葉自体が私達に話をさせる、私達の日常生活における言語経験といふものは、殆どすべてがさういふものである。目的などといふ事にかかづらひ始めたら、大抵の会話は不要になり、うつかり口もきけなくなるだらう。たとへば、宵に木枯の音を耳にし、庭先の老梅の事が気になつて、「枝が折れないかな」と言つた男の目的は何かといふ事になつたら、言掛りを附けて喧嘩を売る気ならともかく、これは容易ならぬ問題である。なぜなら、庭に梅を植ゑた目的は何か、それを自分の生活の一部に取込んでゐる、その男の人生の目的とは一体何か、そこまで溯つて見なければ、滅多に口はきけなくなり、その受け答へも出来なくなるだらう。意味にしても同じである。字義通りに受取れば、それは、枝が折れないかどうかといふ問ひであり、それに即応して、間違ひ無い答へをしろと言はれれば、「そんな事が俺に解る筈が無い、折れるかも知れないし、折れないかも知れない」と応ずるしかあるまい。話が大分卑俗になつたが、さういふ日常経験してゐる言語生活の本質を小林氏は宣長の言葉を借りて、次のやうに言つてゐる。

「人にかたりたりとて、我にも人にも、何の益もなく、心のうちに、こめたりとて、何のあしき事もあるまじけれ共」、私達は、さうせざるを得ないし、それは私達の止み難い欲求でもある、と宣長は言ふ。私達は、話をするのが、特にむだ話をするのが好きなのである。言語といふ便利な道具を、有効に生活する為に、どう使ふかは後の事で、先づ何を措いても、生まの現実が意味を帯びた言葉に変じて、語られたり、聞かれたりする、それほど明瞭な人間性の印しはなからうし、その有用無用を問ふよりも、先づそれだけで、私達にとつては充分な、又根本的な人生経験であらう。（二百八十三頁）

かういふ小林氏の言語観は、更に「低き所」に降りて行き、第三十五章では次のやうな言葉になつて現れる。

何も音声の文（アヤ）だけに限らない、眼の表情であれ、身振りであれ、態度であれ、内の心の動きを外に現はさうとする身体の事（ワザ）の、多かれ少かれ意識的に制御された文（アヤ）は、すべて広い意味での言語と呼べる事を思ふなら、初めに文があつたのであり、初めに意味があつたのではないといふ言ひ方も、無理なく出来るわけであり、少くとも、先づ意味を合点してからしやべり出すといふ事は、非常に考へにくゝなるだらう。例へば、「お早う」とか「今日は」といふ言葉を、先づその意味を知つてから、使ふやうになつたなどと言ふ日本人は、一人もゐないだらう。（四百二十四頁）

言語といふ靭帯で結ばれてゐなければ、私達には共同生活は営めないといふ、解り切つた事実を、彼ほど深く考へた人はなかつた。（四百二十七頁）

私達は、皆んなと一緒に暮す為に、実際に何をしたかといふ見易い所を、見極めるがいゝのだ。私達は、互に眼を交すとか、名を呼び合ふとかいふ、瑣細だが、しつかりした行為を、複雑な言語表現にまで育てあげるといふ、自分達の努力によつて、互に結び合つたのである。

（四百三十三頁）

いささか我田引水めくが、これらの言葉に窺へる宣長の、或は小林氏の言語観は、小説よりも、対話、問答に終始する戯曲において、一層、端的に理解され易い筈である。勿論、役者の肉声、肉体を伴ふ舞台での上演となれば、なほさらの事である。が、その場合ですら、かういふ簡明な事実が、役者、演出家には容易に納得して貰へないのである。宣長論連載中、「姿ハ似セガタク、意ハ似セ易シ」（二百九十四頁）といふ言葉に出遭ひ、我が意を得たりとばかり、役者連中に説いて聴かせて見たが、殆ど解つて貰へなかつた。彼等の大部分は、なかなか台詞を覚えない、覚えられないからではなく、覚えようとしないのであり、覚えたがらないのである。といふのは、台詞の意にこだはり、その意をめぐつて理を働かせ、日々その言ひ方を工夫し、与へられた役の人物像に近附かうとするからである。が、台詞の意は台詞の中にはない、それを口に出す前、相手が喋つてゐる言葉を聴いてゐるうちに湧き上り、形（姿）を成さずに存在してゐるものであり、また自分の台詞を言ひ終つたからと言つて、それで意は尽されるといふものではなく、それどころか、なまなか喋つた為に、真に意の在るところは、言ひ終つた後に残される。そんな風に意など問題にせず、台詞の姿を、詰り、その語勢、抑揚の律動に身を任せて、それを一日でも早く憶えてしまひ、毎日、口にのぼせる快さを身に附けてしまひさへすれば、意は自づと現れて来る筈だ。

宣長論、第三十五章の後半から第三十六章に掛けて、小林氏は「人に聞(きか)する所、もつとも歌の本義」といふ宣長の言葉を取上げてゐるが、そこにはかうある。

（「人に聞する所、もつとも歌の本義」といふ）かういふ考へ方は、理学の風のうちに在つた世の一般の識者達には、無縁なものであつた。彼等は、歌といふ技藝の一流を演ずる者の、聞く者を悦ばす為の工夫の裡に、言語のまともな問題が隠れてゐるなどといふ事は、夢にも考へはしなかつた。（四百三十一頁）

「人に聞する所」とは、言語に本来備はる表現力の意味であり、その完成を目指すところに歌の本義があると言ふので、勿論、或る聞いてくれる相手を目指して、歌を詠めといふやうな事を言つてゐるのではない。なるほど、聞く人が目当てで、歌を詠むのではあるまいが、詠まれた歌を、聞く人はあるだらう、といふ事であれば、その聞く人とは、誰を置いても、先づ歌を詠んだ当人であらう。（四百三十七頁）

また芝居の話になるが、聞き手を予想して喋る訳ではないが、喋つた台詞を聞く人はゐる筈だ、その聞く人は、先づその台詞を喋つた当人であらうといふ事は、優れた戯曲の独白にそのまま当て嵌(はま)る。小林氏の言語観を稍(やや)拡大解釈して、台詞論に適用して言つて見れば、独白とは、他に聞かれる事を憚る独り言ではなく、自分自身との対話なのであり、自問自答の台詞なのである。逆に、二人、三人の会話もまた本質的には「聞く人が目当て」のものとは言切れず、「聞く人はあるだらうが」、やはり真の相手は、「誰を置いても」、喋つてゐる「当人」なのであり、その意味では独白と少しも変る処が無い。

四

言葉の本質は意の伝達にあるのではない。そもそも意の伝達などといふ事があり得るのか、もしそれが可能だと思つてゐるなら、癌の痛みを他人に移せるかどうか考へて見るがよい、その呻きは同情や涙を誘ふ事が出来るとしても、同じ痛みを与へる事は出来ない。片脚を失つた友人の不自由に同情して自らの片脚を切断するやうな者は先づゐまい。肉体の痛みは伝達不可能な物だが、心の働き（意）は伝達し得ると考へるのは浅見である。誰が心の働きと顔色や手脚の動きとを分けられるか。

肉体は、手脚は心の道具ではない、手脚の延長である種々の道具は、物ではあるが、心と肉体とが分ち得ぬ如く、その物と心とは分ち得ない。既に見て来たやうに、言葉は道具であり、物である。心は物より高尚なものだといふ先入観さへ無ければ、またそれを逆立ちさせただけの事に過ぎぬ唯物論といふ名の観念論に禍ひされてさへゐなければ、言葉はありがたくも物なのであつて、物なるが故に軽蔑する謂はれは全く無い。

小林氏は「あしわけ小舟」「石上私淑言」に随ひ、「歌ふ」「詠む(なが)る」「歎く」はもともと同義の言葉だと言ふ。(二百六十三頁)「うたふ」「ながむる」は「声を長く引く」事であり、「なげく」は「長息(ナガイキ)」を意味するといふ考へである。その当否を言ふ資格は私には無い、またその興味も無い。大事な事はそこに歌の本義があると見て、氏が次のやうに吾々の注意を促してゐる処だ。

文中に、明らかに透けて見えて来るのは、「たゞの詞」より、発生的には、「歌」が先きだといふ考へ、「歌」よりも、声の調子や抑揚の整ふ事が先きだといふ考へだ。(二百六十四頁)

宣長に言はせれば、歌とは、先づ何を措いても、「かたち」なのだ。或は「文(アヤ)」とも「姿」とも呼ばれてゐる瞭然たる表現法なのだ。(二百六十五頁)

言語表現といふものを逆上つて行けば、「歌」と「たゞの詞」との対立はおろか、そのけぢめさへ現れぬ以前に、音声をとゝのへるところから、「ほころび出」る純粋な「あや」としての言語を摑むことが出来るだらう。この心の経験の発見が、即ち「うたふ」といふ言葉の発明なら、歌とは言語の粋ではないか、といふのが宣長の考へなのである。(二百六十六頁)

私達が、思はず知らず「長息」をするのも、内部に感じられる混乱を整調しようとして、極めて自然に取る私達の動作であらう。其処から歌といふ最初の言葉が「ほころび出」ると宣長は言ふのだが、或は私達がわれ知らず取る動作が既に言葉なき歌だとも、彼は言へたであらう。（同右）

堪へ難い悲しみを、行動や分別のうちに忘れる便法を、歌道は知らない。悲しみを、そつくり受納れて、これを「なげく」といふ一と筋、悲しみを感ずるその感じ方の工夫といふ一と筋を行く。誰の実情も、訓練され、馴致されなければ、その人のはつきりした所有物にはならない。わが物として、その「かたち」を「つくぐ\と見る」事が出来る対象とはならない。（二百六十八頁）

誰も、各自の心身を吹き荒れる実情の嵐の静まるのを待つ。叫びが歌声になり、震へが舞踏になるのを待つのである。例へば悲しみを堪へ難いと思ふのも、裏を返せば、これに堪へたい、その「カタチ」を見定めたいと願つてゐる事だとも言へよう。捕へどころのない悲しみの嵐が、おのづから文(アヤ)ある声の「カタチ」となつて捕へられる。宣長に言はせれば、この「カタチ」は、悲しみが己れを導くその「シカタ」を語る。更に言へば、「シカタ」しか語らぬ純粋な表現性なのである。この模倣も利き、繰返しも出来る、悲しみのモデルとでも言つていゝものに出会ふといふ事が、各自の内部に起る。私達は、誰もその意味合を問ふ前に、

先づこの悲しみの型を信じ、これを演ずる俳優だつたと言つてもよからう。（二百七十頁）

既に充分であらう。言葉は意を伝へる事を目的としてはゐない、堪へ難い心の動揺を鎮め、整へ、吾が物と化する事によつて、それに堪へ抜くといふ作用を第一義とするものである。とすれば、宣長が祝（呪）詞（三百三十五頁）と宣命（四百二十三頁）を重視したのは当然であらう。前者は神に語り掛ける言葉であり、後者は天皇の言葉、即ち命（御言）を臣下に告げる文書であるが、いづれも漢文によらず、倭文を以て伝へられた。言ふまでもなく、宣命の「宣」は「のる」で、「祝（呪）詞」の「のり」はその連用形であり、「呪ふ」も「のる」から出た言葉であらう。「のる」は字義通りに解すれば、「言ふ」「告げる」であるが、それでは尽せぬ、何かが、即ち、自他の心を動かし、或は鎮めようとする言葉の働きを信じてゐた古代人の語感がある。

既に紙数が尽きたが、ここで再び徂徠の「学問は歴史に極まり候」といふ至言に還らねばならぬ。徂徠はまた「世ハ言ヲ載セテ以テ遷リ、言ハ道ヲ載セテ以テ遷ル」（百二頁、三百八十九頁）と言つてゐるが、宣長においても、世の遷り変る歴史は日常生活における心の動きそのものであつて、それは事（コト・シワザ）であると同時に意（ココロ）であり、すべてが言詞（コトバ）の中にあるといふ考へ方が何の疑ひも無く懐かれてゐた。「古事記」といふ伝説がそのまま歴史事実として受容れられた所以である。

（「小説新潮スペシャル」冬創刊号　昭和五十六年一月刊）

Ⅳ 言葉の藝術

シェイクスピアの魅力

シェイクスピアが楽しめる時期は、ごく若いころか、それともずつと年をとつてのちか、そのいづれかであるといつた人がをります。私はその説に同感です。私自身がさうだつた。私がはじめて坪内逍遙の飜訳でシェイクスピアを読んだのは、旧制の中学の終りころでした。そのときの感激はいまだに忘れません。眼のまへに、ぱつと新しい世界が開けたやうな気がしたものです。もつと子供だつたころアンデルセンの物語に接したときの喜びと似たやうなものがあつた。

それは、そのころ読んでゐた漱石をはじめ明治大正の日本の小説からはもちろん、十九世紀の西洋の自然主義小説から得られるおもしろみとは、ぜんぜん質を異にするおもしろみでした。なるほど漱石の小説に私は感動しました。いろいろなことを教へられもしました。が、そこに展開される世界は要するに現実のこの世だつたのです。が、シェイクスピアが私の眼のまへに繰りひろげてくれた世界は、アンデルセンと同様、私の知らない、この世とは次元を異(こと)にした別世界だつたのです。いひかへれば、この現実世界、日常生活といふ証明書なくして、それ自身、独立して存在しうる完全な世界だつたのです。

私がシェイクスピアの原典を辞書と首引で読みはじめたのは、高等学校へはひつてからです。が、その詩句の美しさとは別に、そのころから、私のシェイクスピアにたいする関心は薄れはじめました。西洋の近代の小説や評論にたいする興味が増していつたからです。そして、ふたたび私の心がシェイクスピアに戻つてきたのは、四十を過ぎた昨今のことにすぎません。かういふ私自身の経験に照してみて、シェイクスピアを楽しめるのは、ごく若いころか、それとも年をとつてからかといふ説は、よく当つてゐるやうに思ひます。なぜ、さういふことになるのか、その理由らしきものを考へてみることにしませう。


多くの人が文学作品を読むばあひになにを期待するでせうか。みなさんが中学校や高等学校で、国語の教材として読む文学作品にたいして、あるいはその断片にたいして、教科書の編纂者や先生が設ける問ひといふものがありますが、それを考へてみれば、この世のなかで文学作品といふものがどういふふうに扱はれてゐるかがわかるでせう。みなさんは、第一に、文章の大意を問はれる。第二に、その背後にある作者の主張、すなはち作者の思想や人生観を問はれる。第三に、そこに扱はれてゐる人物を通して、人間の心の動きに注意することを要求される。

一口にいふと、人々は文学作品に「人生、いかに生くべきか」といふ問ひかけと答へとを求めてゐるのです。文学の役割や効用がそこにもあるといふことを、私は否定いたしません。が、人々は一つの重要な事実を見のがしてゐるのです。

「人生、いかに生くべきか」といふ作者の問ひかけと、作品の登場人物を通じてのその問題の真剣な追求とは、なるほど文学の主要な役割ではありますが、作者の側において、さういふことが意識的におこなはれだしたのは、したがつて読者の側においても、さういふ期待が生じはじめたのは、西洋の文学の歴史のうへでも、やつと十九世紀になつてからにすぎません。すなはち、それは近代文学における顕著な特徴だといへませう。日本でいへば、明治末年の自然主義文学運動以来のことであります。

そのことを個人の生涯にあてはめて考へてみませう。「人生、いかに生くべきか」といふやうな煩悶が多少でも私たちの心に生じてくるのは、そろそろみなさんの年ごろからではありますまいか。それは「自我のめざめ」の時期と一致します。まづ、私たちは、自分の考へてゐることや欲してゐることが、他人の、あるいは社会の動きと合はないといふことを自覚する。すなはち、自分とは異る他人を発見し、さうすることによつて、他人とは異る自分を発見する。当然、その自他の対立に悩み、その矛盾のなかでどう生きていつたらいいかといふ疑問が生じるわけです。

そのころから、私たちにとつて近代文学は無限の宝庫となりはじめるのですが、この楽しみを一度味はひだしたら、あるいはもうシェイクスピアがみなさんの心のうちに忍びこむ余地はないかもしれないのです。シェイクスピアが活躍した時代はイギリスのエリザベス女王の時代、すなはち十六世紀の末から十七世紀の始めにかけてであります。一口にルネサンス時代といへば、中世にたいして「自我のめざめ」の時代とされますが、それはのちの近代の出発点といふことに力点をおいた見かたであつて、逆に見れば、それは中世の終りであります。ちやうどみなさんの年ごろに当るころです。自我がめざめかかつて眠つてゐる時代であります。だから、私はみなさんに、シェイクスピアは、いまのうちにお読みなさいと申しあげたいのです。それでなければ、といふのは、もうすでに手遅れで、シェイクスピアがトルストイほどおもしろくないといふ人たちは、いつそのこと、四十を過ぎるまでお待ちなさいと申しあげたい。

なぜなら、なるほど近代文学は、私たちに「人生、いかに生くべきか」を教へ、人間心理の未知の宝庫を見せてくれるかもしれませんが、さういふものを見つくしてしまつたあとでは、また、この人生、いかに生きようとどうにもならぬ、教へられたところで、さうは生きられぬと悟る年ごろになつてみると、近代文学はかなり色あせて見えてきます。そして、そのときに、ふたたびシェイクスピアの世界が、より広大な宝庫として、私たちの眼の前に浮び上つてくるのです。

シェイクスピアに「人生、いかに生くべきか」といふ問ひや答へを求めても無駄であります。作者の人生観を知らうとしても無駄であります。なぜなら、シェイクスピアの時代には、中世のクリスト教的信仰があり、その世界観、人生観が、まだ厳然として存在してゐたからで、Aの人生観、Bの人生観といふふうに、人間の数だけの人生観があつたわけではありません。「人生、いかに生くべきか」といふことは、クリスト教が、教会が教へてくれた。誰も芝居の作者から、そんなことを聴かうと期待してはをりませんでした。

といつて、シェイクスピアは「人生、いかに生くべきか」など、どうでもいいといふ投げやりな態度をとつてゐたわけではありません。いふまでもなく、かれ自身、クリスト教を信仰してゐたのであります。神に祈り、神に救ひを求める一市民だつたのです。このことは、シェイクスピアの作品を読んでみればすぐわかることです。とくにかれの悲劇を読んでみれば、明瞭です。当時、悲劇といふことは、ただ不幸な物語といふだけではなく、その主人公はもちろん、主要な登場人物の数名が劇の終りで、破滅し死んでいくといふ組立てでなければいけなかつたのです。かうしてハムレットもマクベスもオセローもリアも死んでいきます。が、それはただ死んでいくだけではありません。その死は、ある意味で神罰であります。悪の報いとして死んでいくのです。いい意味で、シェイクスピアの劇は、すべて勧善懲悪の思想に貫かれてをります。そして、その善と悪とは、作者が自分一個の考へや経験で合点してゐる道徳観によるものではなく、クリスト教によつてはつきり規定された世界観によるものだつたのです。

しかし、このばあひ「悪」とはいつたいなにかといふことが問題になります。「マクベス」などでは、それはほとんど問題になりません。マクベスは名君であるダンカンを殺して、王位を奪ふのですから、最後に天罰がくだつてもしかたはない。野心はエゴイズムであり、エゴイズムのために、他人を犠牲にするのは悪であるといへませう。同様に、おのれの野心のために、次々に親族を殺していき王冠を手に入れるといふ「リチャード三世」も、それで納得がいく。が、リア王は、オセロー将軍は、ハムレット王子は、どうでせうか。リア王は深い愛情をもつて子供を信頼し、口さきのうまい二人の姉娘にだまされ、裏切られて、最後には自分の死を招く。オセロー将軍は、立派な人格を有する名将で、デズデモーナと純潔な愛情で結ばれてゐたが、悪人イアゴーのために計られ、デズデモーナにあらぬ疑ひをかけて殺してしまふ。そしてみづからを刺して死んでいく。さらにハムレットとなると、自分の父を殺して王位についた叔父王に復讐を企て、それが失敗して死んでいく。かれらの運命を見ると、みんな不当だといふ気がせずにはゐられないのです。ですから、これは作者がその不当を憤り、死と破滅とにもかかはらず、自己の正義を主張する人間を描いたものではないかといふ感じをいだく。つまり、シェイクスピアは、当時の社会や宗教の掟に抗議してゐるやうに見えるのです。

なるほど、そのことは否定しえません。が、そのまへに考へておかねばならぬことがあります。やはり、シェイクスピアは、クリスト教の教へにしたがつて、かれらの行為を悪と見てゐるといふことであります。クリスト教の掟から見れば、マクベスと同様に、ハムレットもオセローもリアも、悪に身をゆだねたといへるのです。その点をもうすこし説明してみませう。

みなさんは英語で passion といふ言葉を習つたことと思ひます。辞書には「情熱」と出てゐるでせう。ところで、「情熱」とはなにか。私たち日本人は、それをすぐ恋愛、ないしはそれに似た感情と結びつけて解釈します。が、passion といふばあひ、ただそれだけではありません。男女間の感情が中心ではありますが、それはただもつとも顕著で典型的なものであるといふだけのことです。passion の語源は passive のそれと同一であります。passive は「受動的」といふことであります。他人の、あるいは外界の刺戟や攻撃にたいして、なすすべもなく、それに耐へ忍び苦しんでゐる状態です。そして情熱とは、さういふもの、すなはち病気のやうに、それにかかり悩んでゐる肉体的状態を意味します。したがつて、St. Mathew's Passion は「聖マタイの情熱」ではなく、「聖マタイ受難記」です。イエスの受難もまたpassionであります。

この「情熱」に相対するものが「精神」です。「情熱」は受動的であり、「精神」は能動的であります。肉体の受難にたいして、精神はそれに打ちかつものなのです。すなはち、精神は外界の刺戟にたいして、毅然として、それから自己を守るものなのです。イエスの受難そのものはイエスの「神の子」たる証明にはなりません。かれが「神の子」であるのは、それに打ちかつ精神をもつてゐたこと、それによつて神とつながつてゐたことであります。

その意味からいつて、リアの愛情も、オセローの嫉妬も、ハムレットの復讐心や懐疑も、すべて受動的な情熱であり、それに身をゆだねきることは悪しきことなのであります。が、それなら、私たちは、かれらのどこに同情するか。そこが問題であります。あるいは、かれらの不当な運命に同情するといふ人があるかもしれない。が、シェイクスピア劇の魅力はそんなところにあるのではない。その種の同情なら、今日、いくらも見られる「母もの映画」によつて惹き起される感情と同じものになつてしまひます。それによつて動かされるのは私たちの感傷にすぎません。感傷といふのは、人間の感情のごく皮相に位するものです。たとへていへば、皮膚感覚のやうなもので、これは誰にもある。私も、「お涙ちやうだい映画」を見れば、涙をながします。これはいはば生理的現象です。

だが、シェイクスピアの悲劇のごとき、すぐれた藝術作品が私たちを動かすばあひ、それは私たちの皮膚よりももつと深く、生命の根柢にふれるものです。真の悲劇は生理的な涙を誘ひはしません。もつと深く静かな感動があります。涙をながしたとしても、それは悲しい涙ではなく、自己の全生命が力のかぎり生きぬいたといふ実感から生れるうれし涙です。したがつて、同情といふのは「かはいさうだな」といふ安つぽい同情を意味しません。もつと深く激しい共感です。主人公と一緒にこの人生を生きぬいたといふ実感です。しかも、それは私たちが実生活ではとても生きられぬ激しい人生を生きぬいたといふ実感で、それこそ喜びといふべきものです。

ここで、ふたたび「人生、いかに生くべきか」を追求した近代文学とシェイクスピアとを対照して考へていただきたい。すでに申しましたやうに、シェイクスピアにとつて、この問題は自明のことでした。宗教と社会との掟がゆるぎなくかれの心のうちにその場所を占めてゐました。その点、かれは一点の疑ひもいだかなかつたのです。にもかかはらず、かれのうちの無意識の慾望が、悪しき情熱がそれに謀叛したのです。その謀叛の旗のになひ手が、ハムレットであり、マクベスであり、リアであり、オセローであり、その他のかれの悲劇の主人公なのであります。これらの登場人物たちは、作者を、そして作者の信じてゐた掟を、かれら自身の強い生活力をもつて裏切り破つてしまふのです。かれら自身「人生、いかに生くべきか」を教へる掟を信じ守らうとしてゐながら、かれらの生活力が、ついその枠を破つてしまふのです。

シェイクスピアの人物のもつ魅力はそこにあります。シェイクスピアだけではない。近代文学においてさへ、そのすぐれたものは、「人生、いかに生くべきか」を探求しようとする作者の意図(いと)にもかかはらず、主人公たちはそれを裏切つて、自己の生命慾の極みにまで思ひのままにふるまふ。ただ、シェイクスピアの人物たちにおいては、それが明瞭に、しかも深く、現れてゐるといふことです。それに私たちは同情し共感するのです。

情熱に身をまかせるのは受動的でありますが、それが徹底的に、底ぬけにおこなはれる。さうなると、それはたんなる受動性とはいへなくなります。私たちはかれらとともに悪のどん底まで降りていく。そして、最後にそれが罰せられることによつて、私たちは自己の日常生活における悪への衝動から解放されるのです。この悲劇の作用をアリストテレスはカタルシス(浄化作用)と呼んでをります。

このカタルシスがおこなはれるためには、登場人物が、思ひのままに生き切つてゐなければなりません。シェイクスピアの人物たちはいかに生き生きと、大きな振幅をもつて、この人生を、舞台のうへを動き廻つてゐることか。その悲しみも、不安も、疑ひも、近代文学の、あるいは私たちの現代の生活のそれとくらべて、荒けづりではあるが、いかに彫りが深く、動きが大きく、豊かで力強いことか。それにくらべると、私たちが、いかにけちくさく、つまらぬことにくよくよしてゐるか。そのことをつくづく感じることが、シェイクスピア読書法の第一段階といへませう。私たちはかれの作品から、その登場人物から、強く生きる力を与へられるのです。作者からではない。作者の御説教や個人的な人生観からではなく、登場人物の生きた姿から、それを得るのです。そこにシェイクスピアの、近代作家と異る本領があります。

かれらは、「かうすれば幸福になるだらう」とか、「かうすれば平穏な生活がおくれるだらう」とか、そんなみみつちいことを考へてをりません。たとへ過ちを犯し、不幸にならうとも、自己の思ひのままに生きぬけば悔いなしと思つてゐる。いや、あとで悔いるかもしれないとしても、そのときは進んで自己の慾望にすべてを賭ける。利那主義でも快楽主義でもありません。利那主義は皮膚感覚的慾望ですが、かれらの慾望は、かれらの生きかたの根本から発するものです。私たちは、自分のさういふ根本的な生命の慾望を見うしなひがちであります。それはあまりに周囲（しうゐ）を顧慮し、将来を計算しすぎるからです。無謀や勝手な行為はいけない。が、過度の警戒心も危険です。それによつて、私たちは生命の根源を殺してしまふでせう。シェイクスピアの豊かな泉から、その生命の泉を汲んでいただきたいと思ひます。

（「ユース・コンパニオン」昭和三十二年四月号）

飜訳論

一

私は「批評家の手帖」の中にギリシア悲劇の哲学者ギルバート・マレーの言葉を引いておいた。それをもう一度ここに引用する。

飜訳を通じて外国の偉大な作品を理解しうるのは、当の二つの国語が共通の観念体系をもつて働き、同一段階の文明に属してゐる場合である。ところが、古代ギリシアと現代イギリスとの間には、人類史の巨大な深淵が口を開けてゐる。その間にはヨーロッパ共通の宗教の成立があり、また部分的にはその蹉跌（さてつ）がある。蛮族の侵入があり、封建体制がある。近代ヨーロッパの再編成、発明の時代、産業革命がある。フランス語、もしくはドイツ語で書かれた哲学の本では、まづその各頁のほとんどすべての名詞を、まさしくそれに該当する英語に直訳しうる。が、ギリシア語となると、さうはゆかない。「詩学」の冒頭数頁の間に現れる名詞は、英語のうちにその該当語を十分の一も見出しがたい。一つ一つの命題は一度思考の最低基盤にまで引降され、そのうへで再構成されなければならぬのである。

マレーの言ふとほりである。しかし、それはあくまで相対的な問題だ。なるほど「古代ギリシアと現代イギリスとの間には、人類史の巨大な深淵が口を開けてゐる」が、現代のフランス、もしくはドイツと現代のイギリスとの間にも、したがつて、それぞれの国語の間にも、人類史とまでは言はぬにしても、やはり近代国家成立の過程をめぐる民族史の大きな溝が口を開けてゐるのだ。

「英語教育」の今年一月号に齋藤勇氏が「飜訳雑感」といふ短文を寄せてゐるが、その中で氏はパウル・ティリヒの「プロテスタントの時代」の序文を引用して、英独両国語間には「同じ民族が用ゐ同じ語源から出て来た単語」が甚だ多いのにもかかはらず、よほど注意しないと誤りを犯しかねないことを指摘し、まして現代の英独仏語等を、それとは全く異つた系統に属する日本語に飜訳する場合の心掛けを説いてゐる。私はティリヒの本を読んではゐないが、右のマレーの言葉、すなはち、「フランス語、もしくはドイツ語で書かれた哲学の本では、まづその各頁のほとんどすべての名詞を、まさしくそれに該当する英語に直訳しうる」といふ箇処に適切に対立してゐるので、取りあへずそこを孫引きさせてもらふ。ティリヒはドイツの神学者であるが、ナチに逐はれてアメリカに移住し、現在はハーヴァード大学で教へてゐる。彼はその大学の同僚や学生と話を交す際に、自分のドイツ語風な英語表現では意味が通じないことに気づき、次のやうに述べてゐるのである。

英語の精神とでもいふべきものに出遭ふたびに、私は自分の考への中にある多くのおぼろげな点を明確にせねばならぬやうに追ひこまれた。それらはドイツ古典哲学の用語に固有の神秘的な曖昧によつて蔽はれてゐたものである。アングロ・サクソン文化における理論と実践との相互依存、これは宗教の世界と一般世間とを問はずひとしく認められる事実であるが、それによつて私は、いはば体系のために体系をいぢくりまはす観念論の魔力から解放された。

といふことは、マレーの言ふやうには、仏独語の哲学書の単語をそのまま「それに該当する英語に直訳し」えないといふことになる。しかし、揚足を取るやうだが、それは「アングロ・サクソン文化における理論と実践との相互」関係が緊密であるのに反して、ドイツ哲学が「体系のために体系をいぢくりまはす観念論」に呪縛されてゐるからとのみは言へない。それはある程度までのことであつて、たとへば「範疇」といふ語の源であるドイツ語の「カテゴリー」はもつと気楽な生活語として、分類の際の「枠」の意味に用ゐられてゐるのに、日本語の「範疇」は生活から遊離した哲学の専門語としてしか用ゐられない。ある日本の社会学者がさう言つたさうだが、彼の歎き、あるいは反省は、ティリヒのそれとある意味では全く同一であり、私達は「ドイツ文化における理論と実践との相互依存」を羨(うらや)まねばならないことになる。

　もつとも、ドイツ語の「カテゴリー」はギリシア語から来たもので、アリストテレス以来、元来が哲学の専門語なのである。もしそれが右の社会学者の言ふとほり、現代ドイツ人の生活に染みこんでゐるなら、おそらくそれは一種の衒学(げんがく)趣味から起つた現象で、むしろ悪い意味における「理論と実践との相互依存」であり、率直に言へば、それは「相互依存」ではなく、「実践語」に対する「理論語」の望ましからぬ「支配」の一例と見るべきものであらう。その証拠に、この「カテゴリー」といふ言葉は英語にも入りこんでゐるが、その点は日本語と同様、ほとんど生活語には用ゐられない。一八八三年、グラッドストン内閣の外相を勤めたグランヴィル卿は「悪い英語の例」として、当時の外務省に廻つて来る公文書中、「クラス」の代りに「カテゴリー」を使用したものがあつたと難じてゐる。これで見ると、ティリヒの言つたとほり、英語においては「理論と実践との相互依存」といふ健康な生き方が保たれてゐるやうに思はれる。同時に、私達が「範疇」などといふ新造漢語を生活から閉め出し放しにしてゐるのは、むしろ名誉のことと言はねばなるまい。

　が、私はすぐに半面の事実を思出す。H・ブラッドレーが言つてゐたことだが、英語はあまりにギリシア語、ラテン語に頼り過ぎて、本来のアングロ・サクソン語を充分に活用させることを忘れてしまつたのである。その点は、日本語が本来の和語を顧みず、抽象的な漢語の造語力を当てにし過ぎたのとよく似てゐる。それに反して、ドイツ語は古典語にあまり頼らず、それ自体の派生語、複合語を造りながら発達して来た言語なのである。もしさうなら、ティリヒはたまた英語国民の中で英語で生活しなければならぬといふ孤独な立場に置かれたため、ドイツ観念論の曖昧な用語法に気づかせられたといふだけの話ではないか。逆にドイツに亡命したイギリスの哲学者がゐるとすれば、あるいは「理論と実践との相互依存」といふ未分状態から脱しきれぬイギリス哲学の曖昧な用語法について絶望的になったかもしれぬとも考へられる。

他国語を自国語に置きかへることを自分の仕事にする飜訳者は、さういふ亡命者の孤独の中に暮さねばならない。たとへばシェイクスピアを飜訳してゐるときの私は、日本の中にゐて、日本人に取巻かれ、不自由なく日本語で用を足してゐても、母国のドイツ語を一々英語に直して喋(しゃべ)らなければならぬ亡命者ティリヒと同じやうに孤独なのである。しかも、飜訳者は二重の孤独にさいなまれる。ティリヒが英語の中でドイツ語の曖昧に気づかせられ、そして出来るかぎりそれを明確にしようと努めるとき、彼は同時に英語とドイツ語とを「裏切つて」ゐるのであり、また両者に「裏切られて」ゐるのである。それと全く同様に私はシェイクスピアの英語とそれを訳した私の日本語と、そのいづれからも「裏切られて」ゐるのであり、そのいづれをも「裏切つて」ゐるのである。「裏切る」「裏切られる」といふ言葉が大仰ならば、一口に「はぐれる」と言つてもよい。飜訳者は二つの国語を操りながら、いづれからもはぐれ、自分の言葉を見失ふ。

しかし、さういふ孤独に伴ふ苦々しさを説明してみたところで、それは単純な語学的解釈の問題としてしか受取られまい。そのとき、飜訳者の孤独は三重になり、さらに一層深いものとなる。私は自分のシェイクスピア全集の月報に、かういふ意味のことを書いたことがある。飜訳の苦心談といふものは、その実が挙つてゐないと見られたときには、弁解じみて聞えようし、それに近い効果が出てゐると見られたときには、自慢話や藝談のやうに厭味に感ぜられる、と。だが、他人にどう見られようと、私自身の目には、私の訳文は私の飜訳論ほどには効果が挙つてゐない。同様に、以下、私が悪訳の例として随処に引用するであらう諸氏の訳文は、ただ私の飜訳論に適合しないといふだけの話で、それらの人々の飜訳論からすれば、逆に私の方が悪訳の例として引かれるべきものとならう。私は、それを予防線として、あるいは謙遜として言ふのではない。そのとほりに私は自覚してゐるのである。

しかもなほそれを試みようとするのは第一に、現代日本語の性格と可能性とを探る一つの手掛りを提供したいと思ふからであり、第二に、私の場合、対象が専らシェイクスピアである以上、それはおのづから「もの言ふ術」としての戯曲論を目ざすであらうと考へるからである。

二

齋藤勇氏は前記の「飜訳雑感」において、日本語と英語との間の文構造や語順の差に注意を促し、ついでに語義の解釈にも触れてゐる。まづ文構造と語順の問題について考へてみたい。私も齋藤氏と同様、ある意味においてこれを最も重視する。が、私の結論は氏のそれと反対になる。氏は欽定訳英文聖書から甚だ恰好な例を引いてゐるので、それをそのまま借用しよう。

For the Pharisees and all the Jews, except they wash their hands oft, eat not, holding the tradition of the elders.

パリサイ人および凡てのユダヤ人は古への人の言伝へを固く執りて、懇ろに手を洗はねば食らはず。　（マルコ伝七章三節）

言ふまでもなく、彼我の差は、holding 以下の従属節が英文では文末にあり、邦文では、主語の次に「古への人の……」と挿入されてゐるところにある。齋藤氏は、この邦文訳の扱ひが正しいばかりでなく、英文もまたさうしたはうがよいと言ふ。このままでは「よく手を洗はないならば、古来の伝統を守つて食事をしない」といふことになり、それでは「ぴんと来ない」と言ふのである。なぜさうなつたかといふと、欽定訳が原文のギリシア語の語順をそのまま踏襲したためで、それが英語としては無理な形を生じたといふのが齋藤氏の考へである。さらに、氏は、R・A・ノックスの新訳が邦訳と同様に、問題の従属節を主語の後に持つて来たことを賞め、その方が現代英語の「自然な表現」であると述べてゐる。だが、それを、現代英語のみならず、どの国語にせよ、「自然な表現」と見なすのは、むしろ散文中心の考へ方に過ぎない。といふよりは、散文の一つの在り方である「散文的な散文」にのみ当てはまる考へ方に過ぎない。日本の英文学者中もつとも英詩を味読しうる英文学者といふ定評のある齋藤氏には似合はしからぬことである。

この場合、欽定訳の訳者がギリシア語の語順をそのまま踏襲したのは、無意識からでも不用意からでもなかつたであらう。マルコ伝七章は、文語邦文訳では、次のやうに始つてゐる。

パリサイ人と或る学者らとエルサレムより来りてイエスの許に集る。而してその弟子たちの中に、潔からぬ手、即ち洗はぬ手にて食事する者のあるを見たり。

この後に前記の一文が続く。しかし、邦文訳聖書の訳者は、故意に一文を省略してゐるのである。英文では右の文末は「見たり」ではなく、「見、」と中止形にし、その後に「そを悪しきことと思ひたり、」(When……, they found fault.) と来なければならない。さう思つたといふ事実があつたからこそ、それを受けて前記の一文が「何故とならば」(For) と始ってゐるのである。そして「何故とならば」として、その理由を語らうとする気持がある以上「古への人の言伝へを固く執りて」(holding……) といふ説明的な従属文が、そこへ呑気(のんき)に顔を出す余裕は無いはずである。語りたい理由そのもの、すなはち「懇ろに手を洗はねば」(except they wash their hands oft) が、ついで「食らはず」(eat not) が来るのが心理的必然性といふものであらう。この場合にも「現代英語の自然な表現」、あるいは素直な論理的必然性から言へば、「食らはず」の方が「懇ろに手を洗はねば」より先に来るべきであらう。それが後に来てゐるのは、むしろ日本語の語順に似てゐる。

同様に、holding 以下の従属節が後に来ても一向に不自然ではない。邦文訳が「……固く執てゐるからといつて、なにもそれに囚れる必要はない。元来、分詞構文は時の順序、理由や原因、随伴的事実、その他を表すものであり、しかも心理的にはそれらが未分状態のまま混在してゐることが多く、そのいづれを表すとさへ言ひ切れぬやうなものである。右の「……固く執りて」がいい例だ。これは「……固く執りて、(その後で)」の意味か、「固く執りて、(そのために)」の意味か、あるいは心に「……固く執りて、(さうしながら)」の意味か、にはかに断定することは出来ない。その点、日本語の「て」は適訳である。しかし、それはあくまで分詞構文に適応してゐるといふだけの話で、holding 以下を従属節として主文の前に持つて来なければならぬといふことにはならない。いや、既に述べたやうに、「何故とならば」と「懇ろに……」との間に立ちはだかつて、両者の心理的連続を邪魔してはならないのである。むしろ最後に持つて来て、「……食らはず、」を読点でおさへ、続けて「古への人の言伝へを固く執りて」とあり、その「て」の接続助詞によつて、英文訳どほりに従属節といふ文法形式を守つ(守り)たる(たれば)なり」とするにしくはない。

日本語における外国語研究、外国文学研究のうちで、英語、英文学のそれは最も年季がかかつてゐる。それにもかかはらず、今なほ、ほとんどすべての英語学者、英文学者が右に述べたやうな過ちから完全には脱卻してゐない。なるほど英語と日本語とでは文構造も語順も違ふといふ、そこまでの認識に誤りはない。が、飜訳においては、日本語本来の文構造と語順に随はねばならぬといふ考へは間違つてゐる。それを、広い意味で自由闊達な「意訳」と名づけ、生硬な「直訳」を卻けるといふところまでは成熟したが、それは極く初歩的な教室英語、受験英語の学習段階においてのみ通用する忠告でしかない。たとへば主文と従属文との文法的認識に導かれて、それを日本語固有の文構造に砕きこなして見せるといふ作業は、一見、文法を離れて文意を建てたかのやうに見えようが、実は「直訳」同様、そして時にはそれ以上に、文法に囚れてゐるのに過ぎない。

その根柢には二つの誤解がある。第一に、私達は文章といふものを静的に捉へがちであり、それが語り手の主観的な心理、あるいは生理を生々しく伝へる動的なものだといふ事実の見落しがある。言ひかへれば、文意を担つてゐる論理の普遍性を過信してゐる。その結果として第二に、私達は英語の論理と日本語の論理との違ひに気づかない。あるいは、両国語の文法的な差異は、論理の普遍性によつて、しかもそれのみによつて越えうると考へてゐる。さういふ誤解は論文や散文小説の飜訳においては、さほど致命的な欠陥として現れない。少くとも「ぼろ」が出ないと言へよう。が、詩や戯曲の場合には、作品の質を左右する根本的な問題となる。詩については改めて言ふまでもない。なぜなら、詩の場合は、飜訳の難易を問題にする以前に飜訳不能といふ暗黙の前提があるので、それによりかかつて、かへつて自由な散文訳が可能であり、事実、それが許されてゐるからである。

三

私のシェイクスピア飜訳について種々の批評が行はれてゐる。それが好意的なものである場合が多いだけに、訳者の立場からは言ひにくいのだが、そのなかには見当はづれのものが時折見うけられる。楽屋を見せてその誤りをただすことは、私にとつてむしろ不利であるかもしれない。私の意図がそこにあるとなれば、考へなほすといふ人が出て来ないとも限らないからである。しかし、当の私にしてみれば、見当違ひに認められるのは落著かないものである。第一に、私の訳が、たとへば坪内逍遙のそれに較べて、生きた現代語によつてなされ、そのために解りやすく、速度感に富んでゐるといふ評がある。第二に、中野好夫氏や木下順二氏の訳が原文の詩を重んじて行分けしてゐるのに反し、私のは自由な散文訳で、役者が舞台で喋るせりふといふことに意を用ゐてゐるといふ評がある。そのいづれからも、私がそれらの諸氏に較べて、良く言へば原文に囚れぬ、悪く言へば原文を逃げた、いはゆる「意訳」を行つてゐるといふ結論が出て来る。が、いかに「ひいき目」に見ても、これらは事実と相違してゐる。だが、かういふ先入観が拡つた責任の一半は私にある。なぜなら、右の現代語訳とか、役者の口にのるせりふとかいふ言葉は、数年前に河出書房版シェイクスピア全集が企画されたとき、内容見本や広告の歌ひ文句として、版元に求められるままに私自身が考へ出したもので、いはば身から出た錆である。

　まづ現代語訳といふことであるが、これほど曖昧な言葉も少い。現代語訳以外にいかなる訳が可能であるか。私達は私達の時代の言葉以外に、いかなる言葉が喋れるか、また書けるか。また、シェイクスピアの作品が三百余年前の英語によつて書かれてゐるからといつて、英国史と並行して私達の歴史を三百余年溯り、江戸初期の日本語、あるいは近松の語彙や語法を用ゐて訳すことに、道楽以外のなんの意味があるか。それは道楽であるばかりではなく、また次のことを意味する。もしシェイクスピアが現在この日本に生きてゐたとしたら、彼は現代日本語を捨てて江戸初期の日本語を採りあげたはずだといふことになる。が、さういふ解釈は、エリザベス朝にシェイクスピアが当時において既にエリザベス朝の現代英語を捨てて、中世の英語で書いてゐたときにのみ成立つものである。そんな馬鹿なことはありえない。シェイクスピアもまた自分自身の、また自分の生きてゐた時代の言葉以外に、いかなる言葉も喋りも書きも出来なかつた。このことは、一見さう思はれる以上に重要な意味をもつてゐるので、改めて後述する。

次に、役者の口にのるせりふといふこと、あるいは散文訳といふことについて、一言断つておく。言ふまでもなく、シェイクスピアのせりふは、韻を踏んでこそゐないが、各行十音節からなる一定の律を有し、それも弱音節、強音節の交互繰返しによつて構成されてゐる。すなはち弱強五歩格の定型詩である。既に言つたやうに詩を他国語に飜訳することは出来ない。弱強五歩格の英詩を同じ国語の弱弱強三歩格の詩に直せないのと同様に、それを、日本語の七五調に飜訳することは出来ない。一つの定型詩を他の定型詩に移すことは、それを散文化する以上に、原作を変改してしまふのである。極めて少数の例外を除いて、またこの場合も道楽といふこと以外に、ほとんど効果がない。現代語訳以外に飜訳は不可能であるのと同様に、散文訳以外に詩の飜訳は不可能である。ただ、原作の詩を写しとるためではなく、むしろ日本語に内在する律の可能性を探るためならば、さういふ試みも許される。が、それがそのまま日本語として定型詩をなすことはありえない。

人は私の訳を散文訳だと言つてゐるが、そしてそのこと自体は正しいのだが、それが他の人の訳に較べて散文的だといふのなら、それは大きな間違ひである。私の訳においては、七五調その他、日本語固有の律が、他の人々の訳より遥かに意識的に利用されてゐる。役者の口にのり、喋りやすいせりふになつてゐると言はれるのは、一つにはそのためである。なぜなら私達は文字言語においてはあまり声を意識せず、主として論理や文法に随ひやすいが、音声言語においては、芝居のせりふに限らず、平生の会話においてさへ、発声機関、及び音韻の生理的必然性に随ひやすく、その肉体的条件は論理や文法よりも、それぞれの国語にとつて固有不変の性格を有してゐる。七五調のみに限らぬが、四四、六六等、日本語の喋りやすく聴きやすい安定した律といふものがあつて、私達日本人はそれから容易に脱け出せるものではない。

私の訳がいかに七五調などを採り入れてゐようとも、それだけで韻文訳といふことにはならない。シェイクスピアの英語が弱強調で書かれてゐると言つても、それだけでは詩にならない。弱強調は英語における最も自然な律をなすものであつて、日常会話、演説においてはもちろん、一般の散文においても、少し名調子になると、おのづから弱強調の形を採る。シェイクスピアの英語が詩であるのは、それが各行五歩格といふ定型をなしてゐるからである。しかも、それは五歩格十音節ごとに無意味な改行をしてゐるのではなく、各行は論理的、心理的な纏り(まとま)を示してゐる。もちろん、例外はある。が、その例外は、ことに後期において、かへつて効果的であると考へうる場合にのみ限られる。

英文学を研究し、英詩を学んできた論者が、外形的に行分けだけを行つてゐる訳書を目して、シェイクスピアの詩を生した原文に忠実な訳と見なし、それに反して改行せずに書下した私の訳を散文訳と評するのは、途方もない嘘である。少くとも日本語においては、シェイクスピアは散文をもつて訳すほかに方法はないし、事実、私のばかりでなく、逍遙はじめ誰の訳も散文訳になつてゐる。逍遙を除いてほとんどすべての人の訳が外形だけの行分けを試みてゐるのは、ただそうしないと本が薄くなり高い定価がつけられないといふ出版上の便宜のために過ぎず、詩か散文かといふ文学上の本質的な問題とはなんの関係もない。

いい気になつて言ふわけではないが、もし私の訳に行分けを試みるならば、おそらく他の誰の訳よりも、シェイクスピアの原文に忠実な訳だといふことが解つてもらへるであらう。私の訳の方がむしろ「直訳」なのである。「意訳」してある場合ですら、さう言へる。といふのは、英語の、さらにシェイクスピアの文構造や語順を日本語に移すためにそれを行つてゐるからである。一の例を挙げよう。それは「ヴェニスの商人」第三幕第二場で、ポーシャの口から愛の言葉をかちえたバサーニオーがその喜びを語るせりふだが、私のを含めて三つの訳を対照してみよう。逍遙と私の訳は書下しであるが、原文との対照の便のため、かりに行分けしておく。

Madam, you have bereft me of all words,
Only my blood speaks to you in my veins,
And there is such confussion in my powers,

As after some oration fairly spoke,
By a belovéd prince there doth appear,
Among the puzzing pleaséd multitude,
Where every something, being blent together,
Turns to a wild of nothing, save of joy,
Expressed and not expressed……

お嬢さん、私はもう何も申し上げることが出来ません。
ただこの血管(けつかん)を流れる血だけが、私の思(おもひ)を伝へてくれませう。
私の心の働(はたら)きはすつかり混乱してしまつて、
例へば、国民の愛敬(あいけい)をあつめてゐる国王が、
何か立派な演説でもし終つた時、喜びに湧く民衆の間(あひだ)に
見られるあの混乱、一つ一つには意味のある言葉が、
雑然と入(い)り乱(みだ)れて、ただ喜びの声といふ以外、
それも表明したつもりだが、はつきりとは聞き取れない、
一つの無意味な雑音(ざつおん)になつてしまふ、丁度あの混乱です。
お言葉に対して、何とももう申すことが出来ません。

(中野訳)

只もう此五体中（このからだぢゆう）に沸立つ血が御返辞なのです。
わたしの感覚や知覚は混乱してゐます、
譬へば、人望のある君主が巧みな演説をせられた時分に、
公衆が満足して、
最初は各自（めいめい）小さい声で何か喜んでゐるが、
その各自の喜びの声が最後（おしまひ）には雑然（ごつちや）になつて、
表白（いひあらは）すと表白（いひあらは）さんとに係らず、
只もう喜んでゐるといふことだけは確実（たしか）だが、何が何やら分らない大混乱になつてしまふやうに、わたしは只もう嬉しいのです。
（逍遥訳）

いまのお言葉で、もう何も申しあげることは無くなりました。
ただこの血だけがあなたに語りかけるのだ。
どうやら心の働きが乱れてしまつたやうです。
いはば、国民に愛されてゐる国王が
みごとな挨拶を述べ終つたあとで、
喜びに湧きかへる群集を捲きこむあの騒ぎにも似てをりませう。
そんなとき、人々の口を洩れる言葉が、雑然と入り乱れ、
その一つ一つには意味があつたものが、結局はわけのわからぬ騒音の渦と化する。喜んでゐ

ることだけは確かだが、
聞くものに果してそれと解るかどうか……

（福田訳）

断るまでもなく、私の訳は前二者から二三の語彙を借りてゐる。そのことを棚上げして先輩に文句をつけるのは、怪しからぬ忘恩行為であるが、それは許していただきたい。原文の各行が飜訳の各行にそれぞれ一致し、行内の語句が他行のそれと交錯したり後出の行が前に来たりしてゐないといふ点では、かうなれば「やけ」で言ふが、私のが一番よく出来てゐる。わづかに、第四行と第五行とが前後してゐるだけである。傍点の部分は原文にはない解説的補足、あるいは繰返しで、私が附けたものである。私の訳では、それを含む行がことに長くなつてゐる。ところで、中野氏の訳が普通の意味では最も原文に忠実だと考へられよう。といふのは、第四行以下の構文を原文のそれと完全に一致せしめてあるからだ。第四行以下が一気に書き流され、最後の行まで終止形が出て来ない。その点は逍遙訳と同じだが、違ふのは第三行の「混乱」を受けて第六行と最終行とにそれを繰返してゐるのに、逍遙訳では最終行に繰返してゐるだけである。中野氏の方が原文に忠実だと言へよう。なぜなら、原文の文構造を見れば、第三行が主文であつて、第四行の頭の関係代名詞「as」以下がその主文中の「混乱」を受ける従属文になつてをり、さらに第七行の頭の関係副詞「Where」以下はその従属文のまた従属文になつてゐるからである。中野氏はその文構造を守つて、第一、第二の従属文の後に、そのつど「あの混乱」と繰返し、主文の「混乱」に舞ひもどつて、それを限定修飾してゐるわけである。

一方、逍遙の訳では、その原文の第一の従属文と第二の従属文との関係、あるいは切れ目が明らかでなく、第六行の末尾は「……何か喜んでゐるが、」と接続助詞「が」で続けて、最終行にのみ「大混乱」を繰返してゐる。のみならず、原文における主文と従属文との関係が断たれ、第三行目の終りを「……混乱してゐます」と終止形にして、「譬へば……」以下を別箇の文章に仕立ててゐる。一読して明らかなやうに、逍遙訳の方が中野訳よりも解りやすいのは、そのためである。中野訳では第三行の終りが「……混乱してしまつて」と中止形になつてゐるため、主文と従属文との連絡はつくが、日本語の論理では、中止形の後に主文が来ることが予想されるため、原文において論理的にも心理的にも主文の役割をなす第三行が弱くなつてしまふのである。といふことは、バサーニオーの言ひたいことは第三行にあるのではなく、その後にあるのだといふ期待を聴衆に与へることであり、また役者もさういふふうにしか喋れないといふことである。しかも、第六行と最終行とで、「あの混乱」といふ言葉によつて、聴衆は二たび、三たび、第三行に引返させられる。これは聴衆にとつて心理的にも生理的にも苦痛である。それを苦痛なしに聴けるやうな喋り方は、どんな役者にも出来まい。

それと関聯してもう一つ大事なことがある。それは原文の最終行であるが、中野訳、逍遙訳では第八行に来てゐる。大げさに言へば、これは致命的である。原文では、この後でバサーニオーはポーシャから貰つた指輪の話にもどる。なるほど「Where」によつて率ゐられる第二の従属文は第一の従属文全体を受けてをり、共に比喩を形造つてゐるものであるが、バサーニオーはその比喩の円周を閉ぢながら、それを去つて現実に戻らなければならないのである。が、その戻り方が問題だ。出発点の第三行に戻つてしまつたのでは、足踏み状態で前に進めない。また、比喩だけで完成し輪を全く閉ぢてしまつたら、そこから脱出するのは並大抵ではない。その意味において、この第二従属文を、さらにその従属節である「expressed and not expressed」といふ附けたりの一句で終らせ、しかもそれが論理的にはあくまで比喩の一部になつてゐながら、心理的には、バサーニオーの心の「混乱」を現し、第三行の螺旋延長線上に重つて位置するやうになつてゐるのは、シェイクスピアが劇作家であるかぎり、至極当然の配慮と言へよう。

したがつて、その後になほ文章を続け、終止形で落著かせるやうにしてはならないのである。逍遙はおそらくそれを感じたのであらう、「大混乱」で一度出発点に戻りながらも、「わたしは只もう嬉しいのです」といふ一句を附加して、比喩からの脱出を示してゐる。

四

シェイクスピアの天才は浪漫派によつて再発見されたと同時に、またその「弱点」も彼等の手によつて「暴露」されたと言へる。しかし彼等が、シェイクスピアの弱点と見たものが、あるいは、それが何であるにせよ、それを弱点と見なしたことそのことが、実は近代浪漫主義の弱点なのだといふ風にも考へられるのであり、その意味においては、二十世紀の、ことに第一次大戦後のシェイクスピア批評史は、浪漫派の見落したシェイクスピアの再発見に力を入れはじめたと言へよう。私達はそれを何処に見出すべきか。言ふまでもなく劇場においてである。

　シェイクスピアは英国最大の劇作家であるか、それとも英国最大の詩人であるかといふ不毛の問ひが、浪漫派以来しばしば繰返されてきて、日本の英文学者の間では、今日でもその種の議論が必ずしも跡を絶つたとは言へない。この「通俗的」な問ひかけは既に最初から答へが決つてゐるのである。浪漫派の試みたことは、一人の座附作者を劇場から救ひ出し、それに天才詩人の称号を与へることであつて、爾来、シェイクスピアは劇作家であるよりは詩人であるといふことになつた。いや、彼が詩人であるか劇作家であるかを問ふ場合には、あらかじめさういふ答へが用意されてゐるのが普通である。そもそもが問ひかけなどといふものではない。また大した根拠も主張もあるわけではない。そこには単に論者の、文学的な、あるいは鑑賞者の文学青年的な、なほ端的に言へば、外国文学者の文化的な、自己陶酔が見られるだけである。「英詩」としてシェイクスピアの美を味読しえたといふ、その感傷的な自己満足は、それが感傷的であり、自己満足に過ぎぬものであるだけに、対象の作品から離れて自意識そのもののなかで大きく脹れあがる。人はもはや作品そのものに見入つてゐるのではなく、それを鏡として自分の鑑賞能力や自分の文学的感動に見入つてゐるのに過ぎない。

　さういふ日本の英文学者はシェイクスピアの向うに英詩を、時にはそれだけしか見てゐないのである。シェイクスピアに流れ入り、シェイクスピアに溯りうる英詩一般を、その伝統を見てゐるだけである。シェイクスピアがそれに堪へうるほとんど唯一の詩人であることは、最も常識的な英文学史の保証を得てゐる事実であつて、何処からも文句の出ようはずはない。それほど文句の出ようのない彼の詩的天才に比して、彼の作劇術や性格描写は全く支離滅裂ではないかといふことになる。シェイクスピアが秀れてゐるのは部分においてであつて、全体の構成や筋の運びにおいては後世の凡才に必ずしも優つてはをらず、部分が秀れてゐるのは韻律、詩的措辞、比喩的想像などの美によるものであつて、それらは作劇術にとつては、第二義的な機能としか考へられない。のみならず、シェイクスピアにおいては、その部分がしばしば劇的全体性を犠牲にし、破壊しさへする。

さういふ批判に対して劇的天才シェイクスピアを主張する人達はどう答へてきたか。まづ論より証拠、彼の劇場における成功を挙げる。作劇術に欠陥があり、性格描写に矛盾があることを認めたにしても、その劇的迫力は強烈であつて、劇場においては、それは見物の魂の最深部にまで浸透する。したがつて、その欠陥乃至(ないし)矛盾と認められるものも、近代的な作劇術に、あるいはギリシア劇の古典的な作劇術に囚れてゐる場合にのみ言へる、単に表面上のそれに過ぎないといふことになる。そのことを私流に言ひなほしてみるなら、シェイクスピアの作品の現実感は舞台の上にではなく、劇場の中にあるのだ。作劇術においても性格描写においても、彼は舞台の空間的な論理学に頼らず、専ら劇場の時間的な心理学に随つてゐるだけだ。彼は作品の対象に対してよりも、自分がそのために書いてゐる見物の心の動きに対して、まづ忠実であらうとした。なぜなら、その全機構に最初に手を触れ、それを動し始めたのは、誰でもない彼自身だからである。その観点から見るなら、シェイクスピア劇には、幕開きから幕切れに至るまで瞬時も休まぬ一つ魂の強靭な律動感があつて、そのうねりが他のどんな劇作品にも窺(うかが)へぬ首尾一貫した全体性を実現してゆくのである。手取早く言へば、シェイクスピアの精神は一つの作品を通じて絶えず劇的に動いてゐるのである。彼が英国最大の、いや、おそらく世界最大の劇作家であることは、その「失敗作『ハムレット』」においてさへ、紛れもない事実であらう。

しかし、私は、彼が詩人であるか劇作家であるか、あるいは彼のある作品が詩として秀れてゐるか劇として秀れてゐるかなどといふ問題にこだはつてゐるのではない。私の真意は次のことにある。シェイクスピア劇作家説を主張する人々は、なぜ韻律や措辞を詩人説の手に委ねてしまひ、その後の残り物として作劇術や性格描写を譲受け、その欠陥を弁護しようなどと考へるのか。だが、その前に、詩人説を主張する人々は、なぜ韻律や措辞を詩の専有物と見なし、作劇術をその外に追放しうるなどと考へたのか。罪はいづれの側にもある。第一に、王政復古以来、英国の劇場はせりふから詩を追放し、それを単なる会話に堕さしめる道を辿つてきた。劇作家説の前に劇作家の手に、既に作劇術しか残つてゐなかつたのである。第二に、詩の領域でもまた詩の追放が始り、その結果、詩人の手に残されたものは作詩術だけになつてしまつたが、その詩の恢復を目ざしたはずの浪漫派も、実は危機のありやうを真に理解してはゐなかつたのだ。なるほど、韻律や措辞だけでは詩にならぬ。が、それなら、恢復しなければならぬものは何であつたか、その自覚において、彼等は充分に徹し切つてはゐなかつたのである。

もちろん、浪漫主義の根柢には、擬古典主義に対する人間や自然の主張があるのだが、さういふ抽象的な観念で、追放された詩が手もとに戻つてくるはずはない。今日では、その人間や自然の代りに階級や政治といふ概念が、同様、阿片の役割を演じてをり、その意味で、現代は一めぐり下廻つた二度目の浪漫主義時代と考へられる。もつとも、最初のそれが既にエリザベス朝文学に対する浪漫主義復活と見なされるなら、現代は二めぐり下廻つたその三度目の復活と呼んでもよい。早く言へば、「じり貧」といふことではないか。一度入口を間違へた以上、出口は見出せない。その絶望感については、十九世紀の「ブルジョワ浪漫主義」よりは今日の「プロレタリア浪漫主義」の方がよく弁へてゐてよいはずだといふことになる。だが、この道を何処まで歩き続けようが絶望しかないと弁へることは、この道しか歩けない自分を思ひ知ることであつて、それでは救はれぬとなれば、ただもう道のある限り、道を造れる限り、小道から小道を歩き続けて時を稼ぐことよりほかには手はなくなる。さうして自他を欺いて時を稼ぐための世界観や藝術観が、一度目も二度目もない、そもそもの最初から近代あるいは浪漫主義といふものの正体なのである。

さういふ危機的なものが既にシェイクスピアの中にあつて、何よりもそれが私の心を引く。彼はルネサンスといふ誤れる入口に立つてゐるのだが、救ひを求めて観念に身を売るやうな愚かさや弱さ、その他いかなる浪漫的自己欺瞞(ぎまん)からも免れてゐる。そのため、今の私達の目には、彼が危機に見舞はれてゐることすら、とかく見逃されがちである。彼の危機に救ひがあつたかどうか。いや、それは救ひを必要とするものであつたかどうか。もし彼の危機に救ひが必要であつたなら、彼はまづ教会に出かけたらう。少くとも彼はそれを劇場に期待しはしなかつた。彼が劇場に期待したことは、危機から自分を救ひ出すことではなく、危機と戯れることであつた。シェイクスピアのせりふが詩でありえたのは、そしてその詩がせりふでありえたのは、彼が言葉といふものを危機の表明や解決の通路としてではなく、その中に危機を呼入れ、それと戯れるための場として把握してゐたからである。

十八世紀英国の詩壇や劇壇が追放した詩といふのは、そしてまた十九世紀の「ブルジョワ浪漫主義」が恢復しそこなつた詩といふのは、さういふ言葉の機能である。なるほど、浪漫派は人間や自然の主張によつて、一時、詩の恢復を実現しえた。が、結果的には、それは詩の自殺行為にひとしかつた。なぜなら、彼等の主張は、それによりよく適合した形式である小説の開花を促すのに役立つただけだからである。自分のために耕した土壌を小説に奪はれて、窮地に追ひこまれた詩は、ふたたび擬古典主義の時代に舞ひ戻らざるをえなくなつた。さうして、形式としては二たび作詩術だけが残り、内容的には詩の純粋化といふ観念だけが残つたのである。詩の純粋化といふ空疎な観念は、詩が詩を追放したために起つた衰弱現象の結果であり、同時にまた今日の文学的荒廃と文学概念混乱とをもたらした原因でもある。

シェイクスピアが詩人であるか劇作家であるかといふ通俗的な話題も、やはりそこに端を発してゐる。のみならず、劇作家説を主張する人々が詩の外に作劇術を論じる習慣も、いはば「論敵」の暗示にかかつてゐるからに過ぎない。話は簡単明瞭であるはずだ。シェイクスピアが英国最高の劇作家であるのは、彼が英国最高の詩人であるからではないか。シェイクスピア劇のせりふが最も劇的な高まりを示す瞬間は、それがシェイクスピアにしか書けない最も秀れた詩をなすときではないか。一体、詩とは何か。せりふとは何か。詩はせりふではないのか。

せりふは詩ではないのか。そしてまた散文は詩に対立しなければいけないのか。散文は詩を目ざしてはいけないのか。最後に、詩の散文訳において、それがなほ詩を保持し、詩を目ざすことが可能であるならば、それはどのやうな詩において可能であるのか。どのやうな意味において可能であるのか。

五

「身振りとしての言語」の著者ブラックマーは、身振りは言葉に生得的なものであつて、その機能を奪はれた言葉は死に瀕する(ひん)と言つてゐる。言語ばかりではない。人間のあらゆる営みは身振りを伴ひ、身振りとして理解される。ブラックマーはさう言ひたいらしい。さらに彼は自然の姿にも、つまり樹木の枝ぶりや山のたたずまひ、その他すべてに、生きようとする意思の身振りの表現を見る。いや、身振りは何物かの表現ではなくて、その物の行動なのである。あるいは、表現は行動なのであつて、反射ではないと言つてもよい。存在そのものが身振りであるならば、藝術もまた身振りでないわけがない。言葉が身振りであるならば、せりふこそ最も激しい身振りであるはずだ。言葉が身振りであるならば、詩は最も密度の濃い身振りであるはずだ。詩はせりふであり、せりふは詩になる。詩が声に止る限り、それは身振りであり続ける。声には必ず身振りが伴ふからである。その身振りの振幅を激しくし、その密度を濃くするものが、韻律であり、繰返しであり、懸け言葉である。

私はこれまで度々劇における言葉は行動そのものであり、行動の尖端(せんたん)において発せられ、さらに行動を生み出すものであるがゆゑに、最も純粋に行動的でなければならぬと言つてきたが、そのことは右のブラックマーの身振り論と一致する。ハムレットが自分の怯懦(けふだ)を反省する独白において、あるいは母親に向つてその罪を責め立てる言葉において、私達はその「意味」を通じて彼の心中「考へてゐる事柄」を推測らうとしてはならぬ。ハムレットの言葉はハムレットの口を突いて出てくる、その身悶(みもだ)えであり、身振りであつて、彼はどんなに悲劇的な危機の瞬間においても、自分の言葉が身振りとしての律動に乗つて宙に飛び散つてゆくのを、実はひそかに楽しみ、その楽しみに酔つてゐる。言ひかへれば、さうして酔へるやうに彼は自分の言葉を吐き出してゐるのであつて、何かの「意味」などを伝へようとしてゐるのではない。言葉で自分を鞭打(むちう)ち、言葉で自分にまじなひを掛け、さうして自分を言葉の次元にまで引上げようと暴れ廻つてゐるのである。それをまた私は演戯とも呼んだ。

シェイクスピアの飜訳において、一番大事なことは、そのせりふの「意味」ではなく、さういふ身悶えを、さういふ身振りを、弾みのある日本語に移すことである。「意味」を伝へることは解釈の仕事であつて飜訳のなすべきことではない。ハムレットの言葉がハムレットの口を突いて出るといふことは、言葉が言葉を引出してゐるといふことだ。決して「意味」が「意味」を引出してゐるのではない。あくまで言葉が身振りとして身振りを引出してゐるのだ。言葉と言葉とのつなぎにおいて、もしその身振りが消滅すれば、その瞬間、言葉は単なる「意味」に堕してしまふ。飜訳にせよ、創作にせよ、役者の口にのるせりふになつてゐるといふことは、単に喋りやすいといふことを意味しない。それが身振りになつてゐるかどうかが問題なのだ。弾みがあるかどうかが問題なのだ。せりふに内在する弾みは、むしろ日常的な意味では喋りにくい。なぜなら、それは強度の緊張を要求するからである。

例を「オセロー」に採る。第三幕第三場において、オセローはイアーゴーの仕掛けた罠にずるずると引込まれてゆく。そして最後にキャシオーとデズデモーナを殺すことを決意するのだが、左のせりふはそのオセローの迸る憎しみの激情を訴へてゐる。ここでも問題なのは「意味」ではない。オセローの嫉妬の身振りを表すことが眼目なのである。言葉は淀みなく流れるといふふうにはゆかない。話し手の脳裡に現れる観念は複雑な構文を採らず、極く単純な短文が、時には単語が口を突いて出る。身をよぢつてそれを間歇的に吹上げてゐるものは話し手の暗い情念であり、さうして切れ切れに吹上げた言葉が、やがては逆にその情念の淀みなき噴出を誘ひ出してくれるのを待つてゐるのだ。さうした身振りの「いらだち」が原文二行目の繰返し、三行目終りの一語文や呼びかけにも現れてゐる。が、何よりも明らかなのは、全体を通じて、叩きつけるやうに投出された単綴語の羅列である。

O, that the slave had forty thousand lives!
One is too poor, too weak for my revenge.
Now do I see 'tis true. Look : here, Iago,
All my fond love thus do I blow to heaven —

'Tis gone.

ええ、あのごろつきめ、千も万も命を持つてをればいい！
思ひ知らしてやらうにも、一つでは足りん、少な過ぎる。
これで本当だといふことが分つた。見ろ、イアーゴー、
かうやつて俺の愚かしい愛情を総て大空に吹き散らしてしまふ。
散つて行つてしまつた。　（木下訳）

おお下司奴め命を四万程も有つてゐればええに！
一つきりぢや俺の復讐には足らんわい。
して見ると、事実に相違ない。こら、見い、イアーゴー、
俺のおろかな恋慕の情は、この通り、天外に吹き飛してしまふわい。
もう去つてしまうた！　（逍遙訳）

おお、あの下司下郎め、いつそ千万の命をもつてゐてくれればいい！
一つでは足りぬ、一つではこの怨みをどうして霽しえようぞ。
もう解つた、事実なのだ。見ろ、イアーゴー、これ、このとほり、
このおれの愚かな愛を、最後の一かけらに至るまで宙に吹きとばしてしまふのだ――

それ、もう空つぽだ。　(福田訳)

相手の命が「一つ」では不足だと思ふ、その「一つ」といふ数の観念は、「千万の命」と口を突いて出た、やはりその数の観念に誘はれて出てきたものであるから、あるいは最初に「一つでは足りぬ」といふ想ひが閃(ひらめ)いて、それを跳び越して「千万の命」をといふ言葉が溢(あふ)れ出てきたのであるから、どうしてもその後にはすぐ「一つ」と続かなければならない。木下訳のやうに「思ひ知らしてやらうにも」が割込んできたのでは、吹上げる言葉の身振りに断絶が生じ、その勢が中途で腰砕けになつてしまふ。その割込みがあるため、同じ「一つでは足りん」が解説的、説明的になり、他人事のやうに弱く響くのである。そのことは先に指摘した語順の問題と関りをもつてゐる。情念に煽(あふ)られて無選択に言葉を投出してゆく過程に対して、理性の堰(せき)がそれを抑止するやうに働きかけ、なほその堰き止めを逃れて言葉が迸り出るところに、せりふの身振りが成立つのであるから、当然、語順を無視して身振りは伝へられぬわけである。

その意味で、第三行の“Now do I see”とそれに続く“'tis true”とはどうしても原文どほりの語順を守らねばならぬ。オセローの頭にまづ閃いたことは、妻の姦通が事実なのだといふことかもしれぬが、その瞬間、彼が何より言ひたかつたことは、それが事実だといふことそのことではなくて、今、おれはそれをはつきり見て取つたといふことであらう。つまり、彼は事実の叙述をではなく、自意識の表明をしたかつたのだ。その彼の見えが言葉の身振りとして伝へるために、といふよりは、その見えが何よりも先に自己を主張したために“Now do I see”といふ言葉が口を突いて出たのであるから、木下訳のやうにそれが後になつては弱くなる。なるほど日本語の構文としては、後の方が主文になるのだが、それは文法上さういふだけのことで、心理的には主文の強さをもたず、語尾的な附足りの効果しか認められない。逍遙訳ではそれを先に出してゐるが、「して見ると」といふ接続詞的成語にしてしまつたため、やはり他人事のやうに呑気な話になつてゐる。両者共に、姦通が事実なのだといふ事実の叙述であつて、そのことが話し手の心に与へた苦しみの身振り表現になりえてゐない。「もう解つた、事実なのだ」と訳せば、その身振りが幾らかでも伝へられるであらう。

言ふまでもなく、かうして語順を忠実に守ることによつて、構文の方は多少犠牲を強ひられる。主文と従属文の関係が全く失はれはしないものの、やはり曖昧になつてゐることは否定できない。もしその点を判然とさせたいならば、たとへば「もう解つた、(それが)事実だといふことが」と、倒置法を用ゐればよい。が、それも時によりけりで、この場合、やはり説明的な弱さを脱しえない。やはり終止形をもつた二つの完結文を読点で区切つておくより仕方はあるまい。役者の口にのるといつても必ずしも楽でないせりふ廻しといふのは、実はそのことである。この二つの対等の完結文に内面的な主従関係を保たせながら喋るためには、役者は「もう解つた」で緊張を解いてしまつてはならないのだ。発声法においてはもちろん、心理的にも、その間に緊張の持続がなければいけない。そのことは、言ひかへれば、「もう解つた」の前に、あるいはその中に、既に「事実なのだ」が含まれてゐなければならぬといふことでもある。しかも、すべてが、あらはに、用意されてゐてはならない。「もう解つた」といふ見えがあつて、それに押へつけられてゐる「事実」が、その見えの終るか終らぬうちに、下からそれを弾ねのけるやうに飛出してくる、そんな感じで「事実なのだ」を用意しておかねばならないのだ。

似たやうなことが前行の「一つでは足りぬ、一つでは」についても言へる。原文は "too poor, too weak" で "too" の繰返しになつてゐる。この繰返しは飜訳においてもなんらかの形で残さねばならぬ。が、この種の繰返しは身振り表現としてどういふ効果をもつてゐるのか。「もう解つた」の場合と同様、いや、ここではそれ以上に、オセローは最後の "revenge" を明瞭に意識し用意してゐる。さうしようと思へば、彼はいつでも、それを口に出せる。適切な言葉を求めて "poor" を "weak" に言ひ直してゐるといふよりは、あるいは強意のために言ひ重ねてゐるといふよりは、むしろ猫が捕へた鼠を楽しむやうに、"revenge" の前で言葉を転しながら、決定的な言葉に到達することを少しでも遅くしようとしてゐるのである。さういふ身振り表現がそこにはある。木下訳のやうに「一つでは足りん、少な過ぎる」といふ単なる意味表現の言ひかへではない。

したがつて、「一つでは足りぬ、一つでは……」においても、「もう解つた」の後と同様、役者は緊張を解いてはならないのだが、次の点でそれとはやや異つたせりふ廻しが要求されてゐる。それは二度目の「一つでは」が前の「足りぬ」と後の「饗しえようぞ」との両者にかかつてゐるといふことだ。私はこの種の用法をシェイクスピア劇のどの訳にも適用してゐるが、最初は自作「崖のうへ」で試みたものである。行きつ戻りつする心理の揺曳を、つまりその身振りを表すのに便利と考へたからである。ここで、役者は二度目の「一つでは」をあたかも繰返しのごとく、即ち「足りぬ、一つでは」の倒置法のごとく聴かせておいて、さうだと思ひこんでゐる聴衆の期待を、裏切るやうに「この怨みを……」と続けてもらひたいところなのである。さういふ身振りを私は狙つてゐた。

ある劇作家が私の訳について読点つなぎの文章の多いのを非難し、何処で切つたらよいか解らないと言つてゐたが、シェイクスピア劇ではシェイクスピアの原文がほとんどそれに近いものなので、いかに長せりふでも、一つのせりふは一息で喋らねばならぬのである。役者にとつて、それがどんなに激しい緊張を必要とするものであるか、しかし、それに弾みを与へれば、それがまたどんなに快いものであるか、そして私がその弾みの緊張感と快感とを出すために、どれほど苦心してゐるかを見てもらふために、次に「オセロー」冒頭のイアーゴーの長せりふを引用する。決して自慢したいからではなく、多くの劇作家、劇評家、役者に理解されぬための悔しまぎれに、念を押しておきたいのである。

おお、憎まずにゐられるものか。この町のお歴々が三人、親しく奴に会つて、このおれを副官にと頭をさげて頼んでゐるのだ。口はばつたいが、自分の値打は自分で知つてゐる、どう踏んでもそのくらゐの地位は当然だ。それを奴は、おのが意地づく意のままにふるまひたいばかりに、三人を態よくあしらひ、もつて廻つた美辞麗句に軍隊用語をやたらに織りまぜての逃げ口上、そして、とどのつまりは、こちらの敗訴、せつかくの口添へをにべもなく一蹴、「まことの話」と奴の曰く「既に副官は任命ずみのこととなれば。」ところで、その男が誰だと思ふ？　いやはや、それが算数の大家、マイケル・キャシオーと名のるフローレンス人、いい女を手に入れて亭主気どりの今にもおめでたくなりかねない男なのだが、いまだかつて野に出で陣頭に立つた経験のないことはもちろん、いざ敵と相対して部隊の配置をどうしたらいいかと言はれれば、小娘ほどの智慧もない――あるのはただ本で仕込んだ空理空論、それなら長袖の役人でも結構負けずに弁じたてられようといふものさ。単なるお喋りだけの実践ぬき、軍人としてのやつの身上はそれに尽きるのだ。しかも、そいつが、おい、聴け、大将のお眼鏡にかなつたといふのだぞ。一方、おれは、その目で充分御覧じたはずだ、ローズ島からサイプラス島、そのほかクリスト教国と否とを問はず、到るところで手柄をたててきたこのおれは、帳つけ野郎の風下に追ひやられ、帆も挙げられず小さくなつてゐなければならないのだ。算盤野郎め、奴はまんまと副官になりあがり、一方、おれは――おお、神よ、人もあらうに！――ムーア御前の旗持ちだ。

後では触れる機会が無ささうなので、ついでに言つておくが、私の訳に体言止めが多いのは、よく言はれるやうに「テンポ」の早い喋り方を要求してゐるからではない。話し手の心理や情念がせりふの弾みで折角ある水準まで高まつて来てゐるのを、国語動詞の悠長で説明的な語尾で落してしまひたくないからだ。体言止めにすると、その後は休めないのである。もし「テンポ」の早さのためといふなら、それは物理的な時間を考へてのことではなく、心理的な時間を考へてのことである。せりふが身振りとして緊張を解かず一貫してゐるといふことは、つまり、そこに時間の流れが、看取できるといふことは、その時間が舞台の上に、あるいは劇場の中にどつかり居据るのを空間的にまざまざと見て取れるといふことなのである。なにも体言止め一つで大げさな藝術論を吹掛けようといふのではない。シェイクスピアのせりふがさういふ見事な効果をもつてゐること、なぜならそこでは言葉が「意味」ではなく身振りになつてゐるからだといふこと、それが言ひたいだけなのである。

もう一度、オセローのせりふに還るが、その単綴語の間歇的に吹上げるやうな音声効果は飜訳では容易に出せない。「一つ」の繰返しでもさうだが、「意味」表現の上では不可欠ではない副詞や代名詞などによつて、わづかにそれを忍ばせるよりほかに手は無かつた。「いつそ千万の…」「見ろ、イアーゴー、これ、このとほり、このおれの愚かな愛を」「それ、もう空つぽだ」のごとくであるが、その最終行を「…空つぽだ」としたのもそのためである。逍遙訳、ことに木下訳のやうにすると、膠著語（かうちやくご）である日本語の場合、一語一語の独立性が弱いので切れ目が無くなり、ますます単綴語を連ねた感じから遠ざかるからである。

六

言葉がもし「意味」を表すものに過ぎぬのなら、それは記号であつて声ではない。せりふではない。記号は普遍的であつて、時間の外にある。が、声は常に現在の中にあり、話し手の現在を表現してゐる。彼が過去の事実を語つてゐても、それは今それを語つてゐる彼を語り示してゐるものでなければならぬ。といふのは、せりふが身振りであるといふことを、ただ別に言ひかへただけのことである。シェイクスピアのせりふはその意味で最も現在的である。それは流動する現在である。したがつて、言葉が身振りだといふその身振りとは異つた意味で、しかもそれとつながつた意味で、彼のせりふは一語一語その話し手の時々刻々の身体的な身振り、即ちしぐさを目のあたり想ひ浮ばせるやうなものばかりである。それがまた役者の口にのるせりふといふことなのだ。しぐさから離れて、しぐさなしに、ただ舌先だけがそよぐといふことはありえない。だが、はつきり言つて、日本語訳シェイクスピアの大部分は、しぐさを伴はないせりふの羅列に終つてゐる。あるいはしぐさの甲斐のない、あるいはしぐさを殺す、したがつてせりふにならぬ言葉の連続でしかない。役者はさういふ言葉を喋りながら、どういふ顔附をしてゐたらよいのか、目は何処を見つめ、どういふ輝きを湛へてゐたらよいのか、そして姿勢にどういふ可動力を与へてゐたらよいのか、さつぱり見当がつかぬのである。

次は「ジュリアス・シーザー」の第三幕第一場でシーザーに最初の一撃を加へるキャスカのせりふであるが、「直訳」すれば「語れ、手よ、わがために！」である。キャスカはその言葉を吐出すやうに言ひながら、シーザーに襲ひかかるのである。いはば、その言葉でシーザーを刺すのである。従つて、このせりふは短剣の動きのごとき鋭く早い身振りをもつてをらねばならず、また役者が激しく襲ひかかれる身体的な身振りを伴ひうるものでなければならない。

Speak, hands, for me!

かうなれば、腕に物を言はせるのだ！　（中野訳）

もう……此上は……腕づくだ！　（逍遙訳）

この手に聞け！　（福田訳）

この三つの訳を対照しながら、それぞれにおいて役者はいつ短剣の柄に手を掛けたらよいか、いつ足を踏みだしたらよいかを考へてみることだ。逍遙訳においては、「腕づくだ！」と共に襲ひかかるよりほかにない。「もう」で柄に手がゆき、「此上は」で上体が迫つて相手に躙り寄る。やや歌舞伎的である。附廻しの形になり、シーザーは殺意を感じて警戒しながら、周囲を見廻すといふ段取りだ。が、附廻しを楽しむだけの余裕はない。キャスカは「此上は」の後の「腕づくだ！」をさういつまでも待つてゐたのでは、気が抜けてしまふ。それでは間がもてない。それにしても、原文は明らかに一挙動を予想してゐて、「用意」と「ドン」と二挙動には分ちえないものである。といつて、「もう」で襲ひかかつてしまふと、「腕づくだ！」は呑んでしまふよりほかに手はない。「もう……此上は……」で、キャスカの短剣はシーザーを刺してしまつてゐる。その後で、剣を抜きながら「腕づくだ！」では恰好がつかない。

しかし、二挙動にせよ、逍遙訳にはとにかく挙動がある。中野訳にはそれがない。「かうなれば、腕に物を言はせるのだ！」が襲ひかかるしぐさとどういふ関係にあるのか明らかでないのだ。動く前に言ひ終るのか、あるいは言葉の途中で踏みこむのか、その辺が解らない。いや、いづれにせよ、無理である。なぜなら、言ひ終つた後では、もう行動に移る力が抜けてしまふからだ。もし力が抜け切らないやうに言ふとすれば、それを押へながら小出しに喋る方法、つまり逍遙訳の「もう……此上は……」式に前半は構へだけで、何処か途中から踏みこむしかないのだが、「腕に物を言はせるのだ！」はどうしても途中で切れない。「腕に」から動き始めるにしては、このせりふは長すぎるし、説明的で理窟ぽく、激しい一挙動に適合しない。「腕に物を」まで押へてゐるにしては、逍遙の「此上は」と異つて含意があらはでありすぎるし、「言はせ……」で激しい動きに移る文脈上の必然性に欠けてゐる。

この場合、言葉は身振りとして、話し手を行動に駆立てるものでなければならぬ。キャスカは今、自分で自分を鞭打ち、自分の手足を動かす掛声を欲してゐるのである。その掛声が動きに転じ、そのしぐさがさらに叫び声を引出すやうな、いはばせりふとしぐさとがほとんど一瞬にして相互に因果をなしうるやうな、さういふ言葉が必要なのだ。せりふが行動であり、行動の尖端にあり、行動のうちで最も行動的なるものであるといふのはその意味においてである。

そのことと関聯して、もう一度、語順の問題に戻る。例を同じく「ジュリアス・シーザー」の終幕に出てくるアントニーの最後のせりふに採る。彼は敵将ブルータスの死骸を前にして、その人格を讃美するのだが、問題は第二行の“Nature”以下の語順にある。いや、結局は第三行の“Say to all the world”と“This was a man”といづれを先に訳すべきかといふ問題に帰著する。

His life was gentle, and elements.
So mixed in him that Nature might stand up
And say to all the world 'This was a man'

その生涯はまさに寛仁、高雅、その渾然たる
調和融合の稟質は、ために大自然も立つて、
「これこそは人間！」と、全世界に向つて叫ばん底のものであつた。（中野訳）

其生活は高雅で、其稟賦(うまれつき)は
如何にも程よく、種々の要素を混交してゐた、造化みづから立上つて、
全世界に向つて「これこそ人間！」と呼号したであらうほどに。（逍遙訳）

その一生は和して従ひ、円満具足、
中庸の人柄は、大自然もそのために立つて、
今も憚ることなく全世界に誇示しうるものであらう、「これこそは人間だつた！」と。

（福田訳）

それは一見、大した違ひではないやうに見えるが、いざ役者の身になつてみると、前二者と後者とでは芝居が大分違つてくる。言ふまでもなく、"This was a man" は直接話法で、アントニーが自然の声色を使つてゐるのであるから、役者としてはここで大いに見えを切りたいところである。その前に休止を置き、手を挙げて、改めて声高く出てゆかねばならない。が、前二者では文脈上、前に休止を置くわけにゆかぬ。それよりも困るのは、見えを切つてそれを言ひ終つてから、まだ後があつて、この場合も、文脈上すぐ続けなければならない。アントニー役者は、どうしたらよいのか。

彼は自然の代弁といふ自己陶酔から早々に引上げなければならない。気持の上でも発声法やしぐさの上でも、いち早くアントニーに戻らなければならない。さもなければ、最後まで、そしておそらくは主語「大自然」の初めから、大声で喚きとほさねばならなくなるだらう。シェイクスピアの悲劇にお決りの死者を弔ふアンチクライマックスとしては、静かにしみじみと語つて来て、最後に、「これこそは人間だつた」と見えを切つて、アントニーはその気持のまま、オクテイヴィアスに幕切れのせりふを渡すはうが望ましくはないか。

語順の問題はまた次の観点から重要になつてくる。それは舞台においては話し手のほかに聞き手がゐるといふことだ。聞き手は話し手の言葉をその語順に随つて聞き、それに対して刻々反応を示す。同時に、その反応を見てゐる話し手が、またそれに対して反応を示す。したがつて問題になる重要な言葉が文頭に出てくるのと文末に出てくるのとでは反応に遅速の差が生じ芝居の質が異つてしまふのである。

そのよい例としては同じく「ジュリアス・シーザー」の第三幕第二場におけるアントニーの演説を挙げておかう。シーザー暗殺の直後、まづブルータスが演壇に上つて、市民の前にその名分を明らかにする。次にアントニーが立つて、シーザー哀悼の辞を述べ、市民の同情を引きながら、反暗殺者の雰囲気を盛上げてゆく。そのアントニーの長ぜりふが四つ続いて、完全にその思はくに引きずりこまれた市民達は口々に「乱を起せ」「ブルータスの家に火をかけよう」と喚き出す。それを見て、アントニーはさらに決定的な一撃を与へる。市民にとつて、シーザーが偉大な人物であり、不当の死を得ただけではまだ充分ではない、彼等にとつて大事なのは利害だ、内心、市民を軽蔑してゐるアントニーはさう考へて、「シーザーのどこがそれほどにも諸君の心中だてに値するのか！」と言ひ、やうやく遺言の内容に触れようとする。

Here is the will, and under Caesar's seal.
To every Roman citizen he gives,
To every man, seventy five drachmas.

さあ、これが遺言状です、ちやんとシーザーの証印がある。

ローマ市民一人残らず、めいめい各自に、
彼は七十五ドラクマづつを贈つてをります。　（中野訳）

これがシーザーの捺印を経た遺言状です。
シーザーはローマ市民各自へ、一人一人へ、
七十五ドラクマをお贈りします。　（逍遙訳）

これが遺言状だ、シーザーの印がおしてある。
ローマ市民全部に洩れなく分配せよとある。
全市民、一人一人に、七十五ドラクマづつ贈れと。　（福田訳）

英語において目的格の「七十五ドラクマ」が文末に来るのは少しも特別な形ではない。しかし、ここでは最初に補格の「ローマ市民全部に」が来てをり、しかも“he gives”の後にすぐ目的格をもつて来ずに、もう一度「全市民、一人一人に」と繰返してゐるのは、明らかに作者の意識的な語法が認められる。アントニー役者ではないアントニー自身が、ここで充分に芝居が出来るのだ。つまり、彼はシーザーが贈物をしてゐると市民に告げる前に、まづ「ローマ市民全部に」と言つて、彼等の気を引く。自分達に何がどうしたのか。さう思つて彼等がはつとした瞬間、シーザーの贈物があるのだと、アントニーはすかさず言ひ放つ。そして次の瞬間、

市民が何をくれたのかと身を乗出すのを見て、アントニーはつと身を引き、もう一度、「全市民、一人一人に」と無内容な言葉を繰返す。目的物をなかなか言はずに相手をじらしてゐるのだ。肝腎の金高は最後に、それこそ頬を打つやうに言ひ放つのだ。その効果のためには、"he gives" の前後の語順は原文のとほり守つたはうがよいのである。

なほシーザーの遺言のことは、アントニーはそれに一言触れただけで後を逃げてしまつて、聴衆が忘れたころになつて右のやうに二たびそれを持ち出してゐるのである。その点からも、その箇処のアントニーの芝居は効果的と言へよう。また、その最初に遺言状に言及するところでも、同じことが言へる。「(諸君が) 人間であるからには、シーザーの遺言を聴けば、ために激し狂ひもしかねぬであらう、」アントニーはさう言ひ、続けて "His good you know not that you are his heirs," と、初めて遺言状の内容を仄すのである。やはり、ここも原文の語順に随ひ、「知らぬに越したことはないのだ、自分たちがシーザーの遺産相続人に定められてゐるなどといふことは」(福田訳) とすべきではないか。「彼の遺産相続者は実に諸君自身である、などといふことを、諸君は知らない方がよいのです」(中野訳) ではまづい。

なほ、戯曲の飜訳について論ずべきことは多い。語彙、語尾、敬語、俗語、方言などの問題、及びモーラや音響効果などの問題があるが、それはまた別の機会に譲る。

(「声」第九号　昭和三十五年十月刊、
第十号　昭和三十六年一月刊)

言葉の藝術としての演劇

古典は現代化の必要ありや

古典とは何か、その定義は容易には下せませんが、字義通りに解すれば、典とは「則」「文」の意味ですから、昔の、或は昔から今日に至るまでの拠るべき法則、もしくは古代に書かれた作品といふ事になりませう。しかし、現代の中国でどう解釈してゐるかは別の話として、今の日本ではこの字義通りの意味で用ゐられてゐるとは限りません。寧ろ英語のクラシックといふ言葉の意味に近いものとして扱はれてゐる様に思はれます。その英語のクラシックは名詞の場合、次の幾つかの意味を持つてをります。

第一級の、或は文句無しに優れた文士、或は文学作品、殊にギリシア、ラテンのそれ。ま

た美術、音楽など藝術一般にも用ゐられる。　（O・E・Dの概要）

吾々も古典といふ言葉を大体この様に理解して用ゐてをります。第一に、書かれたもの、即ち文学作品、史書の類ばかりでなく、美術、音楽、建築などについても古典といふ言葉を用ゐます。第二に、「第一級の、或は文句無しに優れた」それらの作品のみを古典と呼び慣はしてをります。ところで、第一点については問題は無いとしても、第二点については、異議を持つ人があるに違ひありません。「第一級の」と言つても、一級とか二級とかは誰が決めるのか、それは人様々主観の相違で簡単に決るものではあるまい、随つて「文句無しに優れた」作品などあり得ないではないかと抗議するでせう。さういふ人は漢語の古典の典＝則の存在をも否定して顧みないに違ひ無い。なるほど、この異議にも一理はあります。が、この見解を取つたら最後、藝術の批評、鑑賞における一切の基準は消滅し、シェイクスピアより私の方が第一級の、文句無しに優れた劇作家だと言つても、それこそ文句の言ひ様は無くなります。のみならず、藝術と藝術にあらざるものとの差を見分ける基準も消滅し、大雅の絵は藝術でないが、流行の劇画とやらは藝術だと言つてもよいと同時に、なほ一歩進めて、格別に藝術などと称するものは存在しない、彫刻も電話機も同じく食へぬといふ点で何の異る処も無いと言つてもよく、吾々は相対性の泥沼から永遠に足を抜く事が出来なくなります。

それよりはO・E・D程度の定義を認めて置いた方が無難といふものでせう。といつて、主観の相違を絶対に認めぬと言ふのではなく、トルストイやショウがシェイクスピアを軽んじたからと言つて、何も目くじらを立てるには及びません。第一に、それは飽くまで少数派の意見に過ぎず、それが少数派であるにも拘らず認められるといふのは、トルストイやショウの場合、彼等の仕事を索引として、その文脈の中において充分理解出来るからです。シェイクスピアを認めない処に彼等の長所、或は弱点がある事を吾々は卻（かへ）つて面白く思ふからです。が、彼等は飽くまで少数派であつて、大多数はシェイクスピアを世界最高の「第一流の、或は文句無しに優れた」作家と見做（みな）してをります。それが古典といふものなのです。勿論（もちろん）、「文句無しに」といふのは少しの瑕（きず）も無いといふ意味ではなく、これは飽くまで「優れた」に掛る副詞句であつて、シェイクスピアが優れた作家であると認める事に文句無しの意味であります。また大多数の支持といふのはエリザベス朝時代、浪漫主義時代、或は現代といふ風に、或る一時代の大多数といふ意味ばかりではなく、時間、歴史の経過をも含めて、あらゆる時代を生き抜いて来た事をも意味します。何百年も前に、或は二三千年も前に書かれ造られたものが、そのままの姿で、時代を異にする今日の吾々の心に響くものを持つてゐる事、それが古典といふものなのです。繰返して申しますが、古典とは今日でも生きてゐるもの、或る意味では現代の作品よりも遥かに深い根源的な生命力を持つてゐるものの事であります。

　こんな解り切つた事を今更なぜ力説するのか理解に苦しむといふ人も多いと思ひますが、吾が新劇界ではその必要が大いにあるのです。譬（たと）へば、シェイクスピアの現代化といふ事が頻（しき）りに唱へられ、その点のみで演出家や役者が褒められるといふのが今日の趨勢（すうせい）です。が、シェイクスピア＝古典の現代化といふ事は、右に述べて来た事から言へば、論理的に矛盾した言葉で、全く意味をなしません。なぜなら、現代化の手続を必要とするものなら、それは既に現代に生きてゐないものと見做したからでせう。が、古典とは下手な現代の作品より現代に生きてゐるものといふ常識的な定義からすれば、現代化の手数を掛けねばならぬシェイクスピアなるものは古典ではないといふ事になります。演出家や役者は「ハムレット」を読んで、それがそのままの姿で現代の日本にも生き得るものと考へてゐるのかゐないのか、正に「To be or not to be, that is the question.」と言ひたくなります。もし「ハムレット」がそのままの姿で現代に生きてゐないと思つたのなら、なぜそれを現代化などといふ煩はしい手数を掛けてまで、わざわざ採上げようとするのか、私の理解に苦しむ処です。

最近の或る上演では、ハムレットを大人達の定めた掟(おきて)、秩序に抵抗する若き世代の代表といふ解釈の下で演出されました。しかし、ハムレットは第五幕第一場における墓掘との問答から察するに、幾ら若くても三十歳前後でなければならぬ事が明らかです。彼は二十三年土中に埋もれてゐた父王の道化師ヨーリックの髑髏(どくろ)を手にし、「かはいさうに、ヨーリックか！　それなら、よく知つてゐる。ホレイショー——際限もなく、のべつ幕なしに気のきいた洒落(しやれ)を言ふ男だつたが。その頃始終、おぶつてもらつたものだ」と述懐してをります。それだけの記憶と理解があるとすれば、当時、ハムレットは五六歳から十歳位までといふ事になりませう。ヨーリックがハムレットを「始終おぶつて」ゐた頃よりなほ数年経つて死んだとすれば、ハムレットは三十五でも四十でも構はない筈です。なほ墓掘はハムレットの生れた日からずつと墓掘をやつてゐると言つてをり、ヨーリックに葡萄酒を一本、頭からぶつかけられたとも言つてゐる事から考へても、ハムレットは三十以上と見做すべきでせう。当時の三十と言へば、今の四十に相当します。決して若者の代表者とは言へますまい。

といつて、ハムレットに若々しさがあつてはならぬと言ふのではありません。ここで作品「ハムレット」を論ずる暇はありませんが、唯一つ強調して置きたい事があります。それは虚心に作品を読めば解る事ですが、ハムレットは古き秩序に対する反逆者では決してないといふ事です。寧ろ、父王を殺した叔父によつて破壊された秩序を恢復しようと志した男なのです。それは第一幕第五場の彼自身の独白「この世の関節がはづれてしまつたのだ。なんの因果か、それを直す役目を押しつけられるとは！」によつても明らかな事でせう。また、これも何処かの劇団で、やはりシェイクスピアの現代化といふ名目の下にハムレットを革命家として上演しましたが、革命、或はクー・デタを起したのは叔父のクローディアスで、それを斃さうとしたハムレットは「反革命」の徒と言ふべきです。これもまた最近の上演で行はれた事ですが「ハムレット」を反戦劇として上演した例があります。しかしこれは第四幕第四場のハムレットの所謂第四独白として有名な次のせりふから考へて、どうしても無理な解釈といふべきでせう。そこにはかうあります、

　あの兵士たちを見ろ。あの兵力、厖大な費用。それを率ゐる王子の水ぎはだつ若々しさ。穢れのない野望に胸をふくらませ、歯を食ひしばつて未知の世界に飛びこんで行き、頼りな

い命を、みづから死と危険にさらす。それも、卵の殻ほどのくだらぬことに……いや、立派な行為といふのは、もちろん、それだけの立派な理由がなければならぬはずだが、一身の面目にかかはるとなれば、たとへ藁しべ一本のためにも、あへて武器をとつて立つてこそ、真に立派と言へよう。

古典の現代化といふのがその程度の事なら、寧ろ古典を捨てた方がいい。若き時代に反抗や革命、反戦を望むなら、わざわざ擦り切れた古典を洗ひ張りになど出さず、現代の作家により、現代の日本にもつと適切な作品を書いて貰つた方がよいと思ひます。ところが、現実には現代の日本にそれを生み出す力が無い。そこでシェイクスピアを代用品として利用するといふ訳です。が、現代の日本に若者や革命家を描き出す力が無いとすれば、古典を倉から引張り出して来て、演出や演技で綻びの繕ひや、染直しをしたところで、果して現代にどれだけの力を生み、影響力を持ち得るか。絶対に何の力も持ちますまい。単なる自慰行為に終るのが落ちです。それよりは古典のうちに潜む人間の生命力の源泉をそのまま表現し、演出家も役者も見物も、共々その力を身に附けた方が新しい時代への道が開けると言ふものでせう。

古典の現代化といふ事でもう一つ言つて置きたい事があります。それはロイヤル・シェイクスピア劇団の悪影響でせうが、右に述べた様な内容の現代化ではなく、形式、技術の現代化といふ事です。譬へば、先年、トレヴァー・ナンの「冬の夜話」の演出が日本の新劇人を大層昂奮させましたが、あの様な新しがりは英国ではここ十年位、屢々行はれ、吾々にとつては珍しい事でも何でもなく、「ああ、またか」と思ふ程度のものに過ぎません。一例を挙げると、開幕早々（第一幕第二場）シシリア王リオンティーズが自分の妃と客のボヘミア王ポリクサニーズとの間を疑ひ、嫉妬する場面がありますが、これはリオンティーズ役者の演技とせりふの力で表現すべきものである事は言ふまでもありません。シェイクスピア時代はさうしてゐたのです。が、ナンはこの場面でリオンティーズを舞台下手に置き、妃とボヘミア王を上手に置いて仲良く語り合せて置いて、途端にストップ・モーションを掛け、真紅のライトをリオンティーズの顔に当てるといふ事をしてをります。これは一種の説明に過ぎぬばかりか、よく商業演劇などで行はれる事ですが、別れてゐた男女が漸く逢へて抱き合ふ場面などで、裏に感傷的な音楽を流し、見物の涙を強要するのと全く同じ手です。が、多くの新劇人は商業演劇の伴奏を通俗的手段として軽蔑し、ナンのライトを斬新で洒落た演出技術として感心します。しかし音楽の方がライトよりまだしも人間感情にとつて本質的な繋りがありませう。ライトでは説明的になるだけです。

これは役者を信用してゐないか、或は見物を信用してゐないか、どちらかです。いづれにせよ、ナンは、古典が現代にそのまま生き得るものであると信じられないのにも拘らず、しかもその小手先の工夫でそれが現代化出来るといふ風に自分だけを信じてゐるのでせう。もしくは、その小手先の工夫によつて生かされる自分、或は現代に自己陶酔してゐるのかも知れません。さういふ自己顕示慾にとつて、古典ほど、シェイクスピアほど利用し易いものはないと言へませう。それほど相手の掌は大きいからです。が、この場合も、内容上の現代化と同様、シェイクスピアの真髄は失はれてしまひます。吾々の手もとにはその破片だけが残るに過ぎません。一体、ナンは古典を現代化したのか、それとも現代を古典化したのか、どちらでせう。後者なら詰らぬ事です。何もシェイクスピアを利用しなくても、穴だらけの作品、下手な役者に事を欠きはしますまい。さういふのを使つて演出技術、いや、演出トリックの見本市を開いた方が宜しい。

シェイクスピアは現代でもそのまま生きてをります。私がアメリカで観た黒人のオセロー役はライトの力もマイムやストップ・モーションなどの小手先の技術も使はず、全身を震はせ、熱つぽいせりふの力で、イアーゴーに騙（だま）されたオセローの嫉妬を、吾々見物に否応なく信じさせ納得させてくれました。しかも、彼のオセローは現代人の吾々の目にも愚かに見えるどころか、依然として高潔な魂を持つた人物に見えたのです。新演出や現代化など必要としない古典の姿がそこにありました。吾々は現代人としての己れを虚（むな）しうして古典に迫るべきであります。ジヨットーやフラ・アンジェリコの場合、雪舟や大雅の場合、誰が現代化と称して、照明に工夫をこらしたり、一部の線や色を削つて、それを現代の好みの形に変へたりしませうか。なるほど、シェイクスピアは脚本だけを書いたのであつて舞台化は吾々の自由かも知れません。また脚本と舞台との関係は楽譜と演奏との関係ほど緊密なものでもありません。殊に日本人が日本語で演ずる場合、大いに工夫が必要でもありませう。が、要はシェイクスピアを読んで何に感動したかといふ事にあります。読みながらライトの色を考へたり、ストップ・モーション、スローモーションを想ひ浮べたり、主人公を現代の政治社会情勢に置きかへたりしてゐるのか。さうしなければ、感動しないのか。もしさうなら、シェイクスピアとも古典とも絶縁するにしくはありますまい。

幕間

近頃の演劇界では文学作品としての戯曲、或はせりふといふものが甚しく軽視され、前衛の名の下に文学や言葉と絶縁した「純粋演劇」とでも名附けられさうなものが或る種の若い人々の心を惹きつけてゐるらしいので、それが如何に大きな間違ひであるかについて書いて見ようと思つてゐたのですが、偶々本誌編輯部から「リア王」所演の俳優座のパンフレットを見せられ、それに載つてゐる高橋康也、宮本研といふ二人の人の「対談」が私の「古典は現代化の必要ありや」に対する非難に集中してをり、それについて「書きたい事があつたら書いてくれ」と頼まれましたので、今回は連載の幕間に右両人の説得を引受ける事にしました。随つて、以下は「古典は現代化の必要ありや」の続篇として読んで頂きたいと思ひます。先づ二人の「対談」の一部を左に引用して見ませう。

高橋　劇団雲のパンフレットで福田恆存氏が「古典の現代化は必要か」ってこと書いてらっしゃる。これは最初丸善の「学鐙」に掲載されたのですが、読んだとき信じられなくて思わず目をこすったんです。一言で言うと、シェイクスピアは古典であって、古典はありのままやればよいので、当世風な解釈をくっつけて新しがるのは無意味であるっていう主張ですが……。

宮本　あの人は昔からそういう事を言います。

高橋　よき時代の昔の福田さんには、逆説の柔軟さがあって、僕なども啓発されたんだけど、今度は完全に硬化してきた感じで、呆れるやら悲しいやら。

宮本　硬骨の人ね。

高橋　硬骨ならいいんですよ。

宮本　頑固は困る。

高橋　信じ難いのは、古典には唯一のあるべき理想的な演出の形があるって信じてらっしゃるらしいですね。でも、古典は、どの時代においても受けとる人によって変容していくものだと思うんです。古典とか伝統についてエリオットの有名な説があって、つまり、新しい作品は伝統に支配されるけれども、逆に新しく現れた一つの作品が古典や伝統の体系全体を変えるっていうんですね。これは両刃の剣めいていて、なかなかいい定義だと思います。エリオットの権威でいらっしゃる福田さんには、こんなこと釈迦に説法の筈なんですが……。大体、芝居をやるって事、演出するって事は、否応なく作品をアダプトする事でしょう。

宮本　完璧にそうですね。演出家の立場としても、俳優の立場としても……。

高橋　僕みたいな純粋観客の立場から察しても、そういう気がしますね。まして飜訳の場合はもう一つのアダプテイションの次元がはさまり、否応なく古典を現代化する事になりますね。これは事の本質であって、良い悪いの問題じゃない。

私はここを読んだ時、高橋さんの言葉をそのまま借りれば「信じられなくて思はず目をこすつたんです」と言ひたくなりました。私は「シェイクスピアは古典であつて、古典はありのまやればよい」とも、「古典には唯一のあるべき理想的な演出の形がある」とも書いてはをりません。自分の書いたものをもう一度読み直して見ましたが、高橋さんにさういふ愚かな誤解を犯させた箇処は恐らく次の文章ではないかと思ひます。私はかう書きました。「何百年も前に、或は二三千年も前に書かれ造られたものが、そのままの姿で、時代を異にする今日の吾々の心に響くものを持つてゐる事、それが古典といふものなのです。繰返して申しますが、古典とは今日でも生きてゐるもの、或る意味では現代の作品よりも遥かに深い根源的な生命力を持つてゐるものの事であります。」これは何処からも文句の出ない極く常識的な古典の定義でせう。古典とはただ優れてゐる作品といふ意味ではなく、何百年、何千年と生き抜いて来た作品であつて、エリザベス朝時代においてはシェイクスピアも古典に非ず、ベケットは現代においても古典たり得ずといふ訳です。が、高橋さんはベケットは前衛であり古典であると言ふ。しかもエリオットの言葉をさういふ意味に解釈してゐる。ベケットの作品が「どんな古典作品にも劣らず実に構成がしつかりしてゐる」からだと言ふ。が、再び古典とはただ優れてゐる作品といふ意味ではありません。随つて「どんな古典作品にも劣らず」といふ事は古典の条件にはなりません。高橋さんにもその程度の事は解つてゐる筈です。それにも拘らず、エリオットの言葉を引用してベケットは古典作品に劣らず、古典でもあり前衛でもあるなどと言ふのは、その気持のうちに古典コンプレクスがあるからだと思ひます。ただ前衛だけでは安心出来ない、古典として聖化しなければならぬといふのでせう。が、私はそれほど古典主義者、或は古典絶対主義者ではありません。誰かの言葉ではないが、「ハムレット」に一言を附け加へ得なければ今日、作品を書く意味は無いなどと力み返つたりする気は毛頭ありません。さもなければ、シエイクスピアを飜訳、演出したり、自分で戯曲を書いたりするものですか。

ところで、「古典はありのままやればよい」といふ高橋さんの誤解ですが、先に述べた様に、私はそんな事は一言も言つてをりません。そもそも「ありのまま」とはどういふ事ですか。「ありのまま」などといふものはあり得ない。あつたとしても、そんなものは私達には捉へ得ない。それが私の藝術論、認識論を通じての持論です。演劇について言へば、演出家、役者を煩すまでもなく、譬へば「ハムレット」や「リア王」の原文を読んだ時の感動は、高橋さん、宮本さん、私の三人ではそれぞれ違ふのです。同様に演出家が如何に現代的解釈を施して見たところで、それを観た一万人の見物の感動の仕方は多種多様で、自分の解釈を強要する事は出来ないのです。高橋さんは「古典は、どの時代においても受けとる人によって変容していくもの」と言つてをりますが、時代時代によつて変つて行くと強調するのは現代化、即ち現代的解釈を認めようといふ下心からでせう。しかし、さういふ下心を捨てて、もつと本質論的に物を考へて下さい。古典に限らず、すべての作品は同時代、同民族においても個人個人で感動、解釈、評価を異にするものなのです。但し、前回冒頭に述べた様に、古典と称されるものは、その個人差が殆ど零に近いものと認められた作品を意味します。諄い様ですが、またそかしい誤解を防ぐ為に言つておきますが、私は個人差が殆ど零に近いものと言つたのであつて全く零なるものとは申しません。詰り作品評価の平均値の大なるものの意味です。

確かに私は「古典に唯一のあるべき理想的な演出の形がある」などとは言ひませんでしたが、かういふ高橋さんの誤解に附合ふとすれば、「唯一のあるべき理想的な演出の形」とはその平均値を目ざす事を意味すると言つてもよいでせう。さて、ここから後が私の最も言ひたい事ですから、注意してお聴き下さい。「ありのまま」の「ハムレット」などは捉へ得べくもありませんが、シェイクスピアの「ハムレット」が正しくシェイクスピアの「ハムレット」であつて、彼の「リア王」でもなければ、ラシーヌでもないもの、その平均値を私達は目ざさねばならない。演出家も役者もさうしなければならない。見物もそれを求めようとし、その創造に参加しなければならない。ところがその結果としては、「ありのまま」の「ハムレット」などは出来上りつこないのです。「唯一のあるべき理想的な演出の形」といふのも、もしさういふものがあり得るにしても、これまた善くも悪しくもそんなものが出現しつこないのです。なぜなら、私達の中には、平均値以外のものがあるからです。いや、平均値以外のものが私であり、私達現代人、或は私達日本人であるからです。

この事は演劇の世界ばかりでなく、戦後教育全体についても言へる事であつて、猫も杓子も独自の個性を持つてゐるかの如く考へ、それを抽出し助長するのが教師の役割だといふ俗説が通用してをります。が、そんなものは温室の個性に過ぎず、現実や伝統の霜に当れば忽ち凋れてしまふものです。真の個性とは過保護によつて漸く成立つものではなく、己れを打ちのめすものにぶつかつて行つて、しかもなほ生き残るものを意味します。その意味で、己れを捨て、現代を捨て、古典の神髄に迫らうと努める事、それが第一で、その結果、否応なく出て来るものが、私の個性であり、現代人、日本人としての私なのです。敢へて流行語を用ゐれば、さういふセルフ・アイデンティティ(自分の身元)に自信の無い者に限つて、古典の前におどおどしながら、その劣等感を押し隠し、古典の現代化、新解釈によつて自己の優越を保たうとするのではないでせうか。再び流行語を用ゐれば、それは古典をセルフ・アイデンティフィケイション(自己確認)の為に利用する事でしかありません。平たく言へば、そんな事は「はつたり」に過ぎますまい。が、演劇青年や新米の劇評家がこの「はつたり」に引掛るので困ります。いや、役者の中でもさういふ「はつたり」の巧い演出家に引掛る者がをります。ハムレットを革命家として演出すると言つただけで、その舞台の成果に実際さういふ成果が現れてゐなからうと、役者は革命劇をやつた気になり、劇評家も演劇青年もその解釈だけを後生大事に懐にして帰るといふ状況です。しかし、「ハムレット」をどういぢくつたところで、現代の作家が現代日本の社会的状況を素材にして書いた革命劇ほど革命的効果を挙げる事など出来る訳がありません。現代の作品が果すべき役割、果し得る効果を古典に期待しなければならぬほど、人々は自分や現代を惨めなものだと諦めてゐるのでせうか。ここで序でに言つて置きますが、古典シェイクスピアについては、現代化だの新解釈だのでなければ夜も日も明けない癖に、古典チエーホフとなると、モスクヷ藝術座、築地小劇場以来の七十年一日の演出、演技でなければ認めないといふ「頑固」、それが吾が新劇界の現状です。それを破らうとする私の演出態度から「古典に唯一のあるべき理想的な演出の形があるって信じてらっしゃる」人間を想像するのは、何かの先入観か下心があつての事ではないでせうか。といふのは高橋、宮本の御両人が平幹二朗のハムレットについて語つてゐる感想にも同様の先入観が窺はれるからです。高橋さんは平のハムレットを数年前に観て、その時は「割にいいと思った」が、今度のは「ひどく退屈した」と言つてをり、またあのハムレットを「オーソドックスな形の芝居」だとも言つてをります。宮本さんとなると少々八つ当り気味でかう言つてをります。

マロウィッツの「ハムレット」の時は、丁度いい機会だと思って、(日本語に)飜訳された「ハムレット」を全部読んだんですけど、坪内逍遙の「ハムレット」が面白かった。それから現代的っていうか、説得的と言う点では福田訳が一つ光ってたと思うんです。さっきの話で言えば、平幹二朗のハムレットが何年か前には面白かったけど、今度は面白くないっていうのは、福田さんの飜訳も何年か前には面白かったが、今は面白くないんじゃないかというふ事に通じそうですね。

ここまで来て、私は「なんだ、古典の現代化だの何のと御苦労にも廻り道をしてゐるけれど、御両人の対談の下心はこんな処にあつたのか」と気附いて思はず苦笑しました。といふのは、まだ私が文学座に関係してゐた頃、確か「ジュリアス・シーザー」の演出をしてゐた時、演出部の集りで木村光一君に「福田さんの訳だつて、五年も経てば古いといふ時代が来るでせう」と厭味（いやみ）を言はれた事を憶出したからです。その時から十年以上も経つてゐます。木村光一君は「五年も経てば」と言ひはしたものの、その時、既に古いと言ひたかつたのでせうが、宮本さんは二年前まで認めてゐたらしい。いづれにせよ、私のシェイクスピア飜訳が世間に認められてゐる事に対する反感は陰に陽に色々な形で現れてゐるのですが、それは今ここでは触れますまい。ただ当面の問題として見逃せないのは、高橋、宮本の御両人共、平幹二朗のハムレットと私の訳とに必然的関聯を認め、しかも初演の時は面白かつたと言ひ、高橋氏に至つては、あの上演を「オーソドックス」なものと見做し、暗に私の訳も「ハムレット」観もそれと同じ次元での「オーソドックス」なものと言ひたげに見える事です。

　この際、はつきり言つて置きますが、私は平のハムレットを初演の時から認めてをりません。私が四季に私の「ハムレット」使用を許したのは日下武史のハムレットといふ条件附だつたのですが、日下に限らず、水島にしても田中にしても私のシェイクスピアの飜訳文体を喋（しゃべ）れると思つたからです。ところが、浅利君は私との約束を破つて新聞に平のハムレットを発表してしまひました。私は平を全面的に認めない訳ではありませんが、私の演出でない以上、平に私の「ハムレット」の文体はこなせないと思ひ、直ちに浅利君に抗議し、私の台本撤回を申出ました。何度か協議した揚句、浅利君は平にハムレットをやらせる代り、翌年に私の演出で日下のハムレットをやらせてくれるといふ条件で手を打ちました。が、その約束を彼は実行せぬばかりか、平のハムレット再演、地方公演と一方的な要求をして来たのです。本来なら拒絶して然るべきですが、シェイクスピア福田訳を認めてくれる演出家は浅利君一人であり、劇団としては四季だけであるといふ事、また雲、欅との友好関係も無視し得ないので、私はその都度、浅利君の破約を黙認して来ました。

平のハムレットは私の予想通りでした。あれは「オーソドックス」どころか、私が昭和三十年に芥川比呂志主役によりオーソドックスな「ハムレット」を打出したといふと自慢話めきますが、当時の新聞その他の騒ぎ方を国会図書館あたりへ行つて調べて下さればお解りでせう、その折角の「ハムレット」を築地小劇場式の薄田研二のハムレットに戻してしまつたものとしか、私には思へませんでした。なぜなら、私は「ハムレット」を西部劇に似たものと考へ、シェイクスピアもその積りで書いたと信じ、その線で演出したのであつて、深刻、憂鬱なるハムレットといふ通念を否定した「現代化」を試みたのに、それを浅利君は再び戦前版に戻してしまつたからです。あれが「オーソドックス」に近いものと思つてゐる高橋さんに私が正統派、伝統主義者と思はれては迷惑します。また今度の平のハムレットが面白くないと言ふ宮本さんが、二年前の彼のハムレットを面白がつてゐる様では、その「ハムレット」観、シェイクスピア観が十八九世紀の歪められたそれに影響されたものとしか思へず、どうにも信用出来なくなります。ましてや、さういふ鑑賞力、批判力の自信の無さを飜訳のせゐにするとは八つ当りも度が過ぎると言ふものでせう。

　最後に蛇足を一つ二つ、高橋さんは「シェイクスピア自身が、福田さんに叱られそうな現代化や、でたらめをやらかしています。『トロイラスとクレシダ』にアリストテレスを引用するなんていう時代錯誤も平気で犯すし、マクベス夫人に果して子供がいたのかいないのかっていう議論が出て来る余地もある……」と言つてゐますが、この種の時代錯誤や筋、性格の曖昧、矛盾は私が、或は私達が問題にしてゐる現代化とは全く別の話ではありませんか。強ひて言へば、さういふ矛盾を気にするのが現代人といふものであつて、それを整理して今の見物にも解り易くしようといふのも現代化の一つの試みでせう。その程度なら私もやつてをります。しかし、シェイクスピアが犯した矛盾や意識的な時代錯誤は当時としても現代化とは全く別の事であつて、私が叱る訳もありません。どうやら高橋さんは現代化を否定する私を古典主義者と勘違ひしてゐるらしい。嫌ひな言葉ですが、敢へて流行語を用ゐれば、高橋さんの頭は少々「短絡的」に出来てゐるらしい。古典を現代に都合の良い様に取扱ふなといふのと、現代の作品に古典主義的規律を適用せよといふのとは話が全く違ひます。もう一度文学史を勉強して下さい、また、私の書いた戯曲を読み直し、それらが如何に非古典主義的か確めて頂きたいものです。

　なほ、高橋さんは「去年、世界シェイクスピア会議に行った時も、学者が多かったんですが、『マクベス』で面白かったのは黒澤の映画だっていう声が圧倒的でした」と言ひ、さういふ外交辞令を無邪気に丸々信じこんでゐるらしい。「蜘蛛巣城」そのものが面白いか面白くないかは別の話として、これは「マクベス」の飜案であり、また映画であつて、シェイクスピアの「マクベス」とは全く無縁のものです。シェイクスピアの魅力がせりふに在るのに、黒澤の映画を他の「マクベス」劇と同じ俎の上にのせて論じる学者や演劇人は固より、それを欧米人の言葉であるが故にそのまま鵜呑みにする高橋さんの学力、才能も私には全く信じられません。また、私が「ピーター・ブルックの『リア王』は下らないって言われて、自分の『リア王』を演出なさつた」と言つてをりますが、私はブルックの「リア王」が下らないなどと言ひません、主役のスコーフィールドのリア王が詰らなかつたと言つたのです。しかし、だからといつて、それと張り合ふ為に私の「リア王」を演出したのではありません。私は「リア王」が好きだから演出したのです。スコーフィールドのリアの詰らなかつた話は、せりふといふものが演劇では、殊にシェイクスピア劇においては如何に大事なものかといふ事の例証として次回に再び取上げる事にします。序でにオーソン・ウェルズの映画「マクベス」が詰らなかつたといふ点では高橋さんと全く同感です。しかし、その事が「福田さんの古典説が疑わしいという傍証になるかもしれません」と言はれると全く理解に苦しみます。オーソン・ウェルズの「マクベス」が私には詰らなかつた理由は第一にせりふが駄目な事と、第二に古典としての洗煉に欠けてゐたからです。

今、読み直してみましたら、高橋さんに同感の点を一つだけにせよ挙げてあるのに、宮本さんに一つも同感しないのは不公平だと思ひますので、もう一言附け足します。宮本さんは「新劇ではすぐ、芝居はやっぱり創作劇だなんていうじゃない。あれは本当に芝居をやっていない証拠だね。芝居はどれも創作劇なんだ」と言つてゐる。同感です。いや、立派です。その点は今後も共闘して行きませう。

幕　切

トレヴァー・ナンの「冬の夜話」やピーター・ブルックの「夏の夜の夢」の新しさに仰天した日本の「演出家」達は、私に言はせれば既に古い。シェイクスピア劇の所謂(いはゆる)新解釈なるものは戦前から至る処で随時行はれて来た。私自身がこの目で観た最初のそれは一九五三年にニュー・ヨークで上演された「コリオレイナス」である。装置も古代ローマを無視し、ローマ側を自由世界の指導者アメリカ合衆国と見做し、ヴォルサイ側を共産社会の指導者ソヴィエト聯邦と見做して、二つの世界の冷戦を暗示したものであつた。ローマの元老達はモーニングを著、ローマ兵、ヴォルサイ兵の軍服は明らかに米ソのそれと解るほど似せてゐた。次に私の観た現代版シェイクスピア劇は一九六四年に、やはりニュー・ヨークで観たリチャード・バートンの「ハムレット」である。バートンのハムレットは黒のタートル・ネックで、ポローニアスはモーニング姿、クローディアスはチェックの上衣にニッカボッカといふ出たらめなもので、ただただ呆れ返るばかりであつた。それに較べれば、ブルックの「夏の夜の夢」は遥かに洗煉されたものである事を私は認める。演出にリズムがあり、装置、衣裳にも統一があつたからである。それればかりでなく、イアホーンを頼りに漸く筋を追ふだけで、ただ皿廻しや空中ブランコの如き万国共通の視覚的効果にのみ感激の涙に噎んでゐた「無邪気な」人達には解らなかつたであらうが、オベロン役のレスリー・ハワード初め主だつた役者が実に正確な弱強五歩格の韻文を喋り、格調の高いシェイクスピア英語を喋つてゐた。が、日本では誰もその古典的伝統主義に感心した者はゐなかつた。しかし、それが無ければ、あの舞台が本国のイギリスで幾つもの賞を与へられはしなかつた筈である。

さういふ多くの長所を持つてゐたにも拘らず、私があの上演を認めなかつたのは、そこにはシェイクスピア以外の誰にも書けない「夏の夜の夢」の最も重要な美が欠けてゐたからである。言ふまでもなく、この作品にはイングランドの森の「牧歌的な」妖精の世界と、一つ間違へば「ドタバタ」喜劇に堕しかねぬ卑俗な職人の生活とがあり、その二つを四人の恋人と宮廷人とが繋いでゐる。私が劇団雲の旗上公演としてこの作品を取上げた時、勿論お客の大半は喜び楽しんで帰つたが、劇評家諸氏は口を揃へて「牧歌的な」森の雰囲気が出てゐない事が致命的であると書いた。私はそれが全く出てゐないとは思はなかつたが、反論し得るほど満足してゐなかつたので、半ばその批判を甘受した。しかし、一九五四年にストラトフォードでアンソニー・クエイルがボトムを演じた「夏の夜の夢」を観てをり、あれよりは遥かにましだと自ら慰めてゐた。森の魅力を出すといふのは本場の役者が英語で演じても頗る難しい事なのである。

だが、私が「夏の夜の夢」には、欧米の喜劇には勿論、イギリスの他の劇作家すべての喜劇にも、また古く溯つてギリシア、ローマの喜劇にも決して無い、唯一人シェイクスピアによつてしか表現し得なかつた最も重要な美があると思つてゐるのは、右に述べた如き「牧歌的な」

森の魅力の為ではない。大阪のエクスポ七〇年の時、ガス館の一部の企画を依嘱された事があるが、その時ミロにモザイクを頼む事になり、私は彼に手紙を書き、《ガス館の主題は「笑ひ」であるが、あなたにお願ひしたい「笑ひ」は爆笑でもなければ、哄笑（こうせう）でもない、寧ろ微笑に近いものだが、それも大人、子供を問はず意識的なものであつては困る、譬へば生れて間もない赤児が両親の顔を見て初めて示す、あの影の様に現れ、影の様に消えて行くはかない無心の笑ひを象徴的に描いて頂きたい、あの「夏の夜の夢」の様な》と、さう私は書き送り、ミロからは解つたといふ快諾の返事を貰つた。私が「夏の夜の夢」に見てゐる、そしてそれがそのままミロに通じたこの作品のみに見出せる最大の魅力とはこの様なものである。雲の旗上公演の時の私はまだそれに気附いてゐなかつた。それに気附いた今でも演出家としてそれを表出し得る自信は私にはまだ無い。ブルックにその能力があるかどうか。いや、恐らくそこまでこの作品を読取つてはゐないであらう。よし読取つてゐたにせよ、やはりそれを表出し得ないに違ひない。なぜなら、ブルックは古典の本質を摑（つか）み取る能力が乏しいからであり、それを自覚して逃げを打つ才能と、その逃げを逃げと見させず積極的な新手と思込ませる才能とに恵まれてゐるからである。言換れば、シェイクスピアを利用して自分の小器用な「個性といふ名の思附き」しか表現出来ないのであらう。

トレヴァー・ナンも同様である。あの日本に持つて来た「冬の夜話」にそれがよく現れてゐる。譬へば、幕が開くと直ぐシシリア王の宮廷に滞在してゐたボヘミア王の帰国の挨拶（あいさつ）で芝居が始るが、シシリア王リオンティーズは、自分の后のハーマイオニがボヘミア王を余りに熱心に引留めるのを見て、俄かに嫉妬の情に囚はれるところがあるが、ナンの演出では、ここで全部の役者にストップ・モーションをさせ、リオンティーズ中心に真紅のライトを当てて、急激な感情の変化を出してゐた。正確に言へば、それが出せた積りでゐた。そして日本の多くの演出家はそれを新しい著想として一見三歎した。が、赤のライトが嫉妬の感情表現だなどといふ安直な子供だましに引掛るのは愚かである。子供ならさういふ子供だましには引掛らない。生半可、頭を使ふ事を覚えた大人の方がこの種の観念的な約束事に引掛るのである。尤も、ナンはブルックと違つて自分の演出能力の限界から逃げようとしたのではないかも知れない。あの時の役者は三流どころであつた。シェイクスピアのせりふだけに頼り、一瞬にして、急激な嫉妬を表現する能力が無い。ナンはさう考へて、役者の能力の限界からの逃げの手として赤信号を使つたのであらう。その証拠に数年前ロンドンで観た彼の演出による「タイタス・アンドロニカス」は殆ど装置を使はず、衣裳も新奇を衒はず、その場その場の主要登場人物中心にライトを当て、あたかもシェイクスピア時代の舞台を再現した様な伝統的方法を用ゐてゐた。たぶんジョン・バートンの影響、指導によるものであらう。

これは既に書いた事があるが、急激な感情の変化といふのはシェイクスピア劇にはよくある事で、譬へば私が一九五三年にニュー・ヨークで観た半職業劇団の黒人が演じたオセローは実に見事であつた。クエイルのオセローもさうだつたが、イアゴーの甘言に容易に乗せられ、デズデモーナとキャシオーとの関係に嫉妬を懐くオセローの役は大層難しく、下手にやれば軽薄か馬鹿に見えてしまふ。が、私の観た黒人はせりふ一つで、その深い声と、激情、自制を織り交ぜた言廻しによつて、オセローの嫉妬が真実であり、その人物が高貴な精神の持主である事を観る者をして否応なく信ぜしめた。前にスコーフィールドのリアが詰らなかつたと言つたのも、さういふせりふの迫力が無かつたからである。舞台を全部観終つても退屈しか感じなかつた私が、その直後シェイクスピア生誕四百年祭の時、ストラトフォードの或る薄暗がりのパヴィリオンに這入つた瞬間、「リア王」終幕近くの、例の死んだ末娘コーデリアを抱いて出て来るせりふ、「泣け、泣け、泣け！　ああ、お前達は石で出来てゐるのだ！」をいふところが聞えて来て、その深さに魅入られ、最後まで聴き入つたが、私は胸が締めつけられる様な感動を覚えた。後で分つたのだが、それはギールグッドの吹きこんだテイプであつた。せりふとはさういふものであり、芝居とは、殊にシェイクスピアはせりふの藝術であり、せりふで感動させられないからと言つて、ライトや効果やバック・ミュージック、オブジェ装置や道化衣裳に頼るのは邪道である。そんな事をしてゐては、いつになつても日本の新劇の役者は「専門技術者」にはなれない。ブルックの皿廻しや空中ブランコでさへサーカスや寄席藝人に遠く及ばないのである。

　といつて、私は何もシェイクスピア時代の通りにやれと言つてゐるのではない。カナダのストラトフォードで観た「あらし」など舞台上に真白な球が一つあるだけで、それがプロスペローの棲む洞窟であつたが、その演出、演技、共に少しも奇を衒はずせりふ中心の正統的なもので、原作の本質を生かさうと努めてをり、これには私も感心した。二三度、日本を訪れたロイヤル・シェイクスピア劇団の、それも何年に一回かの例外的な旅廻り用の公演を見て、世界中のシェイクスピア劇が新演出、新解釈で風靡されてしまつたと思込み、その尻馬に乗る手合は田舎者であり、井の中の蛙であり、鎖国日本の似而非前衛に過ぎない。参考までにオリヴィエの言葉を次に引用して置く。

一般にシェイクスピアを或る特殊な解釈で割切ることは出来ないものです。特殊な、或は現代的なテーマでシェイクスピアを料理しようとすると、必ず大きな障碍にぶつかります。嘗てマイケル・レッドグレイヴがストラトフォードで頗る思切つた勇敢な解釈を試みた事がありますね。詰り女性的な習癖を持つ完全な性的倒錯者のリチャード二世を演じた訳です。「私の考へではリチャード二世はホモ・セクシュアルだ、だから、その様に演じて見る」とレッドグレイヴは言つて、その通り演じ、その演技は見事なものでした。しかし、これは彼とはまだ話合つたことが無いのですが、終始一貫その伝でやつたリチャード二世が成功だつたとは思ひませんね。リチャード三世やリチャード二世やホットスパー、その他多くの登場人物を特殊な解釈で演じる事は可能でせうが、シェイクスピアが結局それを許さないのです。シェイクスピアがかう言ふのですよ、「そんな遣り方は許せないね。そんな偏狭な解釈に囚れぬ英国精神に基いて遣りなさい。」まあ、さういふ訳で、シェイクスピアの場合、特殊な解釈は止めざるを得なくなるのですよ。（松原正・福田逸共訳「偉大なる演技」オリヴィエ篇）

なほシェイクスピアの飜訳について、小田島雄志氏の無智に警告を発して置く。氏はシェイクスピアの全訳を思立ち、その態度について「朝日新聞」の演劇担当記者扇田氏に次の如き意味の事を述べてゐる。

自分はエリザベス朝時代にシェイクスピアの作品を一般大衆が楽しめた様に、即ち、原作の言葉と当時の大衆の使つてゐた言葉との差がそれほど無かつたのだから、それと同様に今日の日本の一般大衆に解り易い日本語で訳す、それがシェイクスピアに真に忠実だと思ふ。

私はそれを聞いて驚き呆れるほかは無かつた。なぜなら、シェイクスピアの英語は語彙、語法、すべての点において、日本の平安朝で言へば「源氏物語」が他の文章と較べ物にならぬほど難解であるのと同様に、と言つたら言ひ過ぎになるが、やはりマーロウ、ジョンソン、その他の同時代の作者に較べて遥かに難しい。一般大衆の日常英語と較べたら、それこそ雲泥の差であつた。彼等は或る意味ではシェイクスピアのせりふは難しくてよく理解出来なかつたに相違ない。これは単に私個人の想像ではない。エリザベス時代より遥かに教育が普及し、その程度も遥かに高くなつてゐる今日のイギリス人にとつても、シェイクスピアは難解なのである。それでもイギリスでシェイクスピア劇を一般観客が理解し易い様に現代語訳して上演しはしない。そんな事を考へもしない。それをやつたのは主として十八世紀の事である。詰りシェイクスピアのメロドラマ化であるが、今日ではもはやさういふ事は行はれてゐない。だが、語彙、語法が難しいといふのは、だからといつてそれが楽しめないといふ事とは全く別事である。近松の浄瑠璃の一語一語が理解出来なくとも、無学な江戸の民衆はそれを充分に楽しむ事が出来た。同様にエリザベス時代の大衆も今日のイギリスの一般観客も原文のままのシェイクスピアを楽しんでゐるのである。ブルックの「夏の夜の夢」を観て英語で楽しまず、イアホーンの簡略化した平易な「当用日本語」でどうしてその楽しみが味はへるか。皿廻しを面白がつてゐるから「当用日本語」でいい、小田島氏は恐らくさう勘違ひしたに違ひない。シェイクスピアの原文の語彙、語法と当時の一般大衆の、また今日のイギリス人の日常英語との差に等しくといふ事になれば、小田島氏の訳はその目的に反してその差が余りにも無さ過ぎる。私の訳にしても、語彙一つ取つても、悲しいかな、私の時代の教養では和漢の古典的知識が乏しく、本来ならもつと難しくして、しかも楽しめる様に訳すべきなのだが、それが出来ないのである。私の訳もまだくだけ過ぎてゐるのだ。東大の英文学の先生にどうしてそんな解り切つた事が解らないのか。「朝日新聞」の扇田氏に私はさう言つたのだが、彼は私の意見を全く黙殺し記事にしてくれなかつた、小田島氏の新訳の方針について私の意見を訊きたいと言つて会見を求めて来たにも拘らずである。恐らく小田島氏と東大の名誉を傷つけたくないといふ思遣りから新聞記者としての「知らせる義務」を怠つてしまつたのであらう。なるほど、贈賄事件で「政府高官名」を隠さうとする商社の人々の心情も理解出来る訳である。

「古典は現代化の必要ありや」（「学鐙」昭和四十七年九月号）
「幕間」（「劇」四十一号　昭和四十七年十二月刊）
「幕切」（書下し　昭和五十一年五月筆）

唯一語の為に

「リア王」の中にｎａｔｕｒｅといふ語が凡そ四十回位繰返し出て来る。だが、それを日本語に訳する場合、「自然」の一語を以て押し通す訳には行かない。ドーヴァ・ウィルソンに随へば、その意味は大体次の七つに分たれる。

㈠　森羅万象を造り出す力を擬人化した女神
㈡　事物のおのづからなる秩序
㈢　人間性、或は人類
㈣　気質、性格
㈤　親族間の本能的愛情
㈥　肉体的構造、生命力、及びその機能
㈦　伝統、仕来りに対立するものとしての本能的衝動シェイクスピアを訳す場合、一番困るのはかういふ事である。「自然」の一語を以て押し通す訳には行かぬにしても、だからといつて、右の七つの意味を厳密に訳し分ける事も不可能である。不可能であるばかりか、さうすればさうする程、シェイクスピアの真意を裏切る事になる。

言ふまでもなく、彼はそれらをnatureの一語を以て押し通してゐるからであり、さうしてゐればこそ、その一語が前後の文脈によつてその時々に七色の光彩を放つ事になつてゐるからである。

この事は単なるレトリックの問題ではない。いや、それこそ真の意味のレトリックなのである。現代の日本ではレトリックを言葉のごまかしと解し、これを卻ける傾向が一般である。近代日本文学も専らその方向を辿つて来た。が、レトリック無しに言葉の藝術としての文学は成立たない。更に言へば、それでは言語生活そのものも成立たない。レトリックとは言葉による建築術なのであつて、譬へば右に挙げた例のnatureの様に日常生活の次元では一般に一つ乃至は二つの意味にしか使はれてゐないものを、何回何十回と繰返し使つて行くうちに、その求心力と遠心力とを相互に対立させながら強める事なのである。さうする事によつて、読者、或は観客は、それまで自分の内にあつて無関係に分裂孤立してゐた表象が一つのものとして統合され、日常生活とは異つた次元に完全な世界を発見する。言換れば、秩序の恢復を得るのである。

「リア王」の主題は正にそこにある。リアは現世の「借物に過ぎない」権威を自ら抛つ。が、リアの目にそれが「借物に過ぎない」と見えて来るのは、それを投げ捨てた後であり、その権威がそれにふさはしくない者の手に移つて已れに報酬して来た後の事である。そしてリアは権威を捨てた愚かさを後悔する。しかし、その愚かしさを通じて、リアは初めて権力と秩序とを失つた世界の分裂に直面し、自然（nature）と人間性（nature）の生の姿を発見する。自分の愚かさが齎したこの世の終末と崩壊を目の前にし、狂気のうちにもなほ「指の先まで王だぞ」と叫ぶリアは、素裸になつた一人の人間として、これまた素裸になつた分裂したままの大自然に向つて、已れの権威を建て直し、秩序を恢復しようと努めてゐるのである。さういふ世界を描き出さうとしたシェイクスピアがnatureの一語に賭けた意味を誰が訳し得るか、誰にも出来はしない。

シェイクスピアに限らない。詩は勿論の事、小説や評論においても、この種のレトリック無しでは、何の真実にも到達し得ぬであらう。さういふ一番大事な事を今日の文学は全く無視してゐる。それは吾々の文学が、吾々の文化が明治以来、常に飜訳文学、飜訳文化に終始して来たからである。度々挙げた例だが、英語のcultureといふ語を、吾々は「文化」と「教養」との二語に訳し分けてゐる。といふ事は、英国人の心理においては一つのものであり、相関連してゐる概念を日本人の場合、無関係な、分裂した、別個のものとして捉へてゐるといふ事である。吾々にとつて「文化」と「教養」とは別々のものであり、「教養」の裾野に「文化」

の起伏を持たない。さういふ「文化」であり、さういふ「教養」でしかないといふ事になる。が、一国の「文化」につながらない「教養」は真の教養ではなく、「教養」につながらない「文化」は真の文化ではない。

文化と教養ばかりではない。吾々が日頃用ゐてゐる言葉は殆どすべてこの種の飜訳語から成つてゐる。少くとも寝たり起きたり歩いたりの肉体的行為、或は五感に訴へる感覚的行動以外、現代の小説の大半は飜訳語に頼つてゐると言つても過言ではない。とすれば、それらが如何に日本の作家の日本語で書いた小説であらうと、やはり飜訳文学と呼ばざるを得ないのである。さういふ孤立分裂した言葉をその孤立分裂の意識無しに操つてゐる以上、言葉の背後にある現象や精神もやはり孤立分裂したままに終る外は無い。自己疎外の何のと甘たれた言葉に寄り掛り、その苦悩を描き出さうと試みた処で、結果は作者も読者も作品から言葉から疎外されるだけに終る。が、さういふ作品が純文学と呼ばれ、それを書き、それを読む事によつて、作者と読者とが何等かの自己満足を味つてゐるのが実情であるとすれば、今日の文学は崩壊の廃趾(はいし)の中にあぐらを掻き、互ひに甘たれ、馴れ合ひ、慰め合ふための不潔極るものとしか言へまい。文学が男子一生の事業として成立ち難いのは、今日もなほ二葉亭の時代と変りが無い処か、遥かに難しくなつてゐる。なぜなら、今日の小説の大部分は「浮雲」程にもレトリックを持ち合せてゐないからである。

文学は言葉による現実の描写ではない。現実は描写するに値しないものと悟つた者に残された道は、言葉によつて現実を再構成し、それに秩序を与へる事であらう。語るに足る真実は一つしか無く、それは唯一語によつて表現される筈である、が、その未だ存在しない、そして恐らく永遠に存在しないであらうその唯の一語を巡つて、作者は数千行に亙る言葉を並べる。そのためにシェイクスピアは「リア王」においてｎａｔｕｒｅといふ言葉を七色に転移しながら四十回も繰返してゐるのである。言葉の藝術としての文学といふものはさういふものなのだ。

（「文學界」昭和四十三年一月号）

V　人物スケッチ・その他

坂口さんのこと

坂口（安吾）さんとぼくとでは性格がまつたくちがふ。坂口さんはいはば自己破壊型である。根は気の小さいところのある人だが、その実生活において、またものを考へるといふやうなばあひにおいては、自己破壊型といへる——これはたえず自分を否定して自分を超克しようとする態度でもあらう。そこがぼくと正反対だ。世間から見れば、ぼくのやりかたも自己否定的に見えるかもしれないが、根本のところでは、自分をだいじにしてゐる。悪くいへば、ずるく自分をかはいがつてゐるのである。坂口さんには、さういふところがない。どこまでも自分をやつつけた。

自己破壊型といえば、太宰さんも自己破壊型であつた。太宰治と坂口安吾、この二人の誠実さとは、あくまでも自己を否定しなければならぬものなのである。個人のレーゾン・デートルといふものを社会的視野にまでひろげて見るといふことで、個人のもつてゐるエゴイズムとかずるさといふものを正当化することができるが、モラリスト的に、個人の問題を個人の場だけになる。これをしないでどこに逃げ道があるだらうか。

もともと坂口さんは人間のすなほなやさしさといつたものを求めてゐた人であるし、またさういふものを皆がぢかに出しあつて、傷つかずに生きていくことを夢みてゐた人でもあらう。ぼくが坂口さんのことをローマン派だとおもふゆゑんでもある。

坂口さんが伊東にゐた頃、二度ばかり遊びにいつたことがあるが、さういふ時にもすなほなやさしさにふれたいといふかれの切ない気持を感じた。ぼくのやうな形式ばつたつきあひのしかたには、いつも不満であつたらうとおもふ。たまに会ふと、非常に嬉しさうにするが、すぐ退屈になるらしかつた。

坂口さんが家を探してゐた時、ちよつと手伝つてあげたそのお礼に、アメリカ製のカンキリを貰つた。今でも愛用してゐるが、これがたうとうかたみになつてしまつた。オモチヤみたいな機械類を好んだ坂口さんをぼくは好きだつた。

あああいふすなほな人が生きていかれないといふことに、ぼくは文学といふものがすこしおかしくなつてゐるのではないか、すくなくとも、ぼくたちが文学だと思つてゐるのが思ひちがひではないか、といふやうな気にならざるをえないのである。勿論坂口さんは自殺ではないが、元来健康だつた人があれ程からだを痛めつけたといふこと、また読者へのサーヴィスにほかならないここ数年間の仕事に、うつろなさびしさもあつたであらう——さういふことを考へると、現代文学が作家をどんなに苦しい立場に追いこむかといふことについて、いろいろ考へさせられるのである。

(「知性」昭和三十年四月号)

神西さんについて――凍れる花々

数年前、大岡（昇平）さんが、おなじこの「新潮」に「蜂の巣会」なる戯文を草して、本名「鉢木会」の面々を揶揄したことがある。その面々といふのは、神西（清）さん、吉川（逸治）さん、中村（光夫）さん、吉田（健一）さん、三島（由紀夫）さん、それに私である。もちろん、大岡さんもその一人である。

その直後、私はアメリカ、イギリス、フランスと、半歳あまり大岡さんとほとんど行を共にし、彼の生態に精通した。同時に、啓発されることの多かつたことも、如才なく附け加へておく必要があらう。が、「蜂の巣会」記によつて受けた私の傷手はいまだに生々しく、折があつたら、かれについて縦横に論じたいと思ひ、「新潮」編輯部にも申し入れをおこなつて、報復の機を待つてゐたのだ。それにもかかはらず、どういふ行きちがひか、日ごろ敬愛おくあたはざる神西さんについて書けといふ。書けといふのは、なにも悪口を書けといふことを意味しない。それは知つてゐる。だが、編輯部も専門家である以上、私といふ男が悪口においてしか才能を発揮しえぬ人間であることを、これまた知つてゐるはずである。

大岡さん相手なら悪口が書けるといふのではなく、神西さんくらゐ悪口のいひにくい人はないといふ心である。それに、私は文壇の事情にうとく、神西さんの戦前における経歴に通じてゐない。また、さういふことに一切興味がないのである。私の欠点は、なにごとにつけ好奇心がないといふことだ。おのれを語るに急であつて、友人知己はもちろん、妻子さへも親身に見てはゐない。恥づかしいことである。

神西さんについて語るとなれば、まづその「人妻」趣味について述べなければならない。「蜂の巣会」記と重複するが、それを逸しては、神西清は語れない。不思議に神西＝ジンザイ＝ジンサイ＝人妻＝ヒトヅマと語源学的に辻褄があつてゐる。なにも自分の姓名に義理だてしてゐるわけではなからうが、神西さんは、招かれて酔余かならず家婦に敬意を表しすぎる性癖をもつてゐる。私たちはそれをもつて神西の酔ひのバロメーターとしてゐる。表しすぎるといふことばから、あらぬことを想像してはいけない。せいぜい握手して、相手をいたはる程度である。

鉢木会の他の奥さん連がいかにしていたはられたかについては、私の詳かならざることだが、たとへば私の家内は、こんなふうにいたはられてゐる――「ねえ、奥さん、辛いでせうね。あんな御亭主をもつて。ああいふ男と毎日いつしよに暮すんぢや、やりきれんでせうなあ。」宴はてての ち、家内は私にさう報告してくれた。私は多少真剣な面もちで問ひかへした――「で、それになんと答へた？」家内もつりこまれて真顔で答へた――「神西さんの奥さんのはうがお辛いだらうと思ひますつて。」

のろけるわけではないが、よくいつたと思つた。大岡さんは神西さんの「人妻」趣味を、友人の奥さん連にたいするサーヴィスであり、ひいては奥さんを通じて招待役の主人に感謝の意を表してゐるものと解釈してゐるが、それは大岡さんのいたはりであつて、みもふたもなくいへば、神西さんは友人の奥さん連を自分の奥さんに見たててサーヴィスしてゐるらしいのである。「辛いでせうね、こんな亭主をもつて」が正解、つまり、「あんな」ではなく、「こんな」なのである。さすがに自分の奥さんには、照れくさくていへないらしい。

これは私のこじつけではない。「人妻」趣味が感染したわけではないが、私は神西夫人に同情する。東西の古典に通じてゐる点では、神西さんはわが鉢木会随一の有識者である。その古典を受け入れるやうに、かれは他人のエゴを受けいれてゐる。友人知己からどれほど多量の煮え湯を飲まされたことか、私などのたうてい想像もおよばぬことである。甘んじて煮え湯を飲むのは、みづから自分をいぢめることだ。自分をいぢめつけてゐる人間のそばにゐることくらゐ辛いことはない。私は神西夫人に会ふたびに、子をいつくしむ母親の眼を、病人を扱ふ看護婦の手つきを感じとる。

少々深刻に考へすぎたやうだが、たとへ私の観察は当つてゐないとしても、依然、比喩としての正確さだけはもちうるやうに思ふ。そのことはあとで述べよう。次に私が神西さんについて知つてゐることは「売薬」趣味である。同じ宿屋に泊りあはせて、その常備薬の種類の多いのに、一驚を喫したことがある。まさに十種類はあつた。その名を一々挙げれば、たちまち最新薬のリストが出来あがる。ここで売薬会社の宣伝はしたくない。せつかちな私は効きめのすぐ現れる催眠剤以外、他の売薬一切に関心をもつたことがない。貧弱な私の体軀と神西さんの頑健さとを思ひあはせ、ここに、神西さんは大層好奇心の旺盛な人物だと断定せざるをえない。いはば売薬の能書のうちに無限の可能性を読みとるロマンティシストなのである。

そのことは神西さんの机辺に小道具の多いことと無関係ではあるまい。その精神が東西の古典にとりまかれてゐるやうに、その肉体はさまざまの小道具を操つてゐる。さういつた小道具のうちには、ひげそりあとのクリームと同列に、数種類の色インク、色鉛筆がある。創作や飜訳や読書にさいして、神西さんは、それらの色彩をこまめに使ひわけるのである。ロマンティシストであると同時に、エピキュリアンなのだ。かつて吉田さんは私の家がきれいに整つてゐるのに感心したことがあるが、その点では、遠く神西さんに及ばぬ。福田家はたとへ整つてゐるとしても、じつは整へるに値する道具がないからにすぎない。小道具を数多く所有する神西家とは、整ひかたの質を異にする。

神西さんが遅筆家であることに、たいていの編輯者が泣くらしいが、その遅筆の理由は、小道具の多きにあるといつてさしつかへない。おそらく、神西さんは、これから仕事にかかるといふとき、机と畳の目とをあはせることからはじめるにちがひない。その机の上に愛用の小道具が出そろふまで数時間はかかるであらう。もちろん、そのあひだ、いたづらに時間が空費されるわけではない。物質的な小道具と同時に、精神的な小道具の出を、神西さんは待つてゐるのである。たとへば恋愛について三枚の原稿を書くのに、学問上の聯想作用がつぎからつぎへと働きつづけ、書棚から何冊かの本がとりだされていく。数時間後に神西さんが手にしてゐる本は、本題の恋愛とはまつたく無関係な「岩石図鑑」であるかもしれない。引越しの整理をしてゐるうちに、いつのまにか昔の恋文を読みふけつてゐる人物に似てゐる。とどのつまり、「原稿はあすのことにしよう」といふことになる。だから、神西さんに恋愛論を書いてもらはうと思ひついた編輯者は「どうぞ岩石論を」と頼まなければいけないのである。

要するに、神西さんは狷介な理想主義者であり、潔癖な完全主義者なのである。小説家としても批評家としても飜訳者としても、つねにさうである。その理想主義と完全主義が神西さんを雁字がらめにし、生き苦しくさせてゐる。なるほど、神西さんはいつも微笑を絶やさない。が、常識的な生活者として居ごこちよささうにふるまへばふるまふほど、文士としての神西さんは、ますます孤独になる。しかも、かれはその孤独を餌に自分を甘やかすすべを知らない。さういふ神西さんを私は敬愛してやまない。

心やすだてにいはせてもらへば、神西さんの作品は、その理想主義と完全主義とのために、みづから主題を掘りあてそこねてゐるといつたふうが見える。「恢復期」「垂水」「母達」など私の好きな小説であるが、部分の清麗緻密な追求にもかかはらず、かへつてその完璧さのために、作者の魂はそこから閉めだしくはされてゐるやうな感じを受けるのだ。神西さんの孤独な魂は、つねに別なところに別なものを求めてゐるらしい。完全主義が作品の完成を斥けるのである。「詩と小説のあひだ」のあとがきのなかで、神西さんはみづからを「アマノジャク」と呼んでゐる。

が、神西さんは誰にたいしてよりも、自分にたいして「アマノジャク」なのである。他人の作品には寛容な理解を示し、それを育てようとする神西さんのすぐれた批評精神は、同じあとがきのなかでいつてゐるやうに、自分の作品を「凍れる花」にしてしまふのである。このことばは謙遜などといふなまやさしいものではない。おほげさにいへば、その自虐は祈りに似てゐる。

一番成功してゐる作品は「少年」であらう。そこでは、神西さんの花を閉ぢこめてゐる氷の一角が、どこかで溶けはじめてゐる。もつとも神西さんの作品の愛読者たちが、その氷の溶けることを望むかどうかはまた別の話だ。題にこだはるわけではないが、私は世なれた神西さんの微笑のかげに、永遠に母を求めてやまぬ少年のおもかげを見てゐる。「垂水」一巻に「母に」といふ献辞(けんじ)を書きつけた神西さんは、自分の花を完全に開花させうる産みの母を求めてゐるのであらう。

神西さんの戯曲に「人魚」と「月見座頭」がある。両者を比較すれば、一幕物ではあるが、「月見座頭」のはうが完成してゐる。

「人魚」は作者があまりに演出家になりすぎてゐる。登場人物が一つ一つのせりふをいふばあひ、その舞台上の位置まで明確に算出してゐるやうな作劇法である。神西さんの散文の美学は静的といふことにあるが、それが戯曲のダイナミズムを弱める。いひかへれば、狂言廻しの手さばきが、あまりにはつきり感じられるのである。「月見座頭」が成功してゐるのは、その狂言廻しのおもしろみを、作者があからさまに押しだしてゐるからである。

たしか去年の正月だつた。「もう狂言まはしの役割はやめますよ、自分で舞台に上らなければ」——神西さんはさういつてゐた。が、その後、病ひを得て、しばらく楽屋にひつこんでしまつた。それも恢復した今日、私は神西さんが「岩石図鑑」などは放りだして、小説に、戯曲に、批評に、飜訳に奔馬のごとく暴れまはることを期待してゐる。蛆虫どもに花園を荒らさせることはない。

ずいぶん勝手なことを書いた。神西さん、怒るかなと思ひなほしてみる。が、私は神西さんの温い友情の裏にある冷めたさを信頼してゐる。冷めたい人間はなにをいはれようと、寛大に相手を許すからである。

（「新潮」昭和三十一年六月号）

中村光夫・人物スケッチ

中村君の批評の方法はリアリズムである。それは己れを空しくして対象につきあふといふことだ。それを、彼ほど周到に、彼ほど徹底的に実行してゐる批評家は、他に誰もゐない。日本ばかりでなく、西洋にも思ひ当らない。

己れを空しくするといふことは、批評される対象と、批評の主体たる自己の間に、常に一定距離を保つことである。中村君は好悪の私情によつて、この距離を崩すことをしない。そのことが彼の批評に公正と的確を保証する。彼の用語は、ことにここ数年の仕事、「風俗小説論」や「谷崎潤一郎論」や「志賀直哉論」、それから現在「群像」に連載中の「二葉亭四迷伝」などにおいては、そのどの言葉をとつてみても、つねに一定の重みと広がりとをもち、時流や己れの恣意によつて動かぬ普遍性をもつてゐる。おそらく彼は自分が過去に一度でも使つた言葉の意味に対して責任をとらうとしてゐるのであらう。

この中村君の批評態度は、そのまま彼の対人関係にも現れる。彼はどんな先輩や友人にもみずから親しんで狎れることを許さぬものが、彼のうちにある。人は身かたを過大評価し、敵を過小評価しがちのものであるが、中村君の眼は身かたの弱点を看過しないばかりでなく、敵の長所に対しても決して盲目ではない。彼の巨軀に比してやや小さな眼は、いつも私に、きらりと光る硬い宝石を想はせる。

彼の公正の美徳は決して冷酷から生じるものではない。中村君を支へてゐるものは文学や人間に対する強い信頼感である。それがあればこそ、私は彼の鋭い眼の前で、まつたくの無警戒でゐることができるのだ。得がたい友人である。

（「日本読書新聞」昭和三十二年五月二十日）

鉢木会

仲間は、年の順にいふと、故神西清、吉川逸治、大岡昇平、中村光夫、吉田健一、福田恆存、三島由紀夫の七人である。もう十年にならうか、主人役は廻りもちで、かならず月に一度、おたがひに顔を合せる。時には欠席者も出るが、欠席すれば、きつと悪口をいはれる。欠席した日の自分の悪口は聞く由もないが人が欠席したとき、その悪口をいふ犯行に自分も加つてゐるので、いかに自惚屋の私たちでも、そのくらゐの察しはつくのである。裏切り者、汝があざ名は親友か――そんなシェイクスピアもどきの溜息も出ないではない。数年前、大岡昇平が「わが師わが友」のなかにかう書いてゐる――

「鉢木会」の連中はみんな孤独である。徒党を組むなんて、殊勝な志を持つた者は一人もゐない。

「文学者なんて、どんな親友でも、いつうしろからグサリとやられるか、わかりませんからね」と、これは三島由紀夫の感想である。

さういふ感慨をもらした三島も、その感慨に感慨をもよほした大岡も、なにか思ひ当るふしがあつたにちがひない。つまり、いつ被害者になるかわからぬといふ妄想と同時に、いつ加害者にならぬともかぎらぬといふ妄想があつたにちがひないのである。だいぶ物騒な話になつてきたが、さういふ鉢木会が、私には他のどこよりも居心地がいい。私の性に合ふのである。私ばかりではない。みんなの性に合ふのである。類は類をもつて集つたわけだ。

鉢木会の連中は自分の友情を過信しない。その能力の限界を心得てゐる。相手の友情にたいしても同様である。みんな意識家なのである。自分の孤独の始末をつけるのに友達の手は借りぬ人たちであり、友達の孤独におためごかしの手を出すほど節度を知らぬ人たちではない。みんなわがままだが、そのことを十分に自覚してゐるから、相手のわがままも快く認める。おたがひの間柄がさつぱりとしてゐて、乾いてゐる。その交りの淡々として、しかも篤きこと、まさに君子のごとしである。

一人として君子はゐないのに、その交りだけが君子のごとくあるのは一体どういふわけか。きつとめいめいが悪口への自由と権利を保有してゐるせゐであらう。それが捌け口となり安全弁となつて、敵意の凝結を防いでゐるのだ。大岡はわが鉢木会が「一年後にどういふことになつてゐるか、わが日本の将来と同じく、知れたものではない」と書いてゐるが、それは杞憂というものである。鉢木会は裏切といふ堅固な土台の上に、美しい友情の花を咲かせ続けることであらう。最後の一人が残るその日まで。それが誰か、それからどうなるか、誰も知らない。ただ誰もが一応その心づもりをたててゐることだけはたしかだ。

（「群像」昭和三十二年十月号）

山本夏彦・虚無の仮面

「室内」に連載された山本夏彦氏の「日常茶飯事」は、私にはめつたに無い事だが、雑誌が届くと待つてゐたやうに必ず目を通した。

それは一見、古風な言廻しで、内容にも古風な事が出て来る。だが、内容はもちろん、言葉遣ひも、単なる古風な人間のそれとは違ひ、甚だ意識的で、随つてなかなか粋（いき）で洒落てゐるのである。古風に言へば「ハイカラ」なのである。

一体、この人は何者かと、私は少からぬ興味をそそられた。いや、過去の話ではない。今でも興味をそそられてゐる。詰り、いまだに正体が摑（つか）めないのだ。確かに私と似たやうに考へ、私と似たやうな事を書いてゐる。だが、私とは違ふ。どこが違ふのか。

私も人に天邪鬼（あまのじやく）と言はれ、反時代的と思はれてゐるが、山本氏のそれに較べれば多寡（たか）が知れてゐる。それこそ五月の鯉の吹流しで、あつけらかんとしたものである。が、山本氏の天邪鬼振りは遥かに深刻で、根は相当に深い。現代を拒絶する抵抗力も私など到底及ぶ処ではない。

いは、気附いてゐても人には見せたがらぬ暗黒面があるやうな気がして来る。これは一寸不気味な感じである。それは一体何であらうか。

山本氏の書くものを読んでゐると、私達読者はもちろん、山本氏自身がいまだ気附かぬ、ある

反時代的といふのは、私にとつても山本氏にとつても、一つの仮面に過ぎない。だが、山本氏の場合、この仮面の下にあるものは、大げさな言葉だが、「虚無の深淵」ではないか。少々読者を嚇(おど)し過ぎたやうである。実は、私は山本氏といふ人をそこまで考へて、そこで一転して、いや、この「虚無」もまた山本氏が好んで附ける仮面ではないかと思つてゐるのである。その下の山本氏の素顔は優しく柔和で傷附き易く、だからこそ「虚無」といふ鉄の仮面を著用しなければ、世間に附合つてゆけぬのではないか。

いや、そんな理窟はどうでもよい。山本氏の本性がどうであらうと、読者は「日常茶飯事」の、毒舌といふ在り来(きた)りの言葉が色あせて感じられるほど新鮮で魅力のある文明批評、風俗批評に楽しく耳を傾けてゐればよいのだ。この出版を機会に、ひよつとすると「天才」かもしれぬ山本氏が、それを縦横に発揮して、凡愚の虚を突き、世間を無明から救済する時の到らん事を祈つて止まない。

（「室内」昭和三十七年八月号）

小泉先生の憶出

最近は江戸時代の儒教、或は儒者について「研究」する人が多く、その仕事が時偶、私の目に触れる事もあるが、それらの殆どすべては第三者としての「研究」に過ぎず、論者自らは儒教そのものとは何の関係も無い「現代人」なのである。本職の漢学者は別であるが、江戸時代の思想研究といふのは、戦後の社会科学者にとつて謂はば一つの「穴」になつてゐるに過ぎない。といふのは、官学の朱子学派に対立する徂徠以下の民間儒家のうちに反体制の姿勢を読み取り、現代の学者としての自分の鬱憤ばらしをやつてゐる気味合ひがあるからである。もつと意地の悪い見方をすれば、中には外国語が読めぬ為に洋学派の現体制に対する腹いせとしか思へぬものさへある。勿論、この外国語のうちには古今の支那語をも含む。日本の儒学研究なら、その必要は殆ど無く、原典が既に飜訳文学なのだから日本語さへ読めれば誰にでも出来る安易なものだからである。「論語読みの論語知らず」ならまだしも、「儒書読みの儒書知らず」で、真の原典たる論語そのものすら読んでゐるかどうか頗る怪しいものだ。

とんだ八つ当りをしたが、要するに彼等は江戸時代の儒教を如何に「研究」しようが、それは彼等の教養には全く成つてをらず、唯利用してゐるだけに過ぎない。それに反して、小泉(信三)先生は福澤諭吉の系譜を継ぐ洋学派であり、経済学者であつて、江戸期の儒教そのものをどこまで「研究」しておいでだつたかは全く存じ上げないが、この洋学派の教養の根本は正に儒教そのものであつた。儒教が「研究」の対象ではなく、人格そのものになつてゐたといふ意味で、先生は維新を引き継ぐ恐らく最後の人だつた。先生を経済学者として知つてゐる人は数多いが、譬へばそのマルクス主義批判にしても、その矢が何処から飛んで来るのか、何処を狙つてゐるかを知つてゐる人は少い。それは先生の経済理念ではなく、その倫理感なのである。

今から六年前の事である。私が現代演劇協会を設立した時、先生に顧問をお願ひに上つた事がある。「実は今度、文学座から中堅役者が脱退して新しい劇団を造り、財団法人の形を取り、先生を顧問の一人にお願ひしたいのですが……」私はさう切り出した。勿論、新聞報道などでは解らぬそれまでの経緯、今後の方針、見通し、経済面等について説明し、紋切型ではあるが、「時間、その他について一切御迷惑は掛けない」とか、「いつも芝居を観て下さつて、役者達を力づけて下されば……」とか、その種の事について御説明申上げようとしたのだが、先生はさういふくどくどしい事を全く聴かうとなさらず、私の「お願ひしたいのですが……」の直ぐ後、言下に「承知しました、私の出来るだけの事はお手伝ひします」と答へられ、こちらはどうにも「取りつく島が無かつた」事を憶出す。先生はさういふ方だつた。

その反対の事もある。或る出版社が或る事件の為、窮状に陥つた時、その社長に頼まれて、先生の御助力をお願ひに上つた時の事だ。この時も、最初に二言三言訪問の目的を申上げると、やはり事情をお聴きにならうとはせず、言下に「お断り致します、私はその人を信用してをりません」、さうお答へになつただけである。この場合も文字通り取りつく島が無かつた。が、快諾の場合も拒絶の場合も、それにはそれだけの即断の理由がある事を十分に納得させる力が先生にはあつた。現代人の病癖である好奇心や弁解といふものほど先生に無縁のものは無い。

かう書くと、私は先生にお願ひ事ばかりしかしてゐない様に聞えるが必ずしもさうではない。先生が最も楽しげにお話しになるのはいつも芝居の話である。先生は先代吉右衛門の御贔屓(ひいき)であり、その弟子である今の幸四郎の芝居も欠かさず観ておいでになつた。先生と私とのお附合ひも、十二年前、幸四郎が私の「明智光秀」を演じたのが切掛けであり、政治的共感が因ではない。これはお嬢さんから伺つた事であるが、先生は御機嫌の時、歌舞伎役者の声色を演じ、御家族を大いに楽しませてくれたといふ。私共の芝居もいつも御夫婦で観に来て下さり、役者や演出の批評、西洋で御覧になつた芝居との比較をなさり、さういふ話なら、約束の時間も気になさらず互ひに「談論風発」の有様、その時の先生から私は和気藹々たる御家庭の晩餐風景を想像し、先生のうちに義理固い儒教的禁慾家の半面、自ら楽しみ他を楽しませる「遊び人」が生きてゐる事を知つた。

その義理と遊びはそのまま富子夫人のうちに伝り、夫人は今でも私共の芝居を御家族と御一緒に欠かさず観に来て下さる。この場を借りて、先生の御霊前と御遺族に厚く御礼申上げる。

（「小泉信三全集」第二十四巻月報、昭和四十四年三月、文藝春秋刊）

河上徹太郎・ホレイショーに事寄せて

河上さんには一年に一度か二度、それも何かの偶然の機会にしかお目に懸らない。それでゐて、河上さんはいつも私の中に棲みついてゐる。なぜだらうか。

偶にしか出遭はない河上さんは、その度にはにかんだ様に私を見る。それも、私の目を見ない。いつも伏目がちに私の胸のあたりに目を遣る。だから、ますますはにかんでゐる様に見える。そして遠廻しに私を励(はげま)してくれる。その口振りも独り言の様で、だから、ますますはにかんでゐる様に見える。

が、その心ばへの優しさ、温さが自分の胸に沁み通り、身内に拡つて行くのを覚える。それなのに、私はその感謝の気持を伝へた事は今までに一度も無い。こちらが謝意を表す事を拒む何かが河上さんのうちにあるからだ。その何かは、相手の事を思ひ遣る時にも、いや、さういふ時にこそ、卻つて顕著に露れる河上さん独特のはにかみなのである。

同じ心遣ひでも、礼を言はなければならない様な、あるいは礼を強要する様な心遣ひといふのがある。「謙遜」する訳ではないが、私などそれに近い手合の一人ではないかと反省してゐる。確か芥川龍之介の小篇にあつたと思ふが、相手にそれと気附かせない様にその人の為に尽してやるのが東京の下町人気質なのである。が、それは何も下町人に限るまい。洗練された真の教養人特有のものであらう。河上さんはさういふ人なのである。

実は、さういふ河上さんのはにかみが私の謝意を拒み、その拒まれた私の謝意が私の心の底に深く堆積し、さうなると私はますます口が重くなつて、お目に懸つた時には何も言へなくなるのではなからうか。かうして私はいつも河上さんに或る種の負ひめを感じてゐる。が、この負ひめは快いものである。それを思ひ出す度に私の心は仄々とした温さに包まれる。

或る演出家が「ハムレット」に出て来るホレイショーについて次の様に述べてゐる。ホレイショーは友の名に値する真の友であるが、といつて、ハムレットを引立てる為の単なる背景では決してない。劇中、彼について語られてゐる事以上に、彼は多くの事を知つてゐる。といふのは、彼は他人の心の動きに敏感であり、周囲の動勢を適確に摑むからである。彼はハムレットが側にいない時に最も多く語り、ハムレットの前に出ると、その言葉は極度に短いものに圧縮され、しかもそれは頗る核心を衝いたものとなり、飾り気の無いものとなる。彼は劇中においてハムレット以外、事の真相を知る唯一の人物であるが、その難問はハムレットだけが自力で解かねばならぬものであり、自分の助言など無意味である事を良く理解している。随つて彼はハムレットの為に、ハムレットと共に悩みながら、この友人の為にしてやれる慰めは、相手が裸にされた時に衣を著せてやり、斃れた時にその支へになるといふ事しか無い。が、ホレイショーのハムレットに対する唯一の慰めはその温かさであり、沈黙の同情であり、純粋で単純な愛情である。

このホレイショー評ほど河上さんの性格を良く物語つてゐるものはあるまい。言ふまでもないが、私はハムレットを気取つてゐるのではない。河上さんは、私ばかりではない、自分の友人すべてに対してホレイショーの様に附合ふ。さういふ河上さんの人柄を知らずしてその作家論や批評文を真に理解する事は出来ず、その文章を味読すれば、その人柄はおのづと理解されるであらう。

以上、私は河上さんの為の提燈持としてこれを書いてゐるのではない、日頃の温情に対する口には出せない謝意の積りで書いてゐるのである。河上さん、これだけははにかまずに受取つて下さい。

（「河上徹太郎全集」第三巻月報、昭和四十四年十月、勁草書房刊）

永井さんのこと

私は永井（龍男）さんと同じ錦華小学校に学んだ。生れは永井さんが明治三十七年、私が大正元年であるから、八つも年下で、普通なら同窓といふ気がしない。たまたま永井さんを受持つた上島といふ先生は私達の頃にもゐたし、私の卒業後もなほ在職し、どういふ訳か、私はその先生が一番好きで、自分の受持ちになつてくれればと思ひ続けたが、不幸にして先生には一度も習はず、校庭で一緒に遊んで貰ふのがせめてもの願ひであつた。その上島先生の名を終戦後、永井さんから聞き、急に懐しくなり、初めて先輩といふ感じを持つたのである。

どうかねと云えば、錦華の生徒はたいてい知っていた。銅兼はブリキ屋の屋号だが、そこの息子は六年生より強いくらいだった。小川学校の五年生だから、錦華の生徒を眼の敵にする。

もっとも、それはどうかね一人のことではなく、学校が違うと、みんな互いに敵視し合ったもので、はずみで大喧嘩になることもあったが、中でもどうかねは人一倍怖れられていた。

右は「石版東京図絵」の一部である。だが、永井さんのことだから、すべて承知の上でかう書いたのであらう、当時は錦華の方が小川より格が一段上だつたのである。夏目漱石、服部宇之吉などの卒業生を出してゐる。もともと私の家は錦町にあり、学区は小川であつて、錦華ではない。私の父はその「名門校」に私を入れようとし、私を学校の前の雑貨屋、水野家に一時寄留させた。かうして私は六年間、錦町と錦華小学校との間の同じ道を通ひとほした。歩いて十五分くらゐの道程である。そんなことで、とかく小川の生徒で錦華を目の敵にするものがゐたことは事実である。

さうまでして通つたせゐか、錦町からではせいぜい学校までが「守備範囲」で、そこから先へは脚をのばしたことがない。ただ永井さんの書くものによく出てくる駿河台下の東明館といふ勧工場（くわんこうば）は、私の記憶にないのである。場所は今の三省堂の隣で、角地に建つてゐたさうだ。当然、私の「守備範囲」内のことであり、そこにあれば覚えてゐるはずである。

勧工場は不思議な建物であった。

様々な陳列品を見ながら、館内をまわっているうちに、またもとの出入口へ戻ってきてしまう。知らぬ間に二階へ上っているという式のもあったそうだが、東明館は平家建てであった。煉瓦（れんが）作りの入口を入ると、館内にはいつも電燈がともり、漆器類や化粧品のにおいの一しょくたになった、勧工場独特のひんやりした空気が、われわれをつつむ。

ながい間に、自然と人の足で踏み固められた、幅四、五尺の土の通路は、風の吹く日のお濠の水ほどに、なめらかな凸凹を持ち、ゆるやかな角度で曲りながら、奥へ奥へと客をいざなう。

通路の両側が陳列場で、品物の種類が変わるごとに店番が坐っていた。店番の姿も、なにかのさし絵めいて思い出され、土間へきちんと下駄を揃え、膝蒲団を当てて、手あぶりの上で新聞を読んでいる老人とか、おかみさんがアルミの箸の音をさせて弁当を食べている昼過ぎの館内とか、勧工場というものが、普段はあんまり繁昌していたと思えないものばかりだ。

館内を一周するのに、ものの十五分もかかったかどうかの建物だが、こうして追憶すると、大きなさざえの貝の中を奥深くまわって歩いたような気がしてくる。

私達が、この大さざえを利用しない訳はない。探偵ごっこの一番のたのしみは、ここへ逃げこむことにあった。

おそらくこの建物は私が錦華へ入る前に取毀されてゐたのであらう。もしさうでなければ、私が通学の途中「この大さざえを利用しない訳はない。」

だが、そのほかに永井さんと私とが共有する追憶はまだ沢山ある。神田明神や大田姫神社の祭り、五十稲荷の五の日、十の日の縁日、松井源水独楽廻しの南明座、錦輝館、新声館などの活動小屋、二人はそんなところで、いつ袖すりあはせてゐたか知れないのである。

さて、永井さんのことを書いて作品に触れずに済ませる訳には行くまい。編輯部は共通の想出か何かと云ひ、こちらは震災前のあの辺のことでも書かうかと思つて安請合ひしたのだが、私にも作品のことを書く資格はある。今までに氏の短編小説は何十篇か読んでゐる。ただ長編は発表が新聞や週刊誌が多いせゐか、つい読みそびれてしまふ。それにしても「私はあなたの作品の愛読者だ」とはさすがに言ひにくい。「そんな歯の浮くやうなことは言ふな」と一蹴されるか、それともはにかみ屋の永井さんにひどく居心地の悪い思ひをさせるかである。ところでその短編だが、第一に題名と中身とが一致しない、人の顔と名前のやうなものだ。第二にその題名がなかなか覚えられない。「谷戸からの通信」「青梅雨」「一個」などといふのはいいだが、「息災」「名刺」「魚」「鏡」「新涼」などとなると、どうしてもそれが話の筋と一致しない。また筋がわかつてゐて、題名が思ひ出せないものも多い。これはおそらく洋の東西を問はず短編の宿命であらう。まさか「風と共に去りぬ」とか「日はまた昇る」とかいふ大仰な題はつけられまい。

その短編のうち、忘れようとしても忘れられぬ傑作、といつてはまづい、名品がある。起承転結の妙を好む私の性癖のせゐかも知れぬが、私は一家四人の心中を扱つた「青梅雨」を第一に推す。話は死ぬと覚悟した四人が取留めのない話を如何にも屈托なげに話してゐるところへ、最後に一番若い、といつても五十を過ぎた女がかう言ふ。

「おじいちゃん」

息を詰めて、春枝が云った。

「ちいおばあちゃんも、大きいおばあちゃんも……」

「うん、どうした」

「二人とも、けさから、死ぬなんてこと、一口も口に出さないんです、あたし、あたし、えらいと思って」

それきりで、泣き声を抑えに抑え、卓に泣き伏した。この姿と気勢は、今夜のこの家にとって、一番ふさわしくないものであった。

死をかういふ風に素直にとらへた名作は他にあるまい。

「秋」もまた絶品である。これは月見座頭、神田のやぶ、瑞泉寺の月見酒、その最後は「靴の滑る位は些細なことで、ここからどこか、さらにどこかへ入って行けそうな気もしてきた」で結んである。この最後の文章が忘れられない。まことに神韻縹渺（へうべう）、秀れた能の舞ひをさめに似てゐる。

永井さんの作品は人間のことを書いてゐながら、どれも厭味な人間臭さがなく、心が洗はれるやうな清々しさを覚える。作者が人間臭くないからではない、文章がそれを超えてゐるからである。


（「永井龍男全集」第十二巻月報、昭和五十七年五月、講談社刊）

福原先生

私が直接にお附合ひ頂いた「英文学者」は三人しかゐない。市河三喜、齋藤勇、福原麟太郎の三先生である。

市河先生は「英文学者」といふより、英語学者であつた、それに御尊父の米庵先生の書を見せていただきに、二回ばかり成城のお宅をお訪ねしたこともある。また先生は奥様の晴子さんと共に植物には大層詳しく、私の住んでゐる大磯の高麗（こま）山は暖地性の植物が多く、珍しい樹相を形造つてゐるので、一度、お誘ひしたことがある。先生は既に何度かそこに足を運ばれたことがあるのだが、私は自分の為にお誘ひしたのだ、が、それも実現を見ぬうちに亡くなつてしまつた。

齋藤先生には、大学時代にお世話になり、その後チャタレイ裁判の時には、検察側の証人として出ておいでになり、たまたま私が被告の特別弁護人を引きうけてゐたことから、弟子の身で師を反対尋問するといふはめに立ちいたつた。

右、お二人共、東大の先生だつたので、多少を問はず知り合つてゐても不思議はないのだが、三人目の福原先生とはどうして知り合つたのか、しかも一番深くお附合ひをするやうになり、奥様の雛恵さんには、先生の死後も、何かにつけて、長い、しかも風格のある祝電などをいただいたりしてゐる。

確か最初は「英語青年」の座談会で、先生の指名により亡き吉田健一君と私と三人で、イギリスの事やシェイクスピアのことを話し合つた時だつたと思ふ。その時、私は英文学の他のどの先輩よりも先生を身近かに感じたのである。私は直ぐ思つた、「この人は英国のために英文学を研究した人ではない、日本の文学を豊かにするために英文学を研究した人だ」と。英国や英国人のためなら、鯱立ちしても日本人は英国人の敵ではない、が、日本の文学を豊かにするために英文学を研究した人となれば、もはや「研究」といふ言葉はふさはしくない、英文学を味はつた人だと言ふべきである。私達の劇団がシェイクスピアを演ると、必ず見に来て下さつた。旗上公演「夏の夜の夢」を見て頂いた時の事は未だに忘れない。シェイクスピアは原文でないと面白くないなどといふ事は決して口にはなさらなかつた、訳でもよかつたのである。

さういふ学風といふか藝風といふものが、ラムをグレイを、そしてシェイクスピア、ブラウニングを語る時にも、漱石の「道草」「三四郎」を語る時にも、同じ様に現れる。その謎は「メリー・イングランド」を一読するに及んで忽ち氷解する。先生は英国に「勉強」しに行つたのではない、少くともそれが第一目的ではなく、それよりも先生は英国に「遊び」に行つたのだ、文字通り、メリー・イングランドを楽しんでゐるのである。

文化とはさういふものである、さうしなければ身に附かぬものである。眉間に皺の渋面と文化とは何の縁もない。ふとさう書いて、福原先生の「むつつりした顔」を想ひ出してしまつた。あれは物を考へ、物を書く時の顔だ、だから、あれはあれでいいのである。福原先生をよく知つておいでの方は、あの「むつつりした顔」が文字通り相好をくづして「くしやくしや」になるのを御存じだらう。あの少年の様な、やんちやな笑顔の時に、先生の文化が、先生の教養が示されるのだ。それが私に先生と長いお附合ひをさせた原因だつたと思ふ。

今でも覚えてゐる、先生から来る手紙は実に洒落たものだつた。中味は紙を二つに折つて四面にし、その第一面と第三面とに文章が書いてある。恐らく英国のそれを真似たのであらう。だが、封筒の縦横の寸法が微妙に洒落てゐるのである。私は恐る恐る、あれはどこでお求めになつたものかと、手紙で質問をしたことがある。しばらくすると、やや小型の四百字詰原稿用紙位の画用紙が、厚さ二寸位、どかつと届けられた。差出人は福原麟太郎となつてゐる。画用紙は五十枚位が一綴になつてゐて、表紙は子供用の漫画である。私は自分で手紙を書いたことを忘れてしまひ、その手紙の内容と画用紙との連関がつかず、一体、何だらう、福原先生、少しをかしくなつたのでなからうかと、それはそれで書庫の一隅に積み重ねておいた。

それから三四日して、先生から手紙が届いた。筆で巻紙の丁重なものである。私は驚いた、画用紙はそれまでの洒落た手紙と封筒とを造る材料だといふのである。

私はいつも手紙は用済み次第、捨ててしまふはうで、その時の手紙も整理してしまつた。惜しいと思つても、もう間に合はない。かうして谷崎潤一郎や會津八一の手紙も破棄してしまつた。齢七十にして、過去の習慣を改めるわけにはいかない。が、福原先生にもらつた画用紙は今でもそのまま取つてある、自分で作る根気は到底ないが。

（「福原麟太郎随想全集」第八巻月報、昭和五十七年九月、福武書店刊）

小林秀雄弔辞

小林さんが亡つて、もう一週間が過ぎるが、茫然として何も書けない。弔辞も書けさうにかつたが、それだけは何とか八日の本葬に間に合つた。今となつてはその弔辞を原稿代りにするしかない。ところが編輯部は、それなら「小林秀雄『本居宣長』」(「小説新潮スペシャル」'81冬号)を再録したいと云つてきた。小林さんがこの〝書評〟を特に多としてくれたといふのである。むろん、私に異論はない。

× × ×

以上で「小林秀雄『本居宣長』」は終つてゐる。私はやうやく晴々と小林氏を訪ねた。筆をおくや、雑誌の出来る前にと思つて早々に出かけて行つた。懐には宣長に関するいくつかの質問も用意していつたが、その日、つひに宣長の話は出ずじまひで、日本に来てゐる韓国の燈籠(とうろう)の写真を持ち出して、その価値を論じ合つたりしたが、何分写真でははつきりしないので、韓国の専門家に尋ねてみることにし、近くの天ぷら屋でご馳走になつて別れた。その次にお目にかかつたのは、昨年の三月二日である。燈籠について韓国からの詳しい説明の手紙を持参したのだが、少しお元気がないやうに見受けられたので、早々に辞去した。その日は、今年と同じ雨で、それでも出がけはさほどでもなく、私は著物に草履で出かけたのだが、帰りはあいにくのどしや降りになつた。奥さんは小林さんの下駄を貸して下さり、「これはもう小林が使ふこともないでせうから、返して下さらなくて結構なんですよ」と言はれ、そのままわが家の下駄箱に収まつてゐる。奇しくも一年後の同じ日、雨の東慶寺の密葬に連ならうとは夢にも思はなかつた。本葬は三月八日、生れて初めて下手な弔辞を書いた。以下がそれである。

かういふ時がいつか来る事は、当然、私達として覚悟してゐなければならぬ事でした。しかしここ五十年余り、私達の中には不断に小林さんが生き続け、その数々の思出が鮮かに浮び上り、もう小林さんはゐないのだ、何を言はうと返事は返つて来ないのだといふ実感は、未だに湧いて来ないのです。

いろいろな事がありました。廿年前、私が、文学座から分れた人々と新しい劇団を作つた時、小林さんはわざわざ手紙を下さり、激励して下さいました。君の年齢から言つて、正に良い潮時だ、成功を祈る、僕の出来る事があつたら、何でも言つてくれといふのです。私は本当にありがたかつた、小林さんはさういふ心の温い人でした。そしていつでも私が訪ねて行くと、小林さんの方から話を私に合はせて下さるのです。芝居の事にせよ、絵の事にせよ、いつもさうでした。時にはルオーのミゼレレを何枚か用意しておき、私に話が仕易い様にと心を遣つて下さるのです。人はよく小林さんの義理固さを言ひますが、それは心の優しさから出て来るものとしか、私には思はれませんでした。

かういふ事もありました。戦争が終つて二三年経つた頃でせうか、何かの会の帰りに、小林さんと私と二人だけになつた事がありましたが、私は勿論、小林さんもその日は珍しく酔つてはをらず、新橋の駅で漫然と鎌倉へ往く電車を待つてゐたのです。小林さんは衝へた煙草に火をつけようとし、取出したライターを擦つて、それを煙草の方へ持つて行くのかと思ふと、何を思つたのか、片手で風を防ぎながら、それをそつと私の方に持つて来るのです。ライターと言つても、それは今から見れば大時代のもので、蓋が丁度ゴルフのパターの様な形をした銀色のごついものです。勿論、油で火がつくやつで、何だらうと戸惑つてゐる私に、小林さんは笑顔を見せながら、かう言ふのです、「この蓋のところが黄色く光つてゐるだらう、僕は暫くそれを鍍金が剥げたんだらうと思つてゐた、ダンヒルにもかういふ出来損ひがあるのかと思つたが、ほら、かうして掌にのせて見たまへ、よく見ると、ほかと同じ銀色なんだ。」私はそれを自分の掌にのせ、次に蓋を開けて擦つて見ると、確かに小林さんの言ふ通り、蓋の一箇処だけが黄色に光つて見えるのです。

なぜ私がこんな詰らぬ話をしたのかと申しますと、恐らく小林さんと言へば、殊にその頃の小林さんはひどく気難しい人で、そんな用もない話を自分の方から持ち出す様な人柄ではないとお考への方も多からうと思つたからです。これは何でもない事の様ですが、私はただ小林さんの書く物だけを読んで、ゴッホやドストエフスキーの事だけで頭が一杯の小林さんしか知らず、「平凡な」常識人としての小林さんを見落しがちな私達に向つて、常識人の小林さんの方から、或は小林さんのうちの常識人の方から、一歩も二歩も歩み寄つて来てくれたのではないかと考へてをります。もとより小林さんのうちにそんな意識は微塵も無い、が、文章にすればさう言ふより仕方がないといつたものでせう。恐らく家庭における小林さんは奥さんや明子さんの前では、さういふ姿を始終見せていらしたに違ひ無いと思ひます、一流の天才の中にも平凡な日常人は同居し得るはずですから。

小林さんは極く素直な人だつたのであり、こちらが素直に対すれば、小林さんも亦素直に応じてくれる人だつたと信じてをります。それにもかかはらず私は物を書く時、それがどんな些細なものであれ、小林さんの鋭い眼を意識せずにはゐられませんでした。時折、私の右の肩越しに後から私の文章を見つめてゐる鋭い眼光を実感するのです。時には敢へてそれを振切り、全くその存在を忘れて暴走して見ますが、そんな時に限つて、これを小林さんに見られたら何と言はれるかなと、必ず心の引緊る思ひがしたものです。

その意味で、小林さんは私にとつても、亦多くの作家、批評家にとつても、遥か前方に見える指標であり、同時に、これより後には退けない大きな支へ柱の役割をして来たと言へませう。

その小林さんがもうゐない。私達はどうしたらいいのか。暫くは無明長夜の闇が続くのでありませう。一本の巨木が倒れた事の意味が、日と共にはつきりして来るに違ひありません。
甚だ舌足らずではありますが、右を以て小林さんの御逝去を心から悼み、御冥福を祈る言葉と致します。

（「新潮」昭和五十八年四月臨時増刊号）

老いの繰言

昭和三十五年の「文藝春秋」一月号に「進歩主義の自己欺瞞」といふ小論を書いたことがある。相当自信はあつたのに仲間の内で一人も感心してくれた者はゐなかつた。仲間内ばかりではない、その外にも、いや、外には多少ともゐたのかも知れないが、それは私の耳に入つては来なかつた。簡単にいふと、その小論は次の様な事である。

当時、流行つた言葉の一つに「進歩主義（プログレシヴィズム）」といふのがあるが、この場合「進歩」は単なる現実ではなくなり、誰もが目ざすべき最高の理想にまで祀りあげられる、かうして「進歩主義」は「進歩」に仕へるだけではなく、「進歩」以外の何物にも仕へぬことを誓つた思想的態度に化ける。人々にとつて大事なのは一歩一歩「進歩」の梯子を登つて行くことではなく、一気に「進歩」の頂点、つまり革命にまで登り詰めることなのだ。かうして「進歩主義」は必ず「急進主義（ラデイカリズム）」に行き著く。この「急進主義」に対するものとして、同じく今日では誰も用ゐない「漸進主義」といふ言葉があつたが、この両者の違ひは決して目的地に向ふ手段や速度にあるのではない、それは「急」と「漸」との差にはなく、「漸進主義」の立場から言へばもともと「進歩」などといふものを問題にしてはゐないのだ、「進歩」は求めて得られぬ理想ではなく、単に在るがままの現実に過ぎないからである。つまり、そのまま放つておいても放つておかれないのが、人間の自然であり歴史といふものなのである。

そんなことを書いてから丁度二十年後、昭和五十五年の「エンカウンター」六月号に、ジョージ・ワトソンが「政治用語の荒廃」と題して次の様な事を述べてゐる。これも既に書いた事だが、左に記しておく。

アクトン卿はマルクスより若かつたが、リフォーム（改良・改革）は変化を齎し、リヴォリューション（革命）は屢々物事を現状のまま放置するといふ事実を能く見抜いてゐた。……「革命の目的は革命の阻止である」、彼は覚書の中にさう書き残してゐる。

アクトンがそのとき幾つだつたかは知らぬが、私と能く似た事を言ふと思つた。更にワトソンは世界最大の資本家は誰だと思ふかと読者に問ひ掛け、もしこの問ひに正しく答へようとするなら、誰しもそれはUSSRの政府だと言はざるを得ないだらう、米国のジェネラル・モーターズ社などその足下にも及ばない、英国のインピリアル・ケミカル・インダストリー社に至つては街角のドラッグ・ストアの如きものだと皮肉つてゐる。

今日、「急進主義」といふ言葉は勿論、「進歩主義」といふ言葉まで殆んど意味をなさなくなつたのは、言ふまでもなく、それ等が不必要になつたからで、それがなぜ不必要になつたかと言へば、今や日本は押しも押されもせぬ「経済大国」と称するものになつたからであらう、つまり金持になれば、そんな言葉はいつの間にか忘れる。かうしてここ十年位の間に忘れられた言葉に「等距離外交」「全方位外交」等々一々挙げて行けば切りがないほど沢山ある。そしてその代りにどんな言葉が必要になつたであらうか。

三年ほど前の話だが、偶々テレビのニュースの画面で、今の首相と同じくらゐ著名な日本の閣僚の一人がアメリカの「日本苛め」に激昂し、口角泡を飛ばして「そんな馬鹿なことを言つて、なんだアメリカは……」と怒鳴り捲つてゐた事を思出す。今更「ノウと言へる日本」になれと言つても、また言はれてもどうなるものでもあるまい、もう既にさう言つてしまつてゐる。だが、もし「ノウ」とアメリカに言ふのなら、それが一番言ひにくい時に言ふべきではなかつたか、私が例を挙げた三年前でも遅すぎるのである、十年、二十年前でも遅いのである。「平和」の時の平和論と同じに余り聞き映えしないであらう。やはり今の日本は言葉だけが次々と変り、現実は何の変化もなしに、ただ水脹れするだけ、一途に相手国の「エラー」を待つ外はない。もし「ノウ」と言ふなら、とことん最後まで「ノウ」と言張るだけの用意をした後の事にすべきである。いや、それよりは身ぐるみ脱いで海外援助に精を出してゐた方が安全といふものであらう。

一月五日の午後、急にゴルバチョフが一月中、外交活動を停止するといふ速報が流れた、その理由は解らぬといふ、失脚の可能性もあるかの如き報道であつた。大袈裟なやうだが、一瞬、「ショック」を感じた。ゴルバチョフの名を見掛ける様になつて以来、私は彼が好きなのである。「綱渡り」をしようが、「落ち目」にならうが、好きなものは好きである。勿論、好きが先で、彼が言つたり、したりした事の方は後である。笑つてはいけない、先づ彼の人相がよい、今年の年頭の言葉も各国首脳の中で群を抜いて平易で簡潔で、しかも御座なりではない、実意が籠つてゐた。

マルタ会談も恐らく彼の方から「泣き附いた」ものであらう。国内経済が「火の車」だからだとか、自分の立場が危なさうだからだとか、吝嗇（けち）なことを言ふものではない。これも恐らくの話だが、共産党の一党独裁抛棄すら彼の予定表に上つてゐるであらう、さうと口には出さずともそれだけの覚悟がなければ、どうしてこの東欧の急変を「落ち著いて」眺めてゐられるだらうか。彼は現在、世界の政治的指導者の中で死なせてはならぬ唯一の人物である。

（「文藝春秋」平成二年二月臨時増刊号）

旅・ふるさとを求めて

「世代の断絶」といふ言葉をよく耳にするが、そんな物は今に始つた事ではない。私は第二次大戦を「この間の戦争」といふ。が、私の息子にとつては「この間」どころか、生前の出来事である。私は東京生れの東京育ちで、関東大震災が起つたのは小学校五年生の時であるが、その時、家内は満二歳であつた。第二次大戦も大地震も私にとつては斉しく現代の出来事である。しかし、家内や息子にとつてはさうではない。一口に「現代」或は「現在」といつても、家族といふ最小共同体の中でさへ、この様にそれぞれ異つた「現代」「現在」を所有してゐる。

私には今の東京は勿論の事、戦前の東京も故郷ではない。私の故郷は関東大震災前の東京である。つまり、私は故郷喪失者といふ事になる。が、或る意味ではさういふ故郷喪失者こそ最も豊かに故郷を所有してゐるのではないか。なぜなら震災前の家並みや小路には江戸時代にもあつた何物か、つまり一種の匂ひ、少くともその残り香があつた。「年々歳々、花相似たり、歳々年々、人同じからず」にしても、過去を現在の中に取込む花さへあれば、人はそこにふるさとを感じる。その花が時には家並みであり、山河である。今の東京には太陽と月以外に、私が過去と交るよすがは無い。日月では余りに手掛りが無さすぎる。が、ふるさととはさういふ花であり、せめて過去の残り香を感じさせる何物かである。その事を切実に知つてゐるのは、故郷喪失者であらう。ふるさとの嗅覚、それこそ故郷喪失者の特権ではないかと思ふ。

日本の内外を問はず、旅に出れば、その私の嗅覚がおのづと敏感に働き出す。北京に、揚州に、ロンドンに、フィレンツェにヴェネチアに、そして「新興都市」ニュー・ヨークにさへ、今の東京には無い震災前の東京と同じ匂ひを嗅ぎつけ、ふるさとの懐しさを覚える。この三十年来、私は旅のうちにふるさとを求め続けて来たと言へよう。

（「旅」昭和五十三年十月号）

編者解説「人間」のなかへ、「自分自身」のなかへ

浜崎洋介

I

「平和論にたいする疑問」（昭和二十九年十二月）を書いて「保守反動」の汚名を被った福田恆存は、その半年後に、『人間・この劇的なるもの』の連載（『新潮』昭和三十年七月―翌年五月）に向かうことになるのだが、そのときの思いを語って次のように述べていた。

「私はこの連載で『本当に書きたいこと』を書かうとしてゐた。『私の人間観』が書きたかつたのだ。『平和論』論争などで、いはゆる『進歩主義者』の反応を見てゐると、彼等の『人間観』と私のそれとが、いかに食ひちがつてゐるかを痛感した。問題は結局そこにある。そこを明かにしなければ、どうにもならぬと思つた。いや、率直にいふと、彼等と私との間で人間観が異なつてゐるのではなく、私は人間観から出発してゐるのに、彼等はそこを素通りしてゐるのである。私にいはせれば、彼等に人間観はない、あるひは、それに関心をもた

ないといふことになる。両者の差を明かにしなければならぬといつたが、じつはそれを明かにしたところで、相手に納得してもらへるとは思はなかつた。もし納得を期待するなら、読者に期待しなければならない。私はさう思つた。のみならず、私は自分自身で納得したかつたのである。いひかへれば、私は自分の手で自分を追ひこみたかつたのである。どこへでもない、『人間』のなかへ、『自分自身』のなかへ。」（新潮社版『福田恆存評論集』第二巻「後書」、昭和四十一年）

私にとって福田恆存とは、まず何よりもこの「人間」のなかへと自分自身を追い込んだ文学者として存在している。私は何も、福田が「進歩主義者」を批判した保守論壇の論客だったから彼の本を手にしたわけではない。むしろ、『作家の態度』や『西欧作家論』などの文藝評論に目が醒めるほどの驚きを覚えたから、あるいは『藝術とはなにか』や『人間・この劇的なるもの』の藝術論に私自身が救われる思いがしたから、その後に書かれた福田の政治評論をも手に取るようになっていったのである。私は、この前後関係のけじめは、特に福田恆存を読む場合、決定的に重要な意味を持つと考えている。

というのも、福田恆存自身が、自らの作家論について次のように書いていたからだ。

「対象にどの作家を選ばうとも、私のねらひは、自我の崩壊を通じてのその確立、喪失を通じての獲得、主張を通じての抛棄といふことにあつた。これは逆にいつても同じである。自我の崩壊にまで行きつかぬやうないかなる自我の確立をも私は信じない。したがつて、私はこれらの作家論において、ひたすら自我の解体に手を貸したのである。が、それは心理的な高所恐怖症かもしれない。私は自分自身にたいして自我解体の手術を施したわけだが、それも畢竟、墜落を恐れてゐたからであらう。それが恐ろしくなくなつたとき、私はやうやく戯曲を書きはじめ、『藝術とはなにか』を書き、さらに『人間・この劇的なるもの』を書いたといへないであらうか」(前掲)

私たちが「近代」を生きている限り、絶対的な超越性や共同性がアプリオリに与えられるということはあり得ない。とすれば、思考はまず、今、ここを生きる「私」の可能性と不可能性とをめぐって深められるほかはない。後に福田恆存が「保守」という態度を生きはじめるのも、まさに初期の作家論――特に嘉村礒多論や芥川龍之介論、あるいは太宰治論やサルトル論――において徹底的に「自我の解体に手を貸した」からこそだった。ということは、その「自我解体」の手応えがなければ、福田恆存の言う「保守」もまた一つの標語へと堕してしまうということを意味している。繰り返して言えば、近代において、「自我の崩壊にまで行きつかぬやうないかなる自我の確立」もあり得ないのである。

それなら、『人間とは何か』と題した本書もまた、まずは福田恆存が言う「自我解体の手術」に付き合う必要があろう。その上で、それでも立っている自分、あるいはそんな自分の足元を支えているものの存在へと視線を折り返していかなくてはなるまい。

構成は次の五部とした。

Ⅰ　文学とは何か――超越性無き場所＝近代日本で自己表現をすることの可能性と不可能性とを問う福田の文学論、批評論を収録した。

Ⅱ　近代の孤独――特に「自我の解体に手を貸した」という福田の初期作家論を収録した。

Ⅲ　孤独を開くもの――近代の孤独を乗り越えようとした際に、福田が手掛かりとした文学者についての論考を収録した。

Ⅳ　言葉の藝術――『人間・この劇的なるもの』以降の福田の文学観、特に福田がシェイクスピアに向かっていった必然が確かめられる論考を収録した。

Ⅴ　人物スケッチ・その他――福田恆存の他者＝人間を見つめる目を感じることのできるエッセイを収録した。

本書は、『保守とは何か』、『国家とは何か』に続く福田恆存アンソロジーの完結編として編まれている。『保守とは何か』が、福田恆存の全体像を照らし出す「基礎編」だったとすれば、『国家とは何か』は、主に「九十九匹」（政治）の側から福田恆存の言葉を照らし出した「応用編」だったと言える。そして、本書『人間とは何か』は、「一匹」（文学）の側から福田恆存の言葉に迫った「発展編」とでも言うことができようか。

しかし、この三冊は別に違ったことを語っているわけではない。私たちが、「一匹」と「九十九四」の二重性を、自らの〈全体＝自然〉によって支え生きているのなら、どこから議論を始めても、いつでも行きつく先は、その個人（理想）と集団（現実）との間でバランスをとりながら生きる「人間」以外のものではないはずだ。逆に言えば、福田恆存が生涯を通じて抵抗し続けたものこそ、両者の〈バランス＝常識〉を失した政治論であり、あるいは、己の「自然」を見失った文学論だったということである。

II

では、「自我の解体」と言い、「自我の崩壊」と言い、それらの言葉は一体何を意味しているのか。それは、まず自我の可能性をどこまでも推し進めながら、その限界に直面することを意味している。そして、なお、その限界を突破して進もうとしたとき、私たちの自我は崩壊することになるのだ。福田によれば、日本近代文学は、この自我解体の実験を繰り返してきたということになる。が、二十代から三十代の福田恆存もまた、この実験に参加する一人だった。たとえば、昭和十一年、二十五歳（数え年）の福田によって書かれた「漱石の孤独感」は、この自我の可能性と不可能性との間で苦しむ漱石の姿を描いて正確である。

「俊鋭なる認識と清純なる心情の持主としての藝術家は、その高邁な精神の故に、己れの周囲に群る凡俗とは絶対に相異り、永久に相容れない自分を見出したのである。と同時に、世俗を敵として戦ひ、或いは軽蔑して山に隠れることも出来ず、絶えず己れを取り巻く煩鎖な日常的事実にとらはれてゐる自分を眺めた時、漱石は愕然として、己れの周囲の凡俗の上に、より厭ふべき己の中なる凡俗を見出したのである。」

藝術家は、己の表現の中に自己の純粋性を打ち立てようとする。いいかえれば他者に依存しない精神の自律性を証明しようとする。さもなければ、藝術家の世界もまた、政治や経済と何の違いもない利害得失の一領域でしかないということになりかねない。だからこそ、近代の藝術家は、それら「九十九匹」における物差しの世界（外面）とは明確に区別されるべき「一匹」の精神世界（内面）の証明に己の全表現を賭けてきたのだった。

が、ここにジレンマが胚胎することになる。世俗的な交換価値を拒絶した藝術家は、しかし、己の精神の自己証明に際して、再び凡俗の世界と接してしまわざるを得ないのだ。いかなる「高邁な精神」も、それが外的に表象されてしまった瞬間、〈凡俗に対する藝術家〉という交換価値を、つまり相対的な世俗性を孕んでしまうのである。その限りで、どんなに「清純なる心情」も、「己れを取り巻く煩鎖な日常的事実」から自由であることはできない。あるいは、どんなに誠実な自己表現も他者に対するポーズである可能性を払拭できない。漱石の孤独もまた、この「自己の中に俗人を包含」することの苦しみに発していた。

しかし、それなら「己の中なる凡俗」を削ぎ落とす過程そのものを自己表現（自己劇化）すればいいのではないか。そう考えたのが私小説作家＝嘉村礒多だった。嘉村は、玉ねぎの皮を一枚、一枚剝くように、自己の生活の「あらゆる意味のゆたかさとゆとり」とを削ぎ落としていった。そして、ついには「藝術家の楽屋」までをもあばいてしまうのである。が、果たしてそのとき、嘉村は「しらじらしい虚無」をのぞき見はしなかったか。自身の藝術から「藝術家の矜恃」までをも締め出してしまったとき、そこで嘉村が目にしたのは、一切の交換価値を失った「私」の残骸でしかなかった。福田が、嘉村礒多において「私小説の歴史に終止符」がうたれたというのは、まさにそのような事態を指している。

むろん、この嘉村が垣間見た「虚無」は批評とも無縁ではない。「既成ジャンルとしての近代小説の技法をもつてしては表現しえぬ精神」（「文藝批評の態度」）によって書かれた福田の初期文藝批評もまた、外面（凡俗＝九十九匹）へのアイロニカルな否定を通じて、内面（藝術家＝一匹）を純化しようとする試みとしてあった。が、結論は変わらない。すでに「藝術の自律性と純粋性」とを疑ってしまった二〇世紀の批評精神にとって、「いまさら新しく認識さるべき自我の余剰は存在してゐない」（「表現の倫理」）のだ。とすれば、もはや「表現の虚偽や社会の常識を逃れようと焦ることは無意味であらう」。むしろ今、求められているのは「嘘と常識とに平然と堪へる表現」（同前）なのではないか。

そして、おそらく福田の芥川龍之介論は、この問いの延長線上で書かれていた。漱石の後を継いで出発した芥川は、「純情」の自己表現（告白）などというものを信じることはなかった。が、一方で表現なき「純情」が無に落ち込んでいくということも知っていた。そこで編み出されたのが、他者に向けた「仮面」を通じて己の「純情」を暗示するという方法、つまり、芥川ならではの「比喩の文学」だった。『羅生門』や『地獄変』、あるいは『杜子春』など、芥川は己の「純情」を、日本の古典や、中国の故事などの「比喩」を通じて造形していった。そして、それらの「比喩」の背後で作者自身は「無抵抗主義」（沈黙）を貫いた。あとは、「詩的正義」に基づいた「血統」（伝統）が、己の「純情」の在処を証明してくれればいい。芥川は〈詩的正義＝血統〉の存在を、ほとんど「神」のように信じようとした。

しかし、その〈詩的正義＝血統〉が、芥川の「純情」の証明のために呼び出された虚構ではないという証拠はなかった。とすれば、やはり芥川の優越意志は「無抵抗主義」に徹することもできなかったと言うべきではないのか。じじつ、「詩的正義とは、彼（芥川）自身の信じられぬ神を信じようとするアルチフィス（虚構）の所産にほかならない」（（　）内引用者、以下同じ）と言う福田は、続けて次のように書くのである。「たえず虚無を感じてやまなかつた自己のアルチフィスを、一瞬にして厳粛な真実と化しうる、いはば生涯のアルチフィス仕上げの最後の一筆」、それが芥川の死ではなかったのかと。「詩的正義」が存在しているから、それに殉じたのではない。逆である。それに殉じたという事実によって「詩的正義」の存在を証明すること。ここには、己の〈詩的正義＝神〉の存在を、自力で証明しようという「なにか恐しいほどの無理」がある。芥川龍之介は、この「無理」によって生き、また斃れたのだった。

とはいえ、芥川の試みが自力でエゴイズムを超えようとする「身のほど知らずの所業」だったということに変わりはない。後に福田は次のように言うだろう、「自己劇化が完成するといふことは、本来ありえない」、「自己劇化は自己より大いなるものの存在を前提として、はじめて成立する」（「自己劇化と告白」昭和二十七年）のだと。

とすれば、芥川とは違う道があるはずなのだ。昭和十年前後から始まった福田恆存の「自我解体の手術」は、日中戦争と太平洋戦争（大東亜戦争）とを間に挟みながら、ようやく戦後の昭和二十五年頃になって終りを見せようとしていた。

III

福田恆存が、自我の限界に突き当たって転回を果たすことになるのは、『藝術とはなにか』（昭和二十五年）の執筆においてだった。が、その転回を促した契機は二つあった。一つは、福田自身が「芥川龍之介論の続編をものすつもり」で書いたという「道化の文学―太宰治論」（昭和二十三年六月、七月）の発表直後における太宰治その人の自殺であり、もう一つは、福田自身の批評精神の限界で書かれた『否定の精神』（昭和二十四年―後に「私としてはあまり触れたくない仕事」だと言われるこの批評的アフォリズム集は、福田恆存自選の新潮社版『評論集』や、文藝春秋版『全集』には収録されなかった）の出版である。

前者は、福田に「純情」の自己証明（「一匹」の存在証明）の不可能性を現実として突きつけ、後者は、福田に「純情」の不可能性を内在的に納得させていた。たとえば、『否定の精神』を振り返って、後に福田恆存は次のように語るだろう。

「私はそれを好まぬ。もつとも直接的な自己批評であるがゆゑに、もつとも自己を露出してゐるからではない。もつとも直接的な自己批評であつたために、そこでは真に私の自己が語られてもゐず、真に批評されてもゐないのである。かういふ直接的な自己批評は、上げのない着物のやうに間がぬけてをり、いかに真実を語つても、嘘になるものだ。なぜなら、自分に自分を批評させてしまつたのでは、私たちは真の自己に到達できないのである。真の自己批評は演戯することであり、演戯することによつて、私たちは自分を、自分以外のものに、あるひは自分以上のものに、批評させることができるのだ。『藝術とはなにか』のうちで私が演戯精神といふことを強調しはじめたのは、今から思へば、さういふ自覚の兆しだつたと思ふ。」（新潮社版『福田恆存評論集』第一巻「後書」、昭和四十一年）

どんなに誠実な「直接的な自己批評」も必然的に「嘘になる」。というのは、どれだけ自己批評を徹底したところで、それを批評している自己は批評されていないからである。だから、次の瞬間には、批評している自己をも批評しようとする自意識の過剰が呼び寄せられる。が、事情は変わらない。またしても批評している自己は、その批評された自己の背後で、無傷の自分を労わってしまうのだ。つまり、「直接的な自己批評」では、自意識の過剰を誘いこそすれ、私たちは、いつまでたっても「真の自己に到達できない」のである。

では、どうすればよいのか。福田の答えは簡単だった。「演戯」すればよいのである。自意識の無限後退のなかで、〈批評された私＝九十九匹〉の背後に、〈批評している私＝一匹〉を暗示するのではなく、逆に、全てが隠しようもなく他者の目に晒されている〈言葉＝行為〉の姿、形において自己を整えること。そもそも、自己批評するという行為自体が、無根拠に与えられている「言葉」によって支えられているのであれば、私たちは、その「自然」によって与えられた「言葉」に従い、その〈リズム＝型〉を演戯することによってしか自己の輪郭を確かめることさえできはしまい。その演戯の巧拙の結果として、私たちは〈自然＝全体〉との紐帯（リアリティ）を強めたり、弱めたりしているだけではないのか。それが、福田の言う自分を「自分以上のものに、批評させる」ということの内実だった。

むろん、この「批評精神」から「演戯精神」への転回のなかで見出された「生命のリズム」（『藝術とはなにか』）という言葉には、D・H・ロレンス『黙示録論』からの影響が読み取れる。が、それを概念として語ることはできても、そこから一歩進めて、具体的な藝術表現のなかに〈自分以上のもの＝全体〉の手応えをもたらすには更なる試行錯誤が必要だった。そのとき、福田恆存が手引きとしたのが、チェーホフとエリオットの文学だった。

チェーホフを語って福田は言う、「チェーホフのいひたかつた、たつたひとつのこと、他人の真実を信ぜよ——それができぬために、ことば、ことば、ことば」。「自我の真実」などというものが存在しないのなら、モノローグに傾く小説は藝術には向いていない。むしろ、言葉と言葉とをポリフォニックに掛け合わせる戯曲こそ言葉の藝術と呼ぶべきではないのか。実際、小説から戯曲へと向かったチェーホフが実現した「澄明さ」とは、言葉と言葉とがすれ違い、それらの言葉を駆動していた〈エゴ＝自我〉が相対化され切った果ての「完全な静寂」として現れていた。それだけが、チェーホフの「無垢」を預けられる「自然」だった。

おそらく、これと同じことが、詩から戯曲へと進んだエリオットについても言える。エリオットもまた自己表現などというものを信じてはいない。だから、逆に『カクテル・パーティ』の舞台にはエゴイストしか登場しないのだ。彼等が、ルーレット盤上の玉のようにぶつかり合いながら、その落ち着く先に落ち着いたとき、ようやく私たちは、そのルーレット盤そのものを初めに回転させたはずの存在が気になりはじめる。むろん、それはルーレット盤上の玉では、ないものとして否定的に見出される何かでしかない。が、それだけが、神を直接に語ることのできぬ現代において、唯一可能な「神」を示す方法ではないのか。福田は、『カクテル・パーティ』の「緻密な構成」のなかに、「人間の限界を神と結びつける手」を読みだしていた。

そして、実際、このチェーホフとエリオットの方法は、後の福田の戯曲「キティ颱風」（昭和二十五年）や「龍を撫でた男」（昭和二十七年）のなかにも生かされていった。が、ここで注意しておきたいのは、小説から演劇への転回を果たした福田恆存自身が、このとき内面の伝達（自己表現）を中心化する近代文学から完全に手を切っていたという事実である。後に、福田は言うだろう、「言葉は意を伝へる事を目的としてはゐない、堪へ難い心の動揺を鎮め、整へ、吾が物と化する事によつて、それに堪へ抜くといふ作用を第一義とするものである」（「小林秀雄の『本居宣長』」）と。もはや福田恆存が藝術家の「純情」にかかずらうことはない。文学とは、「九十九匹」からこぼれ落ちた「一匹」の自己証明のためにあるのではなく、逆に、その

「一匹」の動揺を鎮める「自然」のまねびのなかにこそある。

しかし、それなら言文一致以来信じられてきた「リアリズム」という観念（告白／描写の透明性）もまた排されねばなるまい。福田恆存が、シェイクスピア飜訳とその舞台演出に取り組み始めるのも、文学をこの「リアリズム」から救う道としてであった。

Ⅳ

昭和二十八年から翌二十九年にかけて、ロックフェラー財団の奨学生としてアメリカ、ヨーロッパに遊学した福田恆存は、その際、イギリスのオールドヴィクで観たマイケル・ベントール演出の『ハムレット』に目を醒まされるような体験をしたという。帰国後、そのときの感動と手応えを日本語に移そうとして、すぐさま「シェイクスピア全集」の企画に乗り出した福田は、後にその飜訳の動機を語って次のように述べている。

「私がシェイクスピアに専心し始めたのは、日本の近代化やその結果である日本の近代文学に疑惑を懐いたからであり、その疑惑を突き詰めれば当然西洋の近代文学に対する疑惑に当面せざるを得なかつたからである。西洋の近代文学の幾つかの傑作は実はその疑惑から生じたものであるが、それを見落した日本の近代作家は、それらの傑作を単純に憧憬し模倣した。その事実は三十年も前につとに小林秀雄が見抜いてゐた事である。」（新潮社版『福田恆存評

論集』第七巻「後書」、昭和四十一年）

この「近代文学に対する疑惑」と、それを超えた文学のあり方については、「シェイクスピアの魅力」のなかでも詳しく論じられている。近代文学の主眼は、過去の共同体を脱した〝この私〟の存在証明にあった。が、シェイクスピア文学の味わいは、むしろそれとは正反対のものとしてある。なるほど、後にロマン派がシェイクスピア文学を持ち上げたように、ハムレットやマクベス、あるいはオセローやリアなど、シェイクスピア劇の主人公たちはみな強烈な近代的自我を持ち合わせているように見える。いいかえれば、シェイクスピア劇の登場人物たちは、誰も彼も、抑制的な精神を突き破って、受動的なパッション（肉体的な情熱）に、つまり「悪〔エゴ〕に身をゆだね」てしまっているように見える。

が、あくまで主人公ハムレットと、作品『ハムレット』とはレベルが違う。シェイクスピアは、彼ら登場人物たちの「根本的な生命の慾望」を徹底的に解放しながら、しかし、作品においては、それらを最終的に罰するのである。そのとき観客は、主人公と共に舞台上を駆け巡らせていた自分のエゴもまた死なしめられたことを知ることになるだろう。福田によれば、この生と死の儀式を通じた自我意識の供犠、つまり、悲劇を通じた、嫉妬、不安、憎悪、懐疑などの浄化こそが「カタルシス」と呼ばれるものであった。

そして、ここでも重要なのは「言葉」である。「カタルシス」を行う場が劇場なら、その劇場において観客と舞台とを繋げている当のものこそ、「生きようとする意思の身振り」としての「言葉」にほかならない（「飜訳論」）。とすれば、その〈身振りとしての言語＝演戯〉が衰弱してしまえば、劇場は衰退し、文学もまた、韻律を失った散文（単なる会話）と、行動を失った詩（純粋詩の観念）とに分解してしまうほかはないだろう。しかし、だからこそ福田は、そのシェイクスピア飜訳を通じて、近代において分離してしまった詩と散文とを繋ぎ合わせ、今、ここにある日本語のなかに「身振りとしての言語」を取り戻そうと試みたのだった。

むろん、そこに「古典の現代化」などという前衛意識はなかった。あるいは、シェイクスピアを隠れ蓑に、「ライトや効果やバック・ミュージック、オブジェ装置や道化衣裳」と戯れる物欲しげな実験精神もなかった（「言葉の藝術としての演劇」）。ただ、「前後の文脈によってその時々に七色の光彩を放つ」シェイクスピアの言葉を、自らの身体感覚を頼りに訳し分け、「現実を再構成し、それに秩序を与へる」こと。その律動を通じて、「読者、或は観客は、それまで自分の内にあつて無関係に分裂孤立してゐた表象が一つのものとして統合され、日常生活とは異つた次元に完全な世界を発見する」ことになる。あるいは、数千行に渡って並べられた言葉の隙間から、「未だ存在しない、そして恐らく永遠に存在しないであらうその唯の一語〔nature〕」の響きを聴取することになる。これこそが、「自然」(nature) と「人間性」(nature) とを繋ぐ「藝術」の営みだった。少なくとも、それが、福田恆存にとっての「言葉の藝術としての文学」だった（「唯一語の為に」）。

V

『人間・この劇的なるもの』（昭和三十一年）のなかで、福田はハムレットの性格を評して、次のように語っている。

「ハムレットはローゼンクランツやギルデンスターンやオズリックの性根を見あやまつてゐない。ただ、かれは事前に警戒しないだけのことだ。かれには下司のかんぐりができなどゐない。それでゐて、ハムレットは、見るべきものはちやんと見てゐる。かれにはホレイショーの無私な心と役者たちの素朴とだけを信じてゐた。かれの環境は、人の心の信ずべからざることを、かれに教へた。だれも信じられない。が、かれみづから、さういふ観念をもつて、ひとに接しはしない。人の心の醜さがつねに眼に映じてゐながら、必要もないのに、それをあばきたて、あへて自他の間に隔壁を設ける狷介さは、ハムレットの与り知らぬものである。」

これはハムレットの性格であると同時に、福田恆存自身の性格でもあろう。それはV部の「人物スケッチ・その他」を読んでもらえば分かるはずだ。福田恆存は、他者を自己の理解の枠組みに押し込めたりはしない。なぜなら、他者の性格以前に、人は自分自身の性格さえ十分に理解することはできないのだから。それは、「直接的な自己批評」によっては、人が「真の自己に到達できない」ことからくる切実な自覚だった。とすれば、人は計算する心を放棄して、ハムレットのように「いつでも手放し」で他者と向き合うほかあるまい。信じるべきは、後ろから自分を押してくる生の力であり、自らの欲望だけである。

ただし、欲望と野心とは違う。野心は、「九十九匹」の中で何者かであることを望むが、欲望は、ただひたすら「一匹」において私があることを味わおうとする。だから、心がけとしては、ただ「自分が自分でありさへすればよく、あとは機会に委せればいゝ」のだ（新潮社版『福田恆存評論集』第二巻「後書」）。なぜなら、「自分といふものをしつかり摑んでゐれば、詰り自分の足取りを乱さず歩いてゐれば、すべてはあなた任せ、出遭ふ物は悉く自分の物になる」のだから（「小林秀雄の『本居宣長』」）。

たとえば、後に福田は、そんな自らの「生き方」を振り返って次のように書いていた。

「旧制高校に入学した直後、中学生時代の同級生の最初の集りがあり、担任の先生も出席して、一人一人、自分は『どういふ職業に就きたいか』と今後の抱負を問はれた時、私はかう答へた事を覚えてゐる――自分は何々家、何々業などといふ肩書は勿論、自分に対する一切のレッテルを拒否する様に生きたい、と。考へて見れば、これほど傲慢、不遜な言葉は無い。しかし、さう言つた当時も、またそれ以来、大よその言葉通りに生きて来た今日も、そんな思上つた気持は毛頭無く、極く気楽に何物にも捉はれずに生き、考へ、他人ばかりでなく、自分もまた自分の生涯や役割を規定しない様に心懸けたいといふ程の意味に過ぎない。」

（『新刊ニュース』昭和五十二年一月号初出、「覚書五」再掲、『福田恆存全集』第五巻）

これは、自らの役割を放棄したいといった幼稚な身勝手さとは違う。ただ、どんな時も、他人および自分自身の見透し難さを畏れ、それゆえに肩書に捉われず、役割に距離をもって生きたいと言っているに過ぎない。なぜなら、そんな距離＝余裕のなかでようやく浮かび上がってくるものこそ、自分の本当の欲望と資質（ヒューモア）、つまり、自分自身の「自然」なのだから。福田の「人間」を見る目は、常にこのヒューモアに発していた。一見厳しい福田恆存の言葉が、それでいて、いつもどこか優しいのはそのためである。

ところで、この福田恆存のアンソロジーも、ほとんど「あなた〔読者〕任せ」で第三巻の完結を待ったというのが私の正直な気持ちである。もちろん、このアンソロジーの話を最初にもらったときから、おぼろげではあるが、原理編（『保守とは何か』）―政治編（『国家とは何か』）―文学編（『人間とは何か』）の構想はあった。が、それが本当に実現できるのかどうかは全く分からなかった。少なくとも、私の最初の福田恆存論（『福田恆存 思想の〈かたち〉』新曜社）が出た頃、あるいは『保守とは何か』を編んでいた頃には、福田恆存の言葉がここまで広く読まれることになるだろうとは夢にも思わなかった。

むろん、それは、福田が言うように、単に「世の中が変つた」（「言論の空しさ」『保守とは何か』収録）というだけのことなのかもしれない。が、更に福田の言葉を借りれば、そんな「言論の空しさ」を承知の上で、それでも私は、一人でも多くの読者と、一語でも多くの言葉を共有できることに、今まで通りの喜びを感じていくことだろう。ときに、「ふくざつにあり」などと冷やかされることもある福田恆存の言葉に、ここまで根気よく付き合ってくれた読者諸氏、および、それを纏めてくれた文藝春秋社の西泰志氏に心より感謝したい。

（文藝批評家）

本書には、今日では不適切とされる表現がありますが、著者が故人であることなどを考慮し、底本のままとしました。ご理解賜りますようお願い申し上げます。

編集部

福田恆存（ふくだ つねあり）
1912（大正元）年–1994（平成6）年。東京本郷生れ。東京大学英文科卒業。中学教師、雑誌編集者、大学講師などを経て、文筆活動に入る。評論、劇作、翻訳の他、チャタレイ裁判では特別弁護人を務め、自ら劇団「雲」（後に「昴」）を主宰し、国語の新かな、略字化には生涯を通じて抗した。1956（昭和31）年、ハムレットの翻訳演出で芸術選奨文部大臣賞を受ける。主著に『作家の態度』『近代の宿命』『小説の運命』『藝術とは何か』『ロレンスの結婚観――チャタレイ裁判最終辯論』『人間・この劇的なるもの』『私の幸福論』『私の恋愛教室』『私の國語教室』『日本を思ふ』『問ひ質したき事ども』『保守とは何か』『国家とは何か』など多数。

浜崎洋介（はまさき ようすけ）
1978（昭和53）年生れ。文藝批評家。京都大学経営管理大学院特定准教授。著書に『福田恆存　思想の〈かたち〉――イロニー・演戯・言葉』（新曜社）『アフター・モダニティ――近代日本の思想と批評』（共著、北樹出版）、編書に『保守とは何か』『国家とは何か』（福田恆存著、文春学藝ライブラリー）。

文春学藝ライブラリー
思15

人間（にんげん）とは何（なに）か

2016年（平成28年）2月20日　第1刷発行
2024年（令和 6 年）3月15日　第2刷発行

著　者　福　田　恆　存
編　者　浜　崎　洋　介
発行者　大　沼　貴　之
発行所　株式会社　文　藝　春　秋

〒102-8008　東京都千代田区紀尾井町3-23
電話（03）3265-1211（代表）

定価はカバーに表示してあります。
落丁、乱丁本は小社製作部宛にお送りください。送料小社負担でお取替え致します。

印刷・製本　光邦
Printed in Japan
ISBN978-4-16-813059-5

（　）内は解説者。品切の節はご容赦下さい。

近代以前
江藤　淳
日本文学の特性とは何か？　藤原惺窩、林羅山、近松門左衛門、井原西鶴、上田秋成などの江戸文藝に沈潜し、外来の文藝・思想の波に洗われてきた日本の伝統の核心に迫る。（内田　樹）
思-1-1

保守とは何か
福田恆存（浜崎洋介　編）
「保守派はその態度によって人を納得させるべきであって、イデオロギーによって承服させるべきではない」——オリジナル編集による最良の「福田恆存入門」。（浜崎洋介）
思-1-2

聖書の常識
山本七平
聖書学の最新の成果を踏まえつつ、聖書に関する日本人の誤解を正し、日本人には縁遠い旧約聖書も含めて、「聖書の世界」全体の見取り図を明快に示す入門書。（佐藤　優）
思-1-3

わが萬葉集
保田與重郎
萬葉集が息づく奈良県桜井で育った著者が歌に吹きこまれた魂の追体験へと誘い、萬葉集に詠みこまれた時代精神と土地の記憶を味わいながら、それが遺された幸せを記す。（片山杜秀）
思-1-4

「小さきもの」の思想
柳田国男（柄谷行人　編）
『遊動論　柳田国男と山人』（文春新書）で画期的な柳田論を展開した思想家が、そのエッセンスを一冊に凝縮。柳田が生涯探求した問題は何か？　各章に解題をそえた文庫オリジナル版。
思-1-5

ルネサンス　経験の条件
岡﨑乾二郎
サンタ・マリア大聖堂のクーポラを設計したブルネレスキ、ブランカッチ礼拝堂の壁画を描いたマサッチオの天才の分析を通して、芸術の可能性と使命を探求した記念碑的著作。（斎藤　環）
思-1-6

ロゴスとイデア
田中美知太郎
ギリシャ哲学の徹底的読解によって日本における西洋哲学研究の基礎を築いた著者が、「現実」「未来」「過去」「時間」といった根本概念の発生と変遷を辿った名著。（岡崎満義）
思-1-8

（ ）内は解説者。品切の節はご容赦下さい。

大衆への反逆
西部 邁

気鋭の経済学者として頭角を現した著者は本書によって論壇に鮮烈なデビューを果たす。田中角栄からハイエクまでを縦横無尽に論じる社会批評家としての著者の真髄がここにある。

思-1-10

国家とは何か
福田恆存（浜崎洋介 編）

「政治」と「文学」の峻別を説いた福田恆存は政治をどう論じたのか？　福田の国家論が明快にわかるオリジナル編集。「個人なき国家論」批判は今こそ読むに値する。（浜崎洋介）

思-1-12

一九四六年憲法――その拘束
江藤 淳

アメリカの影から逃れられない戦後日本。その哀しみと怒りをもとに、戦後憲法成立過程や日本の言説空間を覆う欺瞞を鋭く批判した20年にわたる論考の軌跡。（白井 聡）

思-1-13

人間とは何か
福田恆存（浜崎洋介 編）

『保守とは何か』『国家とは何か』に続く「福田恆存入門・三部作」の完結編。単なるテクスト論ではなく、人間の手応えをもった文学者の原点を示すアンソロジー。（浜崎洋介）

思-1-15

日本の古代を読む
本居宣長・津田左右吉 他（上野 誠 編）

この国の成立の根幹をなす古代史の真髄とは？　本居宣長、津田左右吉、石母田正、和辻哲郎、亀井勝一郎など碩学の論考を、気鋭の万葉学者が編纂したオリジナル古代史論集。（上野 誠）

思-1-16

民族と国家
山内昌之

21世紀最大の火種となる「民族問題」。イスラム研究の第一人者が20世紀までの紛争を総ざらえ。これで民族問題の根本がわかる、新時代を生きる現代人のための必読書！（佐藤 優）

思-1-17

人間であること
田中美知太郎

「人間であること」『歴史主義について』『日本人と国家』など八篇の講演に「徳の倫理と法の倫理」など二篇の論文を加え、日本を代表するギリシア哲学者の謦咳に接する。（若松英輔）

思-1-18

（　）内は解説者。品切の節はご容赦下さい。

六〇年安保 センチメンタル・ジャーニー
西部 邁
保守派の論客として鳴らした西部邁の原点は、安保闘争のリーダーだった学生時代にあった。あの「空虚な祭典」は何だったのか、共に生きた人々の思い出とともに振りかえる。（保阪正康）
思-1-19

増補版 大平正芳 理念と外交
服部龍二
大平は日中国交正常化を実現したが、首相就任後、環太平洋連帯構想を模索しつつも党内抗争の果て志半ばで逝った。悲運の宰相の素顔と哲学に迫り、保守政治家の真髄を問う。（渡邊満子）
思-1-20

人間の生き方、ものの考え方
福田恆存
福田 逸・国民文化研究会 編
人間は孤独だ。言葉は主観的で、人間同士が真に分かり合うことはない。だから考え続けよ。絶望から出発するのだ——。戦後最強の思想家が、混沌とした先行きを照らし出す。（片山杜秀）
思-1-21

一九七二 「はじまりのおわり」と「おわりのはじまり」
坪内祐三
札幌五輪、あさま山荘事件、ニクソン訪中等、数々の出来事で彩られたこの年は戦後史の分水嶺となる一年だった。断絶した戦後の歴史意識の橋渡しを試みた、画期的時代評論書。（泉　麻人）
思-1-23

日本文学のなかへ
ドナルド・キーン
「なぜ近松の『道行』は悲劇的なのか」「真に『日本的』なものとは」——。古典作品への愛や三島や谷崎など綺羅星のごとき文学者との交流を語り下ろした自伝的エッセイ。（徳岡孝夫）
思-1-24

私のマルクス
佐藤 優
『資本論』で解明された論理は、超克不能である」と確信するまでの自らの思想的軌跡を辿る。友人や恩師との濃密な日々、マルクスとの出会いを綴った著者初の自叙伝。（中村うさぎ）
思-1-26

靖国
坪内祐三
招魂斎庭が駐車場に変貌していたことに衝撃を受けた著者は、靖国の歴史を徹底的に辿り始めた。政治思想の文脈ではない、靖国の生き生きとした歴史を蘇らせた著者代表作。（平山周吉）
思-1-27

（　）内は解説者。品切の節はご容赦下さい。

内藤湖南
支那論
博識の漢学者にして、優れたジャーナリストであった内藤湖南。辛亥革命以後の混迷に中国の本質を見抜き、当時、大ベストセラーとなった近代日本最高の中国論。（與那覇　潤）
歴-2-1

磯田道史
近世大名家臣団の社会構造
江戸時代の武士は一枚岩ではない。厖大な史料を分析し、身分内格差、結婚、養子縁組、相続など、藩に仕える武士の実像に迫る。磯田史学の精髄にして、『武士の家計簿』の姉妹篇。
歴-2-2

野田宣雄
ヒトラーの時代
ヒトラー独裁の確立とナチス・ドイツの急速な擡頭、それが国際政治にひきおこしてゆく波紋、そして大戦勃発から終結まで――二十世紀を揺るがした戦争の複雑怪奇な経過を解きあかす。
歴-2-5

勝田龍夫
重臣たちの昭和史（上下）
元老・西園寺公望の側近だった原田熊雄。その女婿だった著者だけが知りえた貴重な証言等を基に、昭和史の奥の院を描き出す。木戸幸一の序文、里見弴の跋を附す。
歴-2-6

原　武史
完本　皇居前広場
明治時代にできた皇居前広場は天皇、左翼勢力、占領軍それぞれがせめぎあう政治の場所でもあった。定点観測で見えてくる日本の近代。空間政治学の鮮やかな達成。（御厨　貴）
歴-2-9

シャルル・ド・ゴール（小野　繁　訳）
剣の刃
「現代フランスの父」ド・ゴール。厭戦気分、防衛第一主義が蔓延する時代風潮に抗して、政治家や軍人に求められる資質、理想の組織像を果敢に説いた歴史的名著。（福田和也）
歴-2-13

小坂慶助
特高　二・二六事件秘史
首相官邸が叛乱軍により占拠！　小坂憲兵は女中部屋に逃げ込んだ岡田啓介首相を脱出させるべく機を狙った――緊迫の回想録。永田鉄山斬殺事件直後の秘話も付す。（佐藤　優）
歴-2-15

（　）内は解説者。品切の節はご容赦下さい。

秦 郁彦
昭和史の軍人たち
山本五十六、辻政信、石原莞爾、東条英機に大西瀧治郎……陸海軍二十六人を通じて、昭和史を、そして日本人を考える古典的名著がついに復刊。巻末には「昭和将帥論」を附す。
歴-2-17

江藤 淳
完本 南洲残影
明治維新の大立者・西郷隆盛は、なぜ滅亡必至の西南戦争に立ったのか？ その思想と最期をめぐる著者畢生の意欲作。単行本刊行後に著した「南洲随想」も収録した完全版。（本郷和人）
歴-2-25

三木 亘
悪としての世界史
ヨーロッパは「田舎」であり、「中東と地中海沿岸」こそ世界史の中心だ。欧米中心主義の歴史観を一変させる、サイード『オリエンタリズム』よりラディカルな世界史論。（杉田英明）
歴-2-26

本郷和人
新・中世王権論
源頼朝、北条氏、足利義教、後醍醐天皇……彼らはいかにして日本の統治者となったのか？ 気鋭の日本中世史家が、王権の在り方を検証しつつ、新たなこの国の歴史を提示する！
歴-2-27

飛鳥井雅道
明治大帝
激動の時代に近代的国家を確立し、東洋の小国を一等国へと導いた天皇睦仁。史上唯一「大帝」と称揚され、虚実ない交ぜに語られる専制君主の真の姿に迫る。（ジョン・ブリーン）
歴-2-28

繁田信一
殴り合う貴族たち
宮中で喧嘩、他家の従者を撲殺、法皇に矢を射る。拉致、監禁、襲撃もお手の物。〝優美で教養高い〟はずの藤原道長ら有名平安貴族の不埒な悪行を丹念に抽出した意欲作。（諸田玲子）
歴-2-29

林 健太郎
昭和史と私
過激派学生と渡り合った東大総長も、若き日はマルクス主義に心酔する学生だった。自らの半生と世界的視点を合わせて重層的に昭和史を描ききった、歴史学の泰斗の名著。（佐藤卓己）
歴-2-30

（　）内は解説者。品切の節はご容赦下さい。

高木俊朗
陸軍特別攻撃隊
陸軍特別攻撃隊の真実の姿を、隊員・指導者らへの膨大な取材と、手紙・日記等を通じて描き尽くした記念碑的作品。特攻隊を知るために必読の決定版。菊池寛賞受賞作。（鴻上尚史）
歴-2-31

清水克行
耳鼻削ぎの日本史
なぜ「耳なし芳一」は耳を失ったのか。なぜ秀吉は朝鮮出兵で鼻削ぎを命じたのか。日本史上最も有名な猟奇的習俗の真実に迫る。「中世社会のシンボリズム――爪と指」を増補。（高野秀行）
歴-2-34

江藤　淳
新編　天皇とその時代
日本人にとって天皇とは何か。戦後民主主義のなか、国民統合の象徴たらんと努めてきた昭和天皇の姿を、畏敬と感動を込めて語る。新編では次代の皇室への直言を加えた。（平山周吉）
歴-2-35

松本清張
昭和史発掘　特別篇
『昭和史発掘』全九巻に未収録の二篇「政治の妖雲・穏田の行者」「『お鯉』事件」と、城山三郎、五味川純平、鶴見俊輔と昭和史の裏側を縦横無尽に語った対談を掲載。（有馬　学）
歴-2-36

ドナルド・キーン（角地幸男　訳）
日本人の戦争
作家の日記を読む
永井荷風、高見順、伊藤整、山田風太郎など、作家たちの戦時の日記に刻まれた声に耳をすまし、非常時における日本人の精神をあぶり出す傑作評論。巻末に平野啓一郎との対談を収録。
歴-2-37

福留真紀
名門譜代大名・酒井忠挙の奮闘
父の失脚で、約束された将来は暗転した。降格され、自身の奇病や親族の不祥事に悩み、期待した嫡男は早世。数多の苦難に抗い、家の存続に奮闘した御曹司の実像に迫る。（山内昌之）
歴-2-38

佐野恵作（梶田明宏　編）
昭和天皇の横顔
宮内省幹部として「終戦の詔書」を浄書し、その夜の「宮城事件」を経験した著者による、終戦前後の宮中の貴重な記録と、昭和天皇ご一家の素顔。初の文庫化。（梶田明宏）
歴-2-39

（　）内は解説者。品切の節はご容赦下さい。

小島 毅
義経の東アジア

対外貿易で勢力を伸ばした「開国派」平氏、農本主義に徹し強い軍事組織を築いた「鎖国派」源頼朝。中国王朝の興亡から源平内乱を捉え直す。保立道久氏、加藤陽子氏との座談会を収録。

歴-2-40

浅見雅男
公爵家の娘 岩倉靖子とある時代

昭和八年、一斉検挙・起訴された「赤化華族」のなかに岩倉具視の曾孫・岩倉靖子がいた――。なぜ華族令嬢は共産主義に走ったのか。出自と時代に翻弄された、少女の哀しい運命を追う。

歴-2-41

永井路子
つわものの賦

日本史上最大の変革・鎌倉幕府成立。中核にいたのは台頭する東国武士団。源頼朝、義経、木曾義仲、梶原景時、三浦義村、北条義時……。鎌倉時代の歴史小説の第一人者による傑作評伝。

歴-2-42

源田 實
真珠湾作戦回顧録

開戦と同時に米太平洋艦隊の根拠地を叩く作戦は、当初誰もが不可能と考えた。ひとり連合艦隊司令長官・山本五十六を除いて……元参謀による驚愕の回想録。増補2篇収録。（秦 郁彦）

歴-2-43

河内祥輔
新版 頼朝の時代 1180年代内乱史

平家、義仲や義経は京を制圧しながらも敗れ、なぜ頼朝は東国で幕府を樹立できたのか。中世の朝廷と幕府の関係を決めた、頼朝と後白河上皇に迫る。鎌倉幕府成立論の名著。（三田武繁）

歴-2-44

山本七平
私の中の日本軍（上下）

「百人斬り競争」『日本刀神話』といった〝虚報〟が世に流布するのはなぜか。員数主義、事大主義、兵器や補給等、自身の従軍体験から日本軍の実態を分析し、戦争伝説を粉砕した傑作。（安岡章太郎）

歴-2-45

與那覇 潤
帝国の残影 兵士・小津安二郎の昭和史

「家族映画の巨匠」は兵士として大陸を転戦していた。戦後の「失敗作」から小津の戦争体験を繊細に読みとって映画評論と歴史学の見事な融合を達成した著者初期の代表作。（古市憲寿）

歴-2-47

（　）内は解説者。品切の節はご容赦下さい。

大岡昇平
対談 戦争と文学と
司馬遼太郎、阿川弘之、大西巨人、野間宏――。戦争を問い続け、書き続けた戦争文学の巨人・大岡昇平が、あの戦地を経験した九人の文学者と交わした白熱の議論。（高橋弘希）
雑-3-18

吉田　満
戦中派の死生観
死んだ仲間は何のために戦ったのか？　戦後日本は戦争と敗戦から何かを学びえたのか？　死を覚悟して生き残った戦中派が「日本人として生きる」ことの意味を問う。（若松英輔）
雑-3-19

阿部眞之助
近代政治家評伝
山縣有朋から東條英機まで
明治から昭和まで第一線で活躍した名物新聞記者が、原敬、伊藤博文、大隈重信、犬養毅、大久保利通、桂太郎など、戦前の大物政治家十二人の生身の姿を容赦なく描く。（牧原　出）
雑-3-20

徳岡孝夫
五衰の人
三島由紀夫私記
一九七〇年十一月のあの日、市ヶ谷の自衛隊駐屯地で「檄」を託された著者だから見透すことのできた三島由紀夫の本質とは？　新潮学芸賞を受賞した、傑出した三島論。（寺田英視）
雑-3-21

山本七平
小林秀雄の流儀
小林秀雄があれほどの影響力をもったのはなぜか？　過去を語ることで未来を創出したからだ。「書きたいことだけ書いて生活した、超一流の生活者」の秘密に迫る。（小川榮太郎）
雑-3-22

斎藤隆介
職人衆昔ばなし
大工、左官、庭師、指物師、蒔絵師など、明治に生を享け、戦後まで活躍した名工27人。その貴重な証言は、未来のモノ造りへの示唆に富む。その豊穣たる「語り」をご堪能あれ！
雑-3-23